NARRATIVA

TRE60

Jill Mansell

SE SOLO L'AMORE FOSSE COSÌ SEMPLICE

Romanzo

TRADUZIONE DI
ANNA RICCI

tre60

Per informazioni sulle novità
del Gruppo Editoriale Mauri Spagnol visita:
www.illibraio.it

Tre60 è un marchio di
TEA - Tascabili degli Editori Associati S.p.A.
Gruppo editoriale Mauri Spagnol
www.tre60libri.it

Titolo originale
A Walk in the Park

Prima edizione Narrativa Tre60 aprile 2014

SE SOLO L'AMORE FOSSE COSÌ SEMPLICE

All'adorabile Elsewine

Nota dell'autrice

Un enorme e sincero ringraziamento a tutti coloro che mi hanno rallegrato su Twitter, tenendomi compagnia mentre scrivevo, guardando programmi televisivi insieme con me, segnalandomi libri e siti web, che mi hanno fatto ridere e piangere e mi hanno aiutata nelle ricerche. Ogni volta che facevo una domanda, per quanto strana, in un attimo arrivava la risposta, come per magia: non è incredibile? Avete messo a disposizione il vostro tempo e le vostre conoscenze con una dedizione, un entusiasmo e una generosità unici. Grazie di cuore a tutti: avete reso ancor più divertente scrivere questo romanzo!

1

Lara Carson accostò e fermò l'auto, abbassò il finestrino e indicò la vallata che si estendeva sotto di lei. «Okay, da qui la visuale è buona. Vedi la casa a forma di L con lo steccato bianco e la macchina verde parcheggiata davanti? È quella.»

Casa dolce casa. O forse no. Erano passati diciotto anni dall'ultima volta che ci aveva messo piede. Chissà quanto era cambiata nel frattempo.

Gigi si sporse in avanti dal sedile del passeggero, esalando respiri alla menta su di lei mentre scrutava la casa. «Non è strano rivederla?»

«No. Okay, un pochino», si corresse Lara, stringendo la mano della figlia.

«Stai per piangere?»

«Ti sembro una ragazzina? Non ho nessuna intenzione di piangere.»

Restarono in silenzio per qualche istante, osservando la vecchia casa dai muri avvolti nell'edera, le finestre dai telai dipinti d'azzurro e il giardino ben curato.

«D'accordo, andiamo. È quasi ora. Non vorrai arrivare in ritardo al funerale di tuo padre», disse infine Gigi.

Lara fu l'ultima a entrare in chiesa. Le sembrava di vivere un film. I suoi tacchi vertiginosi ticchettavano sulla pietra grigia del pavimento e tutti si voltarono a vedere chi stesse facendo tutto quel chiasso. I settanta, forse ottanta partecipanti erano quasi tutti degli sconosciuti e non la riconobbero, il che per lei era un vero sollievo. Una sparuta minoranza invece la conosceva, era evidente. Ci furono alzate di sopracciglia e colpetti di gomito. Lara si costrinse a incrociare il loro sguardo per poi distoglierlo e infilarsi in un banco vuoto, sul fondo.

Che situazione assurda. La notizia del suo arrivo si stava diffondendo tra i presenti; le sembrava quasi di vedere la piccola ola di sussurri che si sollevava, muovendosi dai posti più arretrati e spostandosi in avanti. Alla fine raggiunse anche Janice, al primo banco, che se ne stava seduta lì, circondata dalle sue sorelle, in testa un cappello nero che contava un'incredibile quantità di piume. Le tre s'irrigidirono all'unisono, poi si voltarono e le piantarono addosso uno sguardo gelido. Con tutte quelle piume che le dondolavano intorno alla testa, Janice sembrava un corvo furioso che era appena stato buttato giù dal letto senza fare in tempo a pettinarsi.

Era davvero così sbagliato pensar male della vedova addolorata proprio al funerale del marito? Certo che sì, ma si trattava di Janice, ed era proprio difficile pensare qualcosa di carino di lei.

L'organo cominciò a suonare, tutti si alzarono in piedi e la bara fu portata dentro.

Lara la osservò mentre la superava. Era tutto così strano. Charles Carson, suo padre, era in quella cassa.

Era morto.

E lei non provava nulla, dal più profondo del cuore.

Evie aspettò fuori della chiesa la fine della cerimonia. Era un bel rischio, ma non era riuscita a trattenersi. Nel momento in cui aveva visto il trafiletto sul giornale locale che annunciava la morte di Charles Carson e la data del funerale, aveva preso un permesso al lavoro. Le possibilità che Lara partecipasse alla funzione erano scarse, ma poteva sempre succedere. E in quel caso, non voleva certo perdere l'occasione.

Un tempo erano state amiche del cuore. Tra loro erano rimaste in sospeso un milione di domande. Andare lì quel giorno era un'opportunità che non poteva lasciarsi sfuggire.

Ormai non mancava molto alla fine della cerimonia. Da dove si trovava, Evie sentì l'organo che ripartiva, lanciandosi in una versione sontuosa di *Guide Me O Thou Great Redeemer*. Fuori faceva un gran caldo: il sole scottava, e lei aveva i capelli incollati alla nuca. Aprì lo sportello dell'auto per far passare un po' d'aria in più, ruotò su se stessa e fece scivolare fuori le gambe, poi distese la mano sinistra, agitandola per ammirare i riflessi degli smeraldi e dei diamanti del suo anello alla luce del sole. Chissà se Lara era in chiesa. Stava per rivederla per la prima volta dopo diciotto anni?

Be', l'avrebbe scoperto presto.

Il funerale finì. Il vicario annunciò con deferenza che il rinfresco si sarebbe svolto a casa di Charles e Janice e che tutti sarebbero stati i benvenuti, ma Lara si disse che forse lei non era inclusa nell'invito.

Per fortuna non aveva affatto voglia di andarci.

Dal suo banco, in fondo alla chiesa, osservò Janice e le sue sorelle avviarsi per prime verso l'uscita. Gli sguardi che le rivolsero mentre attraversavano la navata le confermarono i suoi sospetti. Le piume nere vibravano scandalizzate e tre paia di occhi chiari cerchiati di trucco nero la fissarono, penetranti. Ma non essendo quello il momento migliore per litigare, Lara decise di voltarsi dall'altra parte e aspettare che il diabolico trio si allontanasse.

La chiesa si svuotò. Restò seduta e aspettò ancora qualche minuto, per lasciar allontanare i partecipanti. Ben presto le arrivò il rumore di motori che venivano avviati per poi andar via. Alla fine, quando tornò il silenzio, Lara si alzò e uscì al dolce calore del sole di quella splendida giornata estiva.

Se n'erano andati tutti. Era rimasta solo una persona in fondo al vialetto. Era una donna, seduta sul muretto accanto ai cancelli aperti; aveva i capelli rossi, indossava una camicia blu cobalto e una gonna bianca. Il che significava che si sarebbe ritrovata con muschio e licheni attaccati dietro, quando si fosse alzata.

Cercò di metterla a fuoco, ma era troppo lontana, e lei non era ancora dotata di superpoteri. Inoltre non aveva proprio pensato di portarsi dietro un binocolo.

Eppure... c'era un che di familiare in quella figura, che le stava suscitando un formicolio di consapevolezza lungo la spina dorsale. Ma non poteva essere... oppure...?

Affrettò il passo, diminuendo la distanza. La donna dai capelli rossi scivolò giù dal muretto a secco e si avviò verso di lei. Un attimo dopo, entrambe allargarono le braccia e cominciarono a correre. Sembrava una di quelle scene da film al rallentatore in cui di solito però i protagonisti appartengono a sessi opposti.

«Sei tu!» gridò Lara.

Evie era raggiante quando si raggiunsero, abbracciandosi fino a lasciarsi senza fiato. «Già, lo *so*. Dio, non posso crederci, sei davvero *qui*.» Si staccò da lei e scrutò il suo viso. «Tuo padre... mi spiace tanto... sarai sconvolta.»

Lei scosse il capo con foga. «No, no. Non preoccuparti, non servono i convenevoli. Sono tornata solo per il notaio. Mi ha chiamato e mi ha detto che dovevo venire. Ma non parliamo di questo... tu come stai? Ti trovo in forma smagliante! Oh, quanto mi sei mancata, devi raccontarmi tutto!» Era talmente emozionata per aver ritrovato Evie che continuava a blaterare, senza riuscire a trattenersi. Era vero, però: la sua amica d'infanzia le era mancata più di quanto avrebbe potuto descrivere a parole. Eppure all'epoca era sembrata l'unica soluzione. Ma ora eccola lì, Evie, diciotto anni dopo, più grande… ma al tempo stesso sempre uguale, come per miracolo. La fece girare da una parte all'altra, ridendo, e le guardò il dietro della gonna. Trentaquattro anni e ancora non aveva imparato a non macchiarsi. «Ti sei sporcata la gonna.»

«Sul serio? Oh, no! Com'è successo?» Al solito, Evie parve sinceramente sorpresa, e per un paio di secondi si menò una serie di colpi inefficaci sul posteriore rotondo, poi si arrese. «Ah, be', non fa niente. L'importante è che tu sia *qui*. È fantastico! Avevo quasi perso le speranze, ma poi ho sentito qualcuno che mentre usciva diceva: 'era davvero lei? La figlia che è scappata?' Così ho capito che eri lì dentro. Sono andati tutti a casa, al rinfresco. Ci vai anche tu?»

Lara controllò l'ora: erano quasi le due. «No, non ci penso nemmeno. Senti, ho appuntamento col notaio nel suo ufficio alle tre e mezzo, ma fino ad allora sono libera. Tu hai da fare o posso offrirti il pranzo?»

Un quarto d'ora dopo, erano sedute in un bar all'aperto vicino alla chiesa, bevevano prosecco e si aggiornavano sulle loro vite. Lara aveva notato l'anello di fidanzamento con lo smeraldo e si era fatta raccontare di Joel e dell'imminente matrimonio. Mancava solo un mese e mezzo al giorno in cui Evie sarebbe diventata la signora Barber. Joel era l'uomo che aveva aspettato per tutta la vita, e non era mai stata più felice.

Per un tacito accordo era stata prima Evie a parlare di sé. Poi era toccato a Lara. «Raccontami cos'è successo», le chiese l'amica, e lei prese un gran sorso di vino frizzante ghiacciato.

Posò il bicchiere al centro del tavolo, con un movimento accurato. «In chiesa… hai detto che mi hanno definita 'quella che è scappata'. È questo che hanno pensato tutti? Non sono fuggita. Mi hanno buttata fuori di casa.»

«Sono passata da casa tua per sapere dov'eri. Mi ha aperto tuo padre. Mi ha detto solo che te n'eri andata, e non saresti tornata. Poi è arrivata anche Janice, e avresti dovuto vedere la *sua* faccia. Come se avesse appena ottenuto quello che aveva sempre desiderato. E immagino che fosse così. Ma se devo essere onesta, mi ha fatto venire i brividi. Ero così preoccupata... potevano averti *assassinata*.»

«Sono tornata a casa tardi. Sarei dovuta rientrare per le undici, ma ho perso l'ultimo autobus. Sono arrivata con quasi mezz'ora di ritardo. È stato allora che è cominciato tutto», disse Lara. Non entrò nei dettagli: non era né il momento né il luogo adatto. «È stata la peggiore discussione che abbiamo mai avuto. Janice mi ha insultata in tutti i modi, mi ha detto che desiderava che non fossi mai nata. Papà ha detto che gli stavo rovinando la vita e che non ne poteva più, non era più disposto a sopportarmi. Mi ha dato un'ora di tempo per fare i bagagli, poi mi ha cacciata.»

Evie era sconvolta. «Come ha potuto? Avevi solo sedici anni!»

Lei si strinse nelle spalle e svuotò il bicchiere. «Non gli interessava. Non avrebbe cambiato idea. Ma alla fine, se ci penso ora, sono felice che sia andata così. Intendiamoci, all'epoca non mi è sembrata una splendida idea. Non ho mai avuto tanta paura.»

«Dovevi venire a casa nostra!»

«Non potevo. Erano le tre e mezzo del mattino. E a quel punto volevo soltanto andarmene... e così ho fatto. Sono andata alla stazione e sono rimasta seduta lì per tutta la notte, poi ho preso il primo treno che partiva da Bath.»

«E dove sei andata?»

«Ho chiamato mia zia Nettie e le ho chiesto se potevo stare da lei per un paio di giorni. Almeno all'inizio doveva andare così. Mi sono presentata alla sua porta, a Keswick, e da quel giorno sono rimasta lì», aggiunse con un sorriso al ricordo.

«Keswick? In Cumbria? Non ne avevamo idea. Nessuno di noi sapeva dove fossi. Speravo che chiamassi, o scrivessi...»

Il senso di colpa l'aveva perseguitata per tutti quegli anni, ma ancora non se la sentiva di raccontare a Evie il resto della storia. «Lo so. Mi spiace tanto. Solo che sapevo che non sarei mai tornata a Bath, finché mio padre fosse stato vivo. Era più facile tagliare tutti i ponti.»

Arrivò il cibo, chiacchierarono e bevvero ancora, poi per Lara arrivò il momento di andare all'appuntamento col notaio a Harington Place, non molto distante.

Prima di separarsi, Evie prese l'agenda e disse: «Anch'io devo tornare in ufficio. Ma non voglio più perdere i contatti con te. Dammi tutto quello che hai... indirizzo, e-mail, numeri di telefono, qualsiasi cosa. E ti darò anche i miei». Non appena si furono scambiate i recapiti, Lara accompagnò Evie alla macchina. Si abbracciarono di nuovo, con affetto. «Devi venire al matrimonio. Sarà meraviglioso. Verrai, vero? Il dodici agosto. Ti prego, dimmi che ci sarai!» la implorò, stringendole le mani.

2

Gli uffici avevano lo stesso odore di tutti gli studi dei notai: un sentore secco, serio, di carta, più un tocco di polvere e vincoli. Lara era arrivata con cinque minuti d'anticipo, così fu fatta accomodare in sala d'attesa, dove era esposta una selezione di riviste che potevano interessare solo a un notaio.

Ma la sua mente aveva di che riflettere. Erano già successe tante cose.

Rivedere Evie e raccontarle la sua storia aveva fatto riemergere tutto il passato.

In effetti le aveva raccontato solo metà della storia. Lara chiuse gli occhi, lo stomaco che si serrava mentre i sentimenti di un tempo tornavano ad assalirla. Nei giorni che avevano preceduto quella notte fatidica, la sua vita non poteva certo essere definita perfetta, ma era comunque sopportabile. D'altro canto, la morte di sua madre, che era stata portata via dal cancro tre anni prima, era stata un'esperienza terribile, e l'aveva lasciata con un padre che non si era mai dimostrato tale, almeno non nel senso tradizionale. Meno di sei mesi dopo il funerale, *a quanto pareva*, aveva conosciuto Janice. In un lampo quella donna si era piazzata in casa loro, riempiendola del suo profumo dolciastro e di una collezione sconfinata di porcellane cinesi. E sempre in un lampo Lara era diventata il terzo incomodo, un peso, una presenza fastidiosa.

Non si era stupita più di tanto, quando aveva sentito Janice dire al telefono: «Quella ragazzina sta sempre *tra i piedi*, ma perché non può arruolarsi nell'esercito o levarsi di torno in qualche modo?» La donna non provava nemmeno a simulare gentilezza, limitandosi a parlare male di lei soltanto alle spalle. Fin dal primo istante non aveva fatto il minimo sforzo per fingere.

La vita a casa era diventata piuttosto cupa, in generale, ma non era troppo importante, in fin dei conti, perché almeno lei aveva Flynn. E quando hai sedici anni e il miglior ragazzo del mondo... be', questo sistema quasi tutto. All'epoca, per lei era la persona più importante del mondo. La presenza di Flynn nella sua vita rendeva sopportabile tutto il resto. Insieme potevano superare qualsiasi ostacolo; insieme avrebbero affrontato tutto.

Fino al giorno della lite.

Lara lo ricordava nei minimi dettagli, dall'istante in cui si era resa conto con sgomento di avere un ritardo nel ciclo fino alla mattina seguente, quando infine si era addormentata, sfinita, sul treno.

Era venerdì pomeriggio, e lei era reduce da due ore di matematica, durante le quali aveva lottato con la trigonometria, quando la data di quel giorno all'improvviso aveva acquistato un senso preciso. Proprio lei, che di solito era puntuale come un orologio, aveva un ritardo di cinque giorni. *Oh, Dio, ti prego, no, eppure siamo stati attenti...*

Dopo la scuola, in preda al terrore più puro, era entrata da Boots e aveva osservato i test di gravidanza, rendendosi conto di non avere abbastanza soldi per comprarne uno.

Poi si era incontrata con Flynn e aveva scoperto che parlargli dei suoi timori non era affatto facile quanto pensava. Le parole formavano nodi indissolubili nel suo petto e si rifiutavano di uscirle di bocca. Flynn ne sarebbe rimasto sconvolto. Aveva solo diciassette anni. Un figlio non era proprio nei suoi piani.

Alle dieci di sera non aveva ancora trovato il coraggio di dirglielo. Forse le sarebbe bastato dormirci sopra, e il giorno dopo tutto si sarebbe sistemato, il problema si sarebbe risolto da solo.

Aspettare altre ventiquattro ore non avrebbe fatto male a nessuno.

Poi a Flynn era arrivata una telefonata, un invito a partire per qualche giorno per una gara di sci. Era stato quello il momento in cui Lara si era resa conto di essere sola. Emozionato all'idea di poter gareggiare, Flynn aveva detto di sì senza nemmeno chiederle se era d'accordo.

Aveva riagganciato, ed era stato allora che era iniziata la discussione. In un primo tempo lui aveva pensato che scherzasse. Era stupito dalla sua reazione, e aveva pensato che Lara fosse solo in collera perché i suoi genitori potevano permettersi di pagargli un viaggio in Austria, mentre il padre di lei non l'avrebbe mai fatto. Ma poi avevano continuato a litigare, tirando fuori motivi su motivi, mentre la verità era che lei non riusciva a dirgli cosa la turbava. Lui era Flynn Erskine, il ragazzo che piaceva a tutte, il grande sportivo con tutta la vita davanti e dotato di un vero talento, che lo stava già facendo emergere nel mondo dello sci alpino.

Lara gli aveva dato dell'egoista, e lui della pazza furiosa. Gli aveva urlato che pensava solo a se stesso, e Flynn, guardandola come se non la conoscesse nemmeno, le aveva risposto: «Dio, non posso credere che lo pensi sul serio». Lara aveva strillato che era lei a non poter credere di aver sprecato otto mesi con uno come lui, per sentirsi gridare di rimando che nemmeno lui si sarebbe mai fatto coinvolgere in quella storia, se avesse saputo che lei sarebbe diventata una povera psicopatica.

La lite era arrivata al culmine quando lei aveva dichiarato di non volerlo rivedere mai più e se n'era andata come una furia, per tornare a casa dei suoi. Ma aveva perso la cognizione del tempo, e non era riuscita a prendere l'ultimo autobus. I suoi continui ritardi erano il pomo della discordia da mesi, a casa, e mandavano su tutte le furie suo padre, tanto che era arrivato a dichiarare: «Se non vuoi rispettare le regole, allora vattene». Lara non avrebbe mai immaginato che dicesse sul serio, ma a quanto pareva l'aveva sottovalutato. Quando era rientrata, quaranta minuti dopo, lui e Janice avevano avuto un sacco di tempo a disposizione per pianificare una strategia d'attacco.

E per tirare fuori le valigie dal solaio.

Lara sussultò: il cellulare aveva cominciato a suonare, riportandola alla realtà.

«Ciao, sono io. Come va?»

Quando sentì la voce di Gigi si rilassò. «Tutto bene. Sto aspettando di essere ricevuta dal notaio. Comprato qualcosa di carino?»

«Una sciarpa con disegnati dei vampiri da New Look e un reggiseno leopardato da La Senza!»

«L'abbigliamento perfetto per un colloquio di lavoro.» Nell'attimo in cui lo disse, la porta dell'ufficio si aprì e un uomo anziano le si avvicinò. Lei prese la borsa e si alzò. «Credo che tocchi a me. Tesoro, non ci vorrà molto, ti chiamo appena ho finito.»

Chissà cosa aveva provato la zia Nettie. A quarantasette anni, zitella convinta per dedicare la vita agli animali, come si era sentita quando si era trovata sulla soglia Lara, con due valigioni logori e un minuscolo embrione che cresceva dentro di lei?

Di sicuro il cuore doveva esserle scivolato giù, fino ai grossi stivali con cui portava a passeggio i cani.

«Mi dispiace tanto. Non sapevo dove altro andare. Ma non preoccuparti, mi farò venire in mente qualcosa.» La voce di Lara era attutita dalla spessa lana ruvida del maglione fatto ai ferri di Nettie, di un viola acceso. Quella donna dava all'abbigliamento più o meno la stessa importanza che avrebbe dato alle extension alle ciglia e alle ultime scoperte nel campo dei pentapeptidi. La maglia odorava di sapone e di cane, e i pantaloni di velluto a coste che indossava dovevano essere stati donati da un anziano contadino al negozio locale di abiti di seconda mano. Sembrava impossibile che fosse la sorella maggiore di sua madre: Barbara era sempre stata elegante come Audrey Hepburn, e vista accanto a Nettie ricordava un piccolo e raffinato levriero vicino a un cane da caccia esagitato.

Nettie però era una brava donna, e sotto quell'apparenza rude nascondeva un cuore d'oro. Mentre abbracciava Lara, le aveva detto con voce roca: «Hai fatto la cosa giusta, piccola. Resterai qui con me».

Okay, si era imposta lei, *facciamola finita: devi dirglielo*. «E credo di stare per avere un bambino.»

Nettie si era staccata da lei e aveva abbassato lo sguardo sul suo ventre. «Che cosa? Intendi adesso, subito?»

Lara aveva emesso uno strano suono strozzato, a metà tra un singhiozzo e una risata. «No, ma forse tra otto mesi...»

«Ah, bene. Avremo un sacco di tempo per abituarci all'idea. Hai un ragazzo?»

«Non più», aveva risposto con una stretta al cuore.

Eppure il modo di fare di Nettie, così diretto e possibilista, era contagioso. Nei due giorni seguenti avevano portato a spasso i cani e parlato all'infinito di tutto. Sua zia era entrata nella farmacia locale e aveva comprato un test di gravidanza. «Ah! Questa sì che farà scalpore tra i compaesani!» aveva esclamato. Il risultato era stato positivo e loro avevano parlato ancora, giungendo alla conclusione che Lara era troppo giovane per avere un bambino, ma che insieme ce l'avrebbero fatta, e *non* metterlo al mondo non era una possibilità da prendere in considerazione. Nessuna delle due l'avrebbe sopportato.

E così era stato. Da quel momento la decisione era stata presa. Lara si era liberata dalla vita precedente come fa un serpente con la pelle vecchia. Due giorni dopo la partenza da Bath, aveva telefonato suo padre. Aveva risposto Nettie.

«Sono Charles. Hai notizie di Lara?» le aveva chiesto brusco; quei due non erano mai andati d'accordo.

«Sì. È qui, e qui resterà. Questa è casa sua, adesso.» Dal canto suo, Nettie invece si era dimostrata tranquillissima.

«Per me va bene. Allora sarà meglio avvisare la polizia che è ancora viva. Il suo ragazzo minaccia di andare a denunciarne la scomparsa.» Era sembrato sollevato.

«Non vuole più avere niente a che fare nemmeno con lui. Non gli dire dov'è.»

«E perché dovrei?» aveva ribattuto lui, secco, e aveva riattaccato.

Nettie aveva riagganciato a sua volta. «Ecco fatto. Sai una cosa? Dovevamo farlo tre anni fa. Ci avevo anche pensato. Ma non volevo trascinarti via da casa tua e da tutti i tuoi amici.»

Lara si era guardata intorno, osservando la cucina semplice e disordinata con le ciotole dei cani messe in fila e l'ultima infornata di cuccioli che dormicchiavano in un cestino davanti al forno. Ma non aveva voluto pensare a Evie e agli altri amici: doveva concentrarsi su ciò che era meglio per lei. E *meno che mai* si era concessa di pensare a Flynn.

A voce alta, un po' incerta, aveva risposto: «Sarebbe stata una buona idea».

3

Lara aspettava seduta su una panchina a Victoria Park e osservava una coppia di adolescenti che le venivano incontro per il sentiero, tenendosi per mano, i fianchi che si sfioravano. Proprio come lei e Flynn quando andavano lì tanti anni prima. Lui sussurrò qualcosa all'orecchio alla ragazza e lei scoppiò a ridere, dandogli una gomitata scherzosa nelle costole. Eh sì, facevano anche quello.

Mentre passavano, lei disse: «... Papà vuole sapere se ti va di andare a vedere la partita di calcio con lui, sabato, perché è riuscito a prendere un biglietto in più».

Lui s'illuminò. «Fico!»

Okay, *quello* non sarebbe mai successo.

Il suo cellulare squillò di nuovo.

«Mamma, sono nel parcheggio, vicino al parco. Tu dove sei?»

Lara la vide e sollevò una mano. «Guarda in alto, e a destra. Mi vedi? Ti sto salutando. Raggiungimi.»

Si appoggiò allo schienale e osservò Gigi che risaliva la collina.

Con quelle gambe lunghe, i capelli castani lisci e gli occhi allegri, di un color grigio argento, era un vero schianto. Aveva zigomi perfetti ed era priva di qualsiasi vanità. La sua splendida, ostinata figlia, l'amore della sua vita, l'imprevisto più felice che le fosse mai capitato. E a quanto pareva si era data da fare: era carica di sacchetti.

La mossa successiva sarebbe stata decisa da Gigi. Forse il loro mondo stava per cambiare... ma chissà?

La ragazza si lasciò ricadere sulla panchina e tirò fuori una lattina di Diet Coke da una busta. L'aprì, producendo il consueto *tssssttt* e bevve avidamente. «Argh, sono distrutta! Ci voleva proprio. Qui i negozi sono fantastici. Ho trovato un posto delizioso che faceva dei saldi pazzeschi. Ma dimmi, com'è andata? Che ha detto il notaio? Hai avuto i gioielli?» chiese, offrendo la lattina a Lara.

Per quello erano andate a Bath. Quando il notaio aveva chiamato per informarla della morte di suo padre, chiedendole di andare da lui per parlare del testamento, lei era rimasta perplessa. Conosceva fin troppo bene suo padre per aspettarsi che le avesse lasciato qualcosa di valore. La conclusione inevitabile era stata che doveva andare a prendere i pochi gioielli che erano appartenuti a sua madre. Non erano molti, né così clamorosi da destare l'interesse di Sotheby's, ma per lei avevano comunque un valore inestimabile. Dopo tanti anni, ancora riusciva a ricordare sua madre che li indossava... il piccolo anello con la margherita, i braccialetti sottili e le tre catenelle d'oro che portava sempre al collo. C'era anche una lunga collana di corallo, un ciondolo di giada e un braccialetto di perle nere lucide.

Era una fortuna che li ricordasse così bene, visto che quel pomeriggio non erano stati nemmeno nominati.

Lara si rese conto di essere ancora sotto shock. Le tremavano le mani. «No. Ma c'è qualcos'altro. Non ci crederai... è la casa.»

Gigi per poco non si strozzò mentre beveva. «Mi prendi in giro?»

«Non potrei mai.»

«Ma perché? Dio, si sentiva in colpa per averti buttata fuori? Oh, wow, è così...»

«No, non ha niente a che vedere con quella storia. La casa non è mai stata sua», la interruppe Lara prima che Gigi si lasciasse andare a qualche fantasticheria sdolcinata sul nonno che non aveva mai conosciuto.

«Cosa? E com'è possibile? Ci viveva da trent'anni!» Gigi era confusa.

Trentadue, per essere precisi. Quando era nata Lara, i suoi genitori vivevano in un appartamento a Bradford on Avon, qualche miglia fuori Bath. Poi, quando lei aveva tre anni, si erano trasferiti nella casa in cui era cresciuta. Suo padre lavorava in banca, e lei aveva sempre pensato che l'avessero comprata chiedendo un mutuo. L'incontro di quel pomeriggio col notaio era stato una rivelazione, per più di un motivo.

«La casa era stata intestata a mia madre e acquistata in contanti. Quando ha stilato il testamento, lei l'ha lasciata a me, ma con la postilla che se fosse morta prima di mio padre, lui avrebbe potuto continuare a viverci tutto il tempo necessario. Adesso non ne ha più bisogno, e questo significa che è mia», aggiunse, appoggiandosi allo schienale ed espirando con forza.

«Abbiamo una casa. Abbiamo una casa tutta per noi! Evviva! Possiamo venderla!» fece Gigi scalciando.

«Già.» Quanto potevano ricavarci? Considerando che quella era la città più cara del mondo. Tenendosi molto larga, Lara si disse che avrebbero potuto guadagnare quattrocento o cinquecentomila sterline.

«Oppure potremmo viverci!»

Il suo cuore perse un colpo. «Qui a Bath, intendi?»

«No, pensavo che potremmo attaccarci qualche milione di palloncini gonfiati con l'elio e portarla un po' dove ci pare... *Certo* che intendevo qui a Bath, mamma», fece Gigi alzando gli occhi al cielo.

«Perché?» Ma forse sapeva già la risposta.

«Perché no? Ora possiamo!» Allargando le braccia, sua

figlia indicò il parco, gli alberi, le case georgiane di pietra color miele, tipiche di Bath, le colline sinuose in lontananza. «Hai sempre detto che finché tuo padre fosse stato vivo non saresti tornata. Ora però è morto, quindi la questione si è risolta. Tua madre ti ha appena regalato una casa. E io adoro questa città… so che può sembrare assurdo, ma da quando ho messo piede qui mi sento… *bene*. Mi sono piaciuti i negozi. Le persone. Sai quando hai quella stretta al petto, un po' come quando ti innamori? È così che mi sono sentita per tutto il pomeriggio! È stato come tornare a casa», disse portandosi il pugno chiuso al petto per enfatizzare.

«E i tuoi amici? Non ti mancheranno?»

Si strinse nelle spalle. «Mamma, abbiamo diciotto anni, a questo punto della nostra vita ci separeremmo comunque. Università… anni sabbatici… ci sposteremo tutti. E poi esistono i telefoni e Facebook, e potremo ancora vederci, se vogliamo. Non è che ci perderemo di vista. Inoltre cambiare città significa farsi dei nuovi amici.»

Per un attimo, Lara non riuscì a parlare. L'istinto era una componente fondamentale della personalità di Gigi; quando s'innamorava, che fosse di un'opera d'arte, una ricetta, un monociclo, il kayak o le immersioni, il suo non era mai un semplice capriccio. Era pura passione.

E in tutta onestà, come poteva darle torto? Si sentiva esattamente allo stesso modo. Keswick e il Lake District erano luoghi meravigliosi, ma lei aveva sempre amato la sua città d'origine, e le era mancata da morire per tanti anni.

Potevano farcela. Nulla poteva fermarle.

A parte Flynn Erskine.

4

Evie era a letto e osservava i fasci di luce del sole che filtravano tra le tende. Erano le otto di mattina e le previsioni del tempo davano sole per tutto il giorno.

Sperava proprio che fossero giuste.

E dato che era superstiziosa, incrociò le dita e si mise ad ascoltare il canto degli uccelli fuori della sua finestra. Poi sentì una porta che si apriva sul pianerottolo, e le assi del pavimento che scricchiolavano.

Qualcuno bussò, e lei rispose: «Sono sveglia».

Bonnie apparve sulla soglia; aveva i capelli chiari scompigliati, indossava una camicia da notte di cotone bianco e aveva l'aria un po' incerta.

«Buongiorno, cara. Mi sembra di ricordare che stamattina avevamo un impegno... ti viene in mente niente?»

Evie scosse il capo. «No. Anzi, pensavo di restarmene un po' a letto. Magari dopo potrei andare a fare shopping. Al cinema che film danno?»

Un'altra porta sbatté, si sentirono passi frettolosi e poi Marina superò sua madre, correndo nella stanza. Balzò di slancio sul letto, gridando: «Oggi ti sposi!»

«Ah, ecco! Lo sapevo che c'era già qualche impegno», fece Bonnie con un sospiro di sollievo. Con un sorrisone, si avvicinò e abbracciò Evie. «Eccoci qua... finalmente è arrivato il gran giorno. Ora resta qui, ti portiamo la colazione a letto.»

Marina saltò giù dal letto in pigiama e aprì le tende. «Oh, sì, ti vizieremo a morte. Non devi muovere un muscolo! Be', a meno che non ti scappi la pipì.»

Evie tornò ad appoggiarsi ai cuscini e ascoltò le due donne che se ne andavano al piano di sotto.

Quanto sono fortunata.

Nel giro di qualche ora sarebbe entrata a far parte ufficialmente della famiglia che amava più di qualsiasi altra al mondo. Bonnie sarebbe diventata sua suocera, Marina sua cognata.

Ray non sarebbe stato solo un suocero, ma anche il padre che non aveva mai avuto.

E lei sarebbe diventata la moglie di Joel.

Era come un sogno che si avverava. La sua vita stava per diventare perfetta. Guardò fuori della finestra e si chiese quanto sarebbe stato tutto diverso, se non avesse conosciuto i Barber.

La sua famiglia era minuscola, invece.

Era cresciuta da sola con sua madre, una donna che non sarebbe potuta essere più diversa da Bonnie Barber nemmeno se l'avesse fatto apposta. Evie non aveva mai conosciuto suo padre. Né si era mai divertita granché. Per garantirle una qualità di vita accettabile, sua madre aveva sacrificato ogni contatto sociale per privilegiare le certezze economiche. Aveva dedicato al lavoro tutto il tempo che aveva potuto. Evie aveva imparato a non darle fastidio e a non aspettarsi grandi attenzioni. La sua era stata un'infanzia solitaria: per questo conoscere Lara, all'inizio dell'adolescenza, era stata una svolta. Perché anche a casa di Lara la vita era molto triste. Poter condividere i problemi aveva rafforzato la loro amicizia. Per molti aspetti, per lei era stato più facile: almeno sua madre era ancora viva. E non aveva un padre e una matrigna che si coalizzavano contro di lei e sembravano infastiditi dalla sua esistenza. Evie sapeva che sua madre non la odiava: semplicemente non la considerava una priorità.

Come quel giorno. Il matrimonio si sarebbe celebrato a mezzogiorno.

E sua madre, che in quel momento era sommersa di lavoro in ufficio, stava arrivando in macchina da Swindon per assistere alla cerimonia. La sera prima, al telefono, le aveva spiegato che forse sarebbe arrivata con un po' di ritardo, ma sarebbe senz'altro stata in chiesa per mezzogiorno e un quarto. «Potrei perdere un paio d'inni, ma arriverò in tempo per la parte principale.»

Evie non aveva nemmeno cercato di protestare. Che cosa poteva aspettarsi di più una figlia, in fondo? E se poi fosse riuscita a trattenersi anche per la prima metà del ricevimento, sarebbe stato un evento straordinario.

C'era da stupirsi se adorava Bonnie e Ray?

Dal fondo delle scale, Bonnie gridò: «Toast e marmellata di arance, tesoro? O preferisci cornetti e marmellata di ciliegie?»

«Ooh, cornetti, ti prego!»

«E preferisci un Buck's Fizz o succo d'arancia e champagne in bicchieri separati?» fece Marina.

«Bicchieri separati, grazie.»

«Moët & Chandon o Bollinger d'annata?» Marina fece una pausa e poi aggiunse: «... O del delizioso spumante preso al supermercato?»

«Spumante.»

«Brava ragazza, risposta esatta! Okay, dacci solo qualche minuto...»

Che meraviglia, solo qualche ora e non sarebbe più stata una Beresford. Sarebbe diventata Evie Barber. Una della famiglia. Grandioso.

Aveva conosciuto Joel in un locale a Bath poco dopo che i Barber si erano trasferiti lì da Londra. Era successo quindici anni prima. All'epoca lei aveva diciannove anni, era goffa e impacciata, da sempre esclusa dalle cerchie dei ragazzi più popolari. Joel invece, a vent'anni e senza il minimo sforzo, si era dimostrato la personificazione della popolarità. Era bello, fascinoso, ardito e impulsivo, tutti erano ammaliati da lui ed Evie si era accontentata di osservarlo a distanza. Non le era dispiaciuto che non l'avesse notata: dopotutto, Joel Barber era fuori della sua portata.

Ma col passare del tempo le loro strade avevano continuato a incrociarsi. Bath non era una città grande, e c'erano pochi locali e bar.

Un anno e mezzo dopo la prima volta che l'aveva visto, Joel stava uscendo da un pub proprio mentre lei ci stava entrando, e le aveva involontariamente sbattuto in faccia la porta a vetri. Si era profuso in scuse, si era assicurato che non si fosse fatta male e aveva insistito per prendersi tutta la responsabilità, anche se in effetti era colpa di entrambi.

Era stato gentile.

Poi, un paio d'anni dopo, lei era stata spinta mentre attraversava un bar affollato con in mano un paio di drink e ne aveva rovesciato uno sulla schiena di Joel.

Quella volta era stata colpa sua, senza ombra di dubbio, ed era toccato a lei scusarsi, ma lui era stato gentilissimo e l'aveva rassicurata, dicendole che non c'era alcun problema.

Era passato ancora un anno circa, e un'amica di Evie aveva cominciato a uscire con un ragazzo della cerchia di Joel, così le loro comitive si erano prima incrociate, e poi unite. Alla fine lui era riuscito a scoprire il suo nome, e la trattava come un'amica di vecchia data. Era una sensazione magnifica, anche se avrebbe preferito di gran lunga diventare la sua ragazza.

Ma Evie aveva nascosto i suoi veri sentimenti. Era un segreto solo suo. Joel era comunque inavvicinabile, per lei. Almeno non le avrebbe spezzato il cuore lasciandola distrutta, come succedeva ai fiumi di belle ragazze che si avvicendavano nelle sue conquiste.

E che alla fine se ne pentivano sempre.

Poi era successo qualcosa d'incredibile. All'età di ventinove anni, Joel si era innamorato di una donna più grande di lui che, senza alcun preavviso, gli aveva spezzato il cuore: aveva perso ogni interesse in lui ed era tornata dal suo amante più vecchio e più ricco.

Joel ne era stato devastato. Non aveva idea di come affrontare una situazione del genere. Per la prima volta in tutta la sua gloriosa vita aveva capito cosa si provava a sentirsi rifiutati. In molti avevano riso e goduto del suo insuccesso, mentre Evie aveva preso a cuore la sua vicenda. E Joel l'aveva ricambiata, confidandosi con lei e raccontandole le sue sofferenze.

Due settimane dopo, erano finiti a letto insieme. Nessuno dei due si era aspettato che potesse andare così. Ma poi Joel le aveva detto che era innamorato di lei, che aveva deciso di voltare pagina e che lei era la ragazza giusta. Si era stancato delle donne melodrammatiche che pensavano solo ai soldi.

Era il momento di cambiare.

Il momento di cambiare per lui, e quello di vivere un sogno per Evie. Insieme avevano scoperto di essere una coppia più affiatata di quanto avrebbero mai immaginato. Con le loro differenze si completavano a vicenda. Evie non era una ragazza lunatica, in cerca di attenzioni o troppo emotiva. Non dava problemi, e Joel ne era felice. L'affetto che provavano l'uno per l'altra era sincero.

E quando lui l'aveva presentata alla sua famiglia, la felicità di Evie era stata assoluta.

Ray e Bonnie erano i genitori migliori che si potessero desiderare: dolci, gentili e meravigliosi in tutto e per tutto. Conoscerli era stato come essere rimasti fuori al freddo per anni, e poi essere invitati in una casa stupenda, con un fuoco crepitante acceso nel caminetto. Per Evie era stato amore a prima vista. Che cosa poteva desiderare di più?

Eppure, incredibile a dirsi, la situazione era perfino migliorata.

Dopo aver fatto fortuna nella City di Londra e aver lavorato come un matto per vent'anni, Ray aveva deciso che la vita era troppo breve per non godersi quanto ne rimaneva. Prima di trasferirsi con la famiglia a Bath, aveva fondato la MadAboutParties, una società che forniva materiali per le feste e vestiti alla moda, in vendita o in affitto. La gestiva insieme con la moglie, e gli affari andavano a gonfie vele. Tre anni prima, inoltre, con un tempismo straordinario, a Evie si era presentata un'opportunità di lavoro incredibile. All'epoca Evie faceva la segretaria per due terapisti di coppia, moglie e marito, e aveva scoperto che i suoi capi stavano per divorziare. In ufficio l'atmosfera era sempre più gelida e imbarazzante. E quando Bonnie le aveva chiesto «Tesoro, perché non vieni a lavorare per noi?» lei aveva colto al volo l'occasione.

Da quel giorno aveva ringraziato la sua buona stella. Amava davvero quel lavoro, si rendeva utile in tutte le attività dell'azienda, di persona nel negozio e anche su Internet. Lavorare con Ray e Bonnie era stata una gioia fin dal primo istante.

La porta della camera da letto si aprì e Bonnie entrò con in mano un vassoio e una rosa rossa tra i denti.

Posò il vassoio sulle gambe di Evie, tirò fuori una bottiglietta d'acqua dalla tasca del golf, riempì un vaso stretto e vi mise la rosa. «Ecco. Ta-da! Ora goditi la colazione, intanto noi ti prepariamo il bagno. A che ora arriva Kirsty?»

«Alle dieci e un quarto.» Bonnie, che nell'arte del make-up e dei capelli era un vero disastro, aveva ingaggiato un'estetista professionista per l'occasione: il suo regalo era stato proprio far venire Kirsty per dare un aspetto magnifico a tutt'e tre.

Nell'ora successiva Evie si rilassò, fece colazione, guardò un po' di trasmissioni trash del mattino e fece un lungo bagno caldo. Aveva trascorso l'ultima settimana in casa loro, visto che aveva lasciato la sua casa a Batheaston. Quella sera lei e Joel avrebbero passato la notte al Royal Crescent Hotel, e il giorno dopo lei si sarebbe trasferita nel fantastico appartamento di lui, a Bannerdown. Bonnie però le aveva chiesto di passare gli ultimi giorni da nubile con loro, e lei aveva accettato con gioia.

Bussarono di nuovo. Marina, che si era fatta la doccia ed era avvolta in un accappatoio, le chiese: «Metto subito l'abito da damigella o va indossato dopo che ci hanno truccate?»

Evie ebbe un attimo d'incertezza; nemmeno lei era un'esperta. Ma di certo non voleva che i loro magnifici abiti si macchiassero di mascara o rossetto. «Mettiamoli dopo, così non correremo rischi.»

«Hai ragione, non dobbiamo rovinarli», rispose Marina guardando con una smorfia la macchia di marmellata sul risvolto dell'accappatoio.

Alle dieci e un quarto erano tutt'e tre riunite nel soggiorno, in vestaglia, in attesa fremente dell'arrivo di Kirsty.

Dopo essersi versato un bicchiere di spumante, Ray le osservò divertito dalla soglia. «Ah, guardatevi un po'... le tre scimmiette: non vedo, non sento, non parlo.»

«Papà, vattene!» fece Marina con una smorfia.

Lui sorrise, raggiante. «Devo proprio dirvelo, quella truccatrice valeva ogni penny. Siete tutt'e tre sensazionali, sembrate delle reginette di bellezza.»

«Dovresti fare il cabarettista, lo sai?» Bonnie lo fece avvicinare e prese un sorso dal suo bicchiere.

«Kirsty è in ritardo. Dovrebbe essere già arrivata», disse Evie.

«Sarà il traffico. Di sicuro ha trovato qualche intoppo. Non ti preoccupare, vedrai che sarà qui in un lampo», la rassicurò Bonnie senza la minima esitazione.

5

Alle dieci e venti aspettavano ancora.

Alle dieci e venticinque, Evie prese il telefono e chiamò Kirsty. «È scattata subito la segreteria.»

«Perché è su un volo per Hong Kong», spiegò in tono gentile Ray.

Sua moglie gli diede un colpetto scherzoso con una copia di «Radio Times». «La vuoi *finire*? Cara, è tutto a posto. Significa che non può rispondere perché sta guidando, quindi è in arrivo», aggiunse rivolta a Evie. La sua voce era dolce e rassicurante, e lei si costrinse a rilassarsi. Ma se era bloccata nel traffico, perché Kirsty non aveva trovato il tempo di fare un colpo di telefono e avvisare?

Alle dieci e mezzo provò di nuovo. Ancora nessuna risposta. Lasciò un messaggio, chiedendole di richiamarla subito. Okay, alle dieci e quaranta ancora non si era fatta viva, e il motivo non era più importante. Un'ora dopo sarebbero dovute andare in chiesa. Bonnie, con la sua innata tranquillità, batté le mani e dichiarò allegra: «D'accordo, non c'è problema. Faremo da sole!»

Evie non poté evitarlo: voleva un bene dell'anima a Bonnie, ma il suo cuore sprofondò. Il concetto di estetica femminile di quella donna si limitava al tirare indietro i capelli biondi fermandoli con una fascia elastica e darsi una passata di rossetto sulle labbra. Per le occasioni davvero speciali a volte si spingeva fino al punto di mettersi un po' di ombretto azzurro e sputare sul mascara indurito che Marina usava definire «vecchio quanto lei».

Dal momento che non avevano scelta, però, si misero all'opera con quel poco che avevano a disposizione. Collaborarono tutti. Nessuno sapeva come fare i boccoli con la piastra, ma Bonnie trovò un tutorial su YouTube che spiegava come fare.

Ray andò dai vicini e tornò con un set di bigodini termici inutilizzati che l'ottantenne Elsie aveva ricevuto a Natale dal figlio, armato delle migliori intenzioni ma privo di qualsiasi senso pratico.

Marina riempì il vaporizzatore per le piante nel lavello della cucina e spruzzò d'acqua i capelli di tutte. Se li asciugarono a vicenda e fecero del loro meglio per fermare e fissare le acconciature desiderate. Inutile dire che non somigliavano affatto a come erano state la settimana prima, quando Kirsty aveva mostrato loro le sue magie. Quando ebbero finito di sistemarle, sembravano uscite da uno di quegli spettacoli col prima e dopo la cura.

«Ragazze, siete una meraviglia!» Non era vero, ma Ray faceva del suo meglio per tenere alto il morale.

«Okay, adesso passiamo al trucco.» Bonnie corse al piano di sopra e tornò con l'ombretto e il suo mascara d'annata. «Se volete che ve li presti, accomodatevi pure!»

Erano le undici e venti; avevano perso un bel po' di tempo coi capelli. Quasi tutti gli articoli da toeletta di Evie erano a casa di Joel, ma aveva con sé una pochette con gli elementi di base. Cercò in gran fretta di riprodurre l'effetto che le aveva mostrato Kirsty. Ma dove andava messo il fard? Non aveva mai capito come si applicava. E poi le tremavano le mani, e cominciava a essere davvero nervosa... era il giorno del suo matrimonio, e in teoria avrebbe dovuto avere un aspetto meraviglioso... cosa avrebbero pensato tutti, quando fosse arrivata in chiesa con...

«Ahi! AHI!» La spazzolina del mascara le era finita in un occhio, che iniziò subito a lacrimare. Dio, ma perché aveva cercato di separare le ciglia? Avrebbe dovuto lasciarle agglomerate.

Ray corse in suo aiuto con un foglio di carta da cucina imbevuto d'acqua. «Ecco, tesoro, tieni. Non devi preoccuparti, andrà tutto bene.»

Marina intanto aveva fatto un coraggioso ma maldestro tentativo di mettersi l'eyeliner, e posò lo specchio in cui si stava guardando. «Sapete una cosa? Sembro una drag queen con un bel doposbronza. Meglio se non mi trucco affatto.»

«Comincio a essere preoccupata per Kirsty. Secondo voi ha avuto un incidente?» In un moto di eroismo, Bonnie si era portata alla bocca un tubetto di lucidalabbra e lo stava strizzando, accogliendo con un sussulto quella sostanza cui non era abituata.

Evie aveva smesso di pensare a cosa potesse esserle successo. Aveva l'occhio destro arrossato e dolente, indossava ancora la vestaglia e sarebbero dovute uscire entro dieci minuti.

Evitando il lucidalabbra colloso, Ray diede a sua moglie un affettuoso bacio su una guancia. «Siete già così perfette che avrà ritenuto inutile venire.»

Venti minuti dopo, erano vestite e pronte a partire. Pronte per quel che potevano. Nonostante l'angoscia, Evie si sentiva rassicurata dal modo in cui i Barber si rifiutavano di lasciarsi prendere dal panico. Una famiglia più attaccata alle apparenze avrebbe avuto un accesso isterico, e invece loro continuavano a ridere e scherzare, sdrammatizzando una situazione che in fondo non era il massimo.

La limousine aspettava sul vialetto per accompagnarli in chiesa.

Ray, col suo abito da cerimonia, distese le braccia. «Venite qui. Siete bellissime. Sono molto orgoglioso di voi.» Le abbracciò l'una dopo l'altra e le scortò fino alla porta di casa, e mentre si avvicinavano alla Bentley argentata si mise a cantilenare: «Eccoci, attente alle gonne, ragazze... non vogliamo certo fare tardi in chiesa...»

Non aveva più alcuna importanza, ma Evie aveva bisogno di sapere. Prese il telefono dalla borsetta di seta bianca – durante la cerimonia doveva ricordarsi di spegnerlo – e fece per l'ultima volta il numero di Kirsty.

Incredibile ma vero, stavolta rispose.

«Eccomi... ciao. Scusa se non sono venuta.» Era la voce di Kirsty, ma aveva uno strano tono concitato.

«Oddio, pensavamo avessi avuto un incidente!» Di colpo le chiacchiere sul retro della limousine cessarono, e tutti si misero in ascolto. «Stai bene? Che ti è successo? Avevi il telefono spento! Perché non mi hai chiamata?»

Seguì uno strano silenzio ronzante. Alla fine Kirsty rispose, rigida: «Sto bene. Chi vi ha fatto capelli e trucco?»

Chi pensava che fosse stato, Vidal Sassoon? «Abbiamo fatto da sole.»

«Ma mi avevate detto che non eravate capaci.»

«Infatti *non* siamo capaci.»

«Mi dispiace.»

«L'hai già detto. Quello che non mi hai spiegato è perché non sei venuta!» Evie alzò la voce, frustrata.

«Shh. Non importa più ormai», le sussurrò Bonnie prendendole la mano e dandole un colpetto rassicurante.

Parlando aveva coperto la risposta di Kirsty, ma qualcosa, una sorta di sesto senso, disse a Evie che era importante.

«Scusa, non ti ho sentita.» Si premette il telefono con forza all'orecchio. Ma sentì solo dei singhiozzi. All'altro capo del telefono, la donna piangeva e ansimava. «Ripeti, per favore. Che cosa hai detto?» le chiese, lo stomaco serrato dal panico e da un senso di premonizione.

Tra i singulti, Kirsty balbettò: «Non te lo posso dire. D-dovrai chiedere al tuo s-splendido fidanzato, okay? Domanda a Joel perché non sono venuta. Forse lui indovinerà».

Cadde la linea. Kirsty aveva terminato la chiamata. Da lontano le arrivò la voce di Bonnie. «Tesoro, che succede?»

«Possiamo fermare la macchina? Ho la nausea.» La limousine si fermò e lei caracollò fuori, facendo cenno agli altri di stare lontani. «Non mi seguite... per favore, ho bisogno di un momento.»

Sul marciapiede, si voltò di spalle perché gli altri non potessero vederla in faccia. Non aveva la nausea, stava solo cercando di decidere la mossa seguente. Joel le aveva fatto il nome di Kirsty un paio di mesi prima; era entrato in contatto con lei al bar dove si fermava spesso a bere qualcosa quando usciva dal lavoro.

Quando aveva sentito che stava per sposarsi, lei gli aveva detto di essere una parrucchiera e truccatrice in cerca di nuovi clienti, e gli aveva chiesto se conosceva qualcuno cui potesse interessare una prova di trucco gratuita. Colpito da quell'offerta generosa, Joel ne aveva parlato a sua madre, e Kirsty era andata a casa loro la settimana successiva. Il risultato era stato stupefacente: quella donna sapeva fare il suo lavoro, questo era certo. Esaltata dalla trasformazione, Bonnie l'aveva subito ingaggiata per quella mattina, perché tutte potessero avere un aspetto splendido per il gran giorno.

Evie si strinse le braccia intorno al corpo e si concentrò sulla respirazione, inspirando a fondo. Un'auto le passò accanto e dietro i finestrini vide i volti sorridenti di sconosciuti che si domandavano perché una sposa vestita di tutto punto fosse in piedi in un'aiuola dietro una limousine scintillante.

Già, perché? Kirsty era una bella ragazza, sui venticinque anni. Durante la sessione di prova aveva chiacchierato molto con Bonnie e Marina, un po' meno con lei. Sul momento non ci aveva fatto caso, pensando che fosse solo più concentrata sulla sposa.

Tuttavia, Evie era sempre stata una credulona, poco attenta ai dettagli. Porgere l'altra guancia senza nemmeno rendersene conto era quasi diventata la sua specialità.

Però c'era un limite a tutto. Perfino per lei.

Dio, guardami, sto tremando...

«Stai bene, tesoro? Ti servono altri fazzolettini?»

Povera Bonnie, povero Ray. Chissà se sospettavano cos'era successo. E ciò che forse stava per succedere.

Evie sollevò l'orlo del vestito e tornò all'auto infiocchettata, salendo a bordo. «Sto bene. No, non mi servono fazzolettini. Andiamo.»

Gli invitati aspettavano tutti in chiesa, a parte Nick, che era il testimone di Joel, e il fotografo.

Evie sollevò una mano per schermarsi il viso e difendersi dal fotografo che cercava di riprenderla mentre scendeva dall'auto. «Scusa, potresti evitare? Nick, dov'è Joel?»

Lui sorrise. «Ti aspetta! Sei in ritardo. Sarà già andato nel panico e penserà che gli stai dando buca.»

«Non lo farei mai. Ma ho bisogno di parlare con lui. Ehi, per favore, la *pianti*? Non voglio foto.» Il fotografo era tornato all'assalto col flash. Lei tornò a rivolgersi a Nick. «Portami qui Joel, okay? E subito.»

Se prima aveva avuto qualche dubbio, nell'istante in cui Joel apparve sui gradini della chiesa con quell'espressione innocente lei capì.

Il suo volto splendido, con le sopracciglia appena sollevate in segno di enorme sorpresa: come potevano esserci problemi?

Ma fu proprio quello a tradirlo, perché c'era una punta di esagerazione. E perché lei lo conosceva abbastanza bene da saper cogliere la minima ombra di terrore nei suoi begli occhi.

«Evie? Ti senti bene? Che succede?»

«Perché non me lo dici tu?» Aspettò, lo osservò e vide, chiarissimo, il senso di colpa. *Oh, sì che lo sapeva.*

«Tesoro, andiamo, stiamo per sposarci, ci aspettano tutti là dentro...»

Cercò di avvicinarsi, ma lei fece un passo indietro.

«Ti ha chiamato?»

«Chi?»

Il terrore ormai era evidente. Non era carino nei confronti della sua famiglia, che nel frattempo era scesa dalla macchina e aspettava imbarazzata, tenendosi a distanza con discrezione. Ma che altro poteva fare? Andare avanti col matrimonio solo perché ormai si erano riuniti tutti con gli abiti migliori e il ricevimento era stato pagato? Doveva far finta che non fosse successo nulla e sposare comunque Joel, solo perché adorava i suoi genitori e sua sorella?

«Hai avuto una storia con Kirsty. Sii uomo e ammettilo. Mi ha telefonato.» Evie sentì le parole uscirle dalla bocca, come se fosse un'altra persona a pronunciarle.

Lui alzò gli occhi al cielo, e per un attimo le parve che stesse per scoppiare in lacrime. La amava, ne era sicura. A modo suo. Ma Joel era un conquistatore, irresponsabile e farfallone; finiva nelle situazioni più assurde, senza scampo. Per lui era quasi impossibile dire no, che l'offerta fosse un biscotto, un drink o una festa. O una ragazza.

«Che cosa ti ha detto?»

Evie si strinse nelle spalle. «Non è stato facile capire. Piangeva a dirotto. Ma ha detto abbastanza da farmi intuire il nocciolo della questione.»

Lui sospirò forte, passandosi una mano tra i capelli biondo scuro. «Okay, te lo dirò. C'è stato qualcosa. Non doveva succedere, e giuro su Dio che per me non significava nulla. Ma è finita. Per questo piangeva. Mi dispiace tantissimo, non *volevo* che succedesse...»

«Però è successo.» I capelli asciugati alla bell'e meglio cominciavano ad avvizzire sotto la forte luce del sole, incollandosi alla nuca. Un rivoletto di sudore le colò lungo la schiena. Aveva dei fazzolettini nella borsa, ma la borsa era rimasta in macchina…

«Ho chiuso con lei. Gliel'ho detto la scorsa settimana. È stata un'avventura inutile. Maledizione, sapeva benissimo che stavo per sposarmi! Mi ha *giurato* che non avrebbe creato problemi.»

«Accidentaccio. Mi sa che mentiva», fece Evie.

Lui annuì, sconsolato. «Lo so, lo so. Ma non possiamo lasciarla vincere.» La afferrò per i gomiti. «È quel che vuole lei, giusto? Ma non glielo permetteremo! Evie, dobbiamo sposarci. Ti amo da morire. Voglio sposarti. *Ti prego*. È il nostro matrimonio. Ci aspettano *tutti*…» la implorò.

6

Gli invitati avevano cominciato a parlottare tra loro nell'attimo in cui Nick e Joel erano usciti dalla chiesa. A Lara venne in mente l'ultima volta in cui era stata seduta a disagio in un banco di chiesa, solo che stavolta non era lei al centro dell'attenzione.

All'inizio tutti scherzavano, con battute del tipo «Ecco, Evie l'ha piantato, ha trovato un altro ed è scappata con lui».

Ma via via che i minuti passavano, alle risate si sostituirono la curiosità e l'incertezza. Poco dopo una coppia di amici di Joel percorse la navata e scivolò fuori per vedere cosa stesse causando il ritardo. In breve riapparvero sulla soglia, scuotendo il capo con malcelata euforia. «Sta succedendo qualcosa. Non si capisce cosa, ma sembra grave.»

A quel punto trattenere gli altri divenne impossibile. L'idea che si stesse per consumare un dramma era una tentazione troppo forte perché restassero tutti seduti. Che cosa poteva essere successo? Se era grave, dovevano sapere.

Ah, be', se lo facevano tutti, lei non sarebbe certo rimasta lì seduta come una stupida. Seguendo gli altri all'esterno, Lara si schermò gli occhi dal sole abbagliante e guardò verso Evie e l'uomo che in teoria stava per sposare.

Erano poco distanti dalla chiesa, tra le pietre tombali gotiche del cimitero, impegnati in una fitta discussione.

Oh, cielo. Una cosa era certa: non sembravano allegri. Di sicuro non stavano ridendo.

La situazione sembrava pessima.

E anche Evie era ridotta male. Aveva una capigliatura che non sembrava affatto da sposa, anzi: in effetti la sua acconciatura aveva tutta l'aria di essere opera di uno scimpanzé esaltato. Era stato quello il motivo del ritardo? Forse Evie era talmente in collera per come erano conciati i suoi capelli che si rifiutava di entrare in chiesa?

Un attimo dopo, sulla strada a tre corsie arrivò di gran carriera un taxi. Gli occhi di tutti passarono avidamente da Evie e Joel al taxi, come nel pieno del torneo di Wimbledon, quando si fermò con un gran stridore di freni. Poteva averlo chiamato Evie per farsi portare via?

Invece no: era venuto a portare un ospite in ritardo, e non a far fuggire una sposa infelice. Lo sportello nero si aprì e ne emerse una figura statuaria. Non sarebbe stata una meraviglia, se fosse apparso Nicky Clarke in persona, nelle vesti di cavaliere-parrucchiere con tanto di armatura scintillante, appena in tempo per evitare il disastro?

Poi il nuovo arrivato finì di pagare il tassista e si voltò a guardare la folla riunita intorno all'ingresso della chiesa.

E Lara si sentì come se fosse stata centrata al petto da una palla medica.

Il colpo fu altrettanto inatteso e potente.

Era Flynn. Era lì.

Non era stato difficile seguire le sue vicende, negli anni. All'inizio le sue abilità di campione di sci avevano trovato posto nelle sezioni sportive dei giornali e lei ne aveva letto i grandi successi. Poi, col passare del tempo, c'era stata un'espansione dell'uso di Internet e lei l'aveva sfruttato così. La bellezza e la bravura di Flynn avevano attirato su di lui grandi attenzioni, molte società erano pronte a sponsorizzarlo e pareva che fosse tra i maggiori candidati alla medaglia nelle Olimpiadi invernali. E forse avrebbe anche vinto, se non avesse avuto un incidente durante gli allenamenti, una brutta caduta nella quale si era rotto una caviglia. La frattura si era rivelata grave, e aveva avuto bisogno di un delicato intervento chirurgico, segnando la fine della sua carriera. A ventiquattro anni, Flynn era tornato a Bath e aveva cominciato a lavorare per i Grey, i rivenditori di vino. I suoi capi non gli avevano nascosto di averlo preso solo perché era famoso: in pratica doveva ammaliare i clienti e migliorare l'immagine pubblica della compagnia. Nessuno, nemmeno Flynn stesso avrebbe mai immaginato che genere di risorsa si sarebbe rivelato. Tre anni dopo, era diventato socio. Grey ed Erskine erano cresciuti sempre di più, diventando fornitori di una lista infinita di alberghi, ristoranti, festival e club privati in tutto il mondo. Compravano e importavano direttamente da piccole aziende a conduzione familiare e ottenevano grandi riconoscimenti dai critici enologi, molto colpiti dalle loro selezioni. Le vendite su Internet, introdotte da Flynn, fecero lievitare gli affari ancora di più. L'entusiasmo sincero del giovane per il vino e la sua capacità di trasmetterlo alla clientela aveva fatto la differenza. Forse era entrato nel mondo del vino quasi per caso, ma si era rivelata una fatalità davvero felice.

Lara non avrebbe mai confessato quante volte, negli anni, aveva cliccato sul sito Internet della vineria Grey ed Erskine.

Non si poteva certo considerare stalking. Era rimasta a centinaia di chilometri di distanza. Aveva solo… tenuto d'occhio Flynn per sapere come se la passava.

Okay, forse era stalking a distanza.

Comunque ora non aveva più bisogno di accendere il computer per vederlo. Era lì. Santo cielo.

Aveva appena iniziato a prepararsi all'idea che prima o poi nell'immediato futuro l'avrebbe rivisto.

Ma non lì, quel giorno, in quel momento, senza alcun preavviso.

Non era giusto.

L'uomo magro e anziano davanti a lei si voltò a guardarla con aria interrogativa. Lara si rese conto che stava iperventilando, e gli ansimava come un cagnolino contro il collo raggrinzito da tartaruga.

«Scusi. Fa tanto caldo», disse, fingendo di farsi aria con la mano.

Ma... oh, oh, era Flynn. Flynn Erskine, che non vedeva da quasi diciannove anni, e stava andando proprio verso di lei.

Non che l'avesse notata, nascosta com'era da tutti, rannicchiata dietro un vecchio dal collo rugoso. Lara si abbassò ancora di più e si portò furtivamente una mano alla bocca per non far notare troppo il respiro affannoso. Flynn era arrivato in fondo alle scale, e stava parlando con dei suoi conoscenti. Di certo stava chiedendo cosa fosse successo. Dio, era ancora bellissimo. Spesso quelli che erano molto attraenti da ragazzi non reggevano l'avanzare dell'età, mentre altri miglioravano crescendo. Flynn, manco a dirlo, apparteneva alla seconda categoria. Aveva un viso che si poteva restare ad ammirare per sempre. La struttura fisica si era affinata, maturando. Gli occhi scuri avevano ancora il potere d'ipnotizzare, la bocca era perfetta come Lara la ricordava. I capelli scuri erano meno scompigliati, più da adulto. E aveva addosso un abito grigio dal taglio impeccabile, un genere che di certo lei non gli aveva mai visto addosso. Ai bei tempi, jeans e maglietta erano una mise sofisticata quanto...

«Oh, mio Dio, toglietevi tutti di mezzo, questa donna sta per DARE DI STOMACO!»

La donna accanto a Lara lanciò un urlo e balzò a sinistra. Stupita, lei si guardò intorno per capire chi stava per vomitare. Con suo immenso imbarazzo si rese conto di essere lei. Tutti si erano allontanati e la fissavano. Possibile che un po' d'iperventilazione e una mano posata sulla bocca potesse portare a conclusioni tanto assurde?

«Sto bene...» cominciò a difendersi, ma non fu abbastanza convincente da impedire a un donnone di afferrarla e trascinarla giù per la scalinata estraendo al contempo un sacchetto di plastica da supermercato dall'immensa borsa.

«Non preoccuparti, cara. Sono un'infermiera, ti aiuto io. Vomita qui dentro e ti sentirai meglio. È solo il caldo.»

«Sto bene, sul serio.» Cercava di farsi sentire, ma il sacchetto crepitava e la donna glielo spingeva imperiosa in volto, impastoiandola come un cavallo. Qualcun altro la stava sorreggendo, nel caso potesse svenire. Le ci volle un po' a liberare la testa a furia di scrolloni. «Lasciatemi andare, non ho bisogno di niente, non devo vomitare!»

Okay, non voleva urlare così. Ma almeno riuscì a farsi sentire. «Sicura?»

«Sì, sono sicura.» Sollevò il viso e si rese conto che l'avevano sentita tutti. Invece di continuare a guardare Evie e Joel vicino alle lapidi, stavano fissando lei, con l'aria prudente di chi sospetta di potersi ancora trovare nella linea di tiro.

Tutti, certo, tranne Flynn Erskine.

Che la fissava, sì, ma era sconvolto e incredulo.

L'imperiosa infermiera dichiarò: «Be', se sei sicura allora d'accordo», e tornò a infilare il rumoroso sacchetto per ogni evenienza nella sua pratica borsa.

Flynn si avvicinò. «Lara?»

Si era immaginata un miliardo di modi in cui avrebbe potuto incontrarlo, ma mai nella vita avrebbe pensato che sarebbe stato con la faccia infilata a forza in una busta di plastica.

E di certo non si aspettava di vederlo quel giorno. Evie le aveva inviato un'e-mail qualche giorno dopo che si erano ritrovate e le aveva spiegato che Joel e Flynn erano buoni amici: si erano conosciuti dopo che Joel si era trasferito a Bath. Aveva aggiunto che lui sarebbe stato il testimone dello sposo, se non avesse avuto un impegno improrogabile proprio quel giorno in Australia, che gli avrebbe impedito di essere presente.

La notizia l'aveva sorpresa, ma l'Australia era molto lontana. Lara aveva assimilato l'informazione e si era autoconvinta che non aveva motivo di preoccuparsi. Poteva rilassarsi e godersi il matrimonio.

Solo che lui *era* lì...

«Oh, mio DIO! Che succede? Il matrimonio è *annullato*?» strillò una ragazza sulla ventina.

Tutte le teste si voltarono, abbandonando Lara. Evie, concluso lo scambio appassionato con Joel, stava attraversando il giardino di corsa, diretta verso una coppia di mezza età che se ne stava accanto a una limousine argentata insieme con una ragazza con indosso un abito da damigella verde chiaro. Joel restò dov'era, scosse il capo guardando il testimone e gli fece capire che la situazione non era delle migliori passandosi il dito indice lungo il collo.

Lara sobbalzò quando Flynn si materializzò accanto a lei. *Oh, santo cielo...*

«Non posso credere che sia tu. È incredibile. È stata Evie a rintracciarti?» le chiese a bassa voce.

«Più o meno.» Aveva pensato di poterlo affrontare, ma si rese conto che non ce l'avrebbe fatta. Lui le era troppo vicino, la situazione era insostenibile ed erano in mezzo a un mucchio di gente... sopraffatta dalla sua vicinanza e dal leggero eppure ancora familiare odore della sua pelle, si accorse che non riusciva a incrociare il suo sguardo. Però lo sentiva. E la vista delle sue mani abbronzate la fece sussultare di nuovo: quelle di Gigi erano una copia identica delle sue, anche se un po' più piccole e più femminili. Le nocche erano uguali, in modo sorprendente. Era una tortura: avevano un milione di cose di cui parlare. Ma come potevano farlo proprio in quel momento?

Forse Flynn era giunto alla stessa conclusione. Guardò verso Joel, poi Evie. «Ma cos'è successo?»

«Non saprei. Ma credo non sia niente di buono.» Tutto intorno gli invitati sussurravano tra loro, curiosi e pronti a fare congetture su cosa poteva essere accaduto. Joel era stordito e scosso, un uomo distrutto. La damigella parlava fitto con lui, a macchinetta, agitando le braccia come un venditore di una bancarella italiana. Poco più in là, Evie stava abbracciando quelli che a Lara parevano i genitori di Joel. I fermagli d'argento fissati alla meno peggio le stavano cadendo dai capelli. Quando sollevò l'orlo della gonna dal terreno e si voltò, avvicinandosi agli ospiti ammassati all'ingresso della chiesa, sembrava tranquilla.

«Ehm, ciao a tutti. Bene... ecco, come credo avrete notato, il matrimonio non sta andando esattamente come doveva.» Fece una pausa, e si schiarì la voce. Alle sue spalle, Joel saliva sul sedile posteriore della limousine. Evie si voltò e lo vide parlare con l'autista. Fece un respiro profondo e riprese: «In effetti non andrà affatto, ecco. *A volte*» – e alzò la voce per sovrastare i sussulti di sgomento – «è l'unica soluzione. Quindi, insomma, mi spiace, ma Joel e io non ci sposeremo oggi. Né mai. Ma dato che ormai all'hotel è tutto pronto, il ricevimento si farà lo stesso e siete tutti invitati ad andare a mangiare, bere, ballare, e... be' spettegolare un bel po', direi. Spero che vi divertirete comunque, così saprò di non aver sprecato del tutto la giornata. Auguro a tutti una splendida festa...» A quel punto la voce cominciò a mancarle. Sopraffatta, cercò con lo sguardo tra la folla, individuò Lara e le fece un cenno.

«Io?» Lara s'indicò il petto per essere sicura che ce l'avesse con lei. Perché Evie aveva scelto proprio lei?

«Sì, ti prego», confermò l'amica annuendo e richiamandola ancora.

«Non sparire. Dobbiamo parlare. Dio, sono appena arrivato dall'Australia... se non fossi tornato non ti avrei incontrata...» le disse Flynn.

Ma lei si stava già facendo largo tra la folla densa ai piedi della scalinata. Raggiunse Evie, che l'abbracciò.

«Mi spiace tanto. E dire che hai fatto tutta questa strada. Stasera dormi qui o torni indietro?»

Da vicino, il trucco della sua amica era stranissimo, quasi da clown. Inoltre tremava come un uccellino spaventato. Lara riusciva a sentire il suo cuore impazzito mentre le teneva le mani. «Avevo pensato di fermarmi. Però credo di aver cambiato idea. Dove vuoi che ti porti?» Aveva preso una stanza all'Ellison, un hotel a cinque stelle, con un prezzo stracciato grazie a un last minute.

Sul viso di Evie si fece largo un'espressione carica di gratitudine. «Non lo so. Ovunque. Adesso sono io quella che deve sparire.»

«Non c'è problema. Ho la macchina in fondo alla strada. Vieni, andiamo via subito.»

Con la coda dell'occhio, mentre si allontanava con la sua amica per la strada a tre corsie, Lara scorse Flynn.

Evie sussurrò: «Ci guardano tutti?»

«Oh, sì. Siamo al centro dell'attenzione. È come la scena finale del *Laureato*.»

L'accenno di un sorriso le sollevò gli angoli della bocca. «E non hanno idea di chi tu sia. Penseranno che siamo una coppia di lesbiche che fuggono insieme.»

Dopo aver percorso un centinaio di metri, arrivarono alla macchina e vi salirono. Lara stava facendo manovra per uscire dal minuscolo parcheggio, quando un'Audi bianca si fermò lungo la strada, i lampeggianti accesi, in attesa che si liberasse il posto.

«Aspetta solo un secondo», fece Evie posando una mano sul braccio di Lara non appena si furono immesse sulla strada. Aspettò che l'Audi completasse il parcheggio, poi abbassò il finestrino del passeggero e si sporse fuori. «Mamma, tranquilla, non devi nemmeno scendere.»

La madre di Evie sgranò gli occhi, inarcando le sopracciglia all'inverosimile. «Eveline? Che succede? Come ho fatto a perdermi il matrimonio? Non sono così in ritardo!»

«Non ci sarà nessun matrimonio. L'abbiamo annullato. Cioè, sono stata io», si corresse.

«Non dire sciocchezze, non puoi averlo fatto!»
«E perché?»
«Non ne saresti capace. Non sei il tipo!»
La gente non cambiava mai, eh? Lara restò di stucco di fronte alle parole della donna.
Evie si limitò a una scrollata di spalle, senza nemmeno cercare di discutere. «Be', in ogni caso non si fa più.»
Esasperata, sua madre protestò: «E non ti è passato per la testa di avvisarmi? Santo cielo, Eveline. Ho dovuto chiudere una riunione importantissima per essere qui oggi!»
Lei annuì stancamente. «Lo so. Me l'hai detto un centinaio di volte. Ma guarda il lato positivo: ora puoi tornare al lavoro.»
Fece un cenno a Lara, che affondò il piede sull'acceleratore, lanciandosi sulla strada. Era il genere di momento che in un film sarebbe venuto benissimo. E sarebbe venuto ancor meglio se avessero avuto una scattante decappottabile rossa, col velo bianco della sposa che sventolava dietro di loro e il bouquet nuziale che veniva lanciato in aria con gesto teatrale mentre correvano verso un tramonto spettacolare.
Invece erano a bordo di una Nissan blu un po' sporca ed Evie non aveva con sé il bouquet. E non c'era nemmeno il tramonto, visto che era appena passato mezzogiorno.
Lara si accorse che Evie stringeva i pugni, piantandosi le unghie nei palmi.
Cercò di rassicurarla. «Stai andando alla grande. Ora passiamo a prendere un po' di cose per te. Poi dovrò andare in albergo a prendere le mie.»
Nonostante il gran caldo, Evie aveva cominciato a battere i denti. «Stavo dai genitori di Joel. Non ci voglio tornare. Oddio, poveri Bonnie e Ray. Non posso affrontarli, non ancora. Voglio solo andare via.»
«Non c'è problema. Andiamocene.»

7

Un quarto d'ora dopo, entrarono nel parcheggio dell'Ellison, e il cuore di Evie sprofondò. Tutti i posti auto erano occupati e c'erano ragazze con abiti elegantissimi che camminavano sul sentiero di ghiaia al braccio di uomini in frac e cilindro. Ironia della sorte, Lara aveva prenotato in un hotel dove si stava per svolgere un matrimonio di gran classe.

«Speriamo che a loro vada meglio. Oh, *Dio...*» Il suo tentativo di alleggerire gli animi venne annullato all'istante quando notò una bionda alta con un abito che assomigliava a una fascia elastica di seta color smeraldo. «Quella è Emily Morris! Se la farà sotto dalle risate, quando mi vedrà... E poi va dietro a Joel da *anni*», esclamò rannicchiandosi sul sedile.

«Okay, che cosa vuoi fare? Aspetti qui o vieni dentro con me? Ci vorranno cinque minuti, non di più.» Lara posteggiò nell'ultimo parcheggio rimasto, lontano dall'ingresso dell'hotel e contrassegnato dal cartello RISERVATO AL DIRETTORE.

Evie si voltò a guardare la vivace festa di nozze che si svolgeva vicino all'ingresso. Se avesse accompagnato Lara all'interno, sarebbe dovuta passare tra gli invitati e avrebbe attirato troppe attenzioni sgradite.

«Resto qui.»

Lara balzò giù dalla macchina. Evie fece del suo meglio per calmarsi. Davanti a sé aveva una parete di pietra alta; nessuno poteva notarla, così lontano. Era troppo agitata per restare ferma senza far nulla, così accese la radio e alzò il volume. Poi aprì il cassetto del cruscotto e trovò un pacchetto di salviette umidificate. Tirò giù il parasole e osservò il disastro che era il suo viso; il fondotinta era a chiazze, il rossetto si era squagliato per il caldo e l'imprudente tentativo di disegnarsi le sopracciglia sembrava eseguito al buio. Era stata una stupida a pensare di poterlo fare da sola.

Prese una salvietta e cominciò a strofinarsela con foga sul viso, come un asciugamano. *Non pensare a Joel, non pensare al matrimonio che hai mandato a monte, canta la canzone che passano alla radio e scaccia ogni pensiero dalla tua mente.*

Mentre cantava a squarciagola una canzone di Madonna, sentì bussare con decisione e si tolse il fazzolettino dagli occhi. La vista di un uomo per nulla divertito che la fissava da dietro il finestrino la fece sussultare.

Abbassò il vetro. «Sì?»

«Non può parcheggiare qui.» Quando vide il suo volto, l'uomo parve colto da un leggero moto di repulsione, il che di solito l'avrebbe mortificata, ma in quel momento la mandò su tutte le furie.

Invece che profondersi in una sequela di scuse – *e che diamine, Madonna si scuserebbe, forse?* – rispose: «Non c'erano altri posti. Andiamo via subito».

Ah, che liberazione, davvero. Incanalare l'energia di Madonna poteva essere gratificante.

Ma l'uomo sembrava inamovibile. «Non avrebbe dovuto comunque parcheggiare qui.»

«Non sono stata io. La macchina non è mia.» To', fregato.

«Non può restare qui.»

«Lei è il direttore? Non credo proprio.» Doveva avere

quasi quarant'anni, aveva i capelli spettinati, portava una maglietta sportiva e jeans strappati. Sembrava più il giardiniere.

Lui parve ancor più seccato. «Posso comunque chiederle di non parcheggiare in un posto riservato.»

«Ma insomma, vuole smetterla di tormentarmi? Mi guardi!» Incredula, Evie indicò il proprio vestito, il velo, il suo viso arrossato e lucido, gesticolando come una pazza. «Le sembro una che ha voglia di essere infastidita da un pedante rompiscatole che crede di essere...»

«Fatto, tutto a posto, andiamo.» Il portabagagli della macchina si aprì e Lara vi lanciò dentro la valigia. Fece un gran sorriso a quell'uomo indisponente e gli disse: «Ho parcheggiato nel posto sbagliato? Mi scusi! Ora andiamo via».

«Non lo faccia mai più.» Scosse il capo, e Lara balzò al posto di guida.

«Non lo farò! Di sicuro non se mi sta guardando.» Disse le ultime parole a bassa voce, poi sorrise di nuovo e lo salutò allegra con la mano mentre usciva in retromarcia. «Peccato sia così scontroso. Ha un bel sedere. Vi stavate scannando, voi due?»

Evie scivolò lungo il sedile e nascose il viso tra le mani mentre superavano Emily Morris e le sue amiche eleganti, che si stavano facendo fotografare. «Certa gente dovrebbe farsi gli affari suoi. Sono appena fuggita dal mio stesso matrimonio! È *evidente* che ho avuto una giornataccia. E invece quello ha deciso di assillarmi per uno stupido parcheggio. Mentre ho ancora addosso il mio abito da sposa. Quale idiota farebbe una cosa del genere?»

Lara portò la macchina oltre i cancelli. «Un povero idiota. Ma ora non pensarci. Sei sicura di volerlo fare?»

Erano a un incrocio. Svoltando a destra sarebbero tornate a Bath. A sinistra c'era l'autostrada. Evie provò una genuina ondata di panico. Per non parlare del fatto che non aveva nulla con sé.

Aveva solo un paio di mutande di ricambio e uno spazzolino da denti.

Al diavolo. Che cosa avrebbe fatto Madonna? A parte spedire uno dei suoi tirapiedi a comprarle *tutto* nuovo?

«Andiamo a Keswick.»

«Così mi piaci. Ce la farai, vedrai.» Lara le diede un colpetto su un ginocchio.

«Non mi hai nemmeno chiesto cos'è successo.»

«Sono sicura che hai avuto i tuoi buoni motivi. Non puoi esserti svegliata e aver deciso che non ti piaceva come strizza il tubetto del dentifricio. E comunque ci vogliono cinque ore per arrivare a Keswick. Hai un sacco di tempo per raccontarmi tutto.»

Tanto bastò. Come se avesse aperto una porta nascosta, la storia si riversò fuori da lei. Senza omettere alcun dettaglio, Evie diede voce a tutti i dubbi segreti e le incertezze che aveva messo a tacere per tanti anni. Il timore che Joel si sistemasse con lei perché non gli dava mai problemi, era una donna indulgente e abbastanza felice di averlo come compagno da chiudere un occhio sulle sue debolezze. Ma la cosa peggiore era che lei l'aveva fatto *davvero*. Negli anni c'erano stati indizi, tracce e sintomi dei suoi inganni, ma gli aveva sempre dato il beneficio del dubbio. Quando lo affrontava, lui negava recisamente. E se continuava ad accusarlo, si creava solo ulteriore imbarazzo. Erano entrambi molto più felici quando non discutevano, quindi non parlare affatto dell'argomento era stata la soluzione più semplice.

«Non ne ho mai parlato con nessuno.» Quando finì di raccontare, Evie si mosse sul sedile: cominciava a pentirsi della quantità di tazze di tè che aveva bevuto dalla colazione in poi. «Era una stazione di servizio quella che abbiamo superato poco fa?»

«Sì, da tre o quattro chilometri, perché?»

«Devo fare pipì.»

Lara uscì dall'autostrada appena possibile e trovò un pub. «Vado a prendere da mangiare. Vuoi qualcosa?»

«No, grazie. Ma un bicchiere di vino mi andrebbe.»

Lara aprì il portabagagli e frugò in una borsa, poi le passò dei vestiti. «Tieni. Forse con questi starai più comoda.» Ignorando le occhiate sorprese degli avventori del locale, Evie lo attraversò con addosso l'abito da sposa vaporoso e andò al bagno. Cinque minuti dopo ne uscì con una maglietta viola sbiadito e dei jeans neri un po' troppo ampi, tenendo il vestito su un braccio. Lara le porse un gran bicchiere di vino bianco con gesto plateale. «Ora sì che stai bene. Tieni. Salute!»

A quanto pareva, piantare in asso il partner faceva venire sete. Il Frascati finì praticamente in un sorso. Di solito non si dava all'alcol, ma quel giorno Evie si rese conto di aver bisogno di aiuto per placare i nervi scossi.

«Potrei averne un altro? Però mi sento talmente in colpa, non ho un soldo... devi tenere i conti, così potrò restituirti tutto.» Osservò la barista che le riempiva il bicchiere, mentre l'amica pagava.

Lara mangiò un panino al formaggio e bevve una Coca-Cola, mentre lei finiva il secondo bicchiere di vino.

«Tu e il tuo uomo vi siete già mollati? Che gli hai combinato?» chiese un tizio al bar, dando voce alla domanda che tutti i presenti avevano in mente.

L'alcol era davvero una meraviglia: si stava insinuando morbido nel suo sangue. Dopo aver buttato giù quel che restava del Frascati ed essere scesa dallo sgabello, Evie fissò la fila di clienti abituali e fece un cenno col capo in direzione del parcheggio. «È nel bagagliaio.» Tornata in macchina, dormì per un paio d'ore, svegliandosi di tanto in tanto per scoprire che stavano procedendo senza intoppi sulla M6. «Continuo a sperare che il mio telefono suoni.» Era così strano non averlo con sé.

Lara indicò la sua borsa, sul tappetino. «Puoi usare il mio, se vuoi.»

«No, grazie. In fondo è meglio non essere raggiungibile. Mi chiedo cosa starà succedendo là... secondo te si sono dati ai festeggiamenti?»

«Non ne ho la minima idea. Senti, posso chiederti una cosa?» le domandò Lara dopo un attimo di esitazione.

«Spara.»

«Mi avevi detto che Flynn non sarebbe venuto. Che era in Australia.»

«Sì, è così. È lì che si trova, per lavoro. In giro per vigne, a comprare partite di vino.» Evie sembrava confusa.

«No. C'era.»

«Dove?»

«In chiesa! È arrivato in taxi mentre eravamo tutti fuori.»

Evie era stupefatta. «Davvero? Non me ne sono accorta. Deve aver anticipato il volo del rientro per arrivare... Oddio, tutto questo per nulla. Chissà come ci sarà rimasto», aggiunse con un gemito sofferente.

«Piantala. Non è colpa tua. Non sei stata tu ad andare a letto con la truccatrice.»

«Lo so, però...» Per chi portava dentro di sé la maledizione del gene del senso di colpa era così: si sentiva sempre responsabile di qualsiasi evento negativo. Evie decise di cambiare argomento. «Non gli ho detto che ti avevo invitata al matrimonio. E com'è stato rivederlo?»

«Strano.»

«Lui ti ha vista?»

Lara annuì. «Sì.»

«E ti ha riconosciuta? Ah, domanda scema, certo che sì. Dio, e che cosa è successo? Quando sei andata via, tanti anni fa, era distrutto. È riuscito a parlarti?»

«Solo un minuto... anzi, nemmeno. Qualche secondo», si corresse.

Evie si portò una mano alla bocca. «Oh, no, e poi io ti ho trascinata via! E adesso tu sei qui e lui è lì. Ho rovinato tutto. Sono un disastro completo», concluse con un gran sospiro.

«Va tutto bene, non preoccuparti. Lo rivedrò. Dopo tutti questi anni non moriremo certo aspettando un po' di più.»

Ma aveva un'intonazione strana nella voce. Evie la guardò e si accorse che aveva le nocche bianche mentre stringeva il volante.

«Ma pensi che potrebbe esserci ancora qualcosa tra voi?»

«No, nel modo più assoluto», fece lei scuotendo il capo.

Come faceva a esserne così sicura? «Nessuna possibilità?»

«No.»

«Ma potrebbe esserci. Eravate una coppia meravigliosa. Lui è single, tu anche...»

«È stato tanto tempo fa. Comunque... siamo quasi arrivate. Quando arriveremo ti farò conoscere una persona», disse Lara mettendo la freccia mentre raggiungeva l'uscita autostradale.

«Lo so. Zia Nettie. Non vedo l'ora. Da come me l'hai descritta deve essere fantastica.»

Erano ormai sul raccordo. «Lo è, ma non parlavo di Nettie.»

«E di chi, allora?»

Lara sorrise. «Qualcun altro.»

8

Su una scala di misurazione del benessere, Flynn si assestava più o meno su un punteggio di due. Il giorno prima, con uno sforzo erculeo, era riuscito a tornare dal viaggio di lavoro in Australia appena in tempo per andare al matrimonio di Joel ed Evie, che però non si era svolto. Joel aveva affrontato il problema bevendo quantità inaudite di Jack Daniel's e Taittinger d'annata, e lui si era sentito in dovere di tenere compagnia allo sposo. Di conseguenza, quella mattina poteva godersi il duplice effetto mortale del jet lag e del doposbronza da champagne.

Il giorno prima però era successo qualcosa di ancor più sorprendente: aveva rivisto Lara. Incredibile. E per ben sessanta secondi, prima che, per ironia della sorte, lei sparisse di nuovo.

Il ricordo però non sarebbe svanito altrettanto in fretta. L'immagine di lei gli si era impressa nella mente, togliendogli il fiato. Era stata proprio davanti a lui, con quei capelli castani scuri lucidi che le ricadevano sulle spalle, alcuni con le punte in dentro e altri in fuori, come erano sempre stati. E anche quegli incredibili occhi grigio argento erano rimasti uguali, sotto le sopracciglia scure ben definite. Era più bella che mai. L'abito stretto di seta rossa che portava non l'avrebbe mai messo anni prima, ma ormai aveva trentacinque anni e lo indossava con grande disinvoltura. E aveva ancora le gambe più belle che avesse mai visto.

Flynn doveva rivederla, a tutti i costi. E non si aspettava di trovarla lì quel giorno, ma aveva assoluto bisogno di avere il suo indirizzo.

Suonò il campanello e attese. Non era mai stato il benvenuto in quella casa. L'ultima volta che ci era andato, il padre di Lara gli aveva intimato di sparire e non farsi vedere mai più. Erano passati diciotto anni.

Sentì un movimento all'interno, seguito dal rumore metallico della serratura che veniva sbloccata. Alla fine la porta su aprì scricchiolando.

Janice Carson, più anziana e ingrigita, lo guardò negli occhi. Se l'aveva riconosciuto, non lo diede a vedere. «Che vuole?»

Le sorrise. «Buongiorno, speravo potesse aiutarmi. Sto cercando di mettermi in contatto con Lara, e...»

«Non posso aiutarla.» La donna serrò la bocca come il posteriore di un gatto; l'aveva riconosciuto, senza dubbio.

«Ma forse potrei parlare con suo marito?»

«Nemmeno lui può aiutarla.» Gli sbatté la porta in faccia senza preavviso. Altro rumore metallico. Niente da fare: l'aveva chiuso fuori.

Flynn si avviò sul vialetto. Che situazione assurda. Raggiunto il marciapiede, si voltò a osservare la casa. Una tenda al piano di sotto si mosse, facendogli capire che lo tenevano d'occhio.

Era davvero frustrante. *Dov'è Lara?*

«Salve! Ci sono problemi?»

Si voltò per vedere chi avesse parlato. Era la vicina di casa, seminascosta dalla siepe. Si spostò in modo da uscire dalla visuale di Janice e poté vedere la donna: sulla quarantina, bassa e formosa, con occhi scuri amichevoli e i capelli tinti con l'henné. Portava guanti da giardinaggio e aveva in mano delle cesoie.

«Speravo di poter scambiare due parole col signor Carson.»

«Oh, cielo. Temo proprio che non sarà possibile», fece lei smettendo di recidere le rose.

«Mi sembra evidente. Sua moglie mi ha sbattuto la porta in faccia.»

«Il signor Carson è morto. Mi sembra... quand'è stato? Più o meno un mese e mezzo fa.»

«Oh.» Dio, era *morto*. Non se lo aspettava.

«Forse questo spiega perché ha reagito così. Ma se devo essere sincera, non è mai stata una simpaticona», aggiunse la donna, sporgendosi in avanti e parlando con aria d'intesa.

Lui annuì. «La conoscevo... anni fa.»

«Ma lei non è il tizio dello sci?» gli chiese osservandolo incuriosita.

Flynn assentì di nuovo. «Sì. Stavo cercando di mettermi in contatto con la figlia del signor Carson. È andata via tanti anni fa, ma ieri l'ho incontrata, e...»

«Ah, sì, ho sentito parlare di lei! A proposito, io sono Jacqueline Ann Cumiskey.» Si sfilò un guanto, si sporse oltre la siepe e gli porse una mano elegante e ben curata. «È venuta qui al funerale. Io non sono potuta andare alla cerimonia, ma dopo sono passata a casa a porgere le condoglianze. Parlavano tutti della figlia. Morivo dalla voglia di vederla, ma lei non c'era. Da quel che ho capito c'è una specie di faida familiare. Ma forse lei ne sa più di me.» Era evidente quanto fosse curiosa, non vedeva l'ora di farsi raccontare qualche particolare succulento.

«Senta, potrei chiederle un favore?» Non aveva idea se potesse funzionare, ma che alternative aveva? Flynn prese un biglietto da visita dal portafoglio. «La signora Carson non vuole aiutarmi. Ma se le capita di sentir dire qualcosa, o se Lara dovesse passare, potrebbe chiamarmi e avvisarmi?»

«Ma certo! Non ci sono problemi.» Jacqueline Ann Cumiskey prese il biglietto con gli occhi che le brillavano e se lo infilò nel taschino della camicia.

Dunque Lara era tornata a Bath per due volte negli ultimi tempi: la prima per il funerale di suo padre e poi per il matrimonio mancato di Evie. Dove potevano essere andate? Forse si nascondevano in città, chissà dove. Al pensiero di rivederla, *come si doveva, stavolta,* sentì l'adrenalina montargli nel petto. E non era per la brutta avventura di Evie e Joel del giorno prima. Era per Lara.

Fece scattare la serratura dell'auto e rivolse un cenno col capo alla vicina. «Grazie.»

Il lago Derwentwater si distendeva davanti a loro con la sua distesa blu cobalto che scintillava al sole come una trapunta sontuosa ornata di lustrini. Evie smise di camminare, si lasciò ricadere sull'erba e si riempì i polmoni d'aria fresca e pulita. Perché, *perché* non era mai stata nel Lake District? Però era quasi ora di andare. Voltò il capo senza fretta per imprimersi quella vista spettacolare, le isole che punteggiavano il lago e le alture che lo circondavano. Catbells e Black Crag a ovest, Castlerigg Fell a est. E laggiù c'era Skiddaw, che si ergeva alle spalle di Keswick. Che posto incantevole, anche se l'esplorazione delle alture e delle montagne l'aveva costretta a muoversi più di quanto non facesse da anni.

«Ancora male ai muscoli?»

«Un pochino.» Evie allungò le gambe e inarcò la schiena.

Accanto a lei, Gigi sorrise. «È perché sei anziana.»

«Ragazzaccia.» Le diede un calcetto a una caviglia.

«Vedi quei cervi sulle colline laggiù?» chiese Gigi, indicando. Nell'ultima settimana, era diventata la sua guida turistica.

«Sì, *tesoro*.»

Fu la ragazza a darle una gomitata scherzosa. Evie prese la bottiglia d'acqua che portava con sé e bevve un sorso. «Tutto questo ti mancherà, lo sai?»

«Sì, ma non sparirà. Quando ripasserò di qui, ci sarà ancora.»

Era vero. La figlia di Lara era una vera rivelazione. Evie inclinò il capo e ne osservò il profilo, gli occhi intelligenti, il naso identico a quello della madre, quegli zigomi alti cosparsi di lentiggini e il mento ben definito, determinato. Conoscerla l'aveva senza dubbio distratta dai folli eventi dell'ultima settimana. Ma scoprire quanti anni aveva e chi era suo padre l'aveva messa KO.

Lara le aveva raccontato tutta la storia in macchina, mentre facevano l'ultimo tratto del viaggio da Bath a Keswick. Finalmente la sua sparizione acquisiva un senso. Ripensò alla situazione della sua amica, quasi diciannove anni prima. Sedici anni, incinta e scacciata dalla sua famiglia. Santo cielo, sembrava un personaggio di Dickens.

E poi, in un attimo, lei si era ritrovata di fronte al risultato finale.

Gigi Carson, con tutte le sue lentiggini, gli occhi grigio argento sempre in movimento e la curiosità insaziabile. Non era una ragazza che poteva passare inosservata; se aveva una domanda, pretendeva una risposta. Era alta, aveva le gambe lunghe, e i suoi capelli color caramello ondeggiavano da una parte all'altra mentre parlava o esplodeva in una di quelle risate che a volte terminavano in un plateale grugnito. Evie ne era stata affascinata fin dal primo istante. A parte la questione del grugnito, che la faceva sentire come se avesse di nuovo davanti Lara adolescente.

Con l'aggiunta di qualche inquietante tratto di Flynn.

«Che hai? A che stai pensando?» Gigi la stava fissando.

Aveva anche un intuito spaventoso.

«A tuo padre. Entro un paio di giorni scoprirà che esisti.»

«Buon per lui.» Gigi strappò un grosso filo d'erba dal terreno e se lo distese tra i pollici. Vi soffiò contro, emettendo un suono lungo e chiocciante, come una papera in amore.

«Sei nervosa?»

«No.»

Chissà se era vero. Tanta sicurezza era sorprendente per Evie. Com'era sentirsi tanto in pace con se stessi?

«Non mi fraintendere, voglio che le cose vadano bene... ma non posso certo cambiare quello che *sono*, no? Se deciderà che non gli piaccio, non potrò farci nulla. Non fingerò di essere una persona diversa», riprese lei.

«Gli piacerai», disse Evie.

«Ma forse no. Forse preferirebbe una figlia cui piacciono la fisica e i musei, o andare a teatro a vedere Shakespeare. *Oppure* potrebbe anche non volere affatto una figlia», aggiunse mentre l'altra apriva bocca per protestare che era impossibile.

«Ah, sono sicura che non è così.»

«Non puoi saperlo, però. Potrebbe fingere di essere contento per togliersi d'impaccio, e poi dileguarsi dopo un paio di settimane. Sono cose che capitano. Guardo anche io i talk show.»

«Non credo che succederà.» Evie osservò un windsurf che correva sulla superficie del lago, e che virò un po' troppo vicino a una barca a remi.

Gigi si strinse nelle spalle. «Ma se dovesse succedere, non sarà colpa mia. Per questo ho deciso di non perdere tempo innervosendomi. E tu invece?»

«Io? Ah, io sono nervosissima.»

«All'idea di tornare? Perché?»

Il suo stupore sembrava sincero. «Tu hai diciotto anni. Io trentaquattro. E tu sei coraggiosa... io no.»

«Andiamo, come puoi dire una cosa del genere dopo quel che hai fatto? È stata una prova di coraggio pazzesca.»

«Sì... ma è stata anche la prima della mia vita, credo. E finché resto qui va tutto bene, ma quando tornerò non sarà facile. Lo sapranno tutti. Non so se avrò ancora un lavoro. È... spaventoso.»

Gigi balzò in piedi e le porse una mano per aiutarla ad alzarsi. «Non è vero. E poi ci saremo noi. Se anche in tutta Bath nessuno vorrà più parlarti, noi lo faremo.» Fece una pausa, poi con uno sguardo malizioso aggiunse: «Be', almeno finché ci paghi».

9

In cucina c'era profumo di pane. Lara lottava coi pesanti imballi, spingendoli contro il muro mentre Nettie tirava fuori le pagnotte dal forno.

La porta d'ingresso si aprì e si richiuse con un tonfo: Evie e Gigi erano tornate.

«Perfetto, appena in tempo. Avete fame, ragazze? C'è pane bianco e integrale, e ho preparato della zuppa di verdure. Qualcuno può prendere il burro in frigo?»

Lara raddrizzò la schiena, si voltò e guardò Nettie che estraeva con gesto esperto le pagnotte dalle teglie e dava un colpetto alla base per assicurarsi che fossero ben cotte. Sua zia, che ormai aveva sessantacinque anni, era un vero vulcano. Aveva i capelli bianchi, liscissimi, che non avevano mai visto un parrucchiere: Nettie se li tagliava da sola con le forbici da cucina. L'abbronzatura permanente faceva risaltare i suoi occhi azzurri, che non erano mai stati truccati; quella donna non mostrava il minimo interesse per il proprio aspetto. La zia Nettie amava la cucina, gli animali, Gigi e Lara.

Le piaceva anche l'heavy metal, e l'ascoltava col volume al massimo, perché, a quanto pareva, era così che andava sentito. La sera prima, quando Lara si era lamentata dei Metallica che ancora impazzavano a mezzanotte, lei le aveva risposto con noncuranza: «Pensa che per anni io ho dovuto sopportare te che miagolavi coi Take That». *Miagolavi.* Che faccia tosta. «Okay, chi vuole quello integrale?» fece sua zia mentre brandiva un gigantesco coltello seghettato.

«Io.» Anche evitando di chiedersi come sarebbe stata la vita senza Nettie, come avrebbe fatto senza il suo pane? «Oh, Nettie, mi mancherai da morire. Sei sicura che ce la farai senza di noi?»

Lei alzò gli occhi al cielo, ma sorrideva. «Quante sciocchezze dici... non ti è mai venuto in mente che potresti anche non essere indispensabile?» Lara si arrese e si mise a sedere. Quando sei settimane prima era tornata con la notizia che la casa di Bath era diventata sua, le prime parole di Nettie erano state: «Quindi puoi tornare a viverci!»

Lara aveva deciso di affrontare l'argomento in modo molto più delicato, ed era stata colta alla sprovvista da quella reazione. «Oppure potremmo venderla. O affittarla...»

Ma d'altra parte quand'è che Nettie era stata delicata? Così le aveva risposto: «È casa tua, tesoro. Non voglio costringerti a viverci, se non vuoi. Ma se lo vuoi, allora va' pure. Qualsiasi cosa tu decida, non voglio che pensi di dover restare qui per me».

Tutto lì: aveva assicurato a Lara e Gigi che sarebbe stata bene anche senza di loro. In effetti non sarebbe stata del tutto sola: aveva ancora le galline, la pecora indolente e le capre stizzose, più i suoi adorati cani. E poi quella era casa sua, ci viveva da quarant'anni. Se mai avesse avuto bisogno d'aiuto, gli altri tenutari nei dintorni l'avrebbero soccorsa; aveva molti amici.

E così avevano deciso. Lara doveva solo licenziarsi al negozio di gioielleria in cui lavorava e organizzare il trasferimento a sud. Per Gigi non c'erano problemi: aveva lasciato la scuola a giugno e aveva davanti a sé un anno sabbatico prima di andare all'università.

E poi la casa, la *loro casa* era lì ad aspettarle, ormai vuota. Seguendo le indicazioni del testamento, il notaio aveva dato a Janice Carson due mesi per andarsene, e lei aveva liberato la casa proprio quella settimana per andare a stare da una ricca sorella nei pressi di Frome. L'avvocato di Lara, che era passato a controllare l'abitazione dopo che la donna l'aveva lasciata, le aveva riferito che era effettivamente vuota, ma in senso letterale. Aveva portato via perfino le lampadine, i bastoni delle tende e i portarotoli per la carta igienica.

Ma Lara e Gigi non erano certo tipi da farsi scoraggiare. Avevano affittato un furgone, ammassato i loro averi negli scatoloni e la mattina dopo avrebbero imboccato l'autostrada per cominciare la loro nuova vita.

O riesumare la vecchia.

Lara spalmò una buona dose di burro su una fetta di pane caldo e la puntò verso Nettie. «Sai cosa comincio a pensare?»

«Nessuno potrebbe saperlo, cucciola. Non siamo mica nella tua testa.»

«Penso che non vedi l'ora di liberarti di noi. Perché *penso* che potrebbe esserci qualcosa che non vuoi dirci tra te e Fred Milton», aggiunse agitando in aria il pane per aggiungere pathos.

Gigi fece una faccia sconvolta. «Davvero? Zia Nettie! È così?»

Lei versò paziente la zuppa nelle scodelle. «Ma certo che no. Siamo amici, tutto qui. Fred ha la fattoria in fondo a Highpool Lane. Somiglia a un'aquila pelata e il suo cantante preferito è Des O'Connor», spiegò a Evie, in tono sbrigativo. «Come no, siamo la coppia perfetta.»

Lara protestò: «Invece potreste esserlo. È un brav'uomo, e Mary è morta da quattro anni. Mary era sua moglie», aggiunse a beneficio di Evie.

«Ha più di settant'anni.»

«Ma andate tanto d'accordo. E poi lui è così solo.»

«Forse lui sì. Ma io no.» Stufa di quei goffi tentativi di appaiarla con qualcuno, Nettie porse a Lara una scodella colma fino all'orlo.

Harry Wells non aveva mai dovuto sforzarsi più di tanto a scuola. Per lui il diploma e i voti alti non erano mai stati una questione troppo importante, perché sapeva già che sarebbe andato a lavorare nell'azienda di famiglia. Suo nonno aveva fondato una piccola compagnia di rivendita di abbigliamento a Keswick sessant'anni prima, i suoi genitori l'avevano diretta quando lui l'aveva lasciata, ed era sempre stato scontato che poi se ne sarebbe occupato Harry. Se si era impegnato negli studi, era solo perché lui era fatto così: gli piaceva prendere ottimi voti e rendere fieri gli insegnanti. Non aveva alcuna importanza se nei vent'anni trascorsi da quando aveva finito la scuola non aveva mai trovato alcuna applicazione dell'oscura conoscenza che aveva ottenuto nella vita reale.

In ogni caso era felice di quello che aveva, di far parte della comunità e della sua vita tranquilla e senza scossoni. La sua piccola azienda produceva camicie di ottima qualità e fattura per la gente di campagna, molto apprezzate. Gran parte dei clienti era composta da pensionati piuttosto anziani, che si servivano da lui da decenni. Le camicie venivano cucite da Morag e Betty nel laboratorio dall'altra parte del cortile rispetto all'ufficio minuscolo di Harry, che fungeva anche da negozio per le vendite in loco, e la loro merce si poteva trovare anche in qualche negozio del Nordovest. Inoltre, prima di partire per le vacanze un paio di settimane prima, Harry era anche riuscito a mettere su un sito Internet per le vendite online.

Tutto andava per il meglio. Quando era rientrato e si era collegato al sito, la sera prima, era rimasto piacevolmente sorpreso. Il sito era attivo da sedici giorni e avevano già venduto nove camicie.

Betty non c'era per un problema di pressione alta e caviglie gonfie («Sembrano dei palloni!» aveva detto), quindi quella mattina erano lui e Morag da soli. Le aveva appena preparato una tazza di tè e gliela stava portando in laboratorio quando nel cortile era entrata un'auto pazzesca, nera e lucida.

Harry non aveva mai visto una Maybach, almeno non dal vivo, per così dire, eppure eccola lì. Era seguita da una Mercedes. A Keswick però non era raro che arrivassero turisti facoltosi. I finestrini di entrambi i veicoli erano oscurati, ma lui aveva il sospetto che presto ne avrebbe visto emergere una decina di gracili giapponesi vestiti in modo impeccabile, brandendo le macchine fotografiche prima di riprendere il viaggio a tappe verso la regione dei laghi...

Okay, si era sbagliato. Gli sportelli si aprirono, ma quelli che ne uscirono furono una decina di uomini vestiti di nero con gli occhiali da sole. L'ultima parola che avrebbe usato per descriverli era «gracili».

«Salve. Vi siete persi? Posso aiutarvi?» Non aveva la minima idea di cosa ci facessero lì.

«Ehi, amico. Che posto è questo?» gli chiese il più basso dei nuovi arrivati, che poteva essere alto un metro e ottanta, dal fisico atletico, facendo un cenno verso il cartello sopra la porta.

«Le Papere in Cielo. È il nome dell'azienda», spiegò Harry. Sul cartello verde e oro, su cui era raffigurato il logo con tre papere in volo, non era mai stato aggiunto il nome. «Vendiamo camicie.»

L'uomo sorrise, mostrando una dentatura smagliante, munita di strani canini appuntiti. Sembrava un vampiro. Si tolse gli occhiali a specchio. «Che genere di camicie?»

«Be', non si offenda, ma non credo proprio che facciano per voi», rispose lui.

Alcuni uomini s'irrigidirono. Erano americani, era evidente. Dal linguaggio del corpo, capì che quello che faceva domande doveva essere il capo.

Pronto a raccogliere la sfida, Denti da Vampiro inclinò di lato la testa rasata. «Non fanno... per noi? Be', la vedremo. Che ne dici di lasciar decidere me? Questo negozio è tuo?» chiese indicandolo.

«Diciamo di sì. Ma non potete entrare tutti», disse Harry.

Tutti lo fissarono, sgomenti. «E perché?» domandò Vampiro in tono suadente.

Harry li contò rapidamente: erano undici in tutto. «Perché non c'è abbastanza spazio. Dovrete fare a turno. Ma continuo a pensare che le nostre camicie non siano il vostro genere.»

Fece strada nel polveroso ufficio-negozio senza aria condizionata, un po' in imbarazzo all'idea di quanto sarebbe inevitabilmente successo di lì a poco. Quei personaggi appariscenti dai jeans extralarge e gli occhiali da sole coi brillantini – sì, sul serio – sarebbero morti dalle risate quando si fossero ritrovati davanti alla merce in vendita.

«Okay, voi restate tutti fuori. Maz e AJ, venite con me.» Dopo aver indicato chi doveva restare e chi seguirlo, Vampiro entrò nel negozio con Harry. Osservò la scrivania in disordine, le scatole di camicie impilate in modo confuso e i campioni indossati dai busti in plastica lungo la parete più lontana. «Amico, mi stai prendendo in giro? È questa roba qui? Sul *serio*?»

«Non potete dire che non vi avevo avvertiti», ribatté Harry, aspettandosi che girassero i tacchi e andassero via disgustati. Invece vide Maz e AJ estrarre un paio di videocamere all'ultimo grido e cominciare a registrare.

«Ehi, non te la prendere. A chi le vendi? A proposito, non ti danno fastidio, vero?» aggiunse indicando con un gesto languido le videocamere.

Non era la prima volta che il negozio veniva ripreso; i

turisti che provenivano da oltreoceano restavano spesso colpiti dalla sua strana mancanza di qualsiasi senso estetico. Con pazienza, rispose: «Forse. Comunque, queste camicie durano anni. Non hanno niente a che vedere con la moda. Le comprano i contadini delle nostre colline. E scusate se continuo a ripeterlo, ma non fanno proprio al caso vostro».

Dalla porta aperta una minacciosa voce newyorkese ruggì: «Capo, ti sta mancando di rispetto?»

Vampiro scoccò a Harry un sorrisetto maligno coi suoi denti appuntiti. «Sta' calmo, Alvin. Non credo. Pensa agli affari tuoi. Allora, amico, fuori tutto.»

Santo cielo. Harry sbatté le palpebre e si domandò se avevano intenzione di rapinarlo. Il cuore cominciò a battergli forte. Potevano essere armati?

Così disse: «Non abbiamo una cassaforte».

Le sue parole provocarono un accesso di risa. «Ehi, rilassati. Ti sto solo chiedendo di mostrarmi le camicie. Tutta la gamma.»

Ah. Era un sollievo. Ma possibile che non avesse capito che aveva già visto tutto ciò che c'era? Indicò i manichini senza testa con indosso le camicie. «Questi sono i nostri modelli. Abbiamo quello a maniche corte e... be', quello a maniche lunghe. I colori sono beige, crema, grigio scuro e kaki. Qui alle Papere in Cielo pensiamo soprattutto alla qualità, ai tessuti e alla buona fattura. Queste camicie sono fatte per durare...»

«Porto una misura sedici di collo. Ne posso provare una?»

Provare? I suoi clienti di solito non lo facevano. In fin dei conti era solo una *camicia*. «Certo, senz'altro, ma temo che non abbiamo un camerino...»

Ma Vampiro si stava già sfilando la maglietta di un bianco accecante. Doveva essere uno fissato con la palestra: era pieno di muscoli e non aveva nemmeno un filo di grasso addosso. Guardò l'etichetta sul capo che Harry aveva tirato fuori da una busta di cellophane crepitante e inarcò un sopracciglio. «Media?»

«Small, media o large. Non abbiamo misure basate sul collo.» Lo osservò mentre se la infilava. Il fatto che l'uomo indossasse jeans sformati così bassi da lasciar vedere le mutande non aiutava: faceva lo stesso effetto di una maglia da rugby portata sopra un tutù.

Eppure i suoi lacchè – perché era difficile definirli in un altro modo – continuavano a filmarlo.

Vampiro si guardò nello specchio sul bancone.

Controllò con cura i polsini, il colletto, notando la cucitura doppia e le asole ben definite. «Mi piace. È di buona qualità. E poi mi piacciono le papere», dichiarò dando un colpetto al taschino. «Quante ne hai di questa taglia?»

«Che colore?»

«Tutti.»

Harry fu sorpreso dalla domanda. «Cioè, quelli disponibili? Ne ho cinque per colore. Quindi in tutto venti.»

«Okay, le prendo.»

«Una per colore?»

«No, tutte.»

«Come? Tutte e *venti*?»

«Sì. È un problema?»

Era assurdo.

Si schiarì la voce. «Potrebbe. Insomma, mi scusi, ma non ha nemmeno chiesto quanto costano. E temo che non siano a buon mercato... vengono settantacinque sterline l'una. Ma come ho detto sono di *ottima* fattura, quindi non gliene occorrono così tante. Una per colore andrà benissimo», si affrettò ad aggiungere.

Vampiro tirò fuori il portafoglio dalla tasca posteriore dei jeans griffati ed estrasse una carta di credito American Express nera. «Ehi, le voglio tutte.»

«Non può averle *tutte*.»

«E perché?»

«Perché se lo fa non ne resterebbero per nessun altro.»

«E allora? È un problema degli altri, non mio.»

Harry non aveva intenzione di cedere. «Ma sono i miei clienti. E questo è il mio negozio. Se oggi pomeriggio dovesse arrivare qualcuno e chiedermi una camicia di taglia media, non voglio deluderlo. Può prendere sedici camicie. Me ne faccia tenere una per colore, e le darò le altre», propose, ignorando con coraggio le telecamere.

Vampiro lo scrutò in silenzio per qualche secondo. Alla fine rispose: «Okay».

«E non accettiamo l'American Express.»

Sospiro. La carta di credito fu riposta nel portafoglio, da cui venne estratto un gran fascio di banconote. Alla vista di tanto contante, Harry sgranò gli occhi. D'altra parte, con tutta quella gente intorno, chi avrebbe mai pensato di rapinare Vampiro?

«Non hai idea di chi io sia, vero?»

«No, non ce l'ho. Mi spiace. Sono... ehm, credo milleduecento sterline. È proprio sicuro?»

«Oh, lo sono, *assolutamente*. Sai una cosa, amico? Mi piaci.» Osservò Harry mentre incartava le camicie con carta da pacchi e nastro. «Hai mai sentito parlare di un artista hip hop di nome EnjaySeven?»

«No. Mi spiace. È lei? Sa, non m'intendo molto di arte. Ho visto la volta della Cappella Sistina anni fa, e...»

«Michelangelo aveva un certo talento, ma la mia non è quel genere di arte. Ehi, Ronnie, vai col volume.» Vampiro fece cenno di accendere qualcosa a uno degli omoni appostati sull'ingresso, che a sua volta gesticolò verso qualcuno che era rimasto nella prima macchina. Una specie di suono che Harry aveva sentito appena in sottofondo fino a quel momento fu portato a un livello da brividi ed esplose nel cortile: *thud thud* CRASH, *thud thud* CRASH.

Bontà divina.

«È lei?»

«Sì, amico, sono io.»

«È molto... forte.» Pensò con angoscia ai poveri piccioni sul tetto. Che baccano.

L'altro fece segno di abbassare. «Okay, Ron. Allora, dimmi... che musica ascolti?»

«Non il suo genere, senza offesa... mi piace Michael Bublé. Ehm, pensava di togliersi la camicia?»

«No, la tengo addosso. Papere in Cielo.» Il grosso orologio d'oro scintillò al suo polso mentre si picchiettava di nuovo il taschino. «Sai una cosa? Sei un fico.»

«Non è vero. Sono il contrario di un fico. Me ne rendo conto anche da solo», ribatté lui.

A quel punto furono gli incisivi dorati a scintillare alla luce del sole che filtrava dalla finestra polverosa. «Invece è per questo che mi piaci. Sei a tuo agio con te stesso. Allora, amico, sei contento di essere nel mio show?»

«Quale show?»

«Il *mio*. Tutto su di me. Questi due non ci stanno mica filmando perché si divertono, sai? Sarai in onda su MTV. Fico, no?»

Era proprio fissato con questa storia del fico. Harry ripensò agli ultimi minuti e decise di non aver detto o fatto nulla di cui potesse pentirsi.

«D'accordo. Immagino che verrò descritto come il tipico inglese rigido da commedia.»

Il sorriso si allargò ancora. «C'è una vaga possibilità. Ma chissà, potresti rivelarti un tipico inglese rigido da commedia che la gente adora.»

Sì, oppure insulta... Oh, be'. Porse all'uomo i pacchetti con le camicie ben ripiegate e gli strinse la mano, come faceva sempre coi suoi clienti. «È stato un piacere conoscerla, signor... ehm... E le auguro buon proseguimento del viaggio qui nel Lake District.»

«Yo, piacere mio, amico. Vatti a vedere il mio sito, senti la mia musica, eh? Magari poi penserai che non è tanto male.»

«Oh, certo, lo farò», rispose annuendo.

Altro guizzo di denti vampirici. «È vero o lo dici solo per gentilezza?»

«Lo dico solo per gentilezza.»

Le videocamere furono spente, le camicie lanciate nel portabagagli della Maybach. Tutti tornarono nelle auto. Morag, che nel frattempo aveva finito il tè ed era andata a portare la sua tazza con la scritta NONNA NUMERO UNO al lavandino per sciacquarla, ebbe un sussulto quando la musica riprese a tuonare.

Raggiunse Harry sulla porta dell'ufficio. «Va tutto bene, caro? Erano turisti?»

Lui annuì. «Americani.»

«Che fracasso orribile.»

«È un musicista. È lui che canta.»

«E tu lo chiami cantare? Sembra un toro passato al microonde. È il genere di schifezze che ascolta mio nipote.» Una mano emerse da un finestrino abbassato della prima auto per fare un cenno di saluto. Harry e Morag sorrisero e ricambiarono con educazione. «Come ha detto che si chiamava?»

Già, come? Qualcosa con un numero senza alcun senso. «Me l'ha detto, ma l'ho dimenticato. Come va con la camicia per Tom Huxtable?»

«È finita, caro. Gliela porto quando torno a casa. Almeno al funerale di suo cugino sarà vestito come si deve.»

Lui le prese la tazza vuota. «Bene. Te la lavo io, okay? Poi potresti fare qualche altra media a maniche lunghe? Ne sono rimaste poche.»

10

«Bene, eccoci qui.» Erano partite poco dopo le sei del mattino in una mini carovana, ed erano arrivate a Bath prima di mezzogiorno. Lara saltò giù dal furgone preso a noleggio e raggiunse Evie e Gigi accanto alla macchina.

Sua figlia le cinse la vita con un braccio. «Casa. La *nostra* casa. E anche la tua! Almeno fin quando non deciderai cosa vuoi fare», aggiunse prendendo la mano di Evie con quella che aveva libera.

Lara tirò fuori la chiave che le aveva inviato il notaio. «E non c'è alcuna fretta, puoi restare tutto il tempo che vuoi. Cavoli, che strano.»

«Credo sia una reazione normale», le disse Evie con uno sguardo comprensivo.

Lara mostrò loro la chiave. «No, intendevo dire che avere questa è incredibile. Ne ricordo la forma in modo *perfetto*. Forza, entriamo.»

Insieme avanzarono sul vialetto e lei aprì la porta d'ingresso. L'aria della casa le piombò addosso all'istante, riportandole alla mente i ricordi, di prima e dopo la morte di sua madre.

Anche l'odore era quello del passato. Quello contava come un buon ricordo. Il sentore pungente del profumo di Janice e quello del lucido per mobili alla lavanda a buon mercato che aveva sempre usato erano meno piacevoli. Ma col tempo sperava che sarebbero svaniti.

Il soggiorno le sembrava più grande, forse perché era vuoto. La cucina era stata ristrutturata, attrezzata con elementi grigio chiaro e ripiani marmorizzati in tinta. La sala da pranzo aveva una carta da parati a fiori rosa e verdi, con orribili bordi degli stessi colori. Al piano di sopra, il bagno era nuovo, semplice, sul bianco, ma il portarotoli di carta igienica era stato strappato via a forza. La camera da letto principale era a righe beige, quella per gli ospiti color magnolia, molto essenziale.

Lara ebbe un attimo di esitazione prima di entrare nella terza stanza, quella che era stata la sua. Chissà se era rimasta uguale. Era stata lei stessa a dipingere di viola le pareti, che aveva poi tappezzato di stampe e poster. La moquette era rosso sangue, per fare pendant con le coperte, e sul letto aveva cuscini ricoperti di pelliccia di tutti i colori. Janice l'aveva sempre definita un orrore.

Aprì la porta.

Ancora magnolia, ovunque. Quella stanza era sterile e vuota. Non l'avrebbe nemmeno riconosciuta, se non fosse stato per la vista di cui si godeva dalla finestra. Era come se ogni traccia della sua esistenza fosse stata rimossa.

D'altra parte non c'era da stupirsi. Era proprio così che era andata.

«Scommetto che prima era diversa», commentò Gigi.

Lara accennò un sorriso. «Ci hai preso in pieno.»

«Questo colore è così anonimo, così *bleah*. Be', possiamo cambiarla, rallegrarla un po'. Comunque...» estrasse una lista dalla tasca dei jeans: era la regina indiscussa delle liste. «Ecco le cose da fare. È mezzogiorno. I letti verranno consegnati tra l'una e le tre. Dobbiamo scaricare il furgone e iniziare a disfare le scatole. Credo che convenga partire dalla cucina. Ah, e il frigo dovrebbe arrivare per le quattro. Vogliamo iniziare?»

«Se ti stai chiedendo se è sempre così autoritaria, la risposta è sì. Ma se vuoi andare a trovare i genitori di Joel, va' pure. Ce la facciamo anche da sole», disse Lara.

Evie però scuoteva il capo. «No, voglio restare. Aspetterò che ci siamo sistemate prima di affrontare tutti e farmi dare l'assillo da Joel... sempre che non sia scappato con la truccatrice», aggiunse dopo una breve riflessione.

«Sicura?»

Evie si tirò su le maniche e si diresse verso le scale. «Sicurissima. Mettiamo tutto a posto, prima di dire agli altri che siamo arrivate.»

Sei ore dopo, la casa cominciava ad avere un aspetto completo. Più o meno. I letti erano arrivati in orario, il che era un'ottima cosa. Quando ebbe finito di rifare l'ultimo, Lara si fermò per distendere le spalle doloranti. Metà delle scatole erano state svuotate, i vestiti erano stati appesi negli armadi a muro, le cassettiere che avevano portato con sé erano state montate. Okay, non avevano ancora tende né bastoni, ma la libreria sul pianerottolo era stracolma di volumi, il televisore era installato in soggiorno e il bagno era pronto.

Evie e Gigi erano uscite una decina di minuti prima per prendere del cibo cinese d'asporto al ristorante che Evie sosteneva essere il migliore della città. Lara finì di sistemare le lenzuola e le trapunte nell'armadio della biancheria. Il suo stomaco non faceva che brontolare, era accaldata e aveva i capelli attaccati al collo dal sudore. Le finestre erano tutte spalancate nel tentativo di eliminare gli odori artificiali che lei tanto detestava.

Prossima scatola, forza. Mentre l'apriva sul pianerottolo, Lara si accorse che conteneva padelle e oggetti di cucina. Risultato del fantastico sistema di etichettatura di Gigi. Si chinò e prese tra le braccia la scatola.

A metà delle scale, il peso del contenuto ebbe la meglio sulla resistenza del nastro adesivo che fissava il fondo.

«*Nooo!*» gridò Lara mentre i lembi di cartone si allargavano, a mo' di botola, e poi «*Ahi*, AHIO!» quando il contenuto le atterrò sui piedi nudi per poi ricadere sferragliando giù per le scale. Maledetto tagliere, maledettissime padelle, *stramaledetta* grattugia!

Che cavolo.

Lara si sedette sull'ultimo gradino ed esaminò il danno. Un paio di tagli, un graffio e qualche livido blu allo stadio iniziale: sembrava che i suoi piedi fossero usciti per andare ubriacarsi e fossero poi stati coinvolti in una rissa.

Dio, e quanto facevano *male*.

Poi sentì bussare e si rese conto che c'era qualcuno alla porta. Il campanello c'era, ma non funzionava, grazie all'adorabile Janice che aveva strappato dal muro la cassetta che lo conteneva per portar via la batteria prima di andarsene.

Ma non potevano essere Evie e Gigi: loro avevano le chiavi. Caracollando per il corridoio, Lara sbirciò da una finestra per vedere chi fosse arrivato. Un istante dopo si abbassò di scatto, cercando di nascondersi, la testa che le formicolava per lo sgomento.

Come, *come* poteva esserci Flynn fuori della porta?

Il cuore prese a batterle all'impazzata: immensi cembali le rimbombavano nel petto. Là dentro stavano suonando l'Ouverture 1812 di Čajkovskij. Lara chiuse gli occhi e cercò disperatamente di pensare.

Vederlo una volta senza preavviso era già stato un trauma, si disse. Ma almeno al matrimonio era vestita bene, sistemata al meglio. Quel giorno invece era in disordine, piena di polvere, il viso lucido, i capelli umidicci, e poi aveva delle chiazze di sudore sulla maglietta. *Proprio alla moda.*

Ma il problema non era soltanto lei, no? C'erano altre persone da tenere in considerazione. Tanto per cominciare, se lui sapeva che era andata a stare lì sapeva anche di sua figlia? Perché se non era così, lo aspettava una bella sorpresa.

Ma soprattutto, cosa ancor più importante... e Gigi? Voleva conoscere suo padre, ma non così all'improvviso. Insomma, loro tre avevano lavorato come matte per tutto il giorno con più di trenta gradi. Se avesse potuto scegliere, Gigi avrebbe preferito fare una buona impressione, coi capelli appena lavati e indossando vestiti puliti.

Espirò lentamente. Era ancora accovacciata sul pavimento, e le pulsavano i piedi. Chissà se Flynn avrebbe finito per arrendersi e andare via, se fosse rimasta così?

«Lara? Sono io. Ti ho sentita. Apri la porta.» Ecco, questo rispondeva alla sua domanda. Se a quel punto gli avesse chiesto di andarsene, l'avrebbe fatto? E se si fosse rifiutato? Se fosse rimasto lì a discutere? Le avrebbe visto le macchie di sudore sotto le ascelle: Lara le sentiva espandersi in tempo reale. «Se non vieni ad aprire, dovrò pensare che sei morta o svenuta. Nel qual caso mi vedrò costretto a chiamare la polizia.»

Tipico di Flynn: non era certo uno che perdeva tempo. Mentre ancora cercava d'ideare un piano, Lara tentò di arretrare a quattro zampe. Un attimo dopo sentì bussare con forza su un vetro e sollevò lo sguardo per accorgersi che Flynn la stava fissando dalla finestra del soggiorno.

Si alzò in piedi – *ahio!* – e tornò nel corridoio con passo incerto. Aprì e disse: «Non è un buon momento».

«Per me sì. Perché non volevi venire alla porta?» le chiese scrutandola incuriosito.

Diede la prima risposta che le veniva in mente. «Perché non sono presentabile. Come facevi a sapere che ero qui? Hai assoldato un investigatore privato?»

Lui scosse appena il capo, e indicò la casa accanto. «Ho risolto in modo più economico: ho lasciato il mio numero alla vicina. Sono passato domenica scorsa per cercare di scoprire dove fossi finita. Janice non mi ha voluto dire niente. Così mi sono messo a chiacchierare con quella signora, che mi ha detto che tuo padre è morto. Mi spiace.»

Lara scrollò le spalle; erano adulti, e lui l'aveva detto così per gentilezza, ma sapevano entrambi che non lo pensava. «Comunque, un paio d'ore fa la tua vicina mi ha chiamato e mi ha detto che c'era un furgone sul vialetto e che stavano portando dentro della roba.»

Lara immaginò l'accurata descrizione della donna: «Erano in tre: una dai capelli scuri di nome Lara, una bionda di nome Evie, e poi c'era una ragazzina che sembrava un incrocio tra quella dai capelli scuri e... be', ora che ci penso, *te*!»

A voce alta rispose: «Quindi non sapevi che ero io».

«No. Ma sono venuto comunque. Ed eri tu. Sei qui. Ti stai trasferendo», aggiunse con un sorriso.

Oddio, da quanto tempo erano uscite Evie e Gigi? Quindici, venti minuti? Era difficile che potessero essere già di ritorno, ma come poteva escluderlo?

«Sì. Però adesso non posso parlare.»

«Non dire sciocchezze, non stai tanto male. Posso entrare?»

Alla faccia del complimento indiretto. «No.»

«Perché no?»

«Ho da fare.»

«Potrei aiutarti. Che ti è appena successo, sei caduta dalle scale?» Lanciò un'occhiata alle padelle sparse sul parquet.

Lei scosse il capo. «Tutto a posto. Si è solo aperta una scatola.»

«Non è tutto a posto. Ti sanguina un piede.»

«Sopravviverò. Scusami, ma questo è proprio un brutto momento. Devo chiederti di andartene.»

La osservò con attenzione. «Okay, d'accordo. Però devo farti un paio di domande, prima. Evie sta bene? È qui con te?»

«Sì. E sì, è qui, ma non dirlo a Joel. Le serve ancora qualche giorno.»

Lui assentì. «Non ti preoccupare. Passiamo a te. Sei sposata?»

«No.»

«Hai un uomo?»

«No.»

«Perché non mi hai mai cercato?»

Eccola lì, la domanda mortale, posta in un batter d'occhi.

«Senti, ora dobbiamo smetterla.» Aveva la gola secca, quasi non riusciva a parlare.

«Non la voglio smettere. Potresti sparire di nuovo.»

«Non succederà. Sei libero domani? Potremo parlare con calma, raccontarci le cose come si deve.» All'opposto rispetto alla bocca, i palmi delle sue mani erano scivolosi per il sudore. Doveva liberarsi di lui il prima possibile.

Flynn sembrava scettico. «Come faccio a sapere che posso fidarmi di te?»

«Perché te lo dico io. Passa a prendermi domani sera, andiamo a bere qualcosa. Ti giuro che ti dirò tutto.»

11

«Oggi stai molto meglio.» Quando, esattamente ventiquattro ore dopo, Lara gli aprì la porta, Flynn la scrutò da capo a piedi.

Allora era riuscita a convincerlo davvero che il motivo per cui l'aveva scacciato era quello. Si era truccata e indossava un paio di jeans puliti, una camicia bianca e delle infradito coi lustrini: carina, ma non troppo. «Grazie. Vogliamo andare?»

«Non mi fai entrare?»

Lara chiuse la porta di casa alle proprie spalle. «No. Andiamo in un posto tranquillo, ti va? Così potremo parlare.» Non aveva alcuna intenzione di farlo entrare, soprattutto mentre Gigi era nascosta in cucina.

Andarono in un pub vicino al fiume e si sedettero a un tavolo nel giardino esterno, lontano dagli altri clienti. C'erano farfalle che volteggiavano tra i vasi sospesi pieni di fiori, e molte di più che si agitavano nello stomaco di Lara, mentre giocherellava col gambo del bicchiere di vino. Se avesse dato la notizia a Flynn per iscritto si sarebbe sentita una vigliacca, ma farlo di persona si stava rivelando un'esperienza terrificante. Non aveva idea di come avrebbe reagito.

«A proposito, non ho parlato con Joel», le disse.

«Bene.»

«È tutto okay?» La osservava attentamente, il che non aiutava.

«Sì, grazie.»

«Oggi sei diversa.»

«Lo so. Sono più pulita, meno impolverata. E il mio piede non sanguina più», fece lei, cercando di scherzare.

«Non intendevo questo. Ieri eri spaventata. Oggi invece sei nervosa.»

«Già», annuì.

«Sto cercando di capire perché.»

Era il momento di togliersi quel peso. Tergiversare non avrebbe semplificato le cose. Chissà se lui riusciva a sentire il tremito delle sue ginocchia sotto il tavolo. «Bene, reggiti forte. Ho una figlia... e anche tu.» Si costrinse a guardarlo negli occhi.

Silenzio.

Silenzio.

Altro silenzio.

Alla fine Flynn disse: «Stai parlando sul serio».

Lara smise di ruotare il calice. Che razza di persona pensava che fosse? «Non è quel che si dice un tipico scherzo.»

Lui annuì lentamente e sospirò. «Scusa. Sto solo cercando di abituarmi all'idea. È per questo che te ne sei andata?»

«Me ne sono andata perché mio padre mi ha cacciata di casa.»

«Perché eri incinta.»

«No, non lo sapeva. Non gliel'ho detto.»

Flynn prese il bicchiere e poi lo posò senza bere. «Non l'hai detto nemmeno a me. Gesù... non posso credere che tu mi abbia tenuto all'oscuro.»

«Non ne ero ancora sicura, allora. E poi *volevo* dirtelo. Ricordi quell'ultima sera? Abbiamo parlato così a lungo che ho finito per perdere l'autobus per tornare a casa. Continuavo a cercare di dirtelo, ma eri tutto preso dalla vacanza sulla neve. Non facevi che parlare delle gare, degli allenamenti intensivi sulle Alpi, che forse ti avrebbero preso nella nazionale inglese... non pensavi ad altro.»

Lui allargò le braccia. «Perché non lo *sapevo*. Avresti dovuto dirmelo.»

«Lo so, ma non era facile. E poi c'era la storia di Danny Cole.» Danny, più grande di loro di un paio d'anni, era un astro nascente dello sci che aveva dovuto mandare all'aria tutti i suoi progetti di gloria per una questione simile qualche mese prima. «Tutti pensavano che fosse colpa della sua ragazza, ricordi? Dicevano che si era 'fatta mettere incinta'.» Lara sottolineò le parole che all'epoca le erano ronzate in testa all'infinito. «Tu stesso hai detto che gli aveva rovinato la vita e che non si sarebbe mai nemmeno dovuto mettere con lei. Hai detto perfino che lei l'aveva fatto apposta.»

«Non è vero.»

«Ah, credimi, l'hai fatto.»

Flynn scosse il capo. «Dio. Non avrei dovuto... Però sai una cosa? Alla fine è venuto fuori che lei l'aveva davvero fatto apposta.»

«Be', io posso giurarti che per me non è stato così.»

«Scusami. Certo. Va' avanti.»

Lei inspirò a fondo per farsi coraggio. «Quella sera sono tornata a casa tardi, e mio padre e Janice sono andati fuori di testa. Mi hanno detto di andarmene. Se non fossi stata incinta sarei venuta da te. Ma siccome pensavo di poterlo essere, non me la sono sentita. Non puoi immaginare nemmeno lontanamente quanto fossi disperata. Sapevo solo che dovevo andare via. Così sono andata a Keswick e mi sono presentata a casa di mia zia Nettie. Lei mi ha accolta... è stata fantastica», spiegò Lara.

«E hai avuto nostra figlia. Come si chiama?» Gli occhi scuri di Flynn si accesero di un'emozione indecifrabile.

«Gigi.» Dentro di sé lo sfidò a fare qualche commento sprezzante. Aveva deciso di chiamarla così quando Nettie le aveva raccontato che era il soprannome di sua madre da ragazzina.

Ma lui non lo fece. «Quindi immagino che tu non l'abbia data in adozione.»

«Il medico generico me l'aveva suggerito, ma non me la sono sentita. Per fortuna avevo Nettie accanto.»

Un muscolo guizzò sul viso di Flynn, che ci passò sopra una mano. «E adesso dov'è?»

«A casa. Aspetta di sapere se vuoi conoscerla.»

Dopo una breve pausa, lui riprese: «Ecco perché eri così tesa, ieri. Sono venuto senza avvisare. C'era anche lei?»

«Evie l'aveva portata a prendere qualcosa da mangiare. Ma potevano tornare da un momento all'altro. Non sarebbe stato il massimo.»

«E com'è fatta?»

«È bellissima. Perfetta.» Mentre lo diceva, Lara provò un moto d'orgoglio. Non finiva mai di stupirsi di aver dato la vita a una creatura tanto incredibile. Per non essere troppo di parte, aggiunse: «Ma è una tipa tosta, autoritaria. Tua figlia non è una che si fa mettere i piedi in testa».

«Come mai la cosa non mi sorprende?» fece lui con un sorriso.

Lei indicò le mani di Flynn. «E avete le mani uguali. Be', le sue sono più piccole. Ho un paio di foto, se...»

Lui la fermò mentre frugava nella borsa. «No. Mi sono perso diciotto anni, credo sia abbastanza. Perché non torniamo subito da te, così posso vederla di persona?»

Meno di dieci minuti dopo, erano a casa. Lara aveva chiamato per avvisare che stavano arrivando. Quando superarono il cancello, Gigi li aspettava sulla soglia.

Per poco Flynn non andò a sbattere contro la siepe. «Oh, mio Dio. Guardala. È incredibile.»

Lara era convinta che non fosse il tipo d'uomo che si commuoveva, ma per un attimo ci andò davvero vicino.

Ammirò la vista di sua figlia, poi fece un respiro profondo e scese dalla macchina.

«Ciao», gli disse Gigi.

Lui annuì appena. «Ciao.»

«È proprio strano, eh? E anche spaventoso. A dire il vero non saprei nemmeno dire come mi sento.» Gigi fece una pausa e gli tese la mano per stringergliela. «E poi tu non hai nemmeno avuto il tempo per *iniziare* a pensare come ti senti. Quindi credo che per ora dovremmo fare solo questo.»

«Okay», le rispose un po' sorpreso.

Si strinsero la mano. Lei parve soddisfatta. «Hai una bella stretta. Odio quando la gente ti fa male, sai? Quando ti strizzano le nocche fortissimo. Però detesto anche quando ti piazzano in mano quei pesci morti. La tua invece va bene. Comunque ho deciso che stasera potremo incontrarci solo per mezz'ora. Così non esauriremo gli argomenti. Cosa ne pensi?»

«Non saprei. Ma se è questo che desideri, per me va bene», fece lui.

«Non ti secca se decido io?»

«Fa' pure. Tua madre mi ha avvisato che sei autoritaria», le disse con un sorrisetto.

«Mamma!»

Lara scrollò le spalle. «Che volevi che gli dicessi? Che sei timida e ritrosa?» Andarono a sedersi nel giardino sul retro. «Se preferite stare da soli posso andare dentro», si offrì.

«No, mamma. È tutto a posto. E poi secondo me è ancora scioccato. È padre da venti minuti soltanto», rispose Gigi.

Meglio. Lei voleva restare. Vederli insieme per la prima volta stava sollevando un turbine di emozioni nel suo cuore. E poi poterli confrontare da un punto di vista fisico dal vivo, anziché nella sua mente, era affascinante. Avevano la stessa attaccatura dei capelli, le mani, certo, e poi erano entrambi longilinei, dalle gambe lunghe, la corporatura atletica. Di sicuro Gigi aveva ereditato il fisico sportivo dal padre: l'anno prima aveva corso la maratona. E poi giocava divinamente a tennis.

Gigi lo scrutava con attenzione. Chissà se pensava le stesse cose. «Allora... come vogliamo cominciare? Vuoi farmi delle domande oppure preferisci che ti racconti io qualcosa di me?»

«Mi piace l'idea delle domande. Potremmo fare a turno.»

«Ottimo, perché ne ho un miliardo. E so che dovrei seguire un ordine, ma non ci riuscirò, perché di sicuro mi confonderò. In realtà avevo fatto un elenco... Ci ho passato un mucchio di tempo. Ma mamma dice che se comincio a tartassarti di domande sembrerà un colloquio di lavoro», dichiarò lei.

A pensarci bene, però in fin dei conti *era* qualcosa di molto simile a un colloquio di lavoro. Ma Lara tenne quella considerazione per sé.

«Direi di cominciare e basta. Vediamo come va, che ne dici? Dopotutto abbiamo solo mezz'ora», propose Flynn.

Gigi si schiarì la voce. «Okay. Ti piacciono le liste?»

Se era stupito, lo nascose bene. «Piacere? No.»

«Ah. Che peccato. Però forse sono più una cosa da ragazza, in effetti.»

«Tocca a me. Sai sciare?»

«Sai una cosa? Non ci ho mai provato. Ma so pattinare sul ghiaccio. Sono bravissima in un sacco di sport. Sono sicura che *saprei* sciare. Andrei alla grande, ci scommetto», fece lei con gli occhi grigio argento che le brillavano.

Flynn non poté fare a meno di sorridere. «E sei sempre stata così incredibilmente modesta?»

«Dico solo la verità. Se facessi schifo in qualcosa, lo ammetterei senza problemi. Tocca di nuovo a me. Prime impressioni. Come me la sto cavando?» chiese impaziente.

«Molto bene, direi. Sei in cerca di complimenti?»

Lei ridacchiò. «Forse. Hai altri figli?»

Flynn scosse il capo. «Evie te l'ha già detto, no? Non ho altri figli.»

«È solo un controllo incrociato. Perché no?»

«Non ho mai trovato la persona giusta con cui averne, credo.» Erano parole pesanti. *Non aveva mai trovato la persona giusta?* Lara sapeva che, all'età giusta, Flynn desiderava avere dei bambini, ma sentirgli dire così la feriva ancora. «E di te che mi dici? Ho appena scoperto di avere una figlia. Stai per dirmi che sono anche nonno?» riprese.

Gigi scosse il capo in modo teatrale. «Nooo! Argh, non se ne parla nemmeno! I bambini puzzano. Ho appena finito il liceo. Ora ho l'anno sabbatico e poi andrò all'università. E comunque non ho nemmeno un ragazzo. L'avevo, ma ci siamo lasciati», aggiunse.

«Perché?»

«Be', di base perché era un povero idiota. Mi diceva che non dovevo indossare gonne corte o parlare con gli altri ragazzi, nemmeno se erano amici di scuola che conoscevo da anni. Faceva il geloso e il possessivo, era assurdo. Roba da sfigati. Così gli ho detto che tra noi era finita.»

Lui annuì, approvando. «Hai fatto bene.»

«Lo so. Ora sta con un'altra, che fa tutto quello che le dice. E invece, tu? Com'era la tua ultima ragazza?»

Lara vide l'ombra di un sorriso in lui davanti a tanta sfrontatezza. «Devo essere sincero? Non è durata molto. Era molto carina. Intelligente, le piacevano gli animali, sapeva stare a tavola… insomma, era quasi perfetta.»

«Solo che?»

«Anche lei pensava di essere perfetta. Ma non lo era. Non aveva il senso dell'umorismo», disse secco.

«Cioè? Per niente?»

«Neanche un po'. Non pensavo fosse possibile, continuavo ad aspettare che venisse fuori. E invece no, perché non esisteva», concluse Flynn stringendosi nelle spalle.

«Meno male che te ne sei liberato, allora. Hai avuto tante ragazze?»

«Un po'. Spero che tu non voglia sapere il numero esatto. Che materie hai scelto per la specializzazione dell'ultimo anno?»

«Psicologia. Matematica. Francese.»

«Ottimo.»

«Non sai nemmeno se mi hanno bocciata.»

«Ti hanno bocciata?»

«No.»

«Voti finali?»

Lara aspettò, ma dentro di sé esplodeva d'orgoglio: avevano ricevuto i risultati due giorni prima. Quando li aveva letti, Gigi era stata così felice che l'aveva abbracciata, gridando, e lei aveva pianto lacrime di gioia materna.

E per la prima volta, adesso, poteva condividere quella notizia anche con suo padre. Simulando disinvoltura, come se fosse una cosa da nulla, gli rispose: «Il massimo in due su tre».

Ma arrossì di piacere quando lui, molto colpito, esclamò: «Porca miseria, è fantastico. Bravissima!»

Gigi era raggiante. «Grazie. Ma insomma, sai pattinare?» chiese chinandosi in avanti.

Lara entrò in casa per preparare del tè. Evie stava guardando la televisione in soggiorno. «Come procede?»

«Alla grande. Non hanno bisogno di me. Mi sento quasi di troppo.»

«Allora resta qui. Lasciali fare.»

«Credo sia una buona idea. Gigi ha fissato un limite di tempo, comunque. Tra venti minuti lui dovrà andare via.»

«Perché?»

«Così non esauriranno gli argomenti.»

12

Dal fascio di sole che filtrava dall'interstizio tra le tende si capiva che sarebbe stata un'altra giornata calda. Distesa nel suo letto, coperta solo da un lenzuolo, Lara controllò l'ora sul cellulare. Le sette meno dieci. La sera prima era salita in camera alle undici, distrutta dal trasloco e dalla sistemazione di casa. Quando aveva augurato loro la buonanotte, Gigi e Flynn erano ancora seduti fuori in giardino. Chissà a che ora era andato via.

Un attimo dopo sentì parlottare al piano di sotto e si rese conto che non se n'era andato: era ancora lì.

S'infilò jeans e maglietta, si sciacquò il viso e si lavò i denti. Mentre scendeva, le arrivò il rumore della teiera che bolliva in cucina. In salotto, Gigi era seduta a gambe incrociate sul divano. Aveva gli occhi spalancati, e l'aria al tempo stesso estasiata e sfinita.

«Ciao, mamma. Dormito bene?»

«Sì, grazie. Sei stata sveglia tutta la notte?»

Lei annuì e fece un bello sbadiglio. «Sta preparando un altro po' di tè. Non abbiamo smesso un attimo di parlare. Ora però comincio a sentirmi un po' stanca.» Sbadigliò di nuovo: era arrivata fin lì sull'onda dell'emozione, ma il suo corpo ormai reclamava a gran voce un po' di riposo. Quando Flynn emerse dalla cucina con una tazza in ciascuna mano, il viso di Gigi si distese in un sorriso.

«Mamma, guarda. Papà mi ha appena fatto il tè. Non è fichissimo?»

Ai suoi occhi di ragazzina sì, doveva essere fichissimo. E aveva già cominciato a chiamarlo papà. «Meno male che dovevate parlare solo mezz'ora.»

«Sarebbe stato sciocco. Avevamo troppe cose da dirci.»

Un altro sbadiglio gigante s'impadronì di Gigi senza darle il tempo di prendere la tazza.

Fu Lara ad afferrarla. «La prendo io. Tesoro, stai morendo di sonno. Devi andare a dormire.»

«Ma... non voglio. Voglio ancora parlare. Non mi va che questa serata finisca.» Gigi sembrava una bimba di cinque anni che aveva deciso di aspettare sveglia l'arrivo di Babbo Natale.

Lara porse la mano libera alla figlia, per aiutarla ad alzarsi in piedi. «Lo so, ma Flynn deve andare a lavorare. Vieni. Quando ti sveglierai, sarà ancora qui.» Okay, uscita pessima. «Voglio dire, non sparirà di certo. Puoi rivederlo.»

«Prometti? È una promessa vera?» Gigi guardò Flynn per avere conferma.

«Certo. Ora va' a riposare. Chiamami quando ti svegli.»

«Possiamo rivederci stasera?»

«Quando vuoi.»

Lei sorrise. Era la risposta che voleva sentire. «Okay. Allora vado. 'Notte, mamma. 'Notte, papà. Ci vediamo dopo.»

Lara ricevette un rapido bacio sulla guancia. Poi restò a guardare mentre Gigi e Flynn si abbracciavano. La stretta di mano formale era stata accantonata, come i progetti di rispettare un limite di tempo. In effetti, era piuttosto commovente vederli così. Senza pensare, prese un sorso di tè caldo e quasi soffocò. *Bleah*, perché sua figlia aveva l'abitudine di mettere tre cucchiaini di zucchero?

Un attimo dopo capì: non se ne era mai resa conto prima. Quando era ragazzo, anche Flynn prendeva sempre tre cucchiaini di zucchero.

Gigi li lasciò e salì le scale per andare a letto. Lara, che stava per tornare in cucina per farsi un tè senza zucchero, fu bloccata da Flynn, che chiuse la porta del soggiorno. Si aspettava che si voltasse, che le sorridesse e le dicesse ciò che lei già sapeva, e cioè che la loro figlia era meravigliosa, incredibile e unica, ed era tutto merito della madre. E non potendo trattenere il proprio stupore e la gioia nel vedere quanto bene fosse stata cresciuta, l'avrebbe ringraziata per aver fatto un lavoro splendido nell'educarla, e...

«Non ci posso credere», le disse Flynn scuotendo il capo.

«Lo so. Ti avevo detto che è fantastica.» Si stava già beando del proprio successo.

Ma poi Flynn si voltò, e lei vide la sua espressione.

Non c'erano gioia o gratitudine nei suoi occhi scuri: erano pieni di collera.

«Non posso credere che tu mi abbia fatto questo. Come hai *potuto*? Chi ti ha dato il diritto di decidere delle vite degli altri? Dio, non so se potrò mai perdonartelo.» Parlava a voce bassa, impetuosa, vibrante della collera che cercava di tenere a freno.

Fu come essere colpiti da uno schiaffo quando ci si aspetta un bacio. Non che si aspettasse un bacio, ma insomma... Una scarica di adrenalina la attraversò, facendole formicolare la pelle della nuca. «Che vuoi dire? Se credi che non sia tua, faremo il test del DNA e avrai le prove.»

«Non dire idiozie, è evidente che è mia figlia.»

«Quindi ti ho incasinato la vita, eh? Ah, povera stella, non avevi previsto di essere padre? Non ti preoccupare, puoi anche andartene, ci penserò io a dire a Gigi che non ti interessa. L'hai vista solo una volta, puoi sempre cancellarla, tutto qui. Non è un problema. Non sei indispensabile, siamo sopravvissute finora senza di te, continueremo a farlo. Se è questo che vuoi, sarai solo tu a perderci. Fidati, noi ce la caveremo», rispose lei senza riuscire a trattenersi, le parole che le uscivano come proiettili.

«Ma che stai dicendo? Santo cielo! Non voglio andare proprio da nessuna parte. Parlo di quello che hai fatto. Ha diciotto anni, è adulta. Mi sono perso *diciotto anni*. Grazie a te, mi sono perso *tutto*», ruggì lui. Scuoteva il capo. Lara non l'aveva mai visto così furibondo. «È questo che non riesco a sopportare, e che non so se potrò perdonarti. Avresti dovuto dirmelo. È mia figlia, e non saprò mai com'era mentre cresceva.»

Si era aspettata lodi e riconoscenza, e un attacco del genere la mandò su tutte le furie. «Ehi, *come ti permetti*? Fai presto a mostrarti indignato adesso, ma non eri al mio posto tanti anni fa. Ti ho già detto come sono andate le cose. Avevo sedici anni, tu non volevi figli, e se vuoi cercare di convincermi che non è così sei un bugiardo e un ipocrita!»

Flynn era fuori di sé. «Ho detto questo? Non ho detto niente del genere! Qui parliamo di diciotto anni. So che eri piccola, so che all'inizio deve essere stata dura, lo *capisco*. Ma non ti è mai passato per la testa che forse, chissà, a tua figlia avrebbe fatto piacere conoscere suo padre quando aveva tre... otto... o undici anni? Non hai mai pensato che potessi volerla vedere quando era ancora piccola... o comunque prima che avesse l'età per votare?»

Era ingiusto, ingiusto, INGIUSTO! L'unico motivo per cui non gli aveva ancora lanciato addosso quella tazza piena di tè schifosamente dolce era la consapevolezza che poi avrebbe dovuto buttare via il tappeto.

«Vediamo se ho capito bene. Mi stai dicendo che non sono stata una buona madre? Davvero credi che non le abbia mai chiesto cosa ne pensava? Se sentiva la mancanza di un padre? Tanto perché tu lo sappia, non le mancava per niente, era perfettamente soddisfatta di come stavano le cose. Nemmeno la sua migliore amica vedeva mai il padre. Non è niente di strano, sai. Se Gigi mi avesse *mai* chiesto di conoscerti, mi sarei fatta viva. Però non le interessava. E poi come facevo a sapere che ne saresti stato contento? Avresti potuto rifiutarla. Chissà quanti uomini l'avrebbero fatto.»

«Non hai nemmeno provato a *chiedere*.»

Lara era ormai un fiume in piena. Davvero Flynn si aspettava che lei cedesse? «Non potevi certo essere tu a decidere quando preferivi conoscere tua figlia. Hai già ammesso che quand'è nata non saresti stato pronto. Non puoi venirmi a dire che forse quando era un po' più grande te la saresti sentita. Prova a immaginare... ah, guarda, ora comincio l'università, ti va se rimandiamo? Non potevi essere tu a stabilire quando e come ti andava bene. È di un essere umano che stiamo parlando, non di un appartamento in multiproprietà!»

«Non mi hai dato nessuna possibilità di scegliere. Non sapevo nemmeno che esistesse!»

«Ah, povero te. Pensa un po', nel frattempo io me ne andavo a spasso per Keswick facendo la bella vita!» Forse aveva un po' esagerato, ma ormai aveva perso la testa.

«Hai mai pensato che forse Gigi voleva conoscere suo padre?»

«Ti ho già detto che non voleva!»

Flynn sollevò l'indice, facendole segno di non gridare. A voce bassa, le rispose: «Magari te l'ha detto solo perché sapeva che era quel che volevi sentire».

Lara s'irrigidì: era un colpo molto più basso di quello che aveva appena sferrato lei. Aveva la bocca secca, le mani bagnate di sudore. Dallo sguardo di Flynn, capì che sapeva qualcosa di cui lei era all'oscuro.

Perché aveva appena passato undici ore con la figlia appena conosciuta, no? *Per forza sapeva molte più cose di lei.*

Il cuore le sferragliava nel petto come un orologio rotto. Dio, che cosa gli aveva detto Gigi? Lara scosse il capo.

«Non provare a farmi sentire in colpa. Ho fatto solo il bene di mia figlia.»

Eppure Flynn aveva il diritto di essere arrabbiato; dentro di sé, lo sapeva anche lei.

«*Nostra* figlia. E non sto cercando di farti sentire in colpa. Dico solo che forse avresti dovuto parlarmene. E non solo per me, ma anche per il suo bene», le disse.

«Ah, bene, abbiamo un esperto di educazione. Sapevo che avresti rivoltato la frittata in modo da uscirne come l'eroe! Ma lascia che ti dica una cosa: mi sono spaccata la schiena per quella ragazza, ho passato notti in bianco per prendermi cura di lei quando era malata... cambiavo pannolini e raccoglievo rigurgiti mentre tu facevi gli esami per entrare all'università, e l'ho fatto perché le voglio bene. Per me è stata tutto, e ho fatto in modo che non le mancasse nulla anche se non aveva un padre. Non ho agito così per farle del male o per sminuirti, ho fatto solo quel che pensavo fosse giusto. E sai una cosa? Mi sembra di aver fatto un buon lavoro.» La sua voce cominciava a incrinarsi per l'emozione, oltre che per la collera. Furiosa come non era mai stata, Lara lo superò e spalancò la porta. «E credo che tu abbia una bella faccia tosta.»

«Ehi, guarda che non sto dicendo...»

«No, non stai dicendo e non dirai niente. Sta' zitto, non voglio sentirti. Ora te ne puoi andare.» Vibrava di una rabbia quasi elettrica; quando aveva afferrato la maniglia, era rimasta sorpresa di non prendere una scossa colossale.

«Ho perso tanti anni con lei», ribadì Flynn.

«Ora puoi riparare.»

«Sarei stato un buon padre», fece lui, costernato.

«Non puoi saperlo. È solo che ti piace pensarlo.»

«Lara...»

Superandolo mentre si avviava verso la porta di casa, gli sfiorò il braccio col suo, e stavolta il contatto le diede un brivido. «Vattene. Va' via, ne ho abbastanza.»

«Di' a Gigi di chiamarmi, più tardi. Ha il mio numero. La vedrò tutte le volte che vorrà», aggiunse Flynn, lanciandole un'occhiata gelida.

Uscì di casa. Mentre chiudeva la porta, Lara sussurrò: «Finché non passerà l'entusiasmo iniziale».

13

Lara non avrebbe mai pensato di poter cadere così in basso. Ma a essere realisti, Flynn era un perfetto sconosciuto. Erano stati separati per quasi diciannove anni, ormai: come faceva a sapere com'era diventato? Per quel che ne sapeva, le sue potevano essere state solo le chiacchiere di un egoista. Ai tempi di scuola era sempre stato convinto di saperne più degli altri, non sopportava di essere sconfitto in nessun campo, che si trattasse degli studi o dello sport. Alto, sicuro di sé, con la risposta o l'opinione sempre pronta, ecco chi era Flynn Erskine. Sempre l'uomo dell'anno. E in effetti se non fosse stato così competitivo forse non sarebbe entrato nella nazionale inglese di discesa libera...

«Oh, *Dio.*» Lara espirò e dal formicolio alle punte delle dita capì che stava iperventilando per la frustrazione. Era ancora talmente furiosa che aveva una gran voglia di lanciare qualcosa. In cucina, riaccese il fuoco sotto il bollitore: aveva un bisogno disperato di un tè. Quando si vide riflessa nell'acciaio lucido della teiera, notò uno sbaffo bianco sul labbro superiore. Fantastico, dentifricio, quindi sembrava anche una cretina. Non che fosse importante.

Bastardo.

Evie scese in pigiama mentre lei si ripuliva dal dentifricio. «Ciao. Sbaglio o ti ho sentita parlare con qualcuno?»

«Flynn. È appena andato via.»

«*Sul serio?* Wow, non avete perso tempo!» fece lei sgranando gli occhi.

Per la serie: la peggior conclusione immaginabile.

«Non è come pensi.»

«Ah, cavolo.»

«È rimasto sveglio con Gigi tutta la notte. Lei ora è andata a dormire. E Flynn e io abbiamo avuto una lite madornale.» Le tremavano ancora le mani; quando prese le tazze dall'armadio, tintinnavano l'una contro l'altra.

«Ecco, lascia fare a me. Perché avete litigato?»

«Mi ha fatto una scenata perché pensa di sapere tutto lui.» Era stato proprio il fatto che non si aspettava di essere attaccata che l'aveva colta alla sprovvista, lasciandola scossa. Tutte le emozioni che si erano risvegliate in lei nel rivedere Flynn erano state ricacciate indietro in modo inaspettato. Era come vivere un tradimento estremo, mescolato col senso di colpa che già si portava dentro. «Secondo lui è colpa mia di tutto. Ho negato un padre a Gigi, l'ho ingannato perché non gli ho detto che aveva una figlia, sono una perfida vacca egoista...»

«Ti ha chiamata *così*?» chiese Evie, sconvolta.

«Sì!» Oppure no? Boh? Quando era così fuori di sé, era difficile separare le parole pronunciate davvero da quelle implicite. «Be', più o meno. Ha detto quasi così. E non mi perdonerà mai per non averlo avvisato prima, perché se l'avesse saputo avrebbe lasciato tutto e dedicato la vita intera a diventare il padre migliore del mondo. *Ovvio, no?* Sono così furiosa che potrei esplodere. Grazie.» Dopo aver sbuffato rumorosamente, come un palloncino bucato, prese il tè che le porgeva Evie e lo bevve troppo in fretta. Per aggiungere la beffa al danno, ora aveva anche la bocca ustionata. Tanto valeva cercare di sfruttare le energie per qualcosa di positivo. «Bene, vado a dipingere il salone. Tu cosa fai, oggi?»

«Ehm... pensavo di andare a prendere le mie cose da

Joel, più tardi. Prima però vorrei andare a trovare Bonnie e Ray, parlare con loro. E scusarmi, forse.» Evie aveva cercato il coraggio per compiere quell'impresa dal momento in cui aveva rimesso piede a Bath.

Maledetti uomini.

«Non devi scusarti. Hai fatto la cosa giusta, punto e basta. Andrà tutto bene», disse Lara.

Evie si sforzò di sorridere. «Sempre se ho ancora un lavoro.»

Era stata un'esperienza così strana, vivere per una settimana e mezzo senza le sue cose, nemmeno il cellulare. Ma era giunto il momento di tornare. E dato che Joel doveva essere al lavoro, e le chiavi di casa sua erano nella borsa di Evie, che a sua volta doveva trovarsi da Bonnie e Ray, casa loro era la prima tappa obbligata.

Si era fatta coraggio per tutto il viaggio in autobus fin lì. Erano le otto e mezzo, e mentre risaliva il vialetto avvicinandosi alla casa dovette moltiplicare gli sforzi per prepararsi mentalmente al peggio.

L'ultima volta che aveva sentito quella ghiaia scricchiolare sotto i suoi piedi stava salendo su una limousine che l'avrebbe portata in chiesa...

Meglio non pensarci. Evie si leccò le labbra, nervosa, e suonò il campanello. Il giorno del matrimonio i genitori di Joel si erano dimostrati comprensivi e gentili con lei, ma come poteva essere sicura che nel frattempo non avessero cambiato idea? E se Bonnie le avesse aperto solo per lanciarle in faccia una secchiata di acqua ghiacciata, per aver rovinato la vita del suo prezioso figliolo?

«Oh, Signore, sei tornata! Ray? Ray! Corri, c'è Evie! Tesoro, entra, come stai? Stai bene?»

Sopraffatta dal sollievo, Evie si trovò tra le braccia di Bonnie. Ebbe la sensazione di essere di nuovo a casa. La donna indossava la polo azzurra della MadAboutParties, pronta per andare ad aprire il negozio alle nove e iniziare a lavorare. Profumava di caffè, pane tostato e sapone Pears, e il calore con cui l'accolse le fece venire un groppo in gola.

Ray arrivò e le diede dei colpetti sulla schiena. «Buongiorno, Evie. È bello rivederti. Vieni dentro, fai colazione con noi. Abbiamo del pane tostato... altrimenti c'è ancora un sacco di torta nuziale», aggiunse in tono malizioso. Si sedettero al tavolo di cucina e parlarono. Volevano a tutti i costi che lei tornasse al lavoro. Perché non avrebbero dovuto volerla? Era la benvenuta e poteva ricominciare quando lo desiderava. Per quel che riguardava il matrimonio mancato, era stato la notizia del secolo a Bath. Joel era colpevole, e tutti gli avevano detto che era stato lui a mettersi in quella situazione. L'opinione più diffusa era che Evie era stata coraggiosissima. Date le circostanze, non poteva proprio andare avanti con la cerimonia. «È nostro figlio e gli vogliamo bene. Ma è stato un idiota da competizione. E ora lo sa anche lui», dichiarò Ray.

Bonnie scosse il capo. «Di sicuro l'ha sentito ripetere abbastanza spesso.»

Sull'onda dell'emozione, Evie provò un minimo di compassione per Joel. Da quel che sentiva dire, non doveva essere stato facile nemmeno per lui. Mentre lei era scappata ai laghi, lui era dovuto restare ad affrontare tutte le conseguenze, ritrovandosi attaccato e criticato da tutti. Abbassò lo sguardo sul dito cui non portava più l'anello. «Come sta?»

«Malissimo. È distrutto», disse Bonnie senza peli sulla lingua.

Oh.

«Il fatto è che ha sbagliato, ma ti ama ancora», aggiunse Ray.

Oh, Dio.

«Alcuni non sanno resistere alle tentazioni, e sperano sempre di cavarsela. Come quei calciatori di Premier League che hanno mogli adorabili, ma le tradiscono con ragazze che per loro non hanno alcuna importanza. Pensi sempre che prima o poi impareranno, ma non succede mai», rincarò Bonnie.

E la parola chiave era «mai».

«Scusaci. Non lo stiamo difendendo, cerchiamo solo di dare una spiegazione», riprese Ray.

«Ti vogliamo molto bene, cara. Non vogliamo perderti. Se hai bisogno di un posto dove stare, la tua stanza è ancora a disposizione. Saremmo felicissimi di ospitarti», fece Bonnie con gli occhi che le brillavano.

Evie era commossa dall'offerta. «Grazie, ma per ora non ce n'è bisogno. Sono andata a vivere con un'amica. Siete davvero gentili. A dire il vero, dovrei passare da casa di Joel per prendere le mie cose. E ho bisogno di prendere anche quelle che ho lasciato qui...»

A casa, Lara aveva già cominciato a lavorare sul soggiorno. Aveva avvolto i mobili nella plastica e stava passando con grande energia la seconda mano di color Rosso Vampiro sulle pareti che un paio d'ore prima erano state beige-con-una-punta-di-grigio.

«Wow. Che cambiamento.» Evie era sulla soglia, a distanza di sicurezza dal rullo per verniciare.

Lara si fermò per ammirare soddisfatta il proprio lavoro. «Lo so. Se lo spirito di mio padre infesta la casa, di sicuro con questo gli daremo un gran fastidio. Com'è andata coi genitori di Joel?»

«Sono fantastici. Ricomincio a lavorare domani. E ho recuperato la borsa e la valigia piccola. Ora devo solo andare a casa di Joel a prendere il resto», disse mostrandole le borse.

«Vuoi che ti accompagni?»

«No, non ti preoccupare. Ti secca se prendo la tua macchina?»

«Nessun problema.»

Evie prese le chiavi in cucina: era convinta che sarebbe riuscita a risolvere tutto. Prima di partire chiamò Joel al cellulare ed ebbe un tuffo al cuore quando sentì la sua voce.

«Ciao, sono io. Sei al lavoro?»

Chissà se anche il cuore di lui batteva così. Joel ebbe un momento di esitazione prima di rispondere. «Sì. Quindi sei tornata?»

«Sono tornata. Senti, sto passando a casa a prendere le mie cose. Okay?»

«Ehm...»

«Non ti sto chiedendo il permesso, ti ho avvisato solo per educazione. Potresti sempre avere... ospiti», fece lei stizzita.

«Non ho ospiti. Comunque sono al lavoro.» Sembrava ferito.

«Me la caverò benissimo lo stesso. Bene, volevo solo fartelo sapere.»

«Evie, mi dispiace...»

«Ciao.» Premere il pulsante per chiudere la chiamata fu esaltante. Si era lasciata abbindolare per anni, aveva sempre chiuso gli occhi davanti a ciò che non voleva vedere. Non era disposta a farlo mai più. Era arrivata al limite, e da quel momento in poi nessuno l'avrebbe più presa in giro.

Sono forte. *Sono Madonna.*

«Tutto a posto?» le chiese Lara, che la stava fissando.

Evie tornò in sé. «Sì, benissimo.»

«Stai facendo quella cosa di Madonna?» Ne avevano parlato.

«Sì.»

Lara approvava quella tecnica, anche se non l'aveva mai sperimentata. «Brava ragazza.»

14

L'appartamento in cui non sarebbe mai andata a vivere era a Bannerdown, all'ultimo piano di un edificio moderno. A dire il vero, a Evie non era mai piaciuto; Joel l'aveva comprato appena costruito cinque anni prima, arredandolo e sistemandolo in un perfetto stile minimalista maschile. Il divano grigio, di pelle, non aveva mai avuto dei cuscini, i gadget elettronici la facevano da padroni e c'erano solo oggetti utili. L'estetica non era una priorità. Quando Evie aveva provato a mettere delle candele e qualche foto incorniciata, Joel aveva reagito con malcelato sconcerto.

Sarebbe stata casa solo di Joel, quella: ora riusciva ad ammetterlo. Anche una volta che ci fosse andata a vivere, non sarebbe mai stata capace di sentirsi davvero a suo agio, lì dentro. Soprattutto non su quel divano angolare grigio e duro.

Si sentiva un'estranea quando infilò la chiave nella toppa. L'appartamento aveva un leggero odore di curry, varechina e dopobarba di Joel. Digitò il codice per disinserire l'antifurto e andò in cucina. Era tutto in ordine e pulito. Controllò il secchio della spazzatura, come una scassinatrice ficcanaso. Che cosa si aspettava di trovare, una catasta di bottiglie di champagne vuote? O un mucchio di tristi lattine di fagioli? Non c'era niente del genere. Nemmeno il frigo era troppo rivelatore: c'erano un cartone di latte, un paio di lattine di birra, un po' di formaggio, una confezione di bacon e una bottiglia di succo d'arancia fresco che doveva essere lì da settimane. La data di scadenza era per la fine di luglio: se l'avesse toccato, forse sarebbe esploso.

Okay, bisognava andare avanti. Anche il salotto era in ordine. Aveva il solito aspetto maschile ed essenziale. Evie andò in camera e si fermò accanto al letto rifatto con precisione. Chissà se aveva portato lì la truccatrice, Kirsty. Quante altre avevano dormito sul suo cuscino, dal giorno del matrimonio? Non potendo trattenersi, prese il cuscino e lo annusò. No, era fresco di bucato. Joel aveva una donna delle pulizie che si occupava di tutte le faccende domestiche.

Le lenzuola erano state cambiate il giorno prima, però. E la federa di lui, quella a destra, aveva il suo odore. Nonostante tutto, sentire il suo profumo sollevò in lei un turbine di emozioni. Quando si adora qualcuno per tanti anni, è impossibile cancellare da un giorno all'altro i riflessi pavloviani. Evie affondò il viso nel soffice cuscino di Joel e inspirò a fondo. Le lacrime le fecero bruciare gli occhi. Aveva fatto una scelta coraggiosa, ma lo amava ancora. Se non fosse stato per quella maledetta Kirsty, a quell'ora lei sarebbe stata la signora Evie Barber. Anche se non sapeva se era stato meglio o peggio così. Certo, forse non sarebbe stato il miglior marito del mondo, ma non si poteva certo dire che non fosse bello e affascinante...

Oddio. La porta.

Si allontanò di corsa, lanciando il cuscino sul letto con tale foga che lo fece rotolare e ricadere dall'altra parte. Fece il giro di corsa per recuperarlo e sbatté uno stinco contro un angolo della struttura del letto. *Ahi,* che male. Con un gemito di dolore si tuffò verso il cuscino finito sul pavimento, lo lanciò di nuovo e anche questa volta la sua mira fu pessima.

Il basket non era mai stato il suo forte.

Ma ormai era troppo tardi. Joel l'aveva trovata.

«Che fai?»

Okay, come avrebbe reagito Madonna? Forse avrebbe detto la verità.

Ma forse non era sempre necessario imitare Madonna.

«Guardavo le etichette dei cuscini. Voglio comprarne di simili e non mi ricordo se sono di piuma d'oca o di anatra.»

Che altro poteva dire, che si era lasciata andare a un accesso di malinconia e stava cercando di sentire il suo odore?

«E di cosa sono?»

Evie afferrò il cuscino rimasto sul letto e frugò con decisione nella federa. «Non lo so. Non ho fatto in tempo a controllare. Ecco qui. Oca bianca d'Ungheria. Bene, ora lo so.»

Joel ebbe un istante di esitazione. «Non è che li stavi... annusando?»

«Che? No! Santo cielo, perché dovrei fare una cosa del genere?»

«Non lo so... scusami. Per tutto», fece lui con un gesto sconsolato.

Lei contrasse i muscoli dell'addome, tirandoli in dentro. «Me l'hai già detto. Ma pensavo fossi al lavoro.»

«Ho disdetto gli appuntamenti e sono venuto qui. Mi mancavi.»

Cosa si aspettava che facesse? Che gli si gettasse tra le braccia singhiozzando, dicendogli che anche lei aveva sentito la sua mancanza?

La missione si stava dimostrando più difficile del previsto. Adesso Joel era lì, davanti a lei, si stava scusando e aveva un'aria così ferita che Evie cominciò a sentire venir meno le forze. Forse era colpa dei feromoni contenuti nel cuscino.

Smettila, non permettere che succeda.

Si costrinse a darsi un tono. «Come sta Kirsty?»

«Che cosa? Non lo so. Te l'ho detto, lei non era niente per me.» Joel scuoteva il capo, afflitto.

«Invece lei pensava il contrario, a quanto pare.»

«Be', si sbagliava. Sapeva che stavo per sposare te. Ho chiuso con lei, per questo se l'è presa. La questione, infatti, è tutta lì: è successo prima del matrimonio. Avevo deciso che dopo non avrei mai più fatto nulla alle tue spalle. Non lo capisci? Sarebbe stata la svolta. Lo giuro sulla mia vita, nel momento in cui avessi pronunciato il giuramento nuziale, sarei stato per sempre fedele», protestò lui.

«Ah, è molto... generoso da parte tua. Solo che non è questo il punto. Stavamo insieme. Il nodo centrale di una relazione è la fedeltà, sempre. Prima del matrimonio e dopo. E comunque non so nemmeno perché ti sto spiegando queste cose. Ormai non servirebbe. Non torneremo insieme, quindi che senso ha parlarne?»

«Potremmo tornare insieme, se tu lo volessi», disse Joel.

Evie non si aspettava una risposta del genere: l'aveva colta alla sprovvista.

«E perché dovrei volerlo? Perché *tu* dovresti volerlo? Non ti ho umiliato davanti a tutti?»

«Sì. E me lo meritavo. Mi sono preso la colpa di tutto.»

«Bene! Mi fa piacere sentirlo! Perché sai, è stata proprio colpa tua!»

Joel le si avvicinò. «Ora però ho capito. Ho capito quanto ti amo. Più di prima. Ed è stato importante sapere che per te era una questione cruciale. Okay, voglio dirtelo... ho sempre pensato che sapessi delle altre, ma che fingessi di non accorgertene.»

Lo stomaco le si ribaltò. «Intendi le altre donne?»

«Sì. Anche se non ero mai io a cercarle. Facevano tutto loro. E mi lasciavo trascinare... ma credevo ti stesse bene, perché non dicevi mai niente. E se non ti interessava, che senso aveva respingerle? Avevo la sensazione che mi dessi il permesso, se lo facevo con discrezione. Te lo giuro... ero convinto non ti *importasse*», aggiunse, passandosi una mano tra i capelli.

«E invece indovina un po'? M'interessava. E molto.»

«Ora lo so. E non lo farò più. *Mai più.*»

«Prendo le mie cose.»

«Non è necessario.»

«Invece sì.» Davvero pensava che l'avrebbe perdonato su due piedi?

«Se tornassimo insieme i miei sarebbero felicissimi... sai quanto ti vogliono bene.»

«Mi vorranno bene comunque. Domani riprendo a lavorare.»

«Davvero? Fantastico. Non hai idea di come mi trattano male dal giorno del matrimonio.» Aveva l'aria di un cane bastonato.

«Lo immagino. Me l'hanno detto.»

«E dove vivrai?»

«Da Lara.»

«Quella con cui sei sparita? Che usciva con Flynn anni fa? Credevo si fosse trasferita da qualche parte al Nord.»

Ecco, quello era Joel. Prima del matrimonio, lei gli aveva raccontato che Lara sarebbe tornata a Bath, ma lui non l'aveva nemmeno ascoltata. Non era un'informazione abbastanza interessante da prestarvi attenzione.

«Sì, era andata via. E ora è tornata.» Evitò di aggiungere *con la figlia di Flynn*. Doveva essere lui a dare la notizia agli amici.

«E questa Lara è single? Non voglio che abbia una cattiva influenza su di te, che ti porti in giro per locali...» Sembrava davvero preoccupato, adesso.

«Qui non stiamo parlando di quello che vuoi tu.» Pronunciare quelle parole la emozionò. Evie scosse il capo, godendo della sensazione di avere il controllo. «Non stiamo più insieme. Posso uscire, fare tutto quello che voglio.»

«Però non lo farai, vero? Non sei il tipo», le disse Joel, scrutando il suo viso e fissandola con serietà.

«Però pensavi anche che non fossi il tipo da annullare un matrimonio.»

Lui le rivolse un sorriso triste, senza staccare lo sguardo dal suo volto. «Vero. Dio, Evie, mi hai fatto diventare lo zimbello di tutti. Dovrei odiarti per questo. Però non ti odio. Non ci riesco proprio.»

«Forse perché sai che te lo meriti. In ogni caso non è necessario che ci odiamo. E visto che lavorerò per i tuoi genitori, è meglio di no.»

Per un paio di secondi ci fu silenzio, poi Joel annuì. Fece un passo avanti e distese le braccia. «Hai ragione. Anche su questo. Vieni qui», le disse nel tono di voce che lei conosceva bene. Era il tono da ehi-sono-stato-cattivo-ma-ho-chiesto-scusa-e-ormai-devi-perdonarmi.

E sarebbe stato così facile, così bello potersi rilassare e lasciarsi andare. Dire di no fu come cercare d'innestare la retromarcia con un vecchio cambio scassato.

«No, grazie. Voglio solo prendere le mie cose e andare via.»

Joel lasciò ricadere le braccia lungo i fianchi. «Sei fantastica. Me lo sono meritato. Però possiamo essere amici, no?» le disse con ammirazione.

«Non vedo perché no.»

«E non dimenticare che ti amo ancora. Più che mai.»

«L'amicizia può bastare.» Evie si stava dimostrando incredibilmente coraggiosa, ma dentro di sé era in tumulto.

«Per me non basta. Ma come inizio mi accontenterò», le disse e sottolineò quell'ultima affermazione con uno dei suoi sorrisi strappacuore. «Tanto perché tu lo sappia, però, farò qualsiasi cosa per riconquistarti.»

Mentre tornava da una riunione con un cliente importante a Kelston, Flynn trovò un ingorgo e restò bloccato a Newbridge Hill. Accese la radio e scoprì che c'era stato un incidente su Windsor Bridge Road e che il centro di Bath era del tutto intasato.

Per fortuna era l'ultimo appuntamento del giorno. Di sicuro ci avrebbe messo un bel po' a tornare a casa. Così decise di svoltare a sinistra e si diresse verso Victoria Park.

Erano le sei del pomeriggio, il sole era ancora alto e faceva caldo. Quando parcheggiò ed entrò nei giardini, superò una fila di famigliole davanti al camioncino dei gelati. Dopo la notte trascorsa avrebbe dovuto sentirsi esausto, ma se anche fosse tornato a casa in quel momento, sapeva che non sarebbe riuscito a dormire. La lite furiosa che aveva avuto quella mattina con Lara non aveva fatto che tornargli in mente per tutto il giorno.

Bisognava risolvere la situazione, era evidente. Ed era meglio farlo lì, nel parco in cui avevano passato tanto tempo quando erano ragazzini.

Con le mani in tasca, seguì il sentiero che portava al ponte di legno sul laghetto. Era lì che lui e Lara andavano sempre a guardare le papere.

Lara, Lara. Dio, erano stati due giorni davvero surreali.

Quella mattina aveva detto cose che forse non avrebbe dovuto. E anche lei. Si erano lasciati sopraffare dalle emozioni, e non erano riusciti a controllarsi. Il risultato era stato pessimo, e ora se ne pentiva. Era come quando avviene una tragedia in una famiglia felice; quando muore un bambino, invece di restare uniti e sostenersi l'uno con l'altra, i genitori si ritrovavano a soffrire da soli, sfogando la frustrazione sull'altro e finendo per lasciarsi. Era una questione di statistica, lo sapeva.

Quella però era la situazione opposta. Lara era tornata e lui aveva *ricevuto* una figlia, ed era pazzesco. Era padre. Anche Gigi era pazzesca. Non era certo una tragedia, anzi: era una notizia splendida. Forse la migliore che potesse ricevere.

E sì, Lara aveva fatto male a privarlo di sua figlia per diciotto anni, ma non l'aveva fatto per punirlo, ne era certo. Era convinta di aver agito con buonsenso. Non per dispetto.

In qualche modo riusciva a comprenderlo. Poggiò gli avambracci sul parapetto di legno e guardò la superficie dell'acqua. I raggi di sole si riflettevano sulle onde create da un gran fervore di attività delle papere dovuto a un ragazzino emozionatissimo che aveva lanciato loro tante fette di pane da formare una pagnotta intera, e tutte in una volta.

Lui non era mai potuto andare a dar da mangiare alle papere con Gigi.

«Ah, Darren, ma sei proprio uno *scemo*! Devi dargliene una alla volta!» strillò la sorella maggiore del bambino.

«Ahi!» esclamò lui quando lei gli diede una spinta, facendolo cadere. Afferrò una manciata di sassi e li lanciò contro la sorella, colpendola al viso e facendola gridare.

«Okay, voi due, basta così. Se non riuscite a comportarvi bene, torniamo a casa», intervenne la madre esasperata, dividendoli.

«Voglio andare a casa! Darren ha usato tutto il pane e io sono rimasta senza! Sei uno *stupido*!» ruggì la sorella.

Flynn li osservò mentre se ne andavano. Forse dar da mangiare alle papere non era sempre un'esperienza idilliaca come pensava.

In ogni caso, sperava che lui e Lara avessero ormai dato sfogo all'astio più violento, e per due motivi: prima di tutto perché, in quanto genitori di Gigi, sarebbe stato meglio se avessero mantenuto dei buoni rapporti.

E poi... be', era semplice. Lara era tornata a Bath, nella sua vita. E rivederla aveva solo dimostrato ciò che Flynn aveva sempre sospettato.

Non l'aveva mai dimenticata. E non aveva mai trovato un'altra come lei. Per quanto assurdo, continuava a pensare che fosse l'amore della sua vita. Dio solo sapeva quanto aveva cercato di cancellarla dalla sua mente negli anni. C'erano state molte candidate per stare al suo fianco, ma con nessuna aveva ritrovato l'intesa che aveva avuto con lei.

Quando Lara lo aveva guardato con quegli occhi grigi come l'argento, incorniciati da folte ciglia, lo aveva *compreso*, e lo stesso era accaduto a lui. Erano uniti da qualcosa che Flynn non avrebbe nemmeno saputo spiegare.

E dopo tanti anni, quel sentimento era ancora lì.

Una coppia di cigni stava passando sotto il ponte, per andare alla ricerca di qualche rimasuglio di pane. Mentre lui li osservava, un cagnolino al guinzaglio gli si strusciò contro una gamba.

«Alfie, via di lì! Mi scusi... oh, Flynn, non mi ero accorta che fossi tu! Ciao!»

Si chiamava Nerys, ed era un'insegnante di pianoforte in pensione che era stata molto amica dei suoi genitori prima che morissero. Era una donna elegante, sulla settantina, e stava portando a passeggio il suo Jack Russel.

«Nerys, che piacere rivederti. Ti trovo benissimo.»

Lo salutò con un bacio. Lei e la madre di Flynn condividevano la passione per la musica e andavano spesso a vedere l'opera insieme.

«Abbastanza bene, direi, mio caro. Un po' di artrite, ma non mi lamento. Sempre meglio che essere morta... Sai, i tuoi mi mancano tanto. Mancheranno anche a te», aggiunse con un sorriso pieno di comprensione.

Lui annuì; se n'erano andati a distanza di poche settimane l'uno dall'altra, prima sua madre, sconfitta dal cancro, e poi il padre, per un attacco di cuore. Era successo quattro anni prima.

Nerys indicò i due uccelli sul pelo dell'acqua. «È una benedizione che sia successo in tempi così ravvicinati. Erano come una coppia di cigni. Se trovi la persona giusta, sarà con te per tutta la vita. Che cosa romantica.» Fece una pausa e lo scrutò con attenzione. «E di te che mi dici, caro? Ti sei già sistemato?»

«Non ancora», le rispose con un sorriso incerto.

«Vuoi fare con calma, eh? Non c'è niente di male, anche

per me è stato così. Non devi preoccuparti, la troverai… quando incontrerai la persona giusta, lo capirai subito», aggiunse dando un leggero strattone al guinzaglio di Alfie per poi allontanarsi.

Quando se ne fu andata, Flynn restò lì ancora per un po' a osservare le attività del laghetto mentre le ultime briciole di pane zuppo scomparivano.

Che gli piacesse o no, a quanto pareva era Lara il suo cigno. Ma la domanda era: chissà se lui era quello di Lara?

In quel momento non aveva modo di saperlo.

Ma aveva preso una decisione: l'avrebbe perdonata, senza alcuna remora.

Da quel momento in poi, tutto ciò che era accaduto era acqua passata.

15

Quando Harry accese il computer, il giovedì mattina, il suo primo pensiero fu che l'antivirus doveva aver smesso di funzionare. La casella della posta in entrata era piena di spam, stracolma di e-mail. L'ultima volta che era successo, era stato inondato di offerte di Viagra. Il nuovo virus, invece, sembrava aver aggredito i moduli per gli ordini sul sito Internet. E anche se era meno imbarazzante del Viagra, era comunque una gran seccatura, perché lui non se la cavava troppo bene coi computer e avrebbe dovuto portare il suo in riparazione. Accidenti.

Si preparò una tazza di tè e si rimise a sedere, osservando sconsolato il monitor. Non tutte le e-mail erano virus. Se non cliccava su quelle infette, si sarebbe salvato? Oppure era meglio non farlo? Avrebbe fatto espandere il virus come se fosse un'epidemia di tifo? Forse era meglio non rischiare.

Harry si appoggiò allo schienale sospirando e sorseggiò il tè. Erano le otto e mezzo; il negozio dell'assistenza computer non avrebbe aperto prima delle nove.

Sentì il rumore di un'auto che parcheggiava in cortile. Erano arrivate Morag e Betty, ma non avrebbero certo potuto aiutarlo.

Due minuti dopo si affacciarono nell'ufficio. Morag, le guance arrossate e con indosso un abito a fiori, aveva in mano un foglietto giallo fluorescente. «Il cantante che è venuto qui l'altro giorno aveva i denti d'oro appuntiti qui e qui?» chiese, snudando le gengive e indicandosi i canini giallognoli.

«Sì», rispose lui, stupito.

«Si chiamava EnjaySeven?» intervenne Betty, impaziente.

Harry annuì, anche se continuava a non capire. «Qualcosa del genere. Mi sembra un nome familiare. Somigliava un po' a un codice postale. Perché?»

«Mi ha appena chiamato il nostro Darren! Sei sul suo sito Internet!»

Darren era il nipote quindicenne di Morag. «Darren ha un sito Internet?» Se se la cavava con l'informatica, forse poteva aiutarlo a eliminare quel maledetto virus.

«Non lui, sciocchino! EnjaySeven! Ecco, Darren mi ha dato l'indirizzo. Scrivilo nel tuo computer e lo troverai», fece Morag trionfante, sbattendo il Post-it giallo sulla scrivania.

«Non posso, il computer ha qualcosa che non va. Guardate quanti messaggi. È evidente che abbiamo preso un virus», rispose lui indicando lo schermo.

«Qui dice che sono ordini», fece Betty.

«Ma non può essere vero. Sono troppi», spiegò Harry con pazienza.

«Spostati, caro. Fammi fare.» Betty prese possesso della sedia girevole e si mise a digitare sulla tastiera come un'esperta. «Visto? Sono ordini. Te l'avevo detto!»

«Ma come...?» Harry si grattò la nuca.

«Sei proprio un allocco! Non posso credere che tu non abbia mai sentito parlare di EnjaySeven. E nemmeno che io fossi proprio qui, nel laboratorio, e che non ti sia venuto in mente di avvisarmi che c'era lui. EnjaySeven è nell'Olimpo, insieme con Eminem, Kanye West e Jay-Z. È *pazzesco*.»

Santo cielo, ma che stavano dicendo? Lui aveva trentotto anni. Betty e Morag avevano superato la sessantina. Cosa doveva aspettarsi, ora, di vederle ballare la break dance, o chissà quale altra danza andava di moda in quel momento? Le poche volte che l'aveva visto fare in televisione gli era sembrato un buon modo per slogarsi il bacino.

Betty intanto si era collegata al sito Internet, che era di uno sfarzo impressionante e molto curato, con elementi lampeggianti, musica e... oh, bontà divina, un fermo immagine del video girato proprio in quell'ufficio...

«Eccoti! Quello sei *tu*», disse Morag. Nel caso non fosse riuscito a riconoscersi da solo.

Betty cliccò sul pulsante per far partire il filmato e la scena prese vita, facendo venire a Harry un formicolio per l'imbarazzo. Aveva sempre detestato vedersi e sentirsi nei video degli amici.

In un silenzio attonito guardarono la clip, rivivendo l'episodio in cui Vampiro – okay, EnjaySeven – chiedeva di poter comprare tutte le camicie e Harry si rifiutava di vendergliele. Erano stati fatti dei tagli: un attimo dopo diceva che non accettavano l'American Express, e che non ascoltava la musica di EnjaySeven. Poi l'inquadratura passava all'interno della Maybach, con EnjaySeven che imitava la riluttanza di Harry, i suoi modi riservati e la parlata da maggiordomo inglese. Alla fine c'era il rapper nella sua stanza d'albergo con indosso un abito elegante, scarpe lustre e una delle loro camicie color crema.

«Ed eccomi qui, pronto per fare un bel giro serale della città. Ragazzi, ve lo devo dire: questa è la mia camicia preferita di tutti i tempi. Le Papere in C, sono loro a farle.» Si protese verso la telecamera e diede un colpetto al logo con un'unghia fresca di manicure. In tono d'intesa, aggiunse: «In teoria si chiamerebbero le Papere in Cielo, ma abbiamo deciso di... abbreviare il nome. Quindi potete cliccare sul link sul nostro sito e vedere il *loro*. Dietro c'è un *giuentilissimo giuentiluomo* che si occuperà di evadere gli ordini. Forza, ragazzi, procuratevi tutti una camicia fichissima come la mia, okay? Non ve ne pentirete. Le Papere in C! *Qua qua!*»

Il video si concluse con un effetto dissolvenza.

«Oh, non è adorabile?» fece Morag battendo le mani.

«E non gli sta benissimo? Certo, ha un fisico perfetto... che pettorali! Sono sicura che va in palestra», aggiunse allegra Betty.

Harry guardò le due donne con sdegno. «Scusatemi, siete forse impazzite? Non vi siete rese conto che c'è qualcosa di... *strano* in questa situazione?»

Lo fissarono senza comprendere. «Che cosa c'è che non va, caro? È meraviglioso!»

«Come può essere meraviglioso quando ha detto... quella cosa? 'Le Papere in C'... è orribile, ecco cos'è.» Fece parecchia fatica a ripetere quelle parole.

«Ah, sei proprio un vecchio matusa, caro. I giovani dicono cose orribili in continuazione. E comunque, quella C sta per 'Cielo', quindi è tutto a posto», aggiunse in tono rassicurante.

«Non è tutto a posto! È un oltraggio. E se i nostri clienti sentono parlare di questa storia?»

Senza una parola, Betty chiuse quel sito sgargiante e tornò alle e-mail. Scorse l'elenco dei nuovi ordini. Scendendo. E *scendeeeeeendo.* Alla fine, centosettantasei e-mail dopo, raggiunse la fine e dichiarò: «Be', a questi clienti non sembra dare troppo fastidio».

«Non m'interessa. Quell'uomo sta gettando fango sul nostro buon nome. Abbiamo una reputazione da difendere, e non permetterò che la insozzi.»

«Ma non è quello che sta facendo, caro, credimi. Ha detto che sono le sue camicie preferite di tutti i tempi! Nessun personaggio famoso ha mai indossato le nostre camicie, e adesso abbiamo EnjaySeven! È come un sogno che si avvera», disse Morag.

Harry scosse il capo. «Niente affatto. Finché prendono in

giro me non è un problema, ma non permetterò che venga irriso il nome della società. Basta, ci penserò io a risolvere questa situazione. Voi due potete andare a lavorare su queste camicie.»

Dieci minuti dopo aveva mandato un'e-mail di fuoco all'indirizzo di contatto del sito. Con modi tranquilli ma decisi, aveva spiegato le sue ragioni. Alla fine, dopo aver espresso la speranza che la cosa potesse essere risolta in modo amichevole, firmò con le parole «Coi miei più cordiali saluti, Harry Wells», e premette il tasto di invio.

Nel frattempo, la casella della posta in entrata era stata inondata da altri ordini.

Da un lato era piacevole, certo, ma la grammatica media di alcuni dei messaggi di accompagnamento era inquietante, a dire la verità: *Yo, amico, 1 grigia media ma non skiaffarci kolori tipo rosa o robe kosì eh!?!*

Harry trasalì. Santo, santissimo cielo, ma dove stava andando a finire la gioventù moderna? Ormai il linguaggio da SMS stava segnando il declino della società civile. Eppure almeno quest'ultimo aveva evitato di chiamarli «Papere in C», diversamente dal mittente successivo.

E quello dopo, che aveva scritto «*nel* C».

Un altro aveva creato «Le Papere NC».

Mezz'ora dopo, stampato l'elenco degli ordini, Harry si rese conto che avrebbero avuto bisogno di un paio di persone in più per realizzarle. La crisi economica aveva colpito anche la sua compagnia insieme con tante altre, e negli ultimi dieci anni le vendite si erano dimezzate. Avevano ancora due macchinari inutilizzati; ora forse potevano rimetterli in moto. Avrebbe chiesto a Betty se sua sorella aveva voglia di andare a lavorare per loro, e…

Driiin, driiin. Il telefono sulla scrivania si animò e Harry lo afferrò. «Buongiorno, Papere in Cielo, come posso aiutarla?»

«Yo, Harry, come va, amico? *EnjaySeveeen!*»

Non era una voce facile da dimenticare. Rigido, gli rispose: «Oh, salve. Sto bene, grazie. Ma non sono *troppo* felice. Ho appena inviato un'e-mail al suo sito per spiegare le mie preoccupazioni».

«Lo so, amico. Per questo ti chiamo. A proposito, la ragazza che mi ha girato il tuo messaggio dice che sei carino.»

«Molte grazie, ne sono lusingato, ma dobbiamo proprio fare qualcosa per la questione delle 'Papere in C'.» Ecco. L'aveva detto.

«*Dobbiamo?*» fece EnjaySeven, divertito.

«*Deve*», ribatté lui, deciso.

«Ehi, è solo per farsi due risate.»

«Forse per lei sì. Per me, invece, si sta insozzando il buon nome della mia società.»

«Insozzando, che parolone! Sai una cosa? Mi sa che mi piace.»

«Il fatto è che lo trovo irrispettoso», ribatté Harry.

«Ah, amico, non ti sto *irrispettando,* anzi, pensavo fossi contento. È pubblicità gratis, no? Se dico ai miei fan che una cosa è bella, loro la comprano. Di solito mi pagano un sacco, per ricevere i miei complimenti.»

«Ne sono sicuro. E *sono* grato...»

«Hai avuto ordini da quando abbiamo messo il video sul sito?»

«Sì. Non pochi», ammise Harry.

«Quanti?»

«Abbiamo richieste per duecentottantasei camicie.»

«Visto? E l'abbiamo messo solo da qualche ora. Tieniti forte, vedrai quanti ne arriveranno.»

«Non evaderò nessun ordine finché dal suo sito non verranno rimossi quei commenti offensivi», disse Harry.

«Amico, sei serio?»

«Assolutamente.»

«Perderai un mucchio di grana.»

«Ne sono consapevole. Ma avrò intatta la dignità.»

Enjay aveva cominciato a ridacchiare. «Oddio. Dio, Dio. Harry, lo sai come parli? Come la mia mamma.»

«Lo prenderò per un complimento. Anche se non credo di avere proprio la *stessa* voce.»

«Hai ragione. Tu hai l'accento inglese.»

«E poi sono un uomo.»

Altre risate. «Okay, Harry. Lo dirò ai fratelli.»

«Che significa?»

«Che censureremo le parti che trovi offensive. Metterò un altro video in cui dirò che il nome corretto è Papere in Cielo, e che se le chiamano in un altro modo trascinerai i loro poveri culi in tribunale.»

Certo che gli americani erano proprio fissati con le azioni legali.

Harry rispose: «Non me lo potrei permettere».

«Lo so. Lo diremo e basta, tutto qua. Una roba tranquilla.»

«Okay.»

«Contento?»

«Credo di sì.»

«Hai ottenuto tutto quello che volevi e *credi* di sì? Harry, mi fai morire. Sei proprio un tipo.»

Intendeva un tipo buffo o un tipo particolare? Harry si disse che forse non era così difficile indovinare. Ma per fortuna non gli interessava. «Non direi che ho avuto *tutto* quel che volevo.»

«Ah, davvero? I complimenti di una superstar famosissima non ti bastano? Che c'è di meglio, amico?»

«Be', senza offesa... Ma se devo essere sincero avrei preferito che al suo posto ci fosse il principe Carlo.»

16

«'Giorno», salutò Flynn quando Lara aprì la porta.

Forse era meglio togliersi subito quel peso, si disse lei. «Ciao. Mi spiace per ieri. Avevi tutti i diritti di essere in collera.»

L'espressione di lui si addolcì. «Lo so. Ma anche tu. Ti chiedo scusa.»

Wow, *questa* non se l'aspettava.

«Guardaci un po'... ci comportiamo come degli adulti. Chi l'avrebbe mai detto?» fece lei con un sorriso.

«È la cosa migliore, per il bene di Gigi. Forse avevamo bisogno di sfogarci. Ora che l'abbiamo fatto, possiamo ricominciare da capo.»

La pelle le formicolò per l'agitazione: che cosa intendeva dire? Se sapeva cosa Lara provava per lui, Flynn avrebbe potuto cominciare a giocare coi suoi sentimenti, prendendola in giro come aveva fatto Joel con Evie per anni.

«Ricominciare come genitori di Gigi. Essere gentili l'uno con l'altra. Tutto qui.»

«È esattamente quel che intendevo. Allora, devo restare sulla soglia o pensavi di farmi entrare?» ribatté lui.

Lara spalancò la porta. Quel giorno Flynn avrebbe portato con sé Gigi al lavoro per farle vedere di cosa si occupava. «Sì, scusa. Sei arrivato in anticipo, è ancora sotto la doccia. Pensavo che saresti venuto per le nove.»

Lui si strinse nelle spalle. «Ho trovato meno traffico del solito. Posso avere un caffè?»

«Potresti preparartelo da solo? Sono un po' occupata.» Era passata a ridipingere la sala da pranzo, color albicocca e bianco per sfruttare al massimo la luce del sole che entrava dalle finestre affacciate verso sud. Flynn preparò il caffè e ne portò uno anche a lei. «Grazie», gli disse. Quando le porse la tazza, Lara inspirò l'odore del suo dopobarba. Stava imparando a conoscerlo.

«Posso farti una domanda?»

«Immagino che me la faresti comunque.» Non era disposta ad accettare che la tormentasse ancora.

«Non preoccuparti, non è su Gigi. Anche se... è qualcosa che mi ha accennato. Pensavo che tuo padre ti avesse lasciato in eredità questa casa. Ma ieri Gigi mi ha detto che non era sua... che apparteneva a tua madre. È vero?» Sembrava confuso.

Lara stava per intingere il pennello. Invece lo posò.

«Sì.»

«E prima non lo sapevi?»

Scosse il capo. «No, non ne avevo idea. Non lo sapeva nemmeno la zia Nettie.»

«E com'è successo? Come hanno avuto i soldi?»

«Non me lo so spiegare.» Si appoggiò al davanzale. Visto che aveva conosciuto suo padre, tanti anni prima, Flynn era una delle poche persone curiose quanto lei di sapere come fossero andate le cose.

Lui si accigliò. «Non te lo sei domandato?»

Ah, santo cielo. Lara lo fissò, incredula. «Certo che me lo sono domandato! Ho passato *ore* a fare ipotesi, ma non c'è modo di scoprirlo! Se mia madre non l'ha detto a Nettie, chi altri potrebbe saperlo? Ho chiesto anche al notaio, però lui mi ha dato il testamento di mio padre e basta. Sappiamo solo che non è stato aperto alcun mutuo. Mi sono lambiccata il cervello, ma non ne è venuto fuori nulla. Voglio dire, mia madre non aveva parenti ricchi che potevano averle lasciato una fortuna. Nettie avrebbe saputo se avesse vinto delle obbligazioni a premio. Mi viene in mente solo che sia stato mio padre a mettere i soldi e che abbia intestato la casa a mia madre per… non so, per motivi fiscali, qualcosa del genere.»

«Faceva il cassiere in banca. Dove potrebbe aver preso una tale quantità di denaro?» Flynn sembrava dubbioso.

Perplessa, Lara scrollò le spalle. «Mi fai domande cui non so rispondere. Non ne ho idea. A meno che non avesse rubato i soldi al lavoro e non potesse intestarsi la casa perché rischiava di farsi scoprire.»

Lui inarcò un sopracciglio. «E saresti disposta a contattare la banca e chiedere d'investigare?»

«No.» Ma che razza di domanda era?

«Perché se scoprissero che è andata così potrebbero volere indietro la casa?»

«Esatto.» Che c'era di male nell'ammetterlo? Bah.

Flynn sorrise e bevve del caffè. «Per quel che vale, secondo me non è andata così.»

«Ah, no?» Entrambi sentirono il rumore dell'acqua della doccia che veniva chiusa. Lara era commossa all'idea che lui avesse pensato tanto alla questione nonostante la lite che avevano avuto.

«Se fossero stati soldi di tuo padre, avrebbe fatto in modo di riprenderseli. Scusami se ne parlo così, ma sappiamo entrambi com'era fatto. Non avrebbe permesso a tua madre di lasciarti la casa. Deve esserci un altro motivo, sotto, su cui lui non aveva alcun potere. E quanto è vero Dio, scommetto che questa cosa lo faceva diventare pazzo.»

Aveva ragione. Suo padre era stato l'essere più smanioso di controllo dell'universo.

«Il tuo ragionamento ha senso. Ma non ci dice da dove venivano i soldi», fece Lara annuendo.

«Non puoi contattare nessuno dei suoi amici?»

«C'era solo una coppia, ma non ne ricordo i nomi. È passato tanto tempo.» Aveva tredici anni quando sua madre era morta; solo dopo lei si era resa conto di come fosse stato il matrimonio dei suoi genitori. A posteriori, le sembrava evidente che suo padre aveva sempre scoraggiato i rapporti d'amicizia. Faceva parte della sua mania di tenere tutto sotto controllo. «C'era una donna bionda... ricordo che io e mia madre l'abbiamo incontrata qualche volta al parco, quando avevo nove o dieci anni. E poi un'altra amica, andavamo a trovarla, ogni tanto. Si chiamava Janey o Julie, qualcosa del genere, e mi dava i biscotti al cioccolato.»

«Ricordi dove abitava?»

«No, ma credo si sia trasferita, diceva che sarebbe andata a vivere in un posto caldo e assolato, all'estero. Dopo il funerale di mia madre non l'ho più rivista.»

«E non hai qualche vecchia rubrica o agenda?»

«Ah, che bella idea!» Flynn pensava che lei fosse completamente stupida? «Intendi le agende e le rubriche che ho di sopra, con tutti i nomi delle persone che ho desiderato ricontattare per tutti questi anni? Che sciocca a non averci proprio guardato...» fece in tono allegro.

Lui alzò le mani. «Okay, scusa, cercavo solo di aiutare.»

Porca miseria, quindi ora doveva scusarsi anche lei? Di nuovo?

Al limite dell'esasperazione, Lara sollevò la mano libera per indicare che era dispiaciuta anche lei. «Non ho niente di niente. Ho chiesto al notaio di domandare a Janice di lasciare a lui gli effetti personali di mia madre, e lei ha risposto che non ce n'erano.»

«Li hanno distrutti?»

Lei si strinse nelle spalle, decisa a non lasciarsi andare alle emozioni suscitate dal pensiero che ogni traccia di sua madre fosse stata cancellata come gesso da una lavagna.

«Ha detto così.»

«Ma deve esserci un modo per...»

«Pronta! Come vi sembro?» Gigi fece irruzione nella stanza con una maglietta verde lime e una gonna a pois rosa e verde.

Lara si accorse dell'orgoglio con cui Flynn la osservava.

«Non so. Quanto fa sette per otto?» le chiese lui.

«Ah ah, divertente. Se dobbiamo incontrare dei clienti, voglio essere carina.»

Lui annuì, approvando. «Vai benissimo. E poi sei stata un lampo, il che è sempre apprezzato.»

«Sono velocissima a prepararmi per uscire. Uno dei miei tanti talenti. Posso guidare io?» aggiunse lanciando uno sguardo speranzoso alle chiavi della macchina di Flynn.

«No.»

«È un'ottima guidatrice», s'intromise Lara in difesa di sua figlia.

Lui sorrise. «Ne sono sicuro. Ma prima devo aggiornare l'assicurazione.»

«Allora andiamo, che stiamo aspettando?» Vedendolo esitare, Gigi lo spinse fuori della sala da pranzo. «Usciamo, dai! Voglio sapere tutto del vino!»

Alle sei, la sala da pranzo era finita. Soddisfatta del risultato, Lara si era lavata via la vernice dai capelli sotto la doccia e si era spostata in cucina, dove stava facendo la dea del focolare.

Be', più o meno. Bucherellò con una forchetta il cellophane che copriva una porzione di risotto ai funghi – *tac-tac-tac-tac-TAC* – e lo infilò nel microonde. Tempo tre minuti e, non appena pronto, avrebbe aggiunto una bella dose di panna, una spruzzata di pepe nero e un fiume di parmigiano grattugiato. Era abbastanza divino, no?

Certo, una vera dea di sicuro l'avrebbe accompagnato con un bel bicchiere di vino bianco, e non con una bibita in lattina.

Gigi e Flynn rientrarono un quarto d'ora dopo. Lara, seduta nel giardino sul retro, sentì la macchina che parcheggiava davanti a casa. Le porte sbatterono e si sentì un vociare. Chissà se Flynn stava solo lasciando Gigi per poi andare da qualche altra parte, o se era entrato. Sperò nella prima alternativa. La loro chiacchierata di quella mattina l'aveva turbata, facendola ripensare a tutte le cose che le erano mancate.

«Mamma? Eccoti!» Gigi si fermò sulla soglia prima di andare da lei, e Lara sentì la tensione che si scioglieva, i muscoli che si rilassavano. Meno male, niente Flynn. Quella sera ne faceva volentieri a meno.

«Ciao, tesoro, com'è andata? Ti sei divertita?»

«No, per *niente*. È stato noiosissimo, più mortale di quanto potresti immaginare. L'opposto del divertimento.» Gigi si lasciò cadere sull'erba accanto a lei, come un'adolescente sul punto di morire di noia.

Lara posò la lattina. Non che fosse la fine del mondo, ma Flynn doveva esserci rimasto male: non vedeva l'ora d'insegnare a Lara il mestiere che tanto amava. «Ah. Non pensavo fosse così. Non dovevate incontrare un sacco di gente?»

«No! Nessuno!»

«E perché?»

«Perché siamo rimasti bloccati in quello stupido ufficio a rovistare tra centinaia di vecchie fatture polverose. Anzi, non centinaia... migliaia. Forse anche milioni. No, mamma, non puoi averne un'idea.»

La porta sul retro si aprì di nuovo e Flynn uscì in giardino. Lo stomaco di Lara fece una rapida capriola alla vista di lui in camicia bianca e pantaloni neri di sartoria. Da una parte, aveva un fisico pazzesco. Dall'altra, le stava già dando di nuovo sui nervi.

Si schermò gli occhi dal sole, il che l'aiutò a lanciargli uno sguardo ancor più cupo quando gli chiese: «Che cosa hai fatto fare a Gigi? Credevo dovessi mostrarle come gestire la compagnia. Non è la tua schiava, sai?»

L'espressione di Flynn era indecifrabile. «Lo so.»

«Mamma, smettila, stavo *scherzando.*» Gigi si tirò su a sedere e alzò gli occhi al cielo come un genitore in imbarazzo.

Accidenti agli adolescenti. «Grazie per avermelo detto. Ma come facevo a sapere che scherzavi? Quindi non sei rimasta bloccata in un ufficio a rovistare tra *milioni* di noiosissime vecchie fatture.» Ripeté le sue parole per far capire a Flynn che c'era un motivo preciso se l'aveva trattato così.

«Ah, sì che c'erano. Milioni», fece Gigi con un sorriso malizioso.

C'era qualche scherzo sottinteso, senza dubbio. Forse anche lei aveva un motivo preciso per aver detto una cosa simile. Lara guardò Flynn. «Che avete combinato?»

Lui prese una sedia, si sedette di fronte a lei e si protese in avanti, poggiando gli avambracci abbronzati sul tavolo. «Okay, ma ti dico subito che non ho una risposta definitiva. Non ancora. Ma con un po' di fortuna ci arriveremo.»

Qualcosa nel modo in cui lo disse le fece correre a più non posso il sangue nelle vene. «Arriveremo... dove?»

17

«Il discorso di stamattina mi ha fatto tornare in mente qualcosa. Stavo per dirtelo quando Gigi è arrivata e mi ha trascinato via. E poi avevo bisogno di rifletterci ancora», disse Flynn.

Lara sbatté le palpebre. «Va' avanti.»

«È stato nove o dieci anni fa. Lavoravo da Grey. È venuta una donna a comprare del vino. Stavamo facendo una degustazione, e lei ne ha provati diversi. Abbiamo cominciato a chiacchierare, e poi all'improvviso mi ha chiesto se ero lo sciatore. Le ho risposto di sì, e a quel punto mi ha domandato se avevo avuto una ragazza di nome Lara.»

«Chi era?»

Lui continuò senza farsi interrompere. «Ho detto di sì, e lei ha risposto che lo immaginava, che ti aveva conosciuta da bambina, e che lei si era trasferita anni prima, ma l'ultima volta che era stata a Bath ci aveva visti insieme. Mi aveva riconosciuto dalla TV ed era stata felice di vederti serena. Mi ha chiesto se ci sentivamo ancora e le ho spiegato che eri andata via da Bath tagliando i contatti con tutti.»

Il cuore di Lara batteva all'impazzata. «Come si chiamava?»

«Non lo so. Ma mi ha parlato un pochino di te, mi ha detto che era stata amica di tua madre e che doveva essere stato terribile per te perderla. Ha aggiunto che aveva lasciato la città poco dopo che era successo, e che ti aveva scritto, ma non le hai mai risposto.»

La mente di Lara correva avanti. «Non ho ricevuto nessuna lettera. Forse ne ha mandata una, ma non l'ho mai ricevuta. Comunque va' avanti. Che altro ha detto?»

Flynn scosse il capo. «Tutto qui, non c'è altro. Purtroppo non avevo alcun motivo valido per ricordarmi di lei. Ma sono sicuro che era più abbronzata della media dei clienti nel negozio, come se fosse appena rientrata da una vacanza...»

«O come se *vivesse* in un posto caldo e fosse passata da Bath», intervenne Gigi.

«Ma non sai il suo nome. Quindi non sappiamo ancora chi sia», disse Lara.

Lui si chinò di lato e tirò fuori un foglio di carta ripiegato dalla tasca dei pantaloni. «Ha comprato del vino. È stato prima che riuscissi a introdurre i computer in azienda.» I Grey erano sempre stati famosi per l'avversione alla tecnologia, prima di adottarla. «Oggi però abbiamo cercato tra le vecchie fatture. Ho fatto un elenco di tutte le clienti donna dal nome che comincia per J.»

«Quindi, come vedi, è *stato* noioso, ma ne è valsa la pena!» la rimbrottò di nuovo Gigi.

«Posso vedere?» Lara prese il foglio. I nomi erano stati scritti a mano da Flynn, e vederli la riportò all'istante a quando erano ragazzi: era impressionante come quella grafia disordinata, appuntita non fosse cambiata affatto. Controllò i nomi. Erano tantissimi... Jane Morgan... J. Lancaster... Julie Knight... Judith Childerley... Jennifer Fuge... Joanne Margason... Josephine Pride... J. Carter... Jean Frew... Ce n'erano ancora. Li lesse a uno a uno, sperando che quello giusto le balzasse davanti agli occhi, liberato come una tigre ingabbiata nelle profondità del suo inconscio. Quando arrivò alla fine, posò la lista e sentì che la delusione le serrava la gola. «Niente da fare, non li riconosco. Non credo di aver mai saputo il suo cognome. Non sapremo mai quale di loro è lei. E anche se lo scoprissimo, le fatture sono vecchie di anni...»

«Non essere così pessimista. Cerca di concentrarti su quel nome che comincia con J. Potrebbe tornarti in mente. Ora però ho del lavoro da fare... meglio che vada.» Flynn recuperò la lista e si alzò.

Nel momento in cui lo disse, Gigi balzò in piedi e lo abbracciò.

Ancora confusa, Lara provò una punta d'invidia per come era riuscito a farla alzare da terra: se fosse stata lei a uscire, Gigi sarebbe rimasta dov'era e le avrebbe detto solo ciao.

«Mamma?»

«Che c'è?»

«Papà sta andando via. Vuoi dirgli qualcosa?»

«Ah. Be', ciao.»

«Mamma!»

«Sì?»

Gigi le rivolse un'occhiataccia del tipo non-essere-così-*maleducata*. «Potresti cercare di dire grazie.»

«Certo. Sì, è vero, scusa. Grazie mille», disse sollevando lo sguardo verso di lui, la cui sagoma si stagliava contro il sole con sua figlia ancora aggrappata al braccio.

Grazie per avermi riempita di speranze per poi deludermi di nuovo, grazie per aver fatto rinascere tutte le sensazioni del passato, grazie per avermi fatta sentire una fallita incapace di ricordare il nome di un'amica di mia madre.

Lui le rispose con l'accenno di un sorriso, come se avesse capito cosa pensava. «Figurati. Cerco solo di dare una mano.»

Evie era rimasta bloccata nel traffico mentre andava a consegnare un ordine prima di tornare a casa. Be', non era proprio casa sua, ma quella di Lara. Anche se era bastato solo qualche giorno per abituarsi alla nuova routine, tanto che le sembrava di stare lì da settimane.

Il semaforo scattò e la fila di auto riprese a muoversi. Era stato al tempo stesso strano e bello tornare al lavoro, quel giorno. Alcuni clienti avevano saputo del matrimonio mancato e si erano stupiti di trovarla in negozio con Bonnie e Ray. Altri, che non li conoscevano affatto, ignoravano del tutto l'accaduto. Un cliente abituale di nome Kevin, appena rientrato da un viaggio di un mese in Canada, l'aveva salutata con un allegro: «Allora, com'è la vita da sposata, signora Barber? Spero sia come la immaginavi, e anche meglio!»

Il risultato era stato un silenzio *leggermente* imbarazzato, finché Ray non aveva posato un braccio sulle spalle di Evie per farle coraggio e aveva detto: «Ehi, cara, vuoi dirglielo tu o ci penso io?»

Alla fine avevano tutti convenuto che Joel era un cretino. Poi, proprio quando Kevin stava per andar via, era arrivata una consegna dall'Interflora. La ragazza aveva consegnato a Evie un sontuoso mazzo di gigli asiatici, alstroemerie e gerbere, avvolto nel cellophane.

«Wow. Nuovo fidanzato? È quella che chiamo una sostituzione lampo», aveva commentato Kevin, colpito.

Perché era proprio quel che sembrava, eh?

«Eh sì, mi tocca scacciarli col bastone.» Evie aveva aperto la piccola busta e aveva dato un'occhiata al biglietto, che diceva: *Perdonami. Ti amo.* «Questo però viene dal precedente.»

«Ah, non è magnifico quando succede? Ha capito che ha sbagliato e adesso vuole riconquistarti... giusto?» Kevin aveva tre figlie adolescenti ed era abituato alle tragedie d'amore.

«Giusto. Ma non succederà.» Con la coda dell'occhio, aveva notato la tristezza farsi largo sul viso di Bonnie. Possibile che non le avesse creduto, quando lo aveva detto anche a lei?

Il traffico stava ripartendo. L'odore di gigli in auto era penetrante. Evie aveva cercato di lasciare i fiori a Bonnie, ma lei l'aveva costretta a portarseli a casa. Raggiunse l'incrocio e svoltò a sinistra; per ironia della sorte doveva consegnare i costumi che aveva nel portabagagli presso lo stesso albergo in cui Lara aveva preso una stanza la sera del matrimonio.

Superati i cancelli, si sentì sollevata quando vide moltissimi parcheggi liberi quel giorno. Non c'era più una distesa infinita di auto, nessun matrimonio elegante in corso, nessun giardiniere scontroso pronto a maltrattarla per aver parcheggiato nel posto sbagliato.

Evie tirò fuori tutto dal bagagliaio e avanzò sul ghiaino, diretta verso l'ingresso sontuoso dell'Ellison.

Okay, aveva cantato vittoria troppo presto. Quando raggiunse i gradini, il giardiniere scontroso vi apparve in cima, con in mano un annaffiatoio: doveva essere lì per dare l'acqua ai fiori nelle vasche di pietra su ciascun lato delle pesanti porte doppie.

Quando la vide, l'uomo posò l'annaffiatoio e le disse: «Salve, aspetti, le do una mano».

«No, grazie, ce la faccio...» Ma proprio mentre lo diceva, una sacca porta abiti le scivolò dalle mani, di sicuro solo per il gusto di smentirla, e dovette bloccarla tra il gomito e il fianco.

«Non si preoccupi, ci penso io a prenderli.» Sembrava che non l'avesse riconosciuta, ed era un bene. Evie gli lasciò tre porta abiti e una borsa che conteneva accessori vari.

«Devo lasciarli alla reception.»

L'uomo le tenne aperta la porta e la seguì all'interno. «La receptionist è salita un momento di sopra per aiutare un ospite a sistemare il televisore. Torna tra poco. Ehi, credo di aver capito cosa sto portando. Ah, guarda qua! E nella borsa cosa c'è?» Divertito, sollevò davanti a sé un abito da suora e uno da vescovo.

Scassaballe impiccione, ora si era messo ad aprirla per vederne il contenuto. «Mi scusi, potrebbe evitare? Lasci perdere, non è roba sua.»

«Volevo solo...»

«Be', non può. Tolga le sue manacce sporche da lì.» Evie posò gli abiti sul desk e gli strappò di mano la borsa, non senza cogliere l'ironia dell'essere lei, stavolta, a dirgli che non poteva fare qualcosa.

«Non ho le mani sporche», protestò lui.

«Non m'interessa. Non voglio comunque che le infili lì dentro. Non è nulla che la riguardi.»

«Aspetti un attimo, non ci siamo già visti? Come mai mi sembra di conoscerla?» le chiese l'uomo osservandola con più attenzione.

Ah, certo, quella era proprio la conversazione che sperava di avere. Come se potesse ricordarsi di lui. «Non ne ho idea. Comunque non si preoccupi, aspetterò che torni la receptionist. Può tornare ad annaffiare», gli disse.

Ops, voleva essere solo un po' sbrigativa, non tanto sprezzante.

Il giardiniere inarcò un sopracciglio sotto la massa di capelli spettinati e rispose: «Annaffiare è importante. Se non lo si fa, le piante muoiono».

«Lo so, mi scusi. E grazie per avermi aiutata», disse lei, sentendosi in colpa ma al tempo stesso non vedendo l'ora di liberarsi di lui, nel timore che potesse ricordare dove si erano visti. Un attimo dopo si rese conto di non essere mai stata tanto felice in vita sua di vedere una ragazza bruna che scendeva le scale in uniforme blu. «Ah, ecco la receptionist... arrivederci.» L'uomo però non si muoveva. Perché non tornava fuori? Oh, no, l'aveva aiutata a portare i pacchi per le scale e fino al bancone. Mortificata per non averci pensato prima, Evie si frugò nella tasca della giacca e trovò un paio di monete che teneva di scorta per i parcheggi a pagamento. Trovò una moneta da una sterlina e una da mezza. Be', non le avrebbe avute entrambe. «Scusi, ecco.» Gli mise in mano la moneta da una sterlina con gesto frettoloso e poi spostò in modo plateale l'attenzione sulla ragazza. «Salve! Ho una consegna per dei vostri ospiti... la famiglia Manning.»

Esistevano cose che potevano anche succedere nella vita, e altre più improbabili. Poi c'erano le cose che nessuno avrebbe *mai* pensato che potessero accadere, come vedere il principe Carlo che si metteva a ballare la break dance o Rod Stewart che sposava una mora.

Quando Gigi entrò di corsa nel soggiorno con in mano il computer portatile, gridando «Oddio, non ci crederai *mai*», Lara rispose: «Fammi indovinare: Robbie Williams è entrato nei Westlife».

Gigi si lasciò ricadere sul divano tra Evie e Lara, dimenandosi per farsi largo tra loro. «*Molto* meglio. Aspetta e vedrai. Dio, non posso credere che non ce l'abbia raccontato lui stesso. Ma è proprio tipico di Harry. Fosse per lui, forse si farebbe venire in mente di dirtelo col prossimo biglietto di auguri di buon Natale.»

Si parlava di Harry? «Che cosa dovrebbe dirmi?» chiese Lara.

Evie scrutò lo schermo. «Parliamo dell'Harry che era in vacanza quando stavo da voi?»

Gigi rispose mentre cliccava su una serie di link. «Il solo, l'inimitabile. Se ti abbiamo raccontato che è un vecchio matusa, aspetta e vedrai *quanto* vecchio e *quanto* matusa riesce a essere. Okay, eccolo qui, date un'occhiata...»

«Wow. È proprio... wow», disse Lara quando finirono di vedere il video.

Era quello che Harry, alla sua maniera inimitabile, avrebbe definito un colpo di fortuna. Sorrise, ripensando a quando Gigi, a cinque anni, aveva pensato che si dicesse «un polpo di fortuna». Da allora, qualsiasi evento che si rivelasse anche minimamente sorprendente veniva definito un «polpo».

E questo era un polpo e mezzo.

Gigi scorreva le centinaia di commenti sul sito di EnjaySeven. «Assurdo. Per la serie la strana coppia. Eppure tutti stanno comprando le sue camicie! Le vendite devono essere schizzate alle stelle. E poi indovina che succede se vai sul sito delle Papere in Cielo?»

«Non saprei proprio», rispose Lara, immaginando la sua homepage vecchio stile e semplicissima invasa da visioni hollywoodiane e foto gigantesche di EnjaySeven.

Gigi lo aprì per mostrarglielo. «Niente! Niente di niente! Nemmeno un accenno. *Incredibile.*»

A essere onesti, c'era una dicitura minuscola di lato che domandava con grande educazione ai clienti di pazientare in attesa dell'evasione degli ordini, che avrebbero potuto subire un leggero ritardo per via di un aumento imprevisto della richiesta.

«Tipico di Harry», commentò Lara con affetto.

Sua figlia alzò gli occhi al cielo. «Tipico della *mia* sfortuna. Ho vissuto in quella città per diciotto anni, e quanti rapper superfamosi sono passati? Ma non appena mi trasferisco qui, ecco che Keswick diventa il centro del mondo.»

«Ma in compenso qui hai trovato un padre», intervenne Evie.

«Lo so. Mi sta bene, non mi lamento certo. Dio, è già abbastanza strano. Ma sono sicura che una settimana fa Harry non era nemmeno al corrente dell'esistenza di YouTube. Ora non solo lo popola, ma si è procurato un milione di visualizzazioni e sono tutti impazziti per il rigido e formale tizio inglese.»

«È carino. Dai, metti un altro video», fece Evie dando di gomito a Gigi e indicando lo schermo.

18

Lara era al Superdrug e stava scegliendo un nuovo deodorante roll-on annusandoli tutti. Chi ne avrebbe comprato uno senza voler prima sapere che odore avrebbero avuto le proprie ascelle?

Dio, c'era davvero tanta scelta. *Troppa*. Ninfea e menta. Fiore di seta e mandarino. Frutto della passione e pepe rosa… questo sembrava più il nome di un antipasto…

Intanto il suo cellulare aveva cominciato a squillare. Lo pescò dalla borsa e lesse sul display il nome di Flynn. «Pronto?»

«Ciao. Ho chiamato a casa, ma non c'è nessuno. Come mai?»

Il suono della sua voce era sufficiente a farle battere forte il cuore; non si era ancora abituata a sentirlo di nuovo.

«Cos'è, siamo sotto libertà vigilata? Gigi è dal parrucchiere. Avrà spento il cellulare», rispose, dando per scontato che volesse informazioni su sua figlia.

«Non volevo Gigi, ma te.» Ehem, da come l'aveva detto di sicuro non si riferiva a *quello*, vero?

«Sto facendo shopping.» Posò gli altri deodoranti sullo scaffale e mise nel cestino frutto della passione e pepe, insieme con uno scrub esfoliante e dei rasoi. Roba da donne affascinanti. Sperò che Flynn la immaginasse mentre girava per negozi di classe comprando biancheria elegante e scarpe lussuose.

Come no.
«Sei in centro? Possiamo vederci? Ti va bene da Moon and Sixpence tra un quarto d'ora?»
Lara controllò l'orologio: era mezzogiorno. «Okay, ma all'una ho un altro appuntamento. Perché vuoi vedermi? Si tratta di Gigi?» Mentre lo chiedeva, sentì una morsa di timore serrarle lo stomaco. Si stava già stancando di sua figlia? Forse si sentiva sopraffatto dall'eccesso di entusiasmo della ragazza? All'inizio gli era sembrata una bella cosa, ma ora il legame con lei si stava rivelando una responsabilità troppo grande, per…
«Sì, voglio parlarti di Gigi.» Flynn fece una pausa, e il timore si trasformò in oltraggio materno. Se avesse osato pronunciare anche *solo una parola per criticarla…* «Però è una questione che riguarda più te.»
Lara si fece strada tra le terme romane, affollate di turisti. Il Moon and Sixpence era a Milsom Place. Si accaparrò l'ultimo tavolo libero all'aperto, nel cortile interno, e si sedette ad aspettare. Flynn sarebbe arrivato nel giro di qualche minuto. Maledizione, si sentiva le ascelle un po' troppo umide… ma se fosse andata al bagno, con tutta probabilità le avrebbero soffiato il tavolo.
Okay, nessun problema, poteva farcela. Tanto per stare tranquilla, aspettò che la cameriera rientrasse prima di tirar fuori il deodorante dalla borsa e infilarselo con gesto fulmineo sotto la maglietta. Braccio sinistro fatto. Cambio. Braccio destr…
«Ciao.»
Porca miseria, colta in flagrante. Ma perché Flynn arrivava sempre in anticipo? Gettò il tappo nella borsa e tenne il flacone incastrato sotto il braccio. Non era il massimo, ma sempre meglio che fargli capire cosa stava facendo.
«Ehi, sei arrivato!» Ora poteva correre al bagno. Tenendo il braccio destro bloccato lungo il fianco, Lara si alzò in piedi. Un po' in imbarazzo, Flynn pensò che l'avesse fatto

per salutarlo con un bacio su una guancia. Provò un brivido involontario al contatto della bocca di lui sul lato del viso, poi Flynn le posò una mano su una spalla per farla rimettere a sedere con gentilezza.

«Sì. Ho trovato parcheggio proprio qui davanti. Ti trovo bene.»

Visto che stava per andare a fare un colloquio di lavoro, Lara indossava una maglia bianca e una gonna grigio antracite. Anche lui stava benissimo, col suo abito scuro. Chissà se Flynn era il tipo d'uomo per cui i parcheggi si materializzavano come per magia ovunque andasse? Lara lo osservò mentre la cameriera correva da loro.

«Qualcosa da bere?» chiese Flynn.

«No, grazie. Solo un caffè.»

«Due, per favore.»

La ragazza fu affascinata dal suo sorriso, una reazione tanto evidente quanto *spontanea*.

Quando si allontanò, Lara gli chiese: «Allora, forza. Che succede con Gigi?»

La tensione nella sua voce lo sorprese. «Ehi, rilassati. Che ti aspetti che ti dica?»

«Non lo so. Vorrei solo che mi spiegassi.»

«Ho pensato fosse meglio chiedere prima a te, nel caso aveste altri progetti. Ma se così non è, ho parlato coi Grey e per loro va bene. Vorremmo offrirle un lavoro.»

Non se l'aspettava proprio. «Ah. Dai commercianti di vino?»

«No, al circo. Ma sì, certo. Non a tempo pieno, magari trenta ore a settimana. Che ne pensi?»

«Ehm, bene.»

Lui si fece serio. «Ti senti bene? Sei... rigida. Ti fa male il collo?»

Era difficile rilassarsi con un flacone di deodorante incastrato sotto il braccio. Sembrava una versione rivista del gioco in cui ci si passa un'arancia tenendola col collo. Lara si mosse sulla sedia. «Sto bene. Credevo volessi dirmi qualcos'altro.»

«Cioè cosa?»

«Qualcosa del tipo che vuoi fare un passo indietro, che con Gigi hai fatto già tutto, ormai sa chi sei e che ora possiamo andare avanti con le nostre vite.»

«Pensi davvero che direi così?»

«Non lo so! Come potrei? So solo che stiamo parlando di mia figlia, e voglio proteggerla. E lo farò finché avrò vita.»

«È anche mia figlia», disse lui.

«Un padre che scappa non sarebbe una novità.»

«Anche le madri scappano, a volte.»

«Non io.»

«Nemmeno io.» Flynn scosse il capo prima di ricominciare a discutere. «È assurdo. Stiamo entrambi dalla stessa parte. Senza avere alcun motivo reale per pensarlo, hai creduto che volessi cercare di sottrarmi a qualsiasi impegno con Gigi. Ma non è così, quindi non abbiamo motivo di litigare.»

«Okay.» In effetti aveva ragione. Ma d'altra parte non poteva nemmeno immaginare quanto fosse facile temere il peggio. Lara si costrinse a ridurre la tensione, anche se continuava a tenere il braccio destro bloccato, con discrezione però. Ecco, quello sarebbe stato un buon momento per fare una scappata dentro e liberarsi del roll-on...

«Allora, almeno questo l'abbiamo messo in chiaro. Se sei d'accordo, parlerò con Gigi. Ora l'altra cosa... il motivo principale per cui volevo vederti», annunciò Flynn, come se stesse per dirle qualcosa che l'avrebbe fatta cadere dalla sedia.

«Buone o cattive notizie?»

«Buone, spero.»

Quando mai era stata capace di resistere a una buona notizia? Così Lara restò dov'era. L'aveva detto in modo troppo interessante. «Vai.»

«Ho trovato l'amica di tua madre.»

«Non è possibile», rispose fissandolo.

«Invece sì», fece lui con un sorrisone. Era proprio soddisfatto di sé.

«E come?»

«Sono un tipo scaltro.»

«Non sei certo Derren Brown, però. Non capisco come sia possibile. Come fai a sapere che è lei?»

«Le ho mandato un'e-mail stamattina. Venti minuti fa mi ha risposto. E poi mi sono fatto aiutare. La lista di nomi era molto lunga, e c'è voluto un po' per sfoltirla.»

«Ma...» Lara era sbalordita. Non riusciva proprio a capire come ci fosse riuscito. Si appoggiò allo schienale mentre la cameriera tornava coi loro caffè.

Flynn aspettò che fossero di nuovo soli per aggiungere, a bassa voce: «Ho un amico che lavora in polizia. Possono rintracciare le persone usando i dati della carta di credito».

Lara sgranò gli occhi. «Non è illegale?»

«Forse. Ma è per una buona causa.»

«E l'hai trovata così?»

«Così abbiamo trovato un sacco di gente che *non era* lei.» Flynn prese il suo iPhone e cominciò a premere pulsanti.

«La stai chiamando ora? Non lo fare! È troppo presto, non sono pronta!» esclamò Lara.

«Sta' tranquilla, voglio solo farti vedere l'e-mail. Ho cercato il nome su Google e ho trovato un blog. I dati sembravano tutti corrispondere, così ho cominciato a leggerlo, e quando ho trovato un passaggio in cui diceva di aver vissuto a Bath le ho inviato un messaggio chiedendole se avesse mai conosciuto una certa Barbara Carson...»

«E lei ha detto di sì?»

Lui annuì e le passò il telefono per mostrarle la risposta. «Si chiama Jo Finnegan. Vive sulle colline nei pressi di Barcellona.»

Jo Finnegan. Poteva essere Josie o Joanne. Ancora non

le diceva nulla, ma solo perché in realtà non aveva mai saputo il suo nome. E non aveva più alcuna importanza, perché Flynn era riuscito comunque a trovarla. Lara guardò l'e-mail e si rese conto che Jo Finnegan non si era limitata a dire di sì, ma si era entusiasmata.

CERTO CHE CONOSCEVO BARBARA!!! E ricordo bene anche te! Che bello sentirti, dopo tanto tempo. Non vedo l'ora di sapere perché mi hai contattata, ma immagino, anzi spero, che abbia a che vedere con sua figlia (e che siano buone notizie, soprattutto). Ti prego, fammi sapere al più presto. Purtroppo il mio cellulare è KO, ma mandami un altro messaggio e ti risponderò al volo.

UN CARO SALUTO,

JO.

Lara espirò. Incredibile. Anche se era un'impresa impossibile, era riuscito a trovare l'amica di sua madre. Certo, non potevano sapere se quella donna fosse in grado di rispondere alle domande che lei voleva farle, ma sarebbe stato comunque splendido poter parlare con qualcuno che aveva conosciuto sua madre. Erano passati tanti anni, e detestava la sensazione che i suoi stessi ricordi si stessero sbiadendo, lasciandola con un'immagine che continuava a perdere un pezzo dopo l'altro, come un puzzle...

Flynn riprese il telefono, aprì il blog e scorse la pagina sino in fondo. «Vuoi vedere com'è fatta? Eccola qui.»

La foto era piccola, ma raffigurava senza alcun dubbio l'amica di sua madre: si vedevano la testa e le spalle di una donna sulla sessantina dal viso rotondo e abbronzato. Niente trucco, ma un bel po' di linee d'espressione che si distendevano dagli angoli dei grandi occhi castani. Naso ricurvo. Capelli ondulati, castano chiaro, fermati ai lati con delle mollette. Grandi orecchini d'argento e un abbondante doppio mento.

Aveva l'aria della persona cui si confiderebbero i segreti più profondi e oscuri? Osservandola con attenzione, Lara pensò che forse era così.

Dio, almeno spero.

Sollevò lo sguardo su Flynn. «Sì, ricordo il suo viso. Quegli occhi. Grazie.»

«Figurati.»

«Ci sarà voluto un mucchio di tempo.»

«Sì. Ma ne è valsa la pena.»

«Un attimo prima ho voglia di ucciderti... e quello dopo fai qualcosa di gentile per me», disse Lara.

Le spinse davanti la tazza. «Bevi il caffè. Non l'hai nemmeno toccato.»

«Tra un attimo. Prima voglio fare una scappata al bagno.» Con la mente ancora confusa, Lara ricordava solo di aver deciso di andarci, e si alzò di scatto. Purtroppo però aveva dimenticato il motivo per cui voleva allontanarsi, e mentre prendeva la borsa la bottiglietta di deodorante scivolò fuori della maglietta per atterrare fragorosamente a testa in giù nel caffè.

Era riuscita a far rumore e sporcare. Inoltre si erano tutti voltati a guardarla.

Fantastico.

Con una calma olimpica, Flynn osservò la scena del crimine. «Quello è... un deodorante?»

«A quanto pare.»

Lui inarcò un sopracciglio. «Posso chiedere da dove salta fuori?»

«L'avevo sotto un braccio, okay? Me ne sono dimenticata. Che ti devo dire? Mi rendi nervosa.» Lara asciugò con un tovagliolo quel disastro e porse la tazza con intinto il deodorante alla cameriera, che stava facendo di tutto per non ridere.

«E potrei sapere se ce n'è un secondo sotto l'altro braccio?» riprese Flynn.

«No, non c'è. Perché non avrebbe alcun senso.»
Lui annuì, serio. «Sì, certo.»
«Mi stanno guardando tutti. Forse è meglio andare.»
«Se è questo che desideri», fece lui, mentre la sua bocca aveva un leggero spasmo.

19

Lara entrò nel locale e pagò i due caffè non bevuti, poi se ne andarono. La macchina di Flynn era dall'altra parte della strada.

«Che cosa vuoi fare? Hai bisogno di un passaggio? Se vuoi andare a casa a metterti davanti al computer posso accompagnarti», le chiese lui indicando l'auto.

«Ho un appuntamento all'una. Un colloquio di lavoro. Dio, vorrei tanto non averlo... ho in testa solo quella donna, Jo. Non riesco a pensare a nient'altro.»

«Intanto siediti in macchina.» L'aiutò ad attraversare e le aprì lo sportello. Una Volvo si fermò accanto a loro: il conducente non vedeva l'ora di prendere il loro posto. E nonostante lo stato di agitazione in cui si trovava, Lara non poté fare a meno di apprezzare dentro di sé il modo in cui Flynn scosse il capo guardando l'uomo, indicandogli con un rapido gesto della mano che non stavano andando via. Aveva un modo particolare d'imporsi e prendere il controllo delle situazioni. L'interno dell'auto profumava di pelle, di sole, dopobarba e pane tostato. Lei lo inspirò e desiderò che anche la sua avesse un così buon odore. Forse se avesse avuto sedili non di plastica e lei avesse cominciato a usare dopobarba Acqua di Parma, avrebbe avuto una possibilità. «Ecco. Perché intanto non le mandi un messaggio?» le chiese offrendole il suo cellulare.

«Vorrei, ma non credo di farcela.»
«E perché no?»
Gli mostrò le mani per fargli vedere quanto tremavano. «Le arriverebbe un'e-mail con scritto *Agam orntstrib, kizzr prym slerky*. E a quel punto potrebbe pensare che io sia un po' strana.»
«Forse è solo un'idea... ma se ti va di dettare, posso scrivere io», le propose Flynn con gli occhi che brillavano.
«Sembra un buon piano», gli rispose, riconoscente. Chiuse gli occhi, inspirò ancora il profumo dell'auto e pensò a cosa voleva dirle. «D'accordo. Sei pronto?»
«Spara, capo.»
«Ciao Jo, sono Lara, la figlia di Barbara. Ti scriverò con più calma più tardi, ma intanto volevo dirti che è bellissimo averti ritrovata. Mi piacerebbe tanto poter parlare con te di mia madre, ho tante domande su di lei. Grazie di cuore per aver risposto al messaggio di Flynn: si è fatto in quattro per rintracciarti. Ora devo andare, ci sentiamo più tardi. Coi miei migliori saluti, Lara Carson.»
«Invio?»
«Invia.»
Il messaggio fu spedito. «È l'una meno dieci. Dove hai il colloquio?» le chiese poi.
«Non lontano. Posso andare a piedi. Grazie di tutto.»
«È un piacere. Fammi sapere come procede.»
Visto? Sapeva essere *proprio* carino, a volte. «Certo. Posso farti una domanda?»
«Dimmi tutto.»
«Perché qui c'è odore di pane tostato?»
Flynn sembrava perplesso. Scrollò le spalle. «Si sente? Non so. Non ho idea.» Lara però non era convinta. Forse era un po' *troppo* perplesso. «Comunque non mi hai ancora detto per quale lavoro fai il colloquio», aggiunse. Hmm... era anche molto smanioso di cambiare argomento.
Lei si chinò in avanti, tirò la leva del cruscotto e lo guar-

dò aprirsi, ricadendo verso il basso. Dentro c'era un piatto di ceramica con una grossa fetta di pane imburrato.

Flynn sollevò le mani in segno di resa. «Cosa sei, un cane molecolare?»

«Hai sempre avuto una fissazione per il pane tostato.»

«Ce l'ho ancora.»

«Ma è freddo! E poi è tutto zuppo e molliccio!» Lara raccolse la fetta dal piatto e la osservò incurvarsi.

«Niente critiche. A me piace così.»

«E quando pensavi di mangiarlo?»

«Quando voglio. Quando mi viene fame. È comodo averlo a portata di mano, se resti bloccato nel traffico.»

Ormai doveva proprio andare. Lara aprì lo sportello e disse: «Hai delle strane abitudini, sai?»

«Disse la donna che custodiva il deodorante sotto un braccio», fece lui con un'occhiataccia.

Lei gli restituì il piatto col pane ricurvo. «Tieni, goditi il tuo pasto da intenditori. Ciao.»

Temple e Figlio, Gioielleria di classe, si trovava su York Street, le vetrine protette dalle intemperie con tende a strisce color mora e blu. All'interno del negozio, c'erano vetrine con esposti oggetti di ottima qualità, e le pareti erano ricoperte di carta da parati a fiocchi viola scuro e oro, con appese ovunque foto di vecchie celebrità hollywoodiane.

Don Temple ricordava la signora Trovatutto, ma senza la cuffietta. Doveva aver appena superato la sessantina, era basso e paffuto, con gli occhietti, il naso appuntito e i capelli corti e irti spalmati di brillantina. Indossava una camicia grigia, pantaloni stirati alla perfezione, un panciotto rosso e scarpe di cuoio verniciato nere.

«... Insomma, ora sto bene, grazie alle cure è tutto sotto controllo, ma i medici mi hanno detto che devo prendermela meno, diminuire le ore di lavoro, rinunciare alle gare di triathlon. Eh, eh, scherzo. Ora però basta parlare di me e del mio cuore ballerino. Mi parli di lei», le disse con gli occhi da porcospino che gli brillavano.

Doveva essere gay. Possibile che avesse davvero un figlio?

Lara era già pazza di lui. «Sono cresciuta qui a Bath. Mi sono trasferita nel Lake District quando avevo sedici anni, e ora sono tornata. Ho lavorato da un gioielliere a Keswick negli ultimi sette anni. Se desidera chiamarli, le daranno delle buone referenze. Sono molto brava coi clienti e collaborativa. Adoro i vecchi film... Doris Day, Cary Grant, Rock Hudson, Sophia Loren...»

«Chi interpretava *Un amore splendido*?» la interruppe Don.

Lara sorrise: la stava mettendo alla prova. «Cary Grant e Deborah Kerr. Lui faceva Nickie Ferrante.»

Lui batté le manine ben curate. «Brava ragazza! Scusi, ma dovevo essere sicuro che non lo dicesse per compiacermi. Qual è il suo film preferito?»

«*Buonasera, signora Campbell.*» L'aveva visto per la prima volta in televisione con Nettie la sera prima che nascesse Gigi, e da allora l'aveva rivisto innumerevoli volte.

«Ah, cielo! Gina!» s'illuminò lui.

«E poi c'erano Phil Silvers e Telly Savalas.» Era ironico il fatto che la pellicola raccontasse la storia di tre ex militari americani, tutti convinti di essere il padre della figlia di Gina Lollobrigida, e Lara all'epoca era rimasta colpita da come alcuni bambini nascessero con troppi padri mentre altri non ne avevano nessuno. La cosa avrebbe potuto turbarla, ma alla fine era stata conquistata dal calore e dal fascino della storia.

«E Shelley Winters. Che donna. Che *spettacolo.*» Don scosse il capo, perdendosi nei suoi pensieri mentre apriva una vetrinetta. Prese tre gioielli e li posò su un panno di velluto nero. «Vediamo come se la cava con questi. Me li descriva, cara. Me li venda.»

«D'accordo. Posso?» chiese lei, indicando la lente d'ingrandimento che l'uomo aveva nell'altro mano, e lui gliela porse. Lara se l'avvicinò all'occhio ed esaminò il primo anello. «Hmm, bello. Diamante, taglio brillante, un carato, su anello di platino. Usato, ma in buone condizioni.»

«Colore? Purezza?»

«G. E ci sono poche inclusioni, molto piccole. Direi VS1.»

«Giusto. Il prossimo», fece Don. Sembrava compiaciuto.

Lei prese il secondo anello. «Più antico. Art déco. Oro bianco a diciotto carati, diamante centrale con taglio brillante antico circondato da diamanti con taglio francese quadrato. G o H. Probabilmente VVS2. Splendido.»

«E infine...» Le porse una collana con pendente.

«Vittoriano, montatura in oro giallo diciotto carati. Opale blu naturale cinque carati circondato da zaffiri. La catenina è molto bella, ma ha un anello debole...»

Don si fece restituire la lente e la scrutò con attenzione. «Cosa? Accidenti, ha ragione. Non l'avevo notato.»

«Sono tutti bellissimi, ma l'anello art déco è il pezzo che cerca. È da applausi a scena aperta, un pezzo unico. Non passerebbe inosservato. E guardi il modo in cui la forma dell'anello si adatta al suo dito... È di un'*eleganza...*»

«Okay, è brava.»

«Lo so.»

«Devo vedere altri candidati.»

«Certo.» *Puoi anche vederli, ma non dargli il lavoro, per favore.*

«Però lei mi piace.»

«Anche lei.»

«Credo che lavoreremmo bene insieme.»

«Potremmo parlare di film. Ovviamente quando non ci sono clienti.»

«Sa ballare il tip tap?»

«No.» Gliel'aveva chiesto con tale speranza che le dispiacque dovergli dire di no, ma non era certo il genere di cosa su cui si poteva mentire e farla franca.

«Peccato. Comunque le farò sapere entro la fine della settimana.» L'accompagnò alla porta.

«Potrei farle solo una domanda? Il negozio si chiama Temple e Figlio. Ha un figlio?» chiese Lara.

«No, non ne ho. Il figlio ero io. Sono single», aggiunse Don, socchiudendo gli occhi di uvetta.

Certo.

«In ogni caso è stato un piacere conoscerla. *Oh*, ho fatto anche un corso di primo soccorso. Tanto per farglielo sapere... nel caso facesse la differenza», aggiunse ripensandoci.

Tornata a casa, Lara si cambiò, infilandosi un paio di jeans e una maglietta, pronta a mettere la carta da parati nuova alla camera da letto. Prima però si sedette al computer, trovò il blog di Jo Finnegan e le scrisse.

Un'ora dopo, aveva finito una parete. Si preparò una tazza di tè e tornò al computer. Le parve un miracolo quando trovò un messaggio ad aspettarla nella posta in entrata.

Ciao, mia cara ragazza,

forse non ho tutte le risposte alle tue domande, ma spero di potertene dare almeno qualcuna. È meraviglioso che tu sia tornata a Bath. Ecco la mia proposta: torno a casa ogni due mesi circa per far visita ai miei genitori anziani, e avevo in programma di venire tra dieci giorni, ma non ho problemi ad anticipare il viaggio a questa settimana. Ti farebbe piacere? Fammi sapere se sei libera martedì. Se è così, possiamo incontrarci. Se invece per te è più semplice, rimandiamo fino al weekend successivo. In ogni caso sarebbe bellissimo rivederti. Aspetto tue notizie!

Le risposte. Non tutte, ma almeno qualcuna. Non sembravano tante, però era sempre meglio di niente.

Cara Jo,

mi farebbe tanto piacere! Questo martedì per me è perfetto: prima è, meglio è. Non vedo l'ora!

Un'altra ora, un'altra parete. E un'altra e-mail. Jo Finnegan aveva preso i biglietti e sarebbe atterrata all'aeroporto di Bristol martedì.

Lara le scrisse:

Fantastico. Vengo a prenderti io! Baci.

20

La terza parete era più difficile e fu necessaria un'ora e mezzo per completarla. Mentre spalmava colla sull'ultima striscia di carta, il telefono squillò.

«Lara? Sono Don Temple. Il lavoro è suo, se lo vuole.»

«Davvero? Fantastico!» Arrossì di piacere: era proprio una buona giornata, piena di belle notizie.

«Ho chiamato il suo ultimo datore di lavoro. Ha detto che è una brava ragazza. Le ha fatto un sacco di complimenti. Vuole che le dica qual è stato l'elemento decisivo?» aggiunse dopo una breve pausa.

«Sì, certo», anche se forse lo sapeva già.

«Il fatto del primo soccorso.»

Bingo.

«L'avevo immaginato. Il nostro postino, a Keswick, l'anno scorso ha avuto un attacco di cuore mentre lavorava all'ufficio smistamento. Ora sta bene, ma mi ha detto che la paura peggiore era l'idea di essere da solo se mai gli fosse successo di nuovo.»

«Esatto. È il mio stesso timore. Se il negozio fosse vuoto e non avessi tempo di chiamare qualcuno... o se anche ci fosse qualcuno, ma non sapesse cosa fare... lei conosce il traffico di Bath, un'ambulanza può anche restare bloccata... Insomma, so bene che è difficile che succeda di nuovo, ma è il pensiero che *potrebbe*... Ha mai praticato la rianimazione cardiopolmonare?» le chiese speranzoso.

Sarebbe stato un sollievo per lui sentirsi dire di sì, ma non era giusto mentirgli.

«Su una persona no, ma ho preso il massimo dei voti praticandola sul manichino.»

«Sono contento di saperlo. Speriamo di non dover mai scoprire come se la cava. Allora, quando può cominciare?» le chiese. Dalla voce, sembrava che sorridesse.

Le suggerì martedì, poi si misero d'accordo per il giorno dopo, e Lara riagganciò sperando che quell'uomo non avesse un altro infarto proprio mentre lei andava a Bristol a conoscere Jo.

Poi festeggiò finendo il lavoro iniziato, incluse le parti più difficili intorno agli interruttori e alle prese di corrente. *Et voilà*, camera da letto con carta da parati blu scuro e avorio, punteggiata d'argento. Moquette avorio. Trapunta e cuscini color argento e crema. Non era più una camera da letto, ma un boudoir. Anche se era assai improbabile che nel prossimo futuro qualche uomo potesse vederlo.

Soddisfatta, Lara arretrò per ammirare il risultato. Se doveva diventare una zona senza-uomini, poteva anche fare una follia e procurarsi qualche cuscino coi lustrini argentati.

La porta di casa si aprì al piano di sotto e lei sentì Gigi chiamare: «Mamma, dove sei?»

«Quassù. Vieni a vedere!»

Lara si appoggiò orgogliosa alla cornice della porta, aspettandosi che sua figlia la raggiungesse e le facesse i complimenti dovuti. Ma poi, quando si voltò, si accorse che i passi sulle scale appartenevano a Flynn.

No, un uomo! Nella sua zona senza-uomini!

L'espressione di Lara non gli sfuggì. «Scusa. Ho accompagnato a casa Gigi. È andata un momento al bagno di sotto, e mi ha detto di salire.» Più precisamente, un uomo che aveva il potere di farle impazzire il cuore e poi di farla infuriare solo un attimo dopo. Flynn osservò la stanza e annuì. «È il risultato finale, dunque. Hai fatto un buon lavoro. Di sicuro è molto meglio di prima.»

«Di prima?»

«Ieri Gigi mi ha fatto fare un giro della casa, mentre eri fuori.»

Visto? Bastava un attimo. Prima le faceva un complimento, poi diventava insopportabile. Anche se era quasi tutta colpa di Gigi. Quando il giorno prima Lara era uscita, nel pomeriggio, per andare a comprare la carta da parati, aveva lasciato il letto sfatto e sul pavimento una pila di vestiti con un gran bisogno di essere sistemati e lavati. Aveva abbandonato da una parte lo schifoso asciugamano che usava per la tintura dei capelli, quello che *sembrava* sporco ma *non era* sporco. Flynn doveva aver osservato la scena rabbrividendo per il disgusto...

Bah, tanto ormai... Non aveva nemmeno senso difendersi. Sentirono il rumore dello sciacquone e dell'acqua che scorreva nel lavandino del bagno del piano di sotto, poi Gigi li raggiunse facendo le scale di corsa.

Ammirò la camera e dichiarò, allegra: «Hai fatto tutta la stanza! Fico! Ora va un po' meglio. Dove hai nascosto tutti i vestiti?»

«Da nessuna parte. Li ho messi in ordine.»

Gigi diede di gomito a Flynn. «Scommetto che so cos'ha fatto.»

«Li ho messi a posto», ribadì Lara. Ma era troppo tardi: sua figlia era già davanti all'armadio e stava aprendo gli sportelli.

Fu come un vulcano che eruttava lava: la ragazza dovette fare un balzo all'indietro per evitare di esserne seppellita.

«Capisci cosa sono costretta a subire? Mia madre racconta orribili menzogne», fece guardando suo padre con gli occhi sgranati.

E date le circostanze, non era una dichiarazione che si sarebbe potuta definire diplomatica.

Lara si sentì avvampare. «Ho solo infilato le cose lì dentro per toglierle di mezzo. Per fare spazio al tavolo da tappezziere e sistemare la carta da parati. Stasera riordinerò tutto come si deve.»

«Sì, certo, mamma, come no... perché sei la persona più ordinata *del mondo*», fece lei mimando un naso lunghissimo, stile Pinocchio.

Con la coda dell'occhio, Lara scorse l'orribile asciugamano che usava per la tintura dei capelli in bella mostra sulla cima della montagna di vestiti. Cos'altro poteva succedere per aumentare il livello di umiliazione in un solo giorno?

«Vogliamo andare di sotto, oppure volete restare qui ad aiutarmi a sistemare?»

«Vuoi che ti aiutiamo?» chiese Flynn.

«No, non voglio!»

«Allora scendiamo. Se hai fame, stavamo pensando di andare a prendere qualcosa al messicano.»

E portarlo qui. *Come se vivesse a casa loro*. Mentre quella mattina aveva temuto che Flynn volesse sfuggire ai doveri appena scoperti nei confronti di Gigi, Lara si ritrovava a infastidirsi all'idea che invece fosse troppo presente. Che cosa sarebbe successo se avesse alimentato troppo le speranze di Gigi per *poi* perdere il gusto della novità?

«No, grazie. Ho da fare. Andate pure.»

«Oh, non posso credere di non avertelo ancora chiesto! Com'è andato il colloquio?» chiese Gigi.

«Benissimo. Ho ottenuto il lavoro. Comincio mercoledì.»

«Brava mammina. Lo sapevo. E papà ti ha già detto che anch'io ora ho un lavoro. Quindi oggi noi due dobbiamo festeggiare… con burritos e chimichanga, evviva!» fece lei raggiante.

Flynn se ne andò alle dieci di sera. Quando rimasero di nuovo da sole, Lara disse: «Non avresti dovuto fare quella cosa, prima». Dopo qualche birra messicana le si era sciolta la lingua, e non aveva potuto fare a meno di dirlo.

«Fare cosa?» Gigi intanto si stava leccando il guacamole dalle dita.

«La cosa dell'armadio. Aprire le ante e fargli vedere dove avevo nascosto il casino.»

Gigi, incapace di resistere al richiamo del cibo quando se lo ritrovava davanti, afferrò un'altra quesadilla e la intinse nella panna acida. «Non pensavo fosse importante.»

«Non *è* importante. Però… sai…»

«Trovo curioso che invece per te sia molto importante. Perché vuoi dare una buona impressione e non vuoi che lui pensi che vivi nello squallore?»

«Ehi, scusa tanto! A te sembra squallore, questo? Io *non* vivo nello squallore», ribatté Lara, indicando tutto intorno a sé.

«Okay, lo so, era tanto per dire. Solo che lo trovo interessante, tutto qui. Continui a dire che lui non significa niente per te…» riprese Gigi in tono divertito.

Lara fece uno sforzo per farsi capire. «Ed è *così*. Forse voglio solo fargli pensare che sono una buona madre. Il disordine può essere… imbarazzante. Odierei che dentro di sé pensasse 'Oddio, ha cresciuto mia figlia in un simile caos? L'ha mandata a scuola vestita di stracci?' Perché *non* è stato così.»

«Oh, mamma, non pensa niente del genere! Mi dispiace!»

Dentro di sé, Lara era stata distrutta dall'insinuazione che Gigi avrebbe desiderato un padre quando era piccola. «Mi ha già criticata, però, ecco qual è il punto. Mi ha detto cose che non aveva il diritto di dirmi, e che non avrebbe dovuto permettersi. Ho fatto quel che pensavo fosse giusto, e lui deve accettarlo. Secondo me va in giro dicendo a tutti che l'ho voluto punire, così la gente penserà che sono una perfida vacca... ah, comunque non importa.»

«Ma lui ti piace, vero? Voglio dire, a parte quelle considerazioni, ti interessa?» Gigi sembrava incuriosita.

«No», fece lei, risoluta.

«Nemmeno un pochino?»

«*No.*» Era disposta a ripeterlo all'infinito.

«Perché no? Un tempo ti piaceva.»

«E tu ricordi quanto adoravi il tuo pigiama di Spiderman, quando avevi cinque anni? Lo indossavi tutti i giorni. Ci andavamo per negozi, a tutte le feste cui ti invitavano. Ci costringevi a chiamarti Spidey», le ricordò Lara.

«È diverso, avevo cinque anni.»

Lei scosse il capo. «Non è affatto diverso. Hai cambiato idea sul pigiama, così come hai fatto sui Westlife, sugli spaghetti precotti e le Barbie... Avevo solo sedici anni», aggiunse dopo una pausa.

«E ora sei anziana», intervenne Gigi in tono gentile.

«Esatto, sono anziana. E anche brontolona e pignola. E indovina un po'? Mi è perfino consentito cambiare idea.»

Un paio d'ore dopo, Lara era a letto, ma non riusciva a prendere sonno. Fissava il soffitto e pregava di riuscire a mantenere il controllo della situazione. Doveva assolutamente concentrarsi sul soffitto, perché ogni volta che chiudeva gli occhi le balzava davanti l'immagine di Flynn. Chissà se la sua vita sarebbe stata più semplice, se non l'avesse mai conosciuto. A volte si domandava se era stato lui a rovinare ogni sua relazione con gli uomini. Aveva avuto altri ragazzi dopo di lui, certo... ma nessuno l'aveva mai fatta sentire nemmeno lontanamente come lui. Sembravano tutti delle seconde scelte. Non avrebbe voluto che andasse così, ma non era qualcosa che si potesse controllare in modo consapevole. Quando aveva detto di no a sua figlia, dichiarando che Flynn non le interessava più, aveva mentito. Insieme col fastidio, la collera e la frustrazione che provava nei confronti di lui, c'era anche un'attrazione fisica impossibile da contrastare. L'alchimia tra loro c'era ancora. Almeno da parte sua. Come faceva a sapere se era lo stesso per Flynn? Non le aveva detto nulla, giocava a carte copertissime. Ma che l'attrazione fosse reciproca o meno, tra loro non sarebbe successo niente.

Lara fissò la leggera crepa sul soffitto a sinistra della finestra. Aveva già preso una decisione definitiva, e vi si sarebbe aggrappata a qualsiasi costo. Perché ormai c'era troppo da perdere, in ballo. Non si trattava di lei, di ciò che poteva volere o non volere che accadesse in futuro. La sua priorità assoluta era sua figlia. Contava solo Gigi. Anche se, per ironia della sorte, lei invece sembrava estasiata all'idea di veder tornare insieme i suoi genitori...

Ma la possibilità che accadesse era come chiudere gli occhi, lanciarsi dietro le spalle una manciata di fiaccole accese e chiedersi se una sarebbe atterrata nella scatola dei fuochi d'artificio.

Perché era quello il livello di rischio cui sarebbe potuta andare incontro.

Il problema delle relazioni era che non si poteva mai sapere prima come sarebbero andate a finire. E il mistero di quella risposta era ciò che rendeva impossibile ogni coinvolgimento. Alcuni vivevano insieme per sempre felici e contenti. Altri si lasciavano e riuscivano a restare amici... o almeno abbastanza amici da non annientarsi a vicenda.

E poi c'erano quelli che avevano conosciuto l'orrore di una rottura che generava furia, devastazione, vendetta e punizioni, e che rendeva impossibile il perdono tra i partner.

Lara l'aveva visto succedere a persone che conosceva. Coppie che prima si amavano diventavano capaci di abbassarsi a insulti di ogni genere, offese terrificanti e di portarsi dentro un odio incontenibile. E nonostante il passare degli anni, non sarebbero più riusciti a sopportare di respirare la stessa aria, e nemmeno di scambiarsi un semplice saluto cortese in pubblico. L'accanimento era sempre più forte, e le famiglie un tempo felici finivano a pezzi.

Era per questo che non avrebbe mai rischiato che potesse succedere lo stesso tra lei e Flynn.

Se l'unico modo per evitarlo era fare in modo di non lasciarsi andare con lui... be', per il bene di Gigi l'avrebbe fatto.

21

Nella sua mente l'aveva definito giardiniere, ma doveva essere più un tuttofare. Dall'interno del negozio, Evie vide il furgone blu con la scritta ELLISON HOTEL sulla fiancata che si fermava in cortile. Tuttofare, con indosso una maglietta grigia bucherellata e un paio di pantaloni in stile militare, color kaki e sporchi di fango, prese i sacchetti dal retro e li portò dentro.

La salutò con un'allegria che le diede da pensare che avesse cancellato dalla sua mente il loro ultimo incontro. «Salve. Ho riportato gli oggetti presi in affitto dai Manning per la festa. Sono dovuti partire presto stamattina, ma hanno detto di ringraziarvi e che i costumi erano fantastici.»

«Bene. Okay, devo solo controllarli.» Evie svuotò la prima sacca sul bancone e diede un'occhiata rapida ma attenta.

«Si assicura che non ci siano danni? Succede spesso?» chiese Tuttofare.

«A volte non sono casuali. Due settimane fa una cliente ha cercato di riconsegnare un abito da Maria Antonietta cui aveva tolto tutti i bottoni. Le erano piaciuti tanto che li aveva staccati, e sperava che non ce ne accorgessimo», disse lei con una smorfia.

«Non me ne parli. Una volta abbiamo beccato per le scale una coppia che cercava di portarsi via una cassettiera alle tre del mattino.»

Evie rispose con un sorriso appena accennato. «Cassettiera batte bottoni.»

«Comunque molto seccante. Non si preoccupi, giuro che non ho preso gli strass della tuta di Elvis.» Le parlava guardandola con franchezza, e i suoi modi erano semplici, come se fossero amici da una vita.

«Mi fa piacere.»

«E sono riuscito a ricordare dove l'ho già vista.»

«Ah, sì?» Porca miseria. Evie tenne la testa bassa e si concentrò sul vestito da suora, pregando che l'uomo non si mettesse a fare domande.

«Era quella con l'abito da sposa. Nell'auto che era parcheggiata dove non doveva.»

«Già.» Annuì. *Niente domande, niente domande.*

«È per quello che non riuscivo a ricollegare; quell'enorme vestito da sposa bianco. In abiti normali non la riconoscevo.»

«Mmh.» Evie fissò la manica sinistra con aria accigliata; quell'uomo non sapeva proprio cosa fosse la sottigliezza.

«Insomma, posso farle una domanda?»

«Dipende da cosa vuole chiedermi.»

«Se vuole può rispondermi che devo farmi gli affari miei, ma sa... non porta nessun anello. Significa che è single?» chiese, indicando con un cenno del capo la mano sinistra di Evie.

Una diplomazia impressionante, si disse Evie. Che faccia tosta. Sollevò il capo e lo fissò. «Sì, significa che sono single.» Stava cercando di capire se aveva piantato in asso il marito prima delle nozze o subito dopo?

Tuttofare parve soddisfatto. «Bene. In questo caso, mi butto. Che ne dici di una cena, una di queste sere?»

Per un istante, quella domanda non ebbe alcun senso. «Con chi?»

«Con me», fece lui, senza il minimo cedimento.

«Ma... perché?» Certi uomini erano incredibili. Evie era

quasi sicura di essere rimasta a bocca aperta, con l'espressione di un pesce rosso. Il silenzio imbarazzato fu interrotto da Bonnie, che fece irruzione nel negozio con una pila di scatole e sfoggiando un paio di baffi lunghissimi e neri.

Mosse il naso come un coniglietto, guardandoli entrambi con aria estasiata. «Evie, guarda! Sono quelli di Fu Manchu che ho ordinato la scorsa settimana! E poi sono arrivati gli occhiali di Ozzy Osbourne, grazie al cielo, appena in tempo per la festa dei Taylor!» Posò le scatole su una sedia e si tolse i baffi di Fu Manchu. «Sono fatti benissimo, sai? E costano solo tre sterline il paio!»

«Ne prendo uno. Potrei metterli al nostro appuntamento», scherzò Tuttofare guardando Evie.

«Sì, deve! Che buffo... ehm... Ma parla di un appuntamento con *te*? Che sta succedendo, qui? Io non ne so nulla», fece Bonnie, fissando Evie senza capire.

«Ho appena chiesto a Evie di uscire a cena con me. Spero che mi risponda di sì... incrociamo le dita. Non ha ancora detto niente», disse lui con un sorriso ironico.

Bonnie era agitatissima. «Oh, cielo, scusate, non me ne sono proprio resa conto! Non avrei voluto interrompere...»

Evie la bloccò: «Non ci sono problemi. La risposta è no. Grazie, ma non posso proprio», aggiunse rivolta a Tuttofare.

Lui si grattò la nuca, rassegnato. «Che peccato. Be', non fa niente. Potrei sapere come mai?»

«A dire la verità, non riesco nemmeno a credere che me l'abbia chiesto. Dopo il modo in cui ci siamo conosciuti. Considerando la... situazione in cui mi trovavo, insomma.»

Lui sembrava sconcertato. E anche Bonnie, che le chiese: «Tesoro, scusa se sono così ficcanaso, ma vorrei proprio sapere di cosa state parlando».

Evie esitò, cercando di riordinare i pensieri.

Fu Tuttofare a intervenire. «È successo un paio di settimane fa, all'Ellison c'è stato un importante servizio fotografico per una pubblicità. Evie era una delle modelle e abbiamo chiacchierato un po'... Oddio, ho detto qualcosa che non va? Sono mortificato, credevo che sapesse anche lei del lavoro di modella», aggiunse, spostando lo sguardo da Bonnie a Evie, che lo osservavano entrambe sgomente.

Stupita, Bonnie chiese: «Evie fa la modella? Non ne avevo idea!» Tuttofare scuoteva il capo dietro di lei, dicendo a Evie solo con le labbra: *Scusami*. «Ma non devi preoccuparti, non hai motivo di essere così timida! Trovo che sia *fantastico*, cara. Che emozione! E che genere di pubblicità era?» riprese Bonnie.

Già, quale? Di qualche società di abbigliamento, con tutta probabilità, che vendeva quel genere di abiti eleganti che s'indossano in occasioni speciali. Quindi non era stato un vero matrimonio, ma un servizio fotografico. Ed Emily Morris, la sua conoscente che aveva preso per un'ospite, non faceva che gloriarsi di lavorare per un'agenzia di modelle e di essere anche apparsa in uno spot televisivo della carta igienica.

Questo spiegava come mai Tuttofare non aveva ritenuto poi così strano invitare a cena una donna solo due settimane dopo averla vista in abito da sposa.

Ma la risposta era comunque no.

Evie aprì la cassa e gli porse il deposito lasciato per i costumi. «Qui è tutto a posto. Okay, ecco a lei. Grazie. Arrivederci.»

Lui le lanciò un'altra occhiata di scuse e uscì dal negozio, e in quel momento gli squillò il cellulare.

«Raccontami tutto!» esclamò Bonnie nell'istante in cui la porta si richiuse alle spalle dell'uomo. Fuori, davanti alla vetrina, Tuttofare voltava loro le spalle e parlava al telefono.

«Non ero lì per fare il servizio fotografico. Indossavo l'abito da sposa. Lara doveva passare all'Ellison per prendere le sue cose prima di partire per Keswick.»

Bonnie agitò una mano come a voler liquidare la cosa. «Ah, accidenti. Mi sembrava strano che non avessi mai fatto nemmeno un cenno a un nuovo lavoro così emozionante... Però ti ha invitata a cena!» aggiunse entusiasta.

«Lo so. Che imbarazzo.»

«Non c'è niente di cui imbarazzarsi. Secondo me dovresti accettare.»

Evie la fissò. «E perché?»

«Perché... Oh, no, sta andando via, intanto digli di sì, poi ti spiego! Aspetta, vado a chiamarlo...»

Dio, era proprio tipico di Bonnie, agire d'impulso senza pensare nemmeno se gli altri erano d'accordo. Fuori, dopo aver attaccato, Tuttofare stava risalendo sul furgone. Bonnie si catapultò da lui, lo fermò e si lanciò in un'ardente conversazione; con un po' di fortuna, lui avrebbe scosso il capo, le avrebbe detto che non era poi così disperato e sarebbe andato via.

Invece a quanto pareva *era* disperato, perché un attimo dopo stava rientrando nel negozio. Bonnie si fermò ad aspettare fuori.

«Ehm, sono davvero spiacente, a volte si fa prendere da idee folli, non c'è bisogno di darle retta...» tentò Evie.

«Ehi, ha insistito. E io faccio sempre quel che mi dicono. E poi mi piacciono le sfide. Domani sera sei libera?» le chiese Tuttofare con aria divertita.

Bonnie li stava osservando dalla vetrina, facendo grandi cenni d'incoraggiamento. Evie sospirò e disse: «Be'...»

«Lo prendo per un sì. La tua capa mi ha già detto che domani va bene. Dove vuoi che ti passi a prendere?»

«Da nessuna parte. Cioè, diamoci un appuntamento in centro.»

«Okay. Va bene davanti a Brown's alle otto?»

«D'accordo», fece lei scrollando le spalle.

«Su col morale. Forse alla fine ti divertirai.»

«Forse.» Evie non nutriva grandi speranze; aveva già una gran voglia di strozzare Bonnie.

«Bene. A proposito, mi chiamo Ethan.»

«Piacere, Ethan. Posso scusarmi in anticipo, visto che è molto probabile che non ti divertirai affatto? Voglio solo che tu lo sappia.»

Ethan si avviò verso la porta. «Come ho già detto, amo le sfide. Solo non darmi buca, okay?» aggiunse ridacchiando.

Quando fu andato via, Evie disse: «Ora spiegami perché mi hai costretta a farlo».

Bonnie le rispose ricorrendo alla sua voce da posta del cuore: «*Perché* sai bene che vorrei vederti tornare insieme con Joel. E siccome si è comportato da idiota e ti ha tradita, se anche decidessi di perdonarlo e riprendertelo, dentro di te soffriresti sempre per quel che ha fatto. Ma se avessi una tresca con un altro, il risentimento svanirebbe. Tornereste alla pari!»

Evie chiuse gli occhi per un attimo. Alla faccia del girare la frittata.

«Non hai parlato di tresche, ma di una cena. Non ho nessuna voglia di avere una tresca.»

«Una cena è un inizio. Con la mia amica Brenda ha funzionato, sai? Suo marito ha avuto una relazione, e lei era a pezzi. È andata via di casa e stavano per divorziare. A quel punto lui era disperato e si odiava per quel che aveva fatto, ma lei non riusciva a perdonarlo... voleva solo punirlo, anche se non sapeva come. Poi all'improvviso ha conosciuto un uomo più giovane in palestra, e hanno avuto una storia incredibile... che ha sbloccato tutto! Lei si è sentita meglio, suo marito peggio, l'equilibrio è stato ristabilito e il matrimonio si è salvato!»

«Bonnie...»

«È successo nove anni fa, stanno ancora insieme e sono *felici*. Non so nemmeno perché non ci ho pensato prima. Mi si è accesa una lampadina quando ha detto che ti aveva chiesto di uscire. È perfetto!»

«Ma non è molto carino nei suoi confronti. Che ne è stato del tipo che la tua amica ha conosciuto in palestra?»

«Tesoro, e chi lo sa? Ma era un personal trainer, col fisico di un dio greco. Sono sicura che non si è disperato poi tanto. Comunque, ora hai un appuntamento: aspetta solo che lo sappia Joel! È proprio il calcio nel didietro che merita.» Era estasiata dal suo astuto piano.

Evie si accigliò. «Se è questo il motivo per cui lo faccio, non sarebbe più semplice fingere soltanto che stia uscendo con un altro?» Sì, era assurdo, e non era nemmeno sicura di voler tornare con Joel. Non era mai stata brava con le tattiche.

«Ah, ma questo è solo un piccolissimo fatto marginale», fece Bonnie, mostrandole pollice e indice appena scostati. «La questione centrale è che *tu* sai di uscire con un altro. Se ti limitassi a fingere, come potresti essere al suo stesso livello? Invece devi far assaggiare a Joel la sua stessa minestra!»

«Mi stai dicendo che devo andare a letto con questo... sconosciuto dell'Ellison Hotel? Perché non ho alcuna intenzione di farlo.»

«Non sei costretta ad andarci a letto. Non è mica obbligatorio. Devi solo passare una serata o due con un altro. E poi lui sembra abbastanza carino. Potrebbe essere divertente, e darà una bella lezione a Joel. Che c'è di meglio?» la incoraggiò Bonnie, raggiante.

Una serata davanti alla TV con un sacchetto di tartufi Lindor e il cofanetto di *The Wire* sarebbe stata mille volte più intrigante. Sul serio.

Ma ormai era troppo tardi per dirlo.

22

Il volo da Barcellona era appena atterrato, in orario. L'aeroporto di Bristol era pieno di viaggiatori. Lara, che per non rischiare era arrivata presto, stava bevendo un caffè e osservando la gente, uno dei suoi passatempi preferiti. C'era una coppia sposata commossa all'idea di stare per separarsi. La moglie era in grave sovrappeso, il marito invece magrissimo, e non facevano che scambiarsi ultimi baci e abbracci prima che lui salisse al piano di sopra, quello delle partenze. Portavano entrambi la fede nuziale, ma non significava che fossero sposati tra loro.

Poi la sua attenzione si spostò su un branco di ragazze in viaggio per un weekend di addio al nubilato, che si scambiavano battutine con un gruppo di uomini che invece erano lì per un addio al celibato. Se fossero finiti tutti sullo stesso volo, chissà quante turbolenze ci sarebbero state… e chissà, magari alla fine si sarebbero ritrovati a condividere qualcosa in più dell'aereo.

Infine, una scena strappacuore: una madre sulla cinquantina che salutava il figlio ventenne in partenza. Decisa a mostrarsi allegra e positiva, la donna restò in fondo alle scale mobili e lo salutò con la mano mentre lui le gridava: «Ciao, mamma, ci vediamo l'anno prossimo!» Solo quando il ragazzo sparì alla vista lei si voltò e si concesse di cambiare espressione, lasciando che le lacrime le rigassero il viso.

Dio, povera donna. Lara sentì che le si formava un nodo in gola; dover dire addio ai propri figli doveva essere l'esperienza più dura del mondo. Sarebbe stato difficile affrontare la partenza di Gigi per l'università... Okay, meglio non pensarci. Finito il caffè, si diresse verso gli arrivi. Ormai i viaggiatori provenienti da Barcellona stavano per cominciare a uscire dal gate.

Non dovette aspettare a lungo. Jo Finnegan fu la prima a sbucare, con un solo bagaglio a mano e nessuna valigia imbarcata da aspettare. Lara la riconobbe all'istante dalla foto sul blog e le fece cenno con la mano per richiamare la sua attenzione.

«Santo cielo, ma guardati! La piccola Lara, così cresciuta!» la salutò Jo, abbracciandola con calore.

Fu un momento emozionante. Non conosceva molte persone che fossero state amiche di sua madre. Lara fu invasa da una stranissima voglia d'infilare Jo in un computer e scaricare ogni suo ricordo.

«Sono tanto felice di vederti. Grazie per aver cambiato programma per me.»

«È stato un piacere. Sono una persona impaziente. Ma fatti guardare...» Anche Lara la osservò. Jo Finnegan era più abbronzata e rugosa in carne e ossa, e quel giorno aveva un rossetto lucido color corallo. Portava orecchini ampi e pieni di ciondoli, i capelli castani ingrigiti erano tirati indietro alla bell'e meglio. Aveva una camicia di lino viola, pantaloni anch'essi di lino, larghi, in tinta, e sandali grigi di pelle. «Ricordi tanto tua madre», dichiarò la donna soddisfatta.

«Lo so.» Le era sempre piaciuto riuscire a individuare tratti in comune con lei nelle poche foto che le erano rimaste; la curva del mento, la linea delle sopracciglia, le gambe.

«E anche tuo padre. Come... sta?»

Aveva avuto un attimo di esitazione, indubbiamente. «È morto qualche settimana fa.»

«Oh, mi spiace.»

«Non ce n'è bisogno. A me no.»

Si scambiarono una lunga occhiata, carica di comprensione reciproca. Lara aveva lo stomaco sottosopra per l'emozione.

«Ah, mia cara ragazza. Abbiamo tanto di cui parlare.» Jo le prese le mani e le strinse forte.

Lo stomaco fece una serie di capriole. Era davvero incredibile.

C'era sul serio qualcosa da scoprire.

Certe conversazioni non si potevano proprio svolgere mentre si guidava una macchina. Nel tragitto verso Bath, chiacchierarono della vita di Jo in Spagna. Felicemente divorziata, faceva la ceramista, aveva trovato molti amici e si era adattata benissimo alla vita in un paesino di montagna, anche se tornando di tanto in tanto in Inghilterra per vedere i suoi genitori anziani riusciva a non perdere di vista elementi essenziali della vita britannica, come Marks & Spencer e la crema spalmabile Marmite.

Mentre si avvicinavano a Bath, Jo chiese: «Mi faresti un favore? Sii gentile, fermati alla prossima piazzola. Adoro la vista sulla città che si gode da qui».

Possibile che fosse solo una coincidenza? Lara si fermò e spense il motore. «È anche il mio punto preferito. Quando sono tornata la prima volta dopo diciotto anni mi sono fermata proprio qui per far vedere a mia figlia dove vivevo.»

«Hai una figlia? Che bello. Quanti anni ha?» chiese Jo, rallegrandosi.

«Diciotto.»

«Oh, signore! Davvero? Ma questo significa...»

Lara aprì lo sportello del guidatore. «Esatto.» Si sedettero insieme sulla collinetta erbosa sotto la piazzola, ammirando il panorama. Lara raccontò la storia di come fosse andata via da Bath, e la donna l'ascoltò senza interromperla mai. Qualche minuto dopo, arrivò alla fine. «Ecco qua. Alla fine è andato tutto bene. Poteva essere un disastro, e invece no. Gigi è perfetta. E ora sta conoscendo Flynn... dopotutto le ultime settimane sono state piene di avvenimenti. Ora però sai perché ho parlato così di mio padre. Sentirmi dire che non mi dispiace della sua morte sembra orribile, ma è la verità. Credo di non essergli mai piaciuta, anche se non so proprio perché. Poi alla lettura del testamento di fronte al notaio ho scoperto che la casa non gli era mai appartenuta, ma era stata intestata a mia madre. Com'è stato possibile? Dove hanno preso il denaro? Ed era questo il motivo per cui mi odiava, o ce n'era un altro?»

Jo la osservava attentamente. «Se mi stai chiedendo se era davvero tuo padre, la risposta è che non lo so.»

«Bene.» Lara era seduta con le braccia intorno alle ginocchia. Le stringeva così forte che le nocche le erano diventate bianche.

Maledizione.

«Però so che c'è stata una... un'amicizia. Con un altro uomo.»

Sì! *Sì, sì, sì!* Gli occhi di Lara si riempirono d'improvvise lacrime di gioia. Doveva essere così, avrebbe spiegato tutto. Suo padre la odiava perché sapeva di non essere suo padre. Era l'unica spiegazione logica. Grazie, Dio.

«Chi era? Lo conoscevi?» *Ti prego, di' di sì, raccontami dell'amante segreto di mia madre... no, fermati, non scuotere la testa...*

Ma Jo rispose con tristezza: «Purtroppo no, non lo conoscevo. È stato prima che facessimo amicizia. Ma mi ha raccontato di lui. Posso dirti tutto ciò che so: si chiamava James».

James. Era un bel nome, un buon nome da padre.

James? Sei mio padre? Spero tanto di sì.

«James e poi?» chiese Lara, ma Jo aveva ricominciato a scuotere il capo. La vita non era mai facile, eh?

«Non so. Tua madre non mi ha mai detto il cognome, e non mi ha mai mostrato sue foto. Lo ha conosciuto un paio d'anni prima che nascessi tu... era sposato», aggiunse dopo una breve pausa per allontanare una libellula.

«Ah.»

«Ed era già stato sposato e aveva divorziato, prima.»

«Ah.»

«Eh, sì. All'epoca era roba piuttosto scandalosa. E poi era ricco. Un uomo d'affari di successo, ma non chiedermi che genere di affari... non ne ho idea. Il suo non era un matrimonio felice, a quanto pareva, così si è innamorato di tua madre. O almeno le ha detto che l'amava.»

«Che significa? Lei non gli ha creduto?»

«Avrebbe voluto. Ma da come ne parlava, non sapeva se poteva fidarsi davvero di lui. Si era sposato, aveva divorziato, si era risposato... mi sembrava che tua madre temesse che fosse il tipo che si stanca in fretta.» Lara aveva i crampi alle dita. Le distese e guardò verso Bath, con le sue stradine tortuose e le casette color biscotto ammassate le une sulle altre. Laggiù, sulla destra, c'era la sua. Chissà se era stato James a pagarla. Se era così, significava che era lui suo padre? «Tutto okay?»

Lara guardò Jo e annuì. «Sto bene. Sono buone notizie. Frustranti, ma buone. Qualsiasi indicazione che mi dica che mio padre possa non essere stato mio padre è meravigliosa. Senti, so che non lo sai, ma secondo te potrebbe essere stato James?»

«Oh, cara, chi può dirlo? Tua madre non me l'ha mai confidato. E non mi sembrava il genere di domanda che potevo farle. Ti potrà sembrare incredibilmente antiquato, ma all'epoca non si parlava molto di sesso. Non era un argomento abituale, com'è ora. Forse se fossimo state amiche d'infanzia gliel'avrei domandato, ma non era così, ci siamo conosciute perché lavoravo nel bar vicino alla tua scuola, e ci eravamo simpatiche. È stato quando tu avevi nove o dieci anni. Tua madre veniva a prendere una tazza di tè, e mi ascoltava mentre mi lamentavo del mio inutile marito. Poi, quando dopo il lavoro portavo il nostro cane a fare una passeggiata, mi accompagnava. Forse andavamo d'accordo perché nessuna delle due aveva un matrimonio felice. Può accomunare le persone, sai? È bello avere qualcun altro che condivide le tue sofferenze. Tuo padre mi dava l'idea di essere un uomo dispotico.»

Jo lanciò un'occhiata a Lara per averne conferma, e lei annuì. «Lo era.»

«Sono venuta a casa vostra solo una volta. Mi ha fatto capire che non ero la benvenuta.»

«Odiava avere visite.» La loro era stata una casa silenziosa, in cui mancava ogni segno di gioia quando loro tre vi si ritrovavano insieme. Al ricordo, Lara ebbe un moto di disgusto. All'epoca non si era resa conto di quanto incredibile fosse la smania di controllo di suo padre, ma solo perché non aveva termini di paragone. Adesso la faceva rabbrividire. Ma quanto si era sentita orgogliosa quando Gigi, senza che lei le avesse dato alcun suggerimento, aveva capito quanto fosse sbagliato l'atteggiamento del suo ultimo ragazzo nei suoi confronti. Era carino, certo, ma non appena aveva cominciato a criticare il suo abbigliamento e aveva cercato d'indurla a non frequentare gli amici, lei gli aveva dato dello sfigato e con grande tranquillità aveva troncato la loro relazione.

Perché sua madre non era stata capace di fare altrettanto? Serrò i denti. Quella domanda la tormentava da anni.

«A cosa pensi?» chiese Jo.

«Mi sto domandando perché non l'ha lasciato. Le nostre vite sarebbero state molto diverse.»

«Tua madre lo sapeva. Solo che aveva paura di pentirsene un giorno. Forse per voi sarebbe andata meglio, ma se invece fosse andata peggio?»

Lara sospirò. «E come poteva andare peggio?»

«Ai suoi occhi era possibile. Diceva sempre: 'Almeno non mi picchia, non mi ha *mai* picchiata'. E poi si sentiva in colpa per James. Credo pensasse di meritare una punizione. Sembrava quasi che Charles avesse il diritto di renderla infelice. Ma chi può dire com'è stato per lei? I prepotenti sanno come minare ogni certezza nel partner. Chissà di cosa l'ha minacciata.»

«Lo so. Ha fatto la scelta che credeva migliore.» Lara se l'era ripetuto un milione di volte.

«Per entrambe.»

«Dio, voglio trovare questo James.» Si lasciò ricadere sull'erba e guardò le nuvolette che s'inseguivano nel cielo.

«E come farai?»

«In qualche modo ho trovato anche te. Cioè, è stato Flynn. Deve esserci un modo.»

«Aveva altre amiche cui puoi domandare?»

«No. Mi chiedevo se potessi dirmelo tu.»

Jo scosse la testa. «Non ne conosco, cara. Mi spiace.» Lara osservò le scie di condensazione che s'incrociavano sopra di lei. Dove stavano andando quegli aerei? Chi erano i passeggeri a bordo? Potevano essere chiunque, diretti in ogni parte del mondo. Uno di loro forse conosceva James. O forse *era* lui. Era proprio quello il punto: non si poteva mai sapere. «Te la sei cavata molto bene. Hai una bella vita. Tua madre sarebbe molto orgogliosa, se potesse vederti», aggiunse Jo.

«Grazie.» Era bello sentirselo dire, e Lara gliene fu grata. Ma aveva sentito solo una parte della storia, e ormai non le bastava più.

23

Doveva solo continuare a ripetersi che non era un vero appuntamento.

Mentre aspettava davanti a Brown's, Evie si rese conto senza alcun entusiasmo che avrebbe dovuto insistere per pagare la sua metà del conto. Visto che non era un vero appuntamento, non poteva permettere che ci pensasse Ethan: non sarebbe stato giusto. Inoltre, sarebbe bastato ordinare un paio di bottiglie di vino accettabile per spendere più di quanto lui guadagnasse in una settimana.

Okay, calma. Per le due ore successive lei e Ethan avrebbero chiacchierato come due persone normali che non avevano un appuntamento. Non appena la cena fosse finita, se ne sarebbe potuta andare.

Non ci sarebbe nemmeno stato il bacio della buonanotte.

Oh, e la gente seduta ai tavoli all'aperto era così elegante e ben vestita... sperò che Ethan non si presentasse con quei vecchi pantalonacci color kaki pieni di fango e la maglietta scolorita coi buchi.

Non gli aveva dato il suo numero, ma quando il cellulare cominciò a squillare Evie fu invasa dalla speranza che in qualche modo lui la stesse chiamando per avvisarla che non poteva più venire. In quel momento avrebbe accettato volentieri di essere piantata in asso.

Ma il nome che lampeggiava sullo schermo era un altro, assai più conosciuto. Non potendo ignorarlo, rispose in tono piatto: «Ciao, Joel».

«Mi ha appena chiamato mia madre. Dice che esci con un tizio, stasera.»

Grazie mille, Bonnie.

«E allora?»

«E allora, chi è?»

Evie controllò l'orologio: se non aveva deciso di fare la cosa giusta e darle buca, ormai Ethan sarebbe arrivato da un momento all'altro.

«Senti, chi è non è importante.»

«È importante per me», ribatté lui. Sembrava ferito.

«Dobbiamo solo cenare. Mi è consentito.» La preoccupazione nella sua voce le dava una certa soddisfazione.

«Com'è fatto?»

Oh, sì, un altro brivido di potere. «Se non fosse carino, non ci sarei uscita», gli disse.

«Dove sei?» le domandò.

Certo, gliel'avrebbe detto senz'altro. «È arrivato, devo andare. Ciao.»

E chiuse la chiamata.

Yeah, come Madonna.

E la cosa migliore era che non stava nemmeno mentendo. Ethan era davvero arrivato. Purtroppo era vestito sempre in modo trasandato, anche se meno di prima. Indossava dei pantaloni di cotone stropicciati blu scuro e una camicia verde oliva, che portava sbottonata su una maglietta scolorita tra il viola e il grigio. Potevano anche essere i suoi vestiti della festa. Forse non aveva un ferro da stiro.

In fondo aveva fatto uno sforzo, si disse lei mentre la raggiungeva. Certo, aveva i capelli un po' troppo lunghi e in disordine, ma almeno li aveva appena lavati. Si era perfino messo il dopobarba; qualsiasi fosse, aveva un buon odore. Forse gliel'avevano regalato sua madre o sua sorella per Natale.

Per fortuna non si avventurò in tentativi di abbracci o baci di saluto. «Ehi, sei arrivata. Grazie per essere venuta. Non sono in ritardo, vero? Aspetti da molto?»

«Non più di un paio d'ore», rispose Evie.

Lui socchiuse gli occhi, divertito. «Meno male. Ti direi che sei molto carina, se pensassi che non ti darebbe fastidio. Ma preferisco essere cauto ed evitare.»

«Grazie.» Visto che aveva un senso dell'umorismo minimalista, l'avrebbe ripagato della stessa moneta.

Ethan fermò una cameriera di passaggio. «Salve, abbiamo un tavolo prenotato per le otto a nome McEnery. Possiamo sederci fuori?» Evie aprì bocca per protestare, ma poi la richiuse. Era una serata meravigliosa, perfetta per mangiare all'aperto; se avesse obiettato, Ethan poteva pensare che la mettesse in imbarazzo farsi vedere in pubblico in sua compagnia. Lui si voltò a guardarla. «Per te va bene?»

«Sì.» D'altra parte era un giardiniere: per forza gli piaceva stare all'aria aperta. Gli sorrise, annuendo: non era un problema se li vedevano insieme.

Furono accompagnati a un tavolo, ed Ethan la aiutò a sedersi. Aveva dei modi di fare gentili: era stato ben educato, su questo non c'era dubbio.

Quando la cameriera ebbe preso le ordinazioni dei drink e si fu allontanata, lui si chinò in avanti e posò i gomiti sul tavolo. «Allora, raccontami com'è lavorare in un negozio di costumi. Qual è il più strano che vi hanno mai chiesto?»

«Una squadriglia di Dalek verde lime. Non li volevano blu, né argento, né rosa. Solo verde lime. Sei Dalek. E quando ho detto loro che non ne avevamo, non hai idea di quanto ci sono rimasti male.»

«E allora cos'hai fatto?»

«Li ho convinti a vestirsi da Teletubbies.»

Lui annuì, ammirato. «È così che fa una brava venditrice. A proposito, mi spiace tanto per la storia del servizio fotografico in albergo. Non ho pensato, prima di parlare.

Quel giorno dovevi essere al negozio, vero? È per questo che non potevi dire la verità alla tua principale.»

Benissimo, forse era meglio dargli una spiegazione. Evie si appoggiò allo schienale mentre la cameriera tornava portando da bere. Se doveva dirla tutta, essere scambiata per una modella era stato un bell'incoraggiamento per il suo ego. Non si faceva troppe illusioni sul suo aspetto: in una scala generale, era carina appena un po' sopra la norma, ma non troppo di più. E anche per quel che riguardava la fisionomia, era nella media, con un posteriore un po' pronunciato. Non si truccava né si vestiva troppo alla moda. In tutta la sua vita, nessuno l'aveva scambiata per una modella.

E dentro di lei, trovava il fatto che fosse successo... esaltante.

Sorrise e liquidò le sue scuse scrollando il capo; che diavolo, era davvero poi così grave se glissava e non gli diceva la verità? «Qualcosa del genere... comunque non c'è problema. Bonnie non se l'è presa.»

Ethan sembrava sollevato. «Sembra molto gentile.»

Evie si accorse che raccontare balle le faceva seccare la bocca. «Lo è. E invece com'è lavorare all'Ellison? Hai sempre fatto il giardiniere?»

Lui parve incerto. «Ecco...»

Evie si affrettò ad aggiungere titoli, per farlo sentire più importante. «Scusa, giardiniere-tuttofare. Scommetto che ti tocca fare di tutto per mantenere in ordine quel posto! Sarai sempre indaffarato, con un lavoro del genere... un momento devi tagliare l'erba, l'attimo dopo hai qualcosa da riparare, sistemare tutto ciò che va sistemato... senza di te non ce la farebbero!» Dio, non è che adesso era troppo condiscendente? Non era sua intenzione partire con una filippica del genere.

Per fortuna lui non parve prendersela. Si limitò a rispondere: «È vero, scommetto che non ce la farebbero».

«E sei sempre stato bravo con le mani?» *Argh, no, doppio senso non voluto…*

Ma anche stavolta, grazie al cielo, lui non fece una piega. «Mi piace riparare le cose… aggiustarle.»

Due ragazze al tavolo accanto, però, avevano sentito. Una esclamò, in un sussurro perfettamente udibile: «*Adoro quando ci sanno fare con le mani*», e si mise a ridacchiare con l'amica.

Grazie, Signore, per aver mandato in terra i menù giganti. Evie vi nascose il viso in fiamme, studiandolo con grande attenzione. C'era un soufflé di formaggio tra gli antipasti, e lei adorava i soufflé, ma ci volevano almeno venti minuti a prepararli, così decise per i gamberi. Prima finiva il non-appuntamento, meglio era.

Dopo aver ordinato, restituirono i menù alla cameriera. Evie prese il bicchiere col suo drink, tornò ad appoggiare la schiena e per poco non si rovesciò tutto addosso. A una ventina di metri da loro, dall'altra parte della strada, c'era Joel.

E la stava fissando.

L'allegra cameriera le porse un tovagliolo per aiutarla a tamponarsi le gocce di vino rosato sulla maglia. «Ops! Ecco a lei, per fortuna non era vino rosso!»

«Grazie.» Evie tamponò e tamponò. Poi sollevò di nuovo lo sguardo.

Joel era ancora lì, e non sembrava avere intenzione di andare da nessuna parte. Lei si alzò e disse a Ethan: «Vado a finire di pulirmi. Torno subito». Una volta raggiunto il bagno, chiamò Joel. Rispose al secondo squillo. «Che stai combinando? Come facevi a sapere che sono qui?» sibilò. Sì, era una domanda *davvero* idiota.

«L'ho chiesto a mia madre.»

E naturalmente Bonnie gliel'aveva detto, perché voleva farlo ingelosire.

«Be', ora puoi andare.»

«Chi è il tizio con cui sei uscita?»

«Joel, vattene e basta.»

«Perché? Non faccio niente di male», protestò lui.

«Mi stai perseguitando!»

«Volevo solo sapere con chi devo combattere. E se vuoi la mia opinione, vinco a mani basse. Sono molto più bello di lui.»

Era troppo vero per cercare anche solo di contraddirlo. «Ma forse lui è più fedele», ribatté.

«Lo fai solo per darmi una lezione. È questo il tuo piano, vero?»

«No, non è vero.» Era la verità: in effetti era il piano di Bonnie. «Lasciami in pace, Joel. Ti prego, non rovinarmi la serata.»

Uscita dal ristorante, si fermò a guardare Joel, che era rimasto dall'altra parte della strada. Lui ricambiò lo sguardo per qualche istante. Poi scrollò le spalle, si voltò e andò verso il Pulteney Bridge.

Chissà se aveva deciso di buttarsi di sotto, tra i vortici della diga.

«Va meglio?» le sorrise Ethan vedendola tornare.

«Sì, grazie. Scusa se ci ho messo tanto.» Tra la telefonata con Joel e il lavoro di pulizia e asciugatura del davanti della maglia sotto il getto d'aria calda per le mani, era stata via un po'.

«Non c'è problema. Pensa, ho incontrato una persona che conosco. Abbiamo chiacchierato.» Fece un cenno col capo verso i tavoli più lontani, ed Evie seguì il suo sguardo con educazione. Ma prima di poter vedere la persona di cui parlava Ethan, riconobbe un viso noto che avrebbe preferito non vedere. Santo cielo, c'era Emily Morris. Quando si dice il pessimo tempismo. Ma cos'era, una specie di cospirazione cosmica?

Un attimo dopo, anche Emily la vide. Ebbe una reazione a scoppio ritardato da cartone animato e pronunciò in modo evidentissimo le parole «Non ci posso credere».

Quante possibilità c'erano che succedesse davvero? Eccola che balzava in piedi e andava verso di loro, facendo passare le lunghe gambe esili tra i tavoli e con dipinta in volto un'espressione di uno stupore esagerato.

Evie si fece coraggio e aspettò, perché la sottigliezza non era mai stata la migliore qualità di Emily Morris.

Bath era anche una bella città, ma a volte non era grande abbastanza.

Emily l'avvolse in un abbraccio da vera attrice, di quelli in cui non c'è quasi il minimo contatto fisico. «Oh, wow, Evie, non ci credo! Avevo sentito che eri tornata! Povera cara, ma come *stai*? Hai perso peso... certo, non c'è da stupirsi. Oh, cielo, guarda che viso *scarno.*»

Spacciare per compatimento la propria stronzaggine, ecco qual era il punto forte di Emily Morris.

«Ciao, Emily. Ho perso solo qualche chilo, niente di che.»

«Quando Ethan mi ha detto che era a cena con una persona non avevo idea che potessi essere tu!»

Adesso era Evie quella sgomenta. Era lei l'amica con cui aveva parlato Ethan? Si voltò a guardarlo. «Anch'io sono sorpresa. Come mai vi conoscete?»

Lui fece un gesto vago. «Per via dell'albergo. E voi due invece?»

«Oh, conosco Evie da una *vita*. Non mi aspettavo di vederla di nuovo all'arrembaggio così presto, dopo quel che le è successo... Voglio dire, Dio, piantare qualcuno sull'altare è roba grossa... quando me l'hanno raccontato ho pensato, *accidenti*. E che peccato essermelo perso! Non sono mai stata a uno di quei matrimoni che vengono annullati all'ultimo momento. Sembra una scena di *Sex and the City*!»

Ecco, l'aveva detto. Meno male che non era un oscuro e profondo segreto. Ethan, bontà sua, faceva di tutto per non mostrarsi sconvolto. Per fortuna non era un appuntamento vero. In quel momento un cameriere portò i piatti al tavolo di Emily.

Evie lo indicò. «È arrivata la tua cena.»

«Ah, peccato. Allora ci vediamo dopo... potremmo bere qualcosa insieme dopo mangiato! Okay, per ora ciao...»

Per ora ciao? Ma che razza di saluto era?

Emily si allontanò, raggiungendo il tavolo con la sua falcata da modella in modo che tutti si voltassero a guardarla.

Ethan sussurrò: «Dovremo scappare prima che accada».

«Hai appena detto qualcosa di orribile. Potrebbe essere una delle mie migliori amiche.»

«Già, ma non lo è», fece lui, divertito.

«E voi? Siete molto amici?» ribatté.

«Per niente. La conosco solo per via dell'albergo. Mi dà l'idea di essere una abbastanza competitiva.»

«È un modo carino per descriverla», fece Evie con una smorfia. Emily considerava tutte le altre donne delle potenziali rivali e si divertiva a sminuirle non appena ne aveva l'occasione.

«Allora, vogliamo far finta che non abbia nominato il matrimonio oppure ti va di parlarne?» le chiese lui.

«Non è un segreto. Posso parlarne.»

«Ora capisco perché non avevi voglia di uscire a cena con me. Se posso permettermi, una persona che pianta qualcuno all'altare merita di essere infelice per il resto della vita. È un gesto disgustoso. *Malvagio.* E sono sicuro che lui non ti meritava.»

Evie lo guardò con una certa riconoscenza. «Grazie, sei molto gentile a dire così. Purtroppo però la persona disgustosa e malvagia che ha piantato qualcuno all'altare sono stata io, non lui.»

24

Ethan non batté ciglio. «In questo caso, sei stata molto coraggiosa. Brava. Hai fatto la cosa giusta.»

Evie sorrise. Cominciava a piacergli. «Lo so.»

«Ed è evidente che se lo meritava.»

«Strano a dirsi, ma è così.»

«Sei felice di non averlo sposato?»

Evie cominciava a scoprire che era facile parlare con Ethan. Alcune persone avevano la capacità innata di saper ascoltare. «Credo di sì. Cioè, so che non potevo. Ma ero convinta che mi sarei sposata... siamo stati insieme per qualche anno... Ci vuole un po' ad abituarsi all'idea di essere di nuovo soli. È tutto un po' strano, a essere onesta. Mi sento confusa.»

«Non c'è da stupirsi se non volevi uscire.»

«No, va bene. Almeno ti ho avvisato che ti saresti annoiato.»

«E tutto questo ti sembra noioso?»

Lei sollevò il calice e fece ruotare il gambo tra le dita. «Be'... sai cosa intendo. Se questo fosse un vero appuntamento, non ti direi come mi sento davvero, no? Farei di tutto per farti una buona impressione, fingendo di stare benissimo e di non pensarci più. Cercherei di fare la disinvolta...»

«Come Emily.»

«Esatto, come lei. Faceva la corte al mio fidanzato. Oddio, magari è andato a letto anche con lei», esclamò quando le sovvenne quel pensiero.

«È questo che è successo? È stato con un'altra?» le chiese stupito.

«Più di una. A quanto pare ne ha avute diverse. In pratica ha pensato che dedicarsi solo a me fosse uno spreco, per così dire. Perché andare a letto con una ragazza sola, quando puoi averne sei? Purtroppo l'ho scoperto soltanto mentre stavo andando in chiesa. Non è stato certo il momento migliore del mondo... eppure, come ha detto Emily, ho dato a tutti qualcosa di cui parlare.»

Ethan si era accigliato. «E quand'è successo?»

«Tre settimane fa.»

«Ma è stato la prima volta che ti ho vista, nel parcheggio dell'albergo. Eri... oh, accidenti, non eri una delle modelle, vero? Indossavi un abito da sposa perché...»

«Perché ero appena fuggita dal mio matrimonio. Lo so... quante probabilità c'erano? E comunque grazie per avermi presa per una modella. È stata una bella botta d'orgoglio, sentirselo dire. Purtroppo però non lo sono.»

Il cibo arrivò e continuarono a chiacchierare della MadAboutParties, di matrimoni mancati all'ultimo secondo, ma anche di giardinaggio e di come tenere in vita delle piante bizzose. Con sua grande sorpresa, Evie si accorse che si stava rilassando e che la serata in cui non avrebbe mai pensato di divertirsi si stava rivelando divertente.

Grazie al suo modo di fare bonario, Ethan era una compagnia davvero piacevole. Non c'era bisogno di fare uno sforzo per colpirlo. In quanto ad apparenza era lui stesso un disastro, il che aiutava moltissimo. Era un tipo senza pretese. Per anni Evie era stata abituata a Joel, che era sempre al centro dell'attenzione, ovunque andassero. Uscire con uno come Ethan era molto più semplice: l'ansia della consapevolezza di essere sempre sotto osservazione era svanita.

Solo che... sì, dal suo tavolo, Emily Morris non li perdeva di vista. Ma solo perché era una maniaca del gossip.

Quando ebbero finito di mangiare, lui dichiarò: «Bene. Emily e il suo amico sono ancora al dolce. Che ne dici se fuggiamo di corsa, prima che cerchino di unirsi a noi?»

«Molto volentieri. Ma dividiamo il conto», aggiunse quando lo vide fare cenno al cameriere.

«Ti ho invitata io, lasciami pagare.»

«No, ti prego, non posso.» Arrossì appena; era come appendere un manifesto con su scritto a lettere cubitali NON MI PIACI NEMMENO UN PO', QUINDI NON FARTI VENIRE IN MENTE CHE SUCCEDERÀ QUALCOSA ALLA FINE DELLA SERATA, PERCHÉ NON È COSÌ.

«E allora d'accordo.» Ethan aveva letto in silenzio il manifesto e si era tirato indietro di buon grado.

«È solo che questo non è un vero appuntamento... non mi sento pronta. Però mi sono divertita. È andata meglio di quel che pensavo», disse Evie.

«Anche per me», le rispose lui con un sorriso.

«Torno subito», aggiunse, e andò al bagno.

Si stava lavando le mani quando la porta si aprì ed Emily apparve alle sue spalle, riflessa nello specchio. «Ehilà! Stavamo per unirci a voi, ma ho parlato con Ethan e mi ha detto che dovete andare.»

«Infatti.»

«Che *peccato* però, è così bello rivederti. Sono colpita di trovarti di nuovo così in forma... dopo quel che è successo credevo che saresti stata distrutta, non so, per mesi!»

«La vita va avanti», rispose Evie, risciacquandosi le mani.

«Be', *certo*. Sono contenta per te. Non avevo idea che tu ed Ethan foste...» Agitò la testa a destra e sinistra, aspettando impaziente.

«Amici.» Evie mise le mani nell'asciugatore supersonico, costringendo Emily ad aspettare che finisse prima di poter parlare di nuovo.

«Be', devo dirtelo, sono colpita. Ci vai a letto?»

Ma che cavolo aveva in testa? La brama che le si leggeva negli occhi parlava di assoluta *avidità*.

«No.»

«Sicura?» Poi all'improvviso le venne in mente qualcosa, e trasalì. «Oh, mio *Dio*, è Ethan il vero motivo per cui non hai sposato Joel?»

Povero Ethan. Se l'avesse sentito, forse l'avrebbe trovato divertente. «Non c'è niente tra noi. Nulla di nulla. Non lo conoscevo nemmeno, prima del matrimonio. È solo il tuttofare dell'Ellison, l'ho incontrato per caso quando sono andata a consegnare dei costumi, poi ieri li ha riportati al negozio. Tutto qui. Siamo solo due persone che hanno fatto una chiacchierata.»

Mentre lei parlava, Emily si era applicata una buona dose di rossetto color crema. A quel punto, incontrando il suo sguardo nello specchio, sollevò un sopracciglio. «È solo il tuttofare dell'Ellison?»

Oh, no, non di nuovo. Quando si veniva scelti per un'osservazione condiscendente da parte di Emily Morris, c'era da aspettarsi di tutto.

«Non intendevo dire *così*. È il giardiniere-tuttofare, non c'è niente di male, è un lavoro rispettabilissimo, stavo solo spiegando come ci siamo conosciuti.»

Emily finì di sistemarsi le labbra. Chiuse con gesto deciso il cappuccio del rossetto – Dior, chi altri? – e si voltò. Aveva un'espressione che Evie conosceva bene, quella che sfoggiava sempre quando sapeva qualcosa che l'altro non sapeva e nulla la rendeva più felice al mondo.

«Bene. Capisco. Quindi... è questo che ti ha detto Ethan? Di essere il giardiniere-tuttofare?»

L'aveva visto dare l'acqua alle piante. Vestiva come un giardiniere. Avevano parlato del suo lavoro, santo cielo. Lui non aveva mai negato. Evie si accigliò. «Sì. Perché? Non lavora lì?»

Emily faticava a restare seria. «Direi di no. Cioè, non esattamente. Ethan è il proprietario dell'albergo.»

Proprietario dell'albergo. Certo. Evie assimilò l'informazione. L'Ellison apparteneva a Ethan. Lei aveva deciso che era il giardiniere, e per qualche strano motivo lui era stato al gioco.

Trattandola come un'idiota.

«Oh, mio Dio, non posso credere che non lo sapessi! Chissà che imbarazzo!» esclamò Emily in un misto di esaltazione e finta angustia: ormai sguazzava nel suo elemento.

«Oh, eccoti. Cominciavo a pensare che fossi scappata da una finestra sul retro.»

«Ci ho provato, ma era troppo piccola. Sarei rimasta incastrata, e poi avrebbero dovuto tirarmi fuori con un argano.» Il conto era sul tavolo insieme con due banconote da venti sterline. Felice che le lasciasse pagare la sua parte, Evie aprì la borsa e depositò la stessa somma. Quaranta sterline, tutte insieme. *Ahi.*

«Davvero volevi fuggire?»

«Un po', sì.»

Ethan sembrava preoccupato. «Perché?»

«Senso di umiliazione. Imbarazzo. Di essere una perfetta idiota. Vogliamo andare via, prima che Emily torni qui a gongolare?» aggiunse quando, con la coda dell'occhio, la vide dirigersi di nuovo verso di loro.

«Gongolare per cosa?» le chiese lui mentre la seguiva sul marciapiede.

«Perché ero convinta che fossi il tuttofare dell'albergo senza sapere che invece è tuo.»

Ethan la raggiunse. «Ah. Come l'hai scoperto, o è una domanda stupida?»

«Emily è appena venuta a cercarmi al bagno.»

«Certo. Senti, mi spiace. Credevo che ti avrei messa in

imbarazzo, se ti avessi detto la verità.» Socchiuse gli occhi, divertito.

«Certo. Invece sono in imbarazzo adesso.»

Svoltarono l'angolo prendendo Manvers Street; non erano più visibili dal ristorante, così Ethan la afferrò per un braccio e la fece voltare verso di lui. «Ehi, fermati un attimo. Mi sono divertito davvero, stasera. È stato bellissimo. E forse me lo sono solo immaginato, ma mi è sembrato che anche tu sia stata bene.»

«È così.»

«Bene. E pensavi che fossi un tuttofare. La cosa non ti disturbava affatto.»

«No.» Un flusso di turisti giapponesi diretti a Pulteney Bridge li assalì, ed Evie fu costretta ad avvicinarsi a lui.

«Mi piaceva il fatto che non sapessi la verità. Ci ha aiutati a essere spontanei. Sai cosa succede di solito quando la gente capisce che possiedo un grande hotel?»

«Ti ritrovi al centro dell'attenzione?»

«Esatto. Dell'attenzione di donne di cui non desidero circondarmi... donne dai gusti costosi, per così dire», aggiunse dopo una pausa.

«Come Emily.»

Lui si grattò il mento. «Proprio come Emily. Mi mette una paura del diavolo, sai? Con quell'acconciatura perfetta e i colpi di sole... mi ha raccontato che il suo parrucchiere ci ha messo tredici ore a dare quella forma ai suoi capelli. Ti rendi conto? Se metto insieme tutto il tempo che ho passato da un parrucchiere in tutta la *vita*, non credo di arrivare a un totale di tredici ore.»

Evie restò impassibile. «Ah, e come mai la cosa non mi stupisce?»

«Mi ha chiesto di uscire, il mese scorso. Quattro volte. Le ho detto sempre di no. L'estetista le ha incollato le ciglia a una a una. Le durano sei settimane. Tu avevi idea che una cosa del genere è fisicamente possibile?» le domandò, perplesso.

«Ne ho sentito parlare. Ma non posso dire di averlo mai fatto.»

«Infatti. È fantascienza.» Ethan sospirò, incredulo, e lei si rese conto che la sua unica dote particolare era il fatto di essere del tutto ignara delle tecnologie di bellezza, proprio come lui. Fondamentalmente, insieme erano come zia Sally e Worzel Gummidge, della serie TV *Lo spaventapasseri*.

«In pratica mi stai dicendo che ti piaccio perché sono quasi trasandata come te. *Quasi*, però, perché tu detieni il primato.»

Le sorrise, imperturbabile. «Ehi, guardami. Se ti dicessi che non è un vantaggio, mentirei. Tu mi piaci per come sorridi, per la tua personalità e la tua sincerità. Ma mi piace anche il fatto che hai unghie tue, ciglia tue, non sei ricoperta di cerone e sei in grado di muovere la fronte.»

Un altro pullman scaricò una nuova ondata di turisti; l'aria era invasa da un vociare allegro e dai *clic* delle macchine fotografiche.

«Se ieri avessi saputo che l'hotel era tuo, stasera non sarei uscita con te.»

«Lo immaginavo. È l'altro motivo per cui non te l'ho detto. Adesso vogliamo restare qui sul marciapiede per altre tre ore o andiamo a bere qualcosa insieme, facciamo due chiacchiere e ci conosciamo un po' meglio?»

Indossava vestiti malridotti, ma aveva proprio un bel sorriso.

«Be'... d'accordo. Ma non è comunque un appuntamento», rispose lei.

Lui rabbrividì e la prese sottobraccio. «Argh, no, scherzi? Che Dio ci scampi.»

«Santo cielo, siamo gli ultimi rimasti. Non me ne ero accorta», sussurrò Evie.

«No? È così da un'ora almeno», le disse lui con un sorriso, la luce della candela ormai consumata sul tavolo che si rifletteva nei suoi occhi.

Lo fissò, incredula. «Che cosa? Dici sul serio?»

«Se sei davvero un'osservatrice così attenta, direi che è una fortuna se non sei una spia internazionale.»

Evie non si era resa conto del passare delle ore. Sapeva solo che avevano parlato senza fermarsi mai. Dopo essere andati via da Brown's erano entrati in un bar. Quando aveva chiuso, erano passati in un delizioso ristorante italiano. Avevano già cenato, ma per poter restare avevano ordinato comunque una pizza da dividere e una bottiglia di vino, che alla fine non erano riusciti a non consumare. «Che imbarazzo... sul serio, dovremmo andare», disse lei, mortificata.

«Vuoi dire che sei stufa di me?»

«Vuol dire che questa gente sta aspettando solo noi per poter andare a casa!» fece lei indicando con ansia i camerieri rimasti, che pulivano bicchieri scambiandosi qualche frase di tanto in tanto.

«Ehi, non devi preoccuparti. Ho pensato a tutto.»

«Che significa?»

«Ho parlato un momento con loro dopo che sono usciti gli ultimi clienti, gli ho spiegato che ci avrebbe fatto piacere restare ancora un po' e che avrei pagato un extra per il disturbo. La cosa li ha resi molto felici. Possiamo anche rimanere tutta la notte, se vogliamo.»

Evie sospirò di sollievo. «Però non possiamo.»

«Immagino di no. Se vuoi andare lo capisco. Aspetta solo un attimo, vado ad avvisare», le disse.

Restò seduta a guardarlo, sorpresa della piega che aveva preso la serata. Era la dimostrazione che quando meno ci si aspettava qualcosa, tutto poteva succedere. Le sue aspettative erano state smentite in tutto e per tutto. E alla fine la loro uscita insieme si era rivelata meravigliosa. Se non avessero dovuto alzarsi per andare al lavoro, la mattina dopo, non le sarebbe dispiaciuto restare con lui tutta la notte. Ethan era stato una rivelazione. Era come se il loro incontro fosse stato dettato dal destino... Okay, era un'idea folle e si sarebbe guardata bene dal dirlo a voce alta, ma mentre era con lui si era sentita quasi sotto un incantesimo, come se qualcuno avesse sparso su di loro una specie di polverina magica...

E non era nemmeno ubriaca.

Dio, non doveva dirglielo, qualsiasi cosa fosse successa. Ma soprattutto non doveva nemmeno pensare di baciarlo. Vacci piano, *vacci piano*...

25

Pioveva, e Lara era in macchina, diretta a Bradford on Avon. Era incredibile quanto si potesse al tempo stesso temere eppure desiderare qualcosa.

Il giorno prima aveva presentato Jo a Gigi, poi era arrivato anche Flynn, e tutti e quattro avevano fatto un barbecue nell'assolato giardino sul retro. Si erano trovati così bene insieme che la serata era trascorsa nella felicità più assoluta. Chi non li conosceva avrebbe potuto scambiarli per una famiglia vera. Se solo fosse stato così.

Com'era sentirsi normali?

Ma forse la normalità era sopravvalutata. E non avendola mai conosciuta, non poteva saperlo. Lara discese le colline sinuose e ripide entrando a Bradford on Avon, impostando i tergicristalli alla velocità massima per riuscire a vedere qualcosa. Quel giorno aveva un impegno importante, e aveva già la nausea per l'ansia.

Si sentiva come in quei sogni in cui entri in una sala per fare un esame e di colpo ti rendi conto di aver studiato il libro sbagliato...

Non ci mise molto a trovare Bingham Close; aveva imparato il tragitto a memoria. Il cielo era di piombo. Il numero 32 era in fondo alla strada, buia, gotica e avvolta in un manto di alberi gocciolanti.

La buona notizia era che, sebbene fossero solo le dieci

del mattino, le luci dentro la casa erano accese, e sul vialetto c'erano due automobili.

Lara parcheggiò la sua, spense il motore e fece un respiro profondo. *Speriamo che sia in casa, speriamo che sia in casa. E Dio, ti prego, fa' che voglia parlare.*

La porta d'ingresso fu aperta da Joan, la sorella maggiore, la cui bocca si spalancò con lo scatto di una trappola per topi alla vista di Lara.

«Ciao, sono venuta per parlare con Janice. È una questione molto importante.»

«Sta facendo colazione.»

Janice aveva sempre amato prendersela comoda; Lara aveva scelto apposta l'orario, perché era molto difficile che fosse già uscita.

«Posso aspettare che abbia finito. Ma ho davvero bisogno di vederla.»

«Che le devi dire?»

«È personale.» Aveva deciso per un approccio gentile ma risoluto, sperando che la curiosità avesse la meglio sulla riluttanza che, d'istinto, Janice avrebbe avuto di vederla.

«Resta qui. Non ti muovere», le ordinò Joan, i capelli neri tinti che fremevano di sdegno. Trenta secondi dopo tornò dalla cucina. «Ti vedrà tra un quarto d'ora. Nel frattempo devi restare fuori.»

«Ma piove!»

«Che ti aspettavi? Sei venuta senza nemmeno avvisare», fece lei gelida, con gli occhietti di fuoco.

Touché.

Dato che ringraziando sarebbe sembrata disperata, Lara rispose: «D'accordo, va bene. Ci vediamo tra poco».

Attese in macchina per quindici minuti esatti e poi andò a suonare il campanello. Joan le aprì e l'accompagnò in salotto, senza dire una parola. Le narici di Lara ebbero un tremito quando riconobbero l'odore nauseabondo e dolciastro del profumo di Janice, di cui aveva cancellato ogni traccia da casa sua con sforzi enormi. La stanza era ampia, tetra, arredata con pesanti mobili scuri e con una moquette dal motivo nevrotico. E lì, seduta al centro di un divano di pelle color sangue di bue, c'era Janice, con la sua solita espressione arcigna e i vestiti blu scuro. Il seno le ricadeva sulla pancia e i piedi tozzi erano incastrati in scarpe da ballo dai tacchi alti.

«Siediti lì.» Le indicò una sedia dall'aria scomoda prima di unire le mani ingioiellate davanti a sé. Almeno due dei molti anelli che le adornavano le dita grassocce erano appartenuti a sua madre, Lara ne era certa. Ma se glielo avesse fatto notare, Janice avrebbe negato, oppure sarebbe andata su tutte le furie e avrebbe protestato che erano stati lasciati a suo marito, che ne aveva fatto ciò che voleva.

Meglio tenere d'occhio le priorità, scegliere bene le proprie battaglie. Tanto non desiderava gioielli che fossero stati indossati dalla sua matrigna; il solo pensiero le dava il voltastomaco.

«Come stai, Janice?» Visto che aveva deciso di essere educata.

Le ciglia di Janice erano nere e sottili, piene di grumi di mascara che tremolavano alle estremità. Sbatté le palpebre e rispose: «Sto bene. Mi domando cosa ci fai qui».

Lara cercò di usare un tono di voce calmo. «Ho bisogno del tuo aiuto. Sappiamo entrambe che mio padre non mi voleva bene. Ho una domanda, e spero proprio che tu possa darmi la risposta. Perché ho il dubbio che potesse non essere il mio vero padre.»

Il doppio mento di Janice traballò. «E ci hai messo così tanto a capirlo?»

Ecco, era fatta. La frase che voleva sentirsi dire da tanti anni. Lara sentì lo stomaco farsi piccolo piccolo e i polmoni espandersi alla disperata ricerca di ossigeno.

Grazie, Dio, grazie, Dio. «Quindi non era mio padre. E l'ha sempre saputo.»

Le nocche di Janice s'irrigidirono. «Lo sapeva. Nel suo cuore sapeva la verità. Ma tua madre gli ha mentito. Gli ha detto che eri sua figlia, e lui ha voluto crederle per salvare il matrimonio. Perché sai, era quel genere di marito. Ha fatto del suo meglio con lo schifo che aveva. Charles era un uomo onesto e buono. Tutti hanno sempre descritto tua madre come una specie di santa perché è morta di cancro, così giovane, e la cosa era vista come una gran tragedia, ma la verità è che è stata lei ad avere una squallida relazione. Non Charles. L'ha preso in giro, mentre lui le è rimasto fedele. Lui ha cresciuto la figlia di un altro uomo. Quanti l'avrebbero fatto? Sei venuta qui per sapere la verità? Be', eccoti servita. La tua preziosa madre era solo una sgualdrina.» Le si erano riempiti gli occhi di lacrime; sotto il pesante strato di fondotinta e cipria, le guance erano arrossate di collera.

Lara non aveva il coraggio di parlare. Aveva una gran voglia di difendere sua madre, di mettersi a gridare e dire a Janice di chiudere la bocca, che non poteva permettersi di parlare di lei in modo così bieco e disgustoso, che non era giusto.

Ma d'altra parte aveva bisogno di sapere di più. Era già un miracolo che quella donna le avesse rivelato tanto. Se si fosse infuriata con lei avrebbe ottenuto solo l'effetto di farla tacere, e non poteva correre il rischio.

«Come ha fatto mio... ehm, Charles a scoprire la relazione?»

Stavolta gli occhietti restarono saldi. Per qualche istante l'unico suono udibile nella stanza fu il fragoroso ticchettio del pendolo. «L'ha scoperta quando gliel'ho detto io», le rispose infine.

Lara si rese conto che stava scuotendo il capo. Era la risposta che non si sarebbe *mai* aspettata di sentire. «*Che cosa?*» esclamò, e vide una luce trionfante sotto il trucco massiccio degli occhi di Janice.

«Eh, già. Non te l'aspettavi, vero?»

«Un po'. Scusami, però, questo significa che tu *conoscevi* mia madre?»

Era sempre più assurdo. Era sempre stata convinta che suo padre avesse conosciuto Janice solo all'epoca della morte di sua moglie. Invece a quanto pareva si erano già incontrati almeno quattordici anni prima... Dio, era *incredibile.*

«Conoscevo l'uomo con cui lei aveva una relazione.»

«Conoscevi... lui?» Se non fosse stata già seduta, Lara sarebbe crollata a terra. La sua mente impreparata stava ricevendo molte più informazioni di quante sperasse di ottenere. Sapeva che non stava sognando, ma sembrava proprio un sogno. Non aveva più la minima idea di cosa Janice potesse rivelarle ancora. Con un filo di voce, chiese: «E come? Chi era?»

Janice stava assaporando il proprio potere. Lara capì che aveva sempre tenuto nel suo enorme petto quel segreto, e che suo marito le aveva proibito di dire qualcosa. Ora che lui non c'era più, però, non poteva più fermarla. Janice non era costretta a tenere per sé quelle notizie. Presentandosi lì quella mattina, lei era riuscita a praticare il primo, eppure critico foro nella diga, e tutte le risposte stavano scivolando fuori, inesorabili.

Non sarebbe stato nemmeno necessario rintracciare Jo, dopotutto.

«Lavoravo per lui. Ero la sua segretaria.»

La sua segretaria. Lara serrò i denti, trepidante.

«E com'era?»

La donna arricciò le labbra. «Il genere d'uomo convinto di poter fare tutto quel che voleva. Di poter avere tutto quel che voleva. Era sposato, ma questo non lo fermava. Il signor Fascino.»

No, forse non era il suo vero nome.

«E cos'è successo? Com'è cominciata?» chiese Lara. Voleva sapere fino al minimo dettaglio.

«Non so come sia iniziata. Ma tua madre ha cominciato a chiamare in ufficio. Non era certo la prima, ero abituata a prendere le telefonate delle sue amichette. Ma di solito duravano solo qualche settimana. Con lei invece è durata più a lungo. Chiamava, passavo la telefonata, e lui usciva dall'ufficio per un'ora o due. E io dovevo coprirlo. Se telefonava sua moglie, dovevo raccontarle che era in riunione. Dovevo mentirle. Faceva parte del mio lavoro», disse in tono sprezzante, l'espressione dura.

«L'hai mai visto insieme con mia madre?»

«Per settimane no. Poi una volta l'ha chiamato all'ora di pranzo e lui si è precipitato fuori, come al solito. Quel giorno avevo un appuntamento dal dentista, così sono uscita una ventina di minuti dopo. Per fare prima sono passata dietro il giardino botanico, e li ho visti.» Mentre lo diceva, fece una smorfia di disgusto. Santo cielo, chissà che stavano facendo. Dentro di sé, Lara andò nel panico, sperando che non fosse nulla d'inappropriato. «Erano seduti su una panchina, e parlavano tenendosi per mano», aggiunse Janice.

«Okay.» Grazie al cielo, tenersi per mano andava benissimo.

Ma Janice scuoteva il capo, e guardò fuori della finestra mentre quell'episodio le passava di nuovo davanti agli occhi. «Il modo in cui la guardava... sembrava che non esistesse nessun'altra donna al mondo. Non si sono accorti che li fissavo. Poi lui ha sollevato una mano e le ha accarezzato una guancia. Un attimo dopo erano l'uno tra le braccia dell'altra, e lui la stringeva, baciandola. In quel momento ho pensato che, se solo lui si fosse voltato, avrebbe potuto vedermi. Così me ne sono andata, perché non l'avevo certo seguito fin lì, ma lui poteva pensarlo. Lei però l'ho vista in faccia. E ho notato la fede nuziale al dito. È stato quello a colpirmi più di tutto. Due persone sposate che disprezzavano così i loro giuramenti, che infrangevano le promesse pronunciate, facendosi i fatti loro alle spalle dei propri compagni e correndo rischi inutili solo per il gusto di farlo, perché erano capaci di pensare solo a se stessi e alla loro felicità, incapaci di negarsi un po' di divertimento.»

«Quindi a lui non hai detto nulla. Non sapeva che l'avevi scoperto.»

«No, ma non si può certo dire che fosse un tipo discreto. Alcuni uomini sono così, pensano di poter fare quello che vogliono, e che a te stia bene. Quando gli passavo le chiamate, lo sentivo dire: 'Barbara! Tesoro, come stai? Quando ci vediamo?' e dieci minuti dopo usciva. Dava per scontato che non l'avrei mai detto a sua moglie!»

26

«E tu l'hai detto a sua moglie?» chiese Lara.

«Certo. Secondo me, meritava di sapere.» Lo sguardo di sfida di Janice era tutto un programma.

«E che è successo?»

La bocca vermiglia si arricciò come il posteriore di un gatto. «Lei non voleva sentirne parlare. Mi ha detto che non le interessava. Va' a fare un favore a qualcuno... hanno tutti paura di affrontare la verità. Era troppo attaccata al suo stile di vita, ecco cos'era. Villa, belle macchine, viaggi ad Ascot e Wimbledon, casa di vacanza nella Francia meridionale. Non poteva certo rischiare di perdere tutto, no? Così ha deciso di chiudere un occhio. Faceva tutto quello che lui voleva e andava avanti a furia di shopping a Londra e cosmetici di Harrods, vivendo nella bambagia con le sue amiche mogli di ricconi.»

«Lui come si chiamava?» chiese Lara. Se fosse riuscita a inserire la domanda in modo abbastanza discreto, forse Janice si sarebbe lasciata sfuggire il nome.

Ma lei la ignorò. «Insomma, la cosa è andata avanti. Tua madre chiamava. Lui spariva per stare con lei. Un anno dopo l'ho sentito parlare al telefono, dicendo qualcosa a proposito di quando fosse nato il bambino. Sapevo che non stava parlando con sua moglie, sai? Così, la volta successiva in cui lei ha telefonato, l'ho seguito al parco ed eccoli lì, di nuovo insieme. È stato allora che ho visto che era incinta.»

«Di me? Era incinta di me?» Lara aveva la gola secca.

«Certo che eri tu. Tua madre era una donna sposata con una relazione con un altro uomo... e stava per avere un bambino... di' pure che sono all'antica, ma io lo trovo ripugnante.»

«E hai deciso di dirlo a mio padre.» Non ci voleva un genio per capirlo. Tutto cominciava ad avere senso. «Come hai fatto a trovarlo?»

«È stato facile. Lavoravo per un uomo negligente. Sapevo già che lei si chiamava Barbara, per via delle telefonate. Mi è bastato cercare nella sua agenda ed eccolo lì, scritto a chiare lettere. Barbara Carson, e il suo numero. Ho controllato sull'elenco, e visto che all'epoca erano pochissimi quelli che non vi apparivano, ho trovato l'indirizzo. Proprio qui a Bradford on Avon.» La voce di Janice era carica di disprezzo.

«Così sei andata a trovare mio padre.» Non c'era riuscita con la moglie di James, perciò aveva tentato col marito dell'amante.

«Certo. Non sapevo nemmeno se l'avrei trovato, e invece era lì. Era una domenica mattina, e lui era davanti a casa a lavare la macchina», fece lei senza il minimo pentimento.

Era una situazione che Lara ricordava bene: suo padre aveva lavato e lucidato accuratamente l'automobile ogni domenica mattina durante tutta la sua infanzia. Non le aveva mai permesso di aiutarlo: le diceva sempre che non l'avrebbe fatto abbastanza bene.

«E com'è andata, l'hai avvicinato per strada e hai spifferato tutto?»

Janice sbatté le palpebre lentamente e tornò a unire le mani in grembo. «Non dire sciocchezze. Non sapevo se tua madre fosse in casa. Gli ho chiesto se era Charles Carson, poi gli ho detto che se voleva avere delle notizie interessanti su sua moglie poteva chiamarmi. Gli ho dato il mio numero e me ne sono andata. È stato lui a contattarmi e a invitarmi a casa. Barbara era in chiesa, molto appropriato per una peccatrice. Lui mi ha detto che sarebbe stata via per un'ora, e che voleva sapere. Così gli ho spiegato la situazione. Non ha commentato granché. Ha ascoltato e basta.»

Lara immaginò la scena: Charles Carson, un uomo riservato e schivo, sposato con Barbara e sul punto di diventare padre, stava lavando con cura la macchina una domenica mattina quando era arrivata una sconosciuta che gli aveva raccontato non solo che sua moglie aveva un amante, ma che il figlio che portava in grembo poteva non essere suo. Alla faccia del fulmine a ciel sereno. Eppure era rimasto sposato con lei, che di sicuro aveva negato la relazione. Trentasei anni prima, il divorzio era visto come l'ultima spiaggia: sarebbe stato una macchia intollerabile per un uomo come lui. Di certo restare infelici e sposati era meglio che ammettere che sua moglie l'aveva tradito.

Janice continuò: «E poi mi ha ringraziata; è stato carino da parte sua. Ha detto che si sarebbe occupato della cosa. Mi ha anche chiesto se poteva richiamarmi, se avesse avuto bisogno di altre informazioni».

«Gli hai detto chi era il tuo capo?»

Scosse la testa. «No, sarebbe stato un azzardo eccessivo. Non conoscevo Charles, come potevo sapere cosa avrebbe fatto o detto? Non volevo rischiare di perdere il lavoro. Gliel'ho spiegato, e lui ha capito. Poi l'ho lasciato al suo destino. Mi ha richiamata mesi dopo.»

Lara provava il desiderio di aprire una finestra in quella stanza soffocante: il profumo di Janice le stava facendo venire l'emicrania. Ma non poteva mollare. «E quando lei è tornata a casa, lui l'ha affrontata?»

«Sì. Lei ne è stata sconvolta, come c'era da aspettarsi. Ha

negato tutto, sostenendo di non aver fatto niente di male. Poi lui le ha detto di averla vista nel parco: è stato allora che è crollata, ha ammesso che c'era stata, ma che lui era solo un amico, niente di più. D'altra parte negano tutti, quando vengono colti in flagrante, no? Si fanno prendere dal panico e negano, negano e negano.» Scosse il capo, sprezzante.

«E poi cos'è successo?»

«Ha giurato di non rivederlo mai più. E per un po' c'è riuscita. Le telefonate si sono interrotte. Nessun incontro clandestino, per mesi. Poi sei nata tu. Una settimana dopo, lei ha chiamato in ufficio e hanno parlato per almeno un'ora.» Sembrava di ascoltare un radiodramma. Lara fissava una parete e immaginava le scene, sua madre con una bambina in braccio, sopraffatta dall'emozione mentre sussurrava al telefono. E James, seduto alla sua scrivania, al lavoro, che forse era suo padre, forse no... Dio, chissà com'era quell'uomo. Non ne aveva idea. «Charles mi ha chiamata poco tempo dopo, e gli ho detto tutto. In ogni caso non ci sono più state telefonate, dopo quella, almeno non in ufficio... Poi, due anni dopo, la compagnia è stata venduta e io ho perso il lavoro. Alla fine il mio capo ha divorziato dalla moglie e ha dichiarato che si sarebbe trasferito all'estero. All'epoca mi sono chiesta se tua madre l'avrebbe seguito, e anche Charles aveva il mio stesso dubbio. Abbiamo aspettato, e non è successo niente. Lui è partito. Tua madre è rimasta con Charles.»

«È stato allora che ci siamo trasferiti dall'appartamento a Bradford on Avon nella casa di Bath. Avevo due anni. E la casa è stata intestata a mia madre. È stato lui a darle i soldi per comprarla?» chiese Lara, notando il fastidio nello sguardo di Janice.

«Direi che è evidente. Non che all'epoca lo sapessi. Charles non me l'ha detto. Sai, vivere in un appartamento non era abbastanza per Barbara. Troppo piccolo, troppo umido, senza giardino. Quando lui mi ha detto che stavate per traslocare, ero sicura che fosse stato lui a comprare la casa. Forse non l'ha fatto per orgoglio. Mi ha confessato la verità solo dopo che ci siamo sposati. È stata Barbara a scegliere quella casa, e ha annunciato che tu e lei sareste andate a vivere lì. Gliel'ha presentato come un ultimatum, insomma, e lui non ha avuto altra scelta se non seguirla. Per un uomo sposato è una situazione piuttosto umiliante. Quindi, come vedi, tua madre non era l'angelo che tutti credevano», aggiunse dopo essersi asciugata con cura gli angoli della bocca.

Lara si sentiva come se fosse in una barchetta che aveva perduto i remi. Non voleva ascoltare quelle cose. Ma era determinata a non far capire a Janice quanto fosse turbata.

«Il tuo capo... come si chiamava?» tentò di nuovo.

La donna le rivolse uno sguardo carico di disprezzo. «Se avessi voluto dirti il suo nome, non credi che l'avrei già fatto?»

«Quindi non me lo vuoi dire?» Era doloroso, ma se lo sarebbe dovuto aspettare.

«No. Charles non voleva che tu lo conoscessi.»

«Non voglio conoscerlo, voglio solo sapere chi è. Ascolta, tutto quel che è successo... non è stata colpa mia. È come se mi punissero per qualcosa che non dipendeva da me», protestò lei.

Janice si strinse nelle spalle. «Quest'uomo ha rovinato la vita di Charles.»

«Ma potrebbe essere il mio padre biologico.»

«O non esserlo.»

«D'accordo, ma esiste un modo per scoprirlo? E se esiste, potremmo almeno fare questo tentativo?» chiese Lara.

La donna era irremovibile. «È troppo tardi. Avrei voluto che succedesse anni fa. Gli ho *detto* che doveva scoprirlo, per avere una certezza. Ma avrebbe significato venirti a cercare a Keswick, e Charles non se l'è sentita. E comunque ormai non c'è modo di saperlo. È morto», aggiunse, gli angoli della bocca vermiglia rivolti verso il basso mentre le comunicava quella realtà così perentoria.

Quando Lara andò via, aveva smesso di piovere. Joan era nel giardino davanti casa, a strappare con foga le rose appassite e a lanciare lumache oltre il muro di cinta, nel boschetto curato dei vicini. Quando sentì il tonfo della porta che si chiudeva, si voltò. «Sarà meglio che tu non abbia turbato mia sorella.»

«Non l'ho turbata affatto.»

Joan socchiuse gli occhi, raccolse un'altra lumaca con la punta delle cesoie e la tirò dall'altra parte. «Sembri soddisfatta.»

Lara era raggiante. «Sono felice. Siamo quasi sicure che Charles non fosse mio padre. Janice mi ha detto tutto di James.»

«Davvero?» fece lei, sorpresa.

«Mi ha raccontato tutta la storia. Le sono davvero riconoscente. È la notizia migliore del mondo.»

Joan riprese a tagliuzzare rose con la sua espressione da succhiatrice di limoni. «Pensala come ti pare, ma non lo hai conosciuto. Gli uomini come quello prendono ciò che vogliono e se ne vanno quando si sono divertiti abbastanza. Janice lo idolatrava e lui l'ha buttata via come una scarpa vecchia, e non mi stupirei se avesse fatto la stessa cosa con tua madre. Quindi, se vuoi andare a cercarlo, buona fortuna. Ma lascia che ti dica una cosa, quel bastardo di Agnew ha spezzato il cuore di mia sorella», aggiunse con ferocia.

«Capito? È sempre stato questo il problema di Janice. Guarda troppe aste di mobili antichi e serie televisive sui vecchi snob... E non abbastanza puntate di CSI», spiegò Lara. La fissarono tutti mentre tirava fuori della borsetta una busta di plastica con dentro la spazzola per capelli di Charles

Carson. Non era certo l'oggetto più bello del mondo, ma conteneva abbastanza capelli grigi da consentire un test del DNA. «Quando ho parlato di capelli, mi ha detto che aveva ancora il beauty-case di mio padre al piano di sopra. È andata a prenderlo e c'era la spazzola, rimasta lì dall'ultima volta che è stato in ospedale. Mi basta inviarla con un po' di miei capelli per vedere se c'è un collegamento. Spero proprio di no. Sono così emozionata che quasi mi sento male.»

«E sei riuscita a farti dire il cognome di James», aggiunse Jo, stupefatta.

Lara annuì. Ce l'aveva fatta, proprio così, anche se non avrebbe mai creduto che Joan potesse cascarci in quel modo. Era stata una tattica subdola e insolente, ma non era pentita.

James.

Agnew.

Due parole che formavano il nome che tanto voleva conoscere. In quel preciso istante, Flynn e Gigi erano insieme davanti al computer a cercare i possibili candidati con l'aiuto del sito 192.com. Che non solo forniva l'indirizzo e il numero di telefono di tutti i James Agnew d'Inghilterra, ma anche l'età. Pazzesco.

«Avrà più di settant'anni, immagino. Sono sicura che aveva qualche anno in più di Barbara», fece Jo, scrutando da sopra la spalla di Lara.

«Se vive in Inghilterra, deve essere questo oppure quest'altro», disse Flynn, mostrando le due opzioni. La quantità d'informazioni possibili era impressionante: c'era scritto da quanto tempo quegli uomini vivevano presso l'indirizzo attuale, i dati degli occupanti dell'immobile, un elenco d'informazioni sui vicini, aerofotogrammi della via e i prezzi aggiornati delle case intorno.

Il primo James viveva con la sua famiglia in una casetta a schiera in una zona malfamata di Birmingham. Se era lui, il suo stile di vita doveva aver subito un certo tracollo.

«Possiamo provare con lui, ma non scommetterei proprio su questo cavallo», fece lei dubbiosa.

Flynn passò al secondo James Agnew, che era indicato come l'unico occupante di un indirizzo assai più rispettabile, a Londra. La casa si trovava in un viale alberato di Wimbledon, dove il prezzo medio di acquisto si aggirava sui due milioni di sterline.

Poteva essere lui? Poteva essere suo padre?

«Ora lo chiamo.» Lara prese il cellulare e fece il numero senza concedersi il tempo per andare in iperventilazione. Sentì uno squillo... un altro... e poi un altro...

Ti prego, fa' che qualcuno risponda, ti prego...

«*Ponto?*» fece una voce femminile esitante, straniera.

«Salve, potrei parlare con James Agnew, per favore?»

«No, no.»

I palmi delle mani le s'inumidirono nel silenzio che seguì. «D'accordo. Perché no?»

«*Segnore* Agnew vacanza.»

Allora non era morto. Ottimo.

«Capisco. E... ecco, ha un cellulare?»

«Eh?»

«C'è un altro numero cui lo posso chiamare? O un altro indirizzo?»

«No... Io pulisce casa.»

«E dov'è *segnore* Agnew?» Quell'assurda parlata era contagiosa.

«Su acqua. Grooossa barca.»

«Okay. È in viaggio per mare?»

«Sì, io tanto male. Ah, male *trimendo* di schiena.»

Andarono avanti così per un altro paio di minuti. Alla fine Lara attaccò, insoddisfatta, senza aver scoperto nulla. Aveva lasciato il suo numero, ma chissà se la donna delle pulizie l'aveva scritto davvero, sempre se aveva capito che doveva darlo al padrone di casa.

Inoltre poteva sempre non essere la casa giusta. Il suo

James Agnew poteva vivere in qualsiasi punto del mondo. Oppure essere morto.

Decise che avrebbe riprovato dopo qualche giorno.

Nel frattempo, almeno potevano andare avanti col test del DNA.

27

Erano passati sei giorni, e Lara aveva lasciato altri due messaggi alla donna delle pulizie di James Agnew. Aveva anche chiamato un numero imbarazzante di volte senza ottenere alcuna risposta. Ovunque fosse andato in vacanza, non era ancora tornato. E la geniale teoria di Gigi, secondo cui la donna che rispondeva poteva essere l'attuale compagna di James che si fingeva una domestica straniera e inconsapevole per respingere potenziali rivali, non aiutava di certo.

Per fortuna il nuovo lavoro la teneva occupata. Don Temple era una compagnia adorabile al negozio. Patito del gossip ed esageratamente effeminato, era in grado di dar vita alle più scurrili descrizioni delle persone che passavano davanti alle vetrine, talmente esagerate che se qualcuno l'avesse sentito gli avrebbe fatto causa per calunnia. Ogni tanto si metteva a cantare, e chiedeva a Lara di unirsi a lui. I clienti abituali lo adoravano, ed era molto amato dalle signore, per i suoi modi civettuoli che solo un uomo che non costituiva alcun pericolo per l'altro sesso poteva permettersi di adottare.

Lo stava facendo anche in quel momento. La cliente, una donna curata ben oltre la sessantina, era entrata dichiarando che doveva far controllare la chiusura del suo braccialetto di diamanti. In realtà stava facendo di tutto per convincere Don a partire con lei per qualche giorno di vacanza nell'Algarve. «Tesoro, so che adoreresti quel posto! E poi ci divertiremmo *un mondo*, insieme. Ti prego, di' che verrai... detesto partire da sola.»

Andò via solo dopo averlo convinto almeno a pensarci su, e scivolò fuori lasciandosi alle spalle una nuvola di Chanel N° 19.

Don sollevò le sopracciglia curate e scosse il capo mentre la porta si chiudeva alle sue spalle con un rumore metallico. «Che Dio la benedica, è difficile dirle di no. Da quando suo marito è morto è tanto sola. Ma bada, non penso di andare.»

«Perché no? Secondo me ve la spassereste. Posso occuparmi io del negozio», disse Lara.

«Non è di questo che mi preoccupo. L'anno scorso mi ha invitato a una cena a casa sua. Voleva che poi mi... *trattenessi*, capisci, dopo che gli altri ospiti se n'erano andati. Poveretta, è così disperata», aggiunse, rabbrividendo al pensiero.

«Ops... Ha cercato di farti cambiare genere?»

Per una frazione di secondo ci fu silenzio. Poi Don si accigliò e le chiese: «In che senso cambiare genere?»

Attenzione, fare marcia indietro, *fare marcia indietro*. «Ehm, intendevo che ha cercato di conquistarti, di farti apprezzare una come lei.»

Ma Don la stava guardando in modo strano. «No, non intendevi questo. Hai parlato come se dessi per scontato che sono gay. E ora stai arrossendo. È questo che pensi davvero?»

Che situazione assurda. «No, non lo penso affatto! Okay, forse, ma solo... cioè, solo un pochino, sai.» Lara sentiva che il suo viso aveva preso il colore del ketchup.

«Che strano. Come ti è venuto in mente che io sia gay?» La sua sorpresa sembrava sincera. Significava che non ne era consapevole? Che non si rendeva conto dell'impressione che dava con quel modo di fare eccentrico e chiacchierone, con la passione per le canzonette e le scarpe di vernice a punta?

«Scusami, mi spiace tanto... deve essere stato perché mi hai detto che non ti sei mai sposato e non hai figli... sono saltata alla conclusione sbagliata... Sono una stupida», aggiunse, mortificata.

«Oh, tesoro, non devi preoccuparti, non mi sono offeso. A dire il vero mi è capitato che qualcun altro lo pensasse, una o due volte. Solo che mi sorprendo sempre, perché non mi aspetto che la gente possa vedermi così. Sai una cosa? Ho la sensazione che a volte posso sembrare un pochino effeminato», aggiunse, inclinando il capo di lato come un merlo curioso.

Un *pochino*? Detto dall'uomo che ha sempre con sé una limetta per potersi sistemare alla perfezione le unghie?

A voce alta Lara rispose: «Per me non è un fatto importante, comunque».

«Lo so, cara. Ma non sono gay, mai stato. Mi piacciono le donne», le confidò Don allegro. «Forse è solo che la gente non è abituata a vedere una persona ben vestita e che cura il proprio aspetto. Ma non possiamo mica essere tutti energumeni ruttanti o giocatori di rugby che tracannano birra, no?» commentò, spazzolandosi i pantaloni stirati alla perfezione con gli occhi che gli brillavano.

«Non sai quanto sono felice che tu sia così», gli disse lei con trasporto.

Lara tagliò i pomodori e li mise nell'insalatiera. «... Insomma, è etero. Non ci potevo credere. E un attimo dopo stava prenotando i biglietti per portarmi a vedere *I miserabili* al Bristol Hippodrome. È l'etero più gay del pianeta.»

Flynn era passato mentre tornava a casa dal lavoro per informarla che Gigi era andata in palestra, ma sarebbe tornata entro un'ora. «Buon per lui. Forse è il suo modo per far sì che le donne si rilassino in sua compagnia e ottenere la loro fiducia... forse dovrei provarci anch'io», disse.

«Certo, direi che ci puoi provare.» Lara aggiunse delle cipolline e poi prese il misto di olio di oliva e aceto balsamico che aveva preparato prima. Lo versò nella scodella e cominciò a mescolare l'insalata con le dita, sollevando le foglie in aria come aveva visto fare in TV da Jamie Oliver due giorni prima, perché a quanto pareva era la tecnica giusta per distribuire in modo uniforme il condimento, e poi era un gesto artistico da chef e dava l'impressione di essere bravi in cucina.

«Quindi credi che se mi fingessi gay potrei avere più successo?» Flynn si appoggiò al piano di lavoro e pescò un crostino dal piatto blu accanto a lei.

«Quando si è timidi e riservati come te con le ragazze, c'è bisogno di tutto l'aiuto possibile.»

Lui ci pensò su. «Ho un paio di magliette rosa. E una volta sono stato trascinato a vedere il balletto.»

«Ti è piaciuto?»

«No», le disse lanciandole un'occhiataccia.

«Devi entrare in contatto col tuo lato femminile. Parlare delle tue emozioni, di quello che provi», disse Lara.

«In questo momento provo appetito.» Flynn allungò di nuovo la mano verso i crostini. Lei lo spinse via col gomito, che non era unto, e lui le diede una gomitata scherzosa di rimando.

«Ehi, non li toccare.» Lara tirò il piatto fuori della sua portata, ma non tenne conto dell'olio che aveva sulle mani. Il piatto le sfuggì e cominciò a scivolare sul ripiano. Balzando in avanti per afferrarlo, finì addosso a Flynn, e con un braccio fece volare l'insalata per tutta la cucina. «Nooo!» gridò.

Mentre osservavano quel disastro, Flynn fece una smorfia. Per un miracolo la ciotola non si era rotta, ma il pavimento era cosparso d'insalata luccicante. «Santo cielo. Sei proprio sbadata.»

Quella calunnia la fece trasalire. «*Io* sbadata? È stata colpa tua!»

Lui scosse il capo. «Oh, no, era tuo il gomito, non c'è dubbio.»

Lei prese un crostino dal piatto blu e glielo lanciò contro. Flynn lo afferrò al volo con la sinistra e se lo mise tra i denti. «Grazie.»

«Mi hai fatto cadere l'insalata.» Ricominciò a lanciargli crostini; lui li prese tutti, l'uno dopo l'altro, e li mangiò.

«Solo perché mi hai aggredito. Anzi, sai una cosa? Ho paura che tu mi abbia rotto un braccio», fece lui, arrotolandosi una manica.

Poi si tirò su anche l'altra e insieme si misero a raccogliere le foglie unte di lattuga, i pomodorini scivolosi, i cubetti di avocado e le minuscole fette di cipolline.

«La cosa più seccante è che ho usato il migliore aceto balsamico che avevo, invece di quello a buon mercato», disse Lara.

«Te ne comprerò un'altra bottiglia per il tuo compleanno.» Stavano asciugando il pavimento con la carta da cucina, e le loro teste erano molto vicine. Flynn si fermò a guardarla. «Hai ancora quelle ciglia lunghe.»

«Sarebbe un po' strano, se mi fossero cadute.»

Lui le sorrise. «Vero. Hai anche del condimento sulla guancia.»

«E quello è colpa tua.» Lara aveva le gambe scoperte, visto che era inginocchiata – in posa regale – su un riquadro di carta da cucina e le si era sollevata la gonna. A pochi centimetri da lei, accucciato per proteggere i pantaloni neri, Flynn si tenne in equilibrio e si allungò per toglierle dal viso la macchia d'olio col dorso dell'indice. Ma un attimo dopo, con gesto lento e voluto, gliela spostò sull'altra guancia.

Che occhi, oh, che occhi stupendi. Lara afferrò una foglia d'insalata ben condita e con grande attenzione gliela incollò sul viso.

Eccoli lì, circondati da verdure di tutti i tipi, eppure sembrava che si stessero leggendo fin dentro l'anima. Lara fu colta da un improvviso accesso di desiderio. Flynn le sparse del condimento sul naso. Era come avere di nuovo sedici anni. Aveva una bocca incredibile. Senza volere, lei si ritrovò ad allungare una mano e sfiorargli con le dita le labbra, così morbide se paragonate alla barba corta e bionda sulla mascella. *Quella* non c'era quando avevano sedici anni, mentre ogni altra linea e angolazione era così nota da far male...

Ed ecco che lui le posava una mano sulla nuca e l'attirava a sé, mentre Lara gli toglieva la foglia di lattuga dalla guancia. Il respiro di Flynn era caldo, il cuore di lei procedeva al galoppo, le loro bocche che s'incontravano dopo tanti anni passati a cercare di ricordare com'era stato e che in quel momento svanirono, perché all'improvviso tutto era tornato come prima... era la sua bocca, erano i suoi baci... come un tempo, ma ancora meglio, e Lara si ritrovò a desiderare di andare avanti all'infinito, che non finissero m...

«Papà? Papà! Pensa che roba, in palestra è mancata la corrente e ci hanno mandati tutti a casa... Ma l'ho fatta tutta di corsa fino a qui!» La porta d'ingresso si aprì e si richiuse con un tonfo, facendoli schizzare in direzioni opposte come magneti. «*Argh*, ma che è successo qua dentro?»

Bella domanda!

Fu Flynn a riprendersi per primo. «Tua madre ha buttato a terra l'insalata. La stavo aiutando a pulire questo disastro.»

«È stata colpa sua, non mia. Me l'ha fatta cadere lui.» Lara afferrò qualche riquadro di carta da cucina e cominciò a spruzzare con foga sul pavimento il detergente, che era riuscita a far cadere insieme con tutto il resto mentre loro due erano occupati a fare ben altro.

«Mamma è sempre stata una pasticciona. Ma sono sicura che lo sai anche tu. Ehi, prova a indovinare chi mi ha mandato un SMS?»

Lara la guardò, perché Gigi stava parlando con lei e sembrava esaltata. «Chi?»

«Harry!»

«Non dire scemenze, Harry non sa mandare i messaggi.» In effetti Harry possedeva un cellulare da due soldi e lo maneggiava con la stessa cautela che avrebbe usato con una granata inesplosa, oltre a parlarci come se fosse appena uscito dagli anni '50.

Gigi scrollò le spalle. «Be', ora lo sa fare. E voleva sapere se stasera siamo in casa, perché nel caso farebbe una scappata.»

Lara era sgomenta. Non è che Harry aveva cominciato a bere? «Com'è possibile che faccia una scappata? Si è comprato un TARDIS? Sei sicura che non fosse uno scherzo di qualche tuo amico?»

«Mi è arrivato dal suo numero. A proposito, hai dell'insalata tra i capelli. Come ci è finita?» le chiese Gigi aiutandola a toglierla.

Ehm…

«Chi è Harry?» chiese Flynn, perplesso.

«Ah, quello che vende camicie, amico del rapper… *devi* ricordarlo, ti ho parlato di lui. Quello che ha sposato la mamma.»

28

Okay, nelle ultime due settimane Flynn aveva subito un bombardamento d'informazioni da parte della figlia che aveva appena scoperto di avere, più o meno importanti, ma in quel momento la sua espressione diceva tutto. Quell'ultima notizia doveva essere stata davvero il colmo. Intanto, nel turbine di emozioni che stava vivendo, Lara scoppiò a ridere e dichiarò: «Non sono *più* sposata con lui».

Pulirono la cucina tutti insieme, poi Lara si mise a preparare un'altra insalata.

«Quindi prima o poi avresti fatto cenno a questo tuo marito, oppure non la consideravi una notizia abbastanza interessante da comunicare?» chiese infine Flynn.

Aveva il diritto di domandare.

Lei intanto era impegnata nell'affettare altri pomodori. «Non mi è venuto in mente di parlartene... Sul serio, non è importante. Forse pensavo che te l'avesse già detto Gigi.»

«E io pensavo che l'avesse fatto la mamma. Quindi alla fine non è stata nessuna delle due. Ma non è grave... è un fatto abbastanza irrilevante», intervenne Gigi.

Flynn inarcò le sopracciglia, incredulo, guardando prima l'una e poi l'altra. «È irrilevante che tu abbia avuto un patrigno? Irrilevante che tu abbia sposato un altro uomo? Anche se mi hai detto di aver cresciuto Gigi da sola, che non c'è stato nessun altro, che è stata una terribile sofferenza, *voi due tutte sole*?»

Lara posò il coltello. «Okay, lascia che ti spieghi. È stato solo uno stupido errore. Non è durata nemmeno un anno. Volevo solo essere una buona madre e far felice Gigi. Quando aveva quattro anni, ha cominciato ad andare all'asilo. Un giorno è tornata a casa e mi ha chiesto dove fosse suo padre. Ha detto che i suoi compagni avevano il papà e che anche lei ne voleva uno.»

«Io però non me ne ricordo. Non ricordo proprio di averlo detto», aggiunse Gigi, sperando di essere d'aiuto.

Consapevole che Flynn poteva farle notare che sarebbe stata una buona occasione per mettersi in contatto con lui, e desiderando con tutta se stessa di evitare *quella* discussione, Lara riprese: «Be', l'hai fatto. Insomma, avevo vent'anni e da quelle parti non c'erano molti ragazzi disposti a mettersi con una nella mia condizione. Invece Harry era disponibile, era diverso dagli altri. Aveva tre anni più di me, e gli piacevo. Eravamo buoni amici».

«Era preoccupato per te. Harry vuole sempre fare la cosa giusta. Gli piace aiutare il prossimo, è fatto così. È adorabile», spiegò Gigi a suo padre.

«Così gli hai detto che volevi sposarti e lui ha accettato?» chiese Flynn a Lara.

Era davvero così terribile? Be', tanto ormai non poteva farci più nulla. «Sì, è andata così. Ma non l'ho costretto. Si è offerto lui. Conosceva Gigi da quando era nata, e le voleva già bene. Lei lo adorava. All'epoca mi è sembrata la soluzione ideale.»

«A parte il piccolo dettaglio che non lo amavi. O invece sì?»

Lei tergiversò. No, certo che non era innamorata di Harry, non in quel senso. Ma come amico, non avrebbe potuto chiedere di meglio. Era premuroso, altruista, e le aveva fatto un favore enorme quando lei ne aveva un bisogno disperato.

«Volevo che fossimo una famiglia felice. Abbiamo cercato di far funzionare il matrimonio. Harry è un brav'uomo. Speravo che riuscissimo a diventare una coppia. Pensavo che tutta la questione dell'innamoramento fosse un po' tanto sopravvalutata, e che col tempo ci saremmo arrivati.»

«Ma hai detto che è durata meno di un anno. Che cosa è successo?» Flynn era appoggiato al frigorifero e la scrutava.

Lara non aveva alcuna intenzione di dirgli il vero motivo: non erano affari suoi. «Non ha funzionato, tutto qui. Eravamo come due ragazzini che giocano a mamma e papà, fingendo di essere una vera coppia. Non potevamo andare avanti così. Abbiamo aspettato che scattasse qualcosa e cominciassimo a sentirci a nostro agio... *veri*... ma non è successo. Ci siamo resi conto di aver commesso un errore e abbiamo fatto marcia indietro prima che fosse troppo tardi. Gigi e io siamo tornate a stare da Nettie. Ma siamo rimasti in buoni rapporti. Siamo sempre rimasti amici.»

«E tu che mi dici? Ti piaceva avere un patrigno?» chiese Flynn a Gigi.

«Non mi ricordo quasi nulla. Al matrimonio ero una damigella... e non ho memoria nemmeno di esserci stata. Ma abbiamo delle foto, quindi sono sicura che c'ero!» fece lei allargando le braccia.

«L'abbiamo fatto perché lei voleva un papà. Ironia della sorte, non è mai riuscita a chiamarlo così. Lo ha sempre chiamato Harry. Solo che all'epoca non sapeva pronunciare le R», aggiunse Lara.

«Lo chiamavo *Haui*. Quindi non hai motivo di essere geloso... dopo tanti anni sei il primo che abbia mai chiamato papà», aggiunse Gigi sorridendo a Flynn.

«E sarò anche l'unico.»

«Comunque, come ho detto, non è successo niente di male. Harry è stato una specie di zio, per lei», riprese Lara.

Con affetto, Gigi rimarcò: «Il genere di zio che puoi prendere in giro perché non sa chi sia Ashton Kutcher e non ha mai sentito nominare gli N-Dubz. Ma se sei bloccata su qualche noiosissima ricerca di storia, puoi stare tranquilla che sarà al tuo fianco per secoli».

«Anch'io ti avrei aiutata», disse Flynn.

Lei gli strinse un braccio. «Lo so. Non c'è bisogno di entrare in competizione, dicevo solo per dire.»

In quel momento il telefono di Lara squillò, e il nome di Harry apparve sul display. «Parli del diavolo... qui si discuteva proprio di te.»

«Ciao... sì, sono io.» Harry si stupiva sempre dell'esistenza del riconoscimento del chiamante. «Ehm, sei in casa, vero?»

«Sì! Dove sei? Che succede?»

«Sono a Bath. Va bene per te se passo?»

«Certo che puoi passare, anche se continuo a non capire che ci fai da queste parti!»

Nel sottofondo si sentiva della musica: sembrava che Harry chiamasse da un nightclub, per quanto potesse sembrare assurdo. «Te lo dico tra un attimo. Ascolta, puoi dire di no, se vuoi... e non ci sono problemi... ma ti secca se porto una persona?» chiese incerto.

Gigi sbirciò fuori della finestra, vide un'automobile gigantesca fermarsi davanti casa e capì che non si era sbagliata. *Oh wow, oh cavolo, wow.*

«Mamma, sono arrivati. E non ha portato una ragazza. Dio, è la cosa più assurda del mondo!» Spalancò la porta, e stava per corrergli incontro, ma poi all'improvviso si rese conto che avrebbe fatto la figura della groupie e si bloccò.

Così decise per un'andatura noncurante, anche se era difficile avanzare con noncuranza a piedi scalzi sulla ghiaia. Si rese conto solo troppo tardi che indossare un paio di scarpe sarebbe stata una buona idea.

Poi dall'auto enorme cominciò a scendere gente e tra la piccola folla sbucò Harry, che rispetto ai suoi accompagnatori sembrava un nanetto tradizionalista.

«Harry! Mi fanno male i piedi!» Gigi agitò entrambe le braccia e lui le corse incontro per abbracciarla.

«Ciao, Pud. Mi spiace tanto se ho portato con me Enjay e i ragazzi, sicura che a Lara non dispiace?»

Harry la chiamava Pudding da sempre.

Lei lo strinse forte. «No che non le dispiace. Sono contentissima di rivederti.»

«Credo che faranno qualche ripresa, però. È per il suo show televisivo. Se esagerano, basta che lo diciate e li farò smettere.»

Lara intanto li aveva raggiunti, e Harry si profuse in spiegazioni e scuse anche con lei mentre le telecamere erano già all'opera.

«Vi abbiamo visti su YouTube... siete fantastici, insieme», disse Gigi.

«Lo so, anche se non era affatto voluto. Ci chiamano tutti 'la strana coppia'. Non puoi nemmeno immaginare quanto assurde siano state le ultime due settimane», commentò lui, con aria confusa.

«E allora perché lo fai?» domandò Lara.

Lui si strinse nelle spalle. «Perché mi pagano una somma spropositata... e poi devo dire che mi diverto. Dormiamo negli alberghi migliori. Ho una suite tutta mia, ci crederesti? Ora però facciamo le presentazioni. È fuori come un balcone, ma fate finta di non accorgervene. Il segreto è non dare corda alle sue assurdità.»

Enjay si avvicinò e vennero presentati. Gigi aveva una grande difficoltà a non fissarlo, perché non era mai stata tanto vicina a un personaggio famoso. Fino a quel momento l'avventura più esaltante per lei era stata andare a sbattere contro l'anziano presentatore Keith Chegwin perché si era distratta mentre giocherellava con l'iPod.

Quello invece era EnjaySeven. Aveva un profumo pazzesco, e indossava una maglietta di un bianco accecante, che faceva pendant coi denti aguzzi. La sua pelle era lucida, perfetta, dello stesso colore della sua borsetta River Island preferita, e aveva degli zigomi da urlo e ciglia corte e incurvate che incorniciavano quegli acuti occhi a mandorla. E il modo in cui la guardava... era quasi intimo. Il cuore di Gigi perse un colpo. Santo cielo, quel tizio sì che aveva fascino.

«Gigi. Che nome splendido», disse lui, soffermandosi a osservare il suo viso. Se avesse aggiunto «... Per una ragazza splendida», sarebbe stata un'esagerazione davvero deludente, e lei trattenne il fiato, aspettandosi che rovinasse tutto da un momento all'altro.

Ma non lo fece. Le strinse la mano e le fece un sorriso ammaliante prima di rivolgersi a Lara.

Accidenti, EnjaySeven le aveva appena detto che aveva un nome splendido. Pazzesco. E che fisico aveva... per ottenere pettorali del genere chissà quante ore passava in palestra.

Peccato fosse così vecchio.

A entrare in casa furono solo Harry, Enjay e Maz, il cameraman. Gli altri, quando furono sicuri che il loro capo era in buone mani, tornarono a cena in albergo. Gigi presentò con orgoglio Flynn a Harry e provò un moto di pura gioia quando Harry disse: «È una ragazza adorabile», e suo padre rispose «Non avrei potuto chiedere di meglio». Fu un momento esaltante. E poi raccontarono a Harry tutta la storia di James Agnew. Avevano tanto di cui parlare. A Keswick, Harry aveva dovuto assumere altre persone per star dietro alle ordinazioni.

«È assurdo. I giornali continuano a chiedermi di concedere interviste. Ho detto loro che non ce n'è motivo, che sono troppo noioso per un'intervista, eppure insistono», disse Harry.

«Così si rifiuta di parlarci. E loro danno di matto. Questo tizio è un mago delle pubbliche relazioni. Più dice no, più loro lo vogliono. Per adesso però Harry è tutto nostro», aggiunse Enjay, divertito.

«Per quanto vi trattenete?» chiese Lara.

«Una settimana, forse più. Chi lo sa? Il tour comincia il mese prossimo, e siamo qui per la serie TV... *Enjay in UK*, con Harry che gli fa da guida, facendogli conoscere posti e gente di tutti i tipi. E poi Bath è una città pittoresca, no? I turisti ci vengono a frotte. Domani gireremo qualche ripresa alle terme, faremo mettere al nostro Harry un bel costumino da bagno.»

«Direi proprio di no», si oppose lui.

«Oh, Harry, invece devi. Le piscine della spa sono pazzesche», lo spronò Gigi.

Enjay le sorrise, indolente. «Forse potresti accompagnarmi tu. Harry è un cacasotto. Secondo me ha paura dell'acqua.»

«Non ho paura dell'acqua, solo non desidero apparire in televisione in costume da bagno. Non è dignitoso, e non succederà», fece lui scuotendo il capo con decisione.

«Significa che ha paura che la gente si ammazzerà dalle risate guardando le sue gambette bianche. Invece tu... Non avresti motivo di preoccuparti. Nessuno riderebbe delle tue gambe. Allora, che ne dici? Ti va di venire a fare una nuotata alla spa con me, Gigi?» aggiunse, rivolto a lei. Lo aveva detto con delicatezza, come se avesse recitato dei versi di una canzone.

«Sì che mi andrebbe, certo!» fece lei. Cavoli, non è che era sembrata troppo entusiasta? «Però domani devo lavorare, quindi bisognerebbe fare dopo. A meno che...?» Lanciò un'occhiata a Flynn, che fino a quel momento si era tenuto in disparte.

Lui scosse il capo. «Domani lavori.»

Argh, non voleva che ci andasse. Senza lasciarsi abbattere, Gigi riprese: «Okay. Ma dobbiamo fare nel tardo pomeriggio. Fanno un pacchetto tramonto, si può entrare in piscina al calar del sole e poi ammirare il cielo stellato sulla città. Sarà anche meglio!»

Enjay fece un cenno col capo a Maz, dietro la telecamera. «Fico. Amico, pensaci tu. Chiama e prenota.»

«Devo andare a cercare il mio costume da bagno!» fece Gigi in preda all'esaltazione.

«Aspetta un attimo, che costume è? Uno di quelli da piscina, intero?» chiese Enjay, perplesso.

«Sì, è molto carino. Blu scuro.»

«Non puoi mettere un bikini?»

«Non ce l'ho. Ne avevo uno l'anno scorso, ma il cloro l'ha rovinato tutto.»

Enjay tirò fuori il portafoglio dalla tasca posteriore dei pantaloni e prese qualche banconota da cinquanta. «Nessun problema. Compratene uno domani.»

Oh, accidenti, trecento sterline? Per un *bikini*?

«Non è necessario. Non serve che le dia i soldi per il costume», disse Flynn, scuotendo di nuovo il capo.

Era impazzito? «Non ti preoccupare, ne posso prendere uno io, comunque da New Look li vendono a cinque sterline», si affrettò a intervenire lei.

«Ehi, lascia che ci pensi io. Non voglio che tu debba apparire nel mio show con addosso qualcosa che costa solo cinque sterline.»

Gigi guardò la telecamera, poi spostò lo sguardo sul suo vestito corto a righe bianche e gialle. «Be', mi spiace, ma credo proprio che ormai sia troppo tardi.»

29

La sera precedente era stata densa di avvenimenti, per tanti motivi. Lara si era addormentata a mezzanotte, pensando a Flynn e al loro Bacio Interrotto. Aveva sperato di sognarlo nei minimi dettagli, ma la sua mente non faceva mai quello che voleva lei, così si era ritrovata a sognare il negozio pieno di clienti furiosi che le gridavano contro perché volevano comprare gioielli mentre lei proponeva solo enormi pasticci di maiale.

Niente sogni su Flynn o il Bacio Interrotto, quindi, ma il ricordo di quel momento non aveva mai abbandonato la sua mente per tutto il giorno. Soprattutto perché era stato come trovarsi di fronte al dolce più squisito in un ristorante di gran lusso ma potendone prendere solo un assaggio minuscolo prima che tutto svanisse...

E adesso lui era di nuovo lì, in teoria per accompagnare Gigi a casa dal lavoro e darle un passaggio alla spa, ma in realtà con l'intenzione di farle da chaperon per tutta la serata. Il che, se sotto certi aspetti era divertente, non era certo qualcosa che una diciottenne del ventunesimo secolo avrebbe sopportato. In ogni caso stava a Gigi decidere come affrontare la situazione. Lara aveva già dato la sua opinione ed era stata snobbata.

La presenza di Flynn, poi, non era il massimo per il suo equilibrio mentale, se proprio doveva dirla tutta.

«Bene, sono pronta!» Gigi corse giù per le scale con indosso un prendisole nero di cotone e ballerine argento, agitando una sacca da viaggio color crema.

Aprì la borsa e tirò fuori un bikini verde lime e arancione coi lustrini, e lo agitò tutta allegra davanti ai loro occhi. «Guardate, l'ho comprato in pausa pranzo, non è fantastico? Super luccicante!»

«È splendido», disse Lara: era la verità.

«È... piccolo.» Il tono di Flynn era di disapprovazione.

«L'ho pagato sei sterline e mezzo.» Gigi era orgogliosissima dell'affare. «Ho voluto fare le cose in grande. In effetti è minuscolo. Ne ho cercato uno delle dimensioni di una trapunta, ma purtroppo li avevano terminati... *Ooh!* Sono arrivati!» aggiunse illuminandosi quando un ruggito terrificante raggiunse le loro orecchie.

Lara guardò fuori della finestra e vide la Maybach parcheggiare davanti al cancello. Vide anche la mascella di Flynn che s'irrigidiva.

«Ti avevo detto che ti avrei accompagnata io», protestò lui mentre guardava la figlia rimettere il bikini nella borsa.

«Lo so, ma non è necessario. Per Enjay non era un problema passarmi a prendere. E mi riporterà lui più tardi.»

«Ma pensavo di venire con voi. Credo che dovrei.»

«Papà, smettila! Mamma, digli che non ho bisogno di essere accompagnata. Non viviamo più ai tempi di Jane Austen!»

«Enjay non ha l'aria del signor Darcy, questo è certo», ribatté Flynn.

«Ehi, non ti preoccupare, non le succederà nulla. Divertiti, tesoro. Hai preso le chiavi di casa?» disse Lara accompagnando Gigi alla porta.

«Sì. Ciao, mamma, ci vediamo dopo. Ciao, papà.»

«Prima fammi parlare con lui.»

«Oddio, che vergogna!» piagnucolò Gigi quando Flynn aprì la porta e si diresse alla macchina.

«È tuo padre... e ha appena cominciato. È bello che s'interessi così», la consolò Lara.

Lei fece una smorfia. «Dovrebbe girare con la P di principiante appesa dietro.»

La Maybach s'immise sulla strada con Gigi a bordo, e Lara restò sulla porta a guardare Flynn che rientrava in casa.

Dio, adorava il suo modo di camminare.

«Che cosa gli hai detto?»

«Cosa pensi che gli abbia detto? Di stare attento a come si comporta o dovrà risponderne a me.»

«E lui?»

«Mi ha lanciato il genere di occhiata che ci si aspetta da uno così. Che mi ha fatto venire una gran voglia di tirargli il collo. Poi ha detto che è tutto a posto, che non le succederà niente. Il che non vuol dire proprio nulla. A quel punto Gigi è saltata in macchina e mi ha detto che mi manderà una foto della spa per e-mail... e mi ha chiamato signor Bennet», aggiunse senza riuscire a nascondere quanto fosse sconsolato. Lara fece di tutto per non sorridere. «Non è divertente. Quello ha prenotato una piscina privata.»

«Sta' tranquillo, andrà tutto bene.»

«Sei impazzita? È un rapper, e ottiene sempre quello che vuole. Non posso credere che tu le abbia dato il permesso. Avresti dovuto dirle che non poteva uscire», le disse seguendola in cucina.

«Certo. Come mai non ci ho pensato? Che sciocca!»

«Sul serio non sei preoccupata?»

«Flynn, ha diciotto anni. Tanto per cominciare, non posso proibirle di uscire. In secondo luogo, Gigi è mia figlia, e posso solo fidarmi di lei. Sa bene come desidero che si comporti. Non ha senso assillarla.»

«Perfino dopo quello che è successo a te?»

Benissimo, ora cominciava a diventare irritante. «Soprattutto dopo quello. Perché mio padre non ha fatto altro che minacciarmi e darmi ordini, e guarda quanto ha funzionato bene.»

«Così hai deciso di lasciar fare a tua figlia tutto quello che vuole.»

Lei sollevò le mani. «Potremmo smetterla, adesso? Se vuoi puoi anche consultare la polizia, ma mi sento di dire che ammanettare i figli e chiuderli in un armadio è illegale.»

«Sto solo dicendo che non mi sembra che tu stia prendendo sul serio la situazione. Qui non stiamo parlando di un ragazzino qualsiasi. È un uomo adulto, con una certa reputazione.»

«Se temi possa sedurla, sta' tranquillo. Non succederà», disse Lara.

«Non puoi saperlo.»

«Gigi non approva chi fa sesso al primo appuntamento. Dice che è da stupidi, e che rovina l'attesa. Quando le sue amiche lo fanno, le sgrida.»

«Non puoi esserne sicura.»

«Lo so. E a volte non voglio sapere e basta. Lei però è un'adulta, e qualsiasi cosa decida di fare, non puoi comunque impedirglielo. Inoltre sono stata io a crescerla, e non mi piace che si critichino le mia capacità di madre», aggiunse. Guardò l'orologio: erano le sei e mezzo, e un'ora dopo doveva vedersi con Harry.

«Davvero? Non me ne ero mai accorto.»

«Soprattutto da parte di chi ha molta meno esperienza di me.»

«Grazie a te, non ne ho. È stata una tua decisione, non mia», puntualizzò lui.

Okay, la pressione era aumentata troppo. Bisognava distendere la situazione. Lara fece un respiro profondo. «Potremmo cambiare argomento, prima di ricominciare a litigare?»

Lui le fissava la bocca, il che non aiutava affatto. Per un paio di secondi l'unico rumore udibile in cucina fu quello di una mosca che si gettava furiosamente contro il vetro, cercando di uscire.

Flynn aprì la finestra e la liberò. Poi si voltò. «Di che ti andrebbe di parlare?»

Chissà se anche lui aveva pensato al Bacio Interrotto del giorno prima. Dal modo in cui gli brillavano gli occhi scuri, sembrava una possibilità concreta.

Lara deglutì. I sentimenti la investirono di nuovo, e si ritrovò a non riuscire a staccare lo sguardo dalla *sua* bocca... sì, era proprio lì, bastava pochissimo...

Gli si avvicinò. «A dire la verità, non mi va di parlare. Preferirei fare qualcos'altro. Hai idea di cosa potrebbe essere?»

Un sorriso appena accennato. Dio, con quel viso poteva farti sciogliere con un solo sguardo. Dentro di lei si agitavano turbini di emozioni.

«Potrei avere qualche sospetto», rispose Flynn, e Lara era abbastanza vicina da sentire il suo respiro caldo che le sfiorava una guancia. Okay, doveva farlo. Sollevò le braccia e gli cinse il collo, poi lo attirò a sé, le labbra sulle sue. Lui non si oppose; Lara non si aspettava che lo facesse. E le sensazioni magiche tornarono, quella sintonia impossibile da negare era di nuovo lì, le scorreva ancora nelle vene. Quando si trattava di baci, Flynn era qualcosa d'indescrivibile... erano baci in cui ci si poteva perdere. Erano trascorsi quasi vent'anni dai primi che si erano scambiati, ma era come se il tempo non fosse passato.

E... basta, fermati, smettila. Lara interruppe il bacio e si staccò da lui. Gli sorrise. «Dio, sei bravo.»

Un altro di quei suoi sorrisi ammaliatori. «Anche tu te la cavi. E adesso che facciamo?»

«Non facciamo niente. Non c'è altro da fare.»

Il respiro gli si bloccò in gola. «Perché?»

«Perché ieri siamo stati interrotti. Detesto quando non porto a termine qualcosa senza avere la possibilità di concluderla. È un po' come quando hai bisogno di capire come sarebbe stato… il fatto di non sapere mi uccide. Deve essere stata più o meno la stessa cosa», spiegò Lara.

«E ora che ho soddisfatto la tua curiosità, è questo che vuoi? Non hai intenzione di andare oltre?»

«No», ribatté lei, decisa.

Flynn inarcò un sopracciglio. «Sai che c'è? Non ti credo.»

La fissava intensamente, e la cosa le dava una grande agitazione. «Come vuoi, ma da parte mia non c'è altro. Te l'ho già detto, non deve succedere nulla che possa rendere le cose difficili per Gigi. Noi due dobbiamo restare in buoni rapporti, non possiamo odiarci.»

«Io non ti odio. Tu non mi odi.»

«Ora no, ma solo perché non stiamo insieme. Per questo tra noi non comincerà mai nulla. Finché non abbiamo una relazione, andrà tutto bene.»

«E quello che hai appena fatto… non lo chiameresti iniziare qualcosa?» le domandò Flynn indicando prima se stesso e poi lei.

«Non è stato un inizio, ma una fine. Ora l'abbiamo fatto. E siamo ancora amici. Per il bene di Gigi, è così che deve essere tra noi. Non faremo nulla per rovinare tutto questo.» Lara sperava tanto che lui la capisse.

«Intendi *mai*?»

No, non capiva. Lei scosse il capo. «Mai.»

«Nemmeno se tu fossi pazza di me?»

«Non sono pazza di te.»

«Lo so, era tanto per dire. Per ipotesi. Se capissi di esserti follemente innamorata di me, e se io provassi lo stesso, se ci amassimo… allora cambieresti idea?»

«No. Ma la questione è proprio questa: non arriveremo mai a quel punto. Non permetteremo che succeda, perché non ce ne sarebbe motivo.»

«E non ce ne sarebbe motivo perché…?»

«Perché sappiamo entrambi che non ci sarà mai sesso tra noi», ribatté lei, decisa.

«Bene... Anche se, a essere onesto, l'ho scoperto solo in questo istante», le spiegò dopo una pausa. Non sapendo più cosa fare con le mani, Flynn se le infilò nelle tasche dei pantaloni.

«Non è vero. Te l'ho già detto.»

«Non mi ero reso conto che intendessi mai. Cioè, *mai più*.»

Lara scosse il capo, spazientita. Davvero l'aveva pensato? «Ah. Be', intendevo questo. Comunque non stavo facendo la preziosa. In ogni caso, perché la nostra collaborazione come genitori funzioni, questo è l'unico modo.»

«Okay. E non c'è modo di farti cambiare idea?»

«No!»

«Lo immaginavo.»

Lara si sentì un po' più rilassata; sarebbe andato tutto bene. «Su con la vita. Vuoi una buona notizia?»

«Vai», fece lui con un sospiro.

«Tale madre, tale figlia. Se Gigi decide di non fare qualcosa, non la farà. È per questo che sono sicura che non c'è motivo di preoccuparsi, stasera.»

«Hmm.»

«Dovresti essere contento.»

«Di questa parte del discorso sono contento.» Era evidente che per quanto riguardava l'atteggiamento di Lara, invece, non lo era affatto.

Lei guardò di nuovo l'ora, poi gli fece strada nel corridoio e aprì la porta di casa. «So di aver ragione, e lo sai anche tu. Senti, devo vedere Harry tra poco, e detesta quando arrivo in ritardo, quindi devo correre a farmi una doccia. Ma grazie di tutto.»

«Figurati», fece lui in tono asciutto.

Chissà se stava agendo per il meglio. Lara era convinta di sì. «E sta' tranquillo per Gigi. Sa badare a se stessa. Come ti ho detto, l'ho istruita bene», aggiunse in tono malizioso.

30

«Sei in ritardo», disse Harry quando Lara arrivò al pub.

Lei gli diede l'abbraccio affettuoso che non aveva avuto modo di concedergli il giorno prima. «Non troppo, però. Solo dieci minuti. Vieni qui, Brontolo... Non posso credere a quel che ti sta succedendo. È davvero assurdo!»

Col suo tipico sorrisetto di disapprovazione, le rispose: «Non me ne parlare. Devo passare due settimane con un tizio la cui musica mi fa sanguinare le orecchie. La metà delle frasi che pronuncia la capisco solo coi sottotitoli. Sembra un bambino viziato abituato a fare tutto di testa sua, e quando si toglie i calzini li getta nella spazzatura perché non indossa mai lo stesso paio due volte».

«Wow. Li paga poco, quei calzini?»

«Secondo te? Sono di cashmere.»

La sera precedente, a casa, Enjay era stato al centro dell'attenzione: era bello avere l'occasione di fare due chiacchiere in santa pace con Harry. «Però stai vivendo un'avventura. È fantastico. E con Moira come va? Come ha preso questi tuoi impegni?» Moira aveva un negozio di alimenti biologici a Keswick; era la fidanzata di Harry, anche se non li si poteva certo definire la coppia del secolo. Era una tipa piuttosto seria, con delle orecchie orribili e la tendenza a parlare di continuo di quanto fosse importante nutrirsi in modo salutare. Per essere una fissata col pane integrale, gli integratori e i vegetali a foglia verde era piuttosto ironico il fatto che avesse l'aspetto di una che vivesse sotto terra da almeno un decennio.

«Abbiamo deciso di darci un taglio. Non funzionava, tra noi. A dire la verità, è un sollievo non essere più costretto a buttare giù tutte quelle pillole.» Non sembrava particolarmente turbato.

«Quindi non ti dispiace?»

«Non mi dispiace.»

«Meno male, allora. A volte un po' mi spaventava.» Lara aveva fatto del proprio meglio per essere sua amica, ma quando una volta Moira l'aveva vista mangiare tre biscotti al cioccolato l'uno dietro l'altro, l'aveva fissata con occhi implacabili e struccati, e le aveva detto: «Ti si ostruiranno le arterie, avrai un infarto e morirai».

Che era sempre una gran bella cosa da sentirsi dire.

«A volte sa essere un po' insistente.» Harry era un gentiluomo, e non avrebbe mai parlato male della sua ex ragazza. «Comunque, non è più un problema. E come va con Flynn?»

«Benissimo. Hai visto Gigi, ieri sera. Lo ama.»

«E tu?»

«Io non lo amo. E mai lo amerò. Perché questo complicherebbe troppo la situazione.»

«Ho visto come ti guardava, quando non era troppo impegnato a lanciare occhiatacce a Enjay.»

Se se n'era accorto perfino lui, doveva essere davvero evidente.

«Sto cercando di comportarmi da persona matura e assennata», dichiarò lei, sfoggiando l'espressione più matura-e-assennata che le riuscì.

Harry annuì, comprensivo. «Buon per te. È dura, eh?»

«Devastante. Ma ce la voglio fare.» Lui era l'unica persona con cui poteva ammettere la verità.

«Ce la farai.»

«Flynn teme che Enjay ci provi con Gigi, stasera.»

«Be', lo farà. È più forte di lui, ci prova con qualsiasi donna gli passi davanti. Ma lei può sempre dire di no. Ho scambiato due parole con Enjay, prima. Ma è come cercare di dire a un'ape di star lontana dal miele», aggiunse con una smorfia.

«Non le succederà niente, vedrai. E come sta Nettie? Al telefono mi dice sempre che sta bene, ma spero non si senta sola. Secondo te le manchiamo?»

«L'ho vista al mercato, la scorsa settimana, ed era in splendida forma. E poi cominciano a girare delle voci... me ne ha parlato Betty. Pare che Nettie passi del tempo in compagnia di Fred Milton.»

Lara allargò le braccia. «Fred? Non mi ha detto nulla! Le avevo suggerito di avvicinarsi a lui, e con me ha finto che non le interessava! Sai una cosa? Sono un genio. Dovrei aprire un'agenzia matrimoniale. Comunque è una bella notizia, mi sento sollevata... temevo che fosse triste, tutta sola.»

«Le ho chiesto se le mancate. Ha pensato che avessi fatto una gran battuta, e mi ha risposto che se la spassava. *Ahi!* E adesso perché mi picchi?»

«Perché non sei affatto diplomatico. Sono contenta che Nettie stia bene, ma sarebbe carino da parte tua se fingessi che le manchiamo almeno un po'!»

«Sai una cosa? Sei proprio una grande. È stata una gran serata.»

Quelle parole, pronunciate con quell'accento americano, biascicato, volevano sedurla. Gigi lo sapeva, e anche lui. Era strano come le facessero venire voglia di ridere e respingerlo, ma al tempo stesso dentro di sé trovava che fossero molto gentili. Enjay aveva la capacità di concentrare le attenzioni su di te e farti sentire... speciale. Si era divertita un mondo, quella sera. Nuotare nelle vasche fumanti sul tetto della spa, da cui si vedeva tutta la città, era stata un'esperienza incredibile; farlo in compagnia di EnjaySeven era ancora meglio. Era simpatico e affascinante, e vederlo coi pantaloncini da surf era stato... uno spettacolo, ecco. Aveva quel genere di fisico atletico e muscoloso che non ci si stancava mai di guardare.

Non che lei l'avesse fatto, certo. Gli aveva dato del mollaccione, aveva fatto la verticale in acqua e gli aveva cantato canzoni country stonando apposta per vederlo trasalire.

«Anch'io mi sono divertita», rispose, e poi cominciò a cantare, imitando Tammy Wynette: «I miei mocciosi sono sporchi e pidocchiosi, ho un bikini da due soldi e mio marito è in una banda di manigoldiii...»

«Sei pazza. Carina, ma pazza.»

«E intelligente, non te lo dimenticare», lo corresse.

Erano in piedi sul marciapiede accanto alla Maybach.

Enjay le accarezzò una guancia. «Sai cosa odio di me?»

«Dimmi.» Aveva le dita fresche. Gigi adorava il modo in cui la sua pelle brillava alla luce tenue del lampione. E com'era possibile che avesse denti così bianchi? Nemmeno quelli di Simon Cowell erano così.

«Ho dei principi. Sono un uomo di parola. Vorrei baciarti, ma ho promesso a tuo padre di fare il bravo. Cavolo, quanto vorrei non aver accettato», aggiunse con un sospiro carico di rimpianto.

«Lo fa solo per proteggermi.» Gigi sorrise. Prima aveva preso in giro Flynn, ma in realtà trovava fantastico il fatto che tenesse tanto a lei.

«E anche Harry me ne ha dette di tutti i colori. Cioè, a modo suo.»

Ah, santo cielo. Chissà com'era stato educato... Gigi adorava Harry, la sua morale e il suo modo di fare gentile.

«Che cosa ti fa pensare che io vorrei baciarti, però? Ho diciotto anni. Tu ventotto. Sei un vecchio.»

I suoi denti smaglianti brillarono. «Ehi, ragazzina. Sono EnjaySeven. Tutte le donne mi vogliono.»

«Ma non è una sensazione orribile? Significa che non sono interessate a chi sei davvero, nel profondo. Ti corrono dietro comunque, solo perché sei famoso.»

Lui scrollò le spalle. «E a me che importa?»

Sembrava Joey di *Friends*. Lui *non* aveva un «profondo». Finché le ragazze gli correvano dietro, non aveva un problema al mondo. Non badava certo alla loro personalità.

«Be', io non ti voglio.»

«Lo dici tanto per dire.»

«Ma è la verità. Parlare con te è interessante perché non ho mai conosciuto uno come te. Però sei davvero anziano. I ragazzi che ho baciato finora erano adolescenti. Sarebbe come se tu baciassi una donna dieci anni più grande di te...»

«'Sera!»

«Oh, salve.» Era la vicina, Jacqueline Cumiskey, che rientrava da una serata fuori e parcheggiava la Fiesta verde acido salutando Gigi con la mano dal finestrino aperto. Quando vide Enjay e capì chi era, sgranò gli occhi scuri.

«Intendi tipo lei? Potrei baciarla anche subito. E sono sicuro che non avrebbe niente da ridire», sussurrò lui.

«Forse. Ma è fidanzata. E poi non ci pensare nemmeno. Devi tornare in albergo», rispose Gigi. E tanto per essere sicura che lo facesse, lo spinse in macchina senza concedergli il tempo di correre da Jacqueline e sconvolgerla. «Domani mattina mi alzo presto. Buonanotte.»

Enjay le strizzò l'occhio mentre Maz, discreto come sempre, rimetteva in moto la macchina. «Okay, piccola prepotente. Posso dirti solo una cosa? Scommetto che stanotte mi sognerai», aggiunse, prendendole la mano e portandosela alle labbra, un contatto che le fece formicolare tutto il braccio.

«Mamma mia, è un bel cascamorto», commentò Jacqueline quando la Maybach sparì in fondo alla strada.

«Eh, già.»

«Sembra anche molto sicuro di sé.»

«Di' pure presuntuoso.»

«Ma cosa ci faceva, qui? Come lo conosci?»

«È solo un amico di amici», rispose Gigi.

Jacqueline si passò le unghie laccate di rosso tra i capelli. «È bellissimo.»

Cavoli, aveva sentito i commenti di Enjay? *Ecco com'era essere come lui.* «Secondo me con quello che hai già avrai meno problemi», le disse Gigi.

31

A volte lavorare in una gioielleria poteva davvero commuovere, che fosse per la gioia o per la tristezza. Il giorno prima una giovane coppia di fidanzati aveva passato un'ora a scegliere un braccialetto per la madre della ragazza; avevano pochi soldi, ma volevano trovare il dono perfetto per ringraziarla di tutto ciò che aveva fatto per aiutarli a organizzare il matrimonio. Incerti tra due, alla fine avevano scelto il più costoso, decidendo di continuare ad andare al lavoro in bici e rinunciando così a comprare un'automobile. Il ragazzo aveva detto: «Se lo merita. È la suocera migliore che si possa desiderare». Poi la giovane aveva confidato a Don e Lara che sua madre era caduta da cavallo dieci anni prima, e da allora era costretta su una sedia a rotelle. Lara aveva mandato giù a forza il nodo che le si era formato in gola quando, tenendosi per mano, i due erano usciti dal negozio.

Poi c'erano gli episodi toccanti nel senso opposto, quelli che la facevano sentire come un padre confessore alle prese con qualcuno che non poteva punire.

«Crede di poterlo fare?» Era un uomo di quasi cinquant'anni, il viso rosso e i modi di fare da spaccone. L'anello che aveva portato aveva un solitario di quattro carati quasi perfetto.

Se anche non fosse sembrato un maiale con indosso un abito troppo stretto, Lara sapeva che non le sarebbe piaciuto lo stesso. «Vuole che togliamo il diamante e lo sostituiamo con uno zircone cubico. Purtroppo però abbiamo bisogno di prove che l'anello le appartiene.»

«È un ricordo della mia famiglia, non ho una ricevuta che lo attesti. Mia moglie lo porta da più di vent'anni. Il signor Temple però l'ha già visto. Lo abbiamo portato a stringere non troppo tempo fa», disse indicando Don, che era nello stanzino sul retro.

Don li raggiunse, osservò l'anello e annuì. «Sì, sì. Ricordo la signora Barrowman. È un anello bellissimo.»

«Vorrei che vendeste il diamante per mio conto. Quanto pensa che potrebbe valere?»

«Trentacinque, forse quarantamila», fece Don.

L'uomo estrasse un fazzoletto da tasca e si tamponò il viso madido. «Bene, fatelo. Il prima possibile. E mia moglie non deve saperlo, capite? Le ho detto che la pietra era traballante, quindi lei crede che stiate sistemando la montatura.

«Ma...»

«Riavrà il suo anello e non noterà la differenza.»

«Se è questo che vuole», disse Don, e l'altro s'irrigidì.

«Se non lo volessi non sarei qui, no? Fatelo e basta. Vi manderò i miei dati bancari, così potrete trasferire la somma sul mio conto non appena avrete concluso.»

«Sono cose che capitano, nel nostro lavoro. Lo sai bene», commentò Don quando l'uomo se ne fu andato.

«Mi dispiace per sua moglie, è terribile quello che le sta facendo.»

«Forse no. Forse è afflitto all'idea di doverlo fare. Magari lei ha un tumore e questo è l'unico modo per procurarsi il denaro per le cure.»

Cosa sarebbe stato meglio, avere il cancro e un marito pronto a tutto pur di aiutarti, o non essere malata e avere per marito uno schifoso bastardo?

«Sei sempre così ottimista», disse Lara.

«Oppure il loro figlio si è cacciato in guai seri e lui non vuole che sua moglie lo scopra, perché ne morirebbe, ma così forse può risolvere tutto senza che lei lo venga mai a sapere.»

«Okay, l'ottimismo è una cosa. Adesso ti stai illudendo.»

Don indicò fuori della vetrina. «Non bisogna sempre pensare il peggio delle persone. Per esempio, alcuni potrebbero guardare quel tizio laggiù, dall'altra parte della strada, e dare per scontato che sia un malvivente, uno spacciatore, e invece a me piace pensare che abbia lavorato sodo per potersi permettere quella bella macchina.»

Davanti a loro, un tizio in jeans e maglietta, magrissimo, pallido e pieno di tatuaggi stava scendendo da una Lamborghini rossa parcheggiata in divieto di sosta.

«Sembra uscito da un poliziesco. Guarda che cicatrice ha sulla guancia», fece Lara.

Mentre lo osservavano, l'uomo entrò dal fruttivendolo, uscendone trenta secondi dopo con un cavolfiore e un sacchetto di porri.

«Visto? È una persona normale», commentò Don, annuendo soddisfatto della propria lungimiranza.

«Perfino i boss della mala mangiano verdura», sospirò Lara mentre la Lamborghini rombava e partiva con gran stridore di ruote, facendo trasalire i turisti.

«Le apparenze ingannano.» Un istante dopo, Don impallidì visibilmente e ansò: «Oh, santo cielo, hanno delle pistole! Non farli entrare, premi il pulsante di allarme, PRESTO!»

La porta a vetri era stata oscurata da due montagne umane: erano Maz e AJ, che sbirciavano all'interno. Il primo aveva in mano qualcosa di lungo e stretto, avvolto in una busta di plastica. Alle sue spalle, in attesa che il negozio fosse giudicato luogo sicuro, c'era Enjay, basco in testa e occhiali da sole a specchio.

«Va tutto bene, non ti preoccupare, sono solo Enjay e la

sua scorta.» Lara corse a prendere una sedia e aiutò Don ad accomodarsi prima che si lasciasse ricadere a corpo morto sul pavimento. Meno male che aveva appena parlato delle apparenze... Fece scattare la serratura della porta e gli altri entrarono. «Ciao, vi presento Don. L'avete spaventato a morte.»

Maz si accorse che stavano fissando il fucile impacchettato che teneva in una delle sue mani gigantesche. «Oh, scusa. Cos'è, ci hai presi per dei rapinatori? Mia madre mi sgrida sempre, dice che metto paura... Non vi preoccupate, non è un'arma.» Aprì l'involto e mostrò loro il contenuto. «Le previsioni del tempo dicevano che forse più tardi pioverà, e così Enjay ha voluto comprare un ombrello. Non gli piace quando gli si bagnano i capelli.»

Facendosi aria per riprendersi dallo shock, Don rispose con voce leggermente isterica: «Vero? Nemmeno a me, è orribile! Un incubo bello e buono. Scusate, mi manca un po' il fiato, ho il cuore debole. Sapete, vedere arrivare tre omoni come voi tutti insieme mi ha fatto proprio mettere sull'attenti!»

«*Che cosa?*» I modi di fare effeminati e la sfortunata scelta delle parole fecero irrigidire Enjay.

Fu Lara a spezzare quel silenzio sgomento. «È solo un modo di dire, significa che si è spaventato. Comunque, sono felice di vedervi. Dov'è Harry?»

«È andato a prendere qualcosa da Beaches. Arriverà tra poco. Possiamo fare delle riprese qui dentro? Secondo noi andrebbe benissimo per lo show», disse Enjay indicando la videocamera che AJ stava tirando fuori della custodia.

«Oh, questo *sì* che sembra divertente! Lara mi stava proprio raccontando della vostra serie televisiva», saltò su Don all'istante.

«Ecco, Harry è arrivato», disse lei, e aprì la porta.

«Ciao. Siete sicuri che possiamo?» Harry la salutò con un gentile bacio sulla guancia prima di rivolgersi a Don e stringergli la mano. Mentre la videocamera cominciava a registrare, si presentò. «Salve, è un piacere, mi chiamo Harry. Vedo che stiamo filmando... So che è una scocciatura, ma le assicuro che non vi disturberemo a lungo. Enjay vorrebbe un orecchino. Non appena lo avrà vi lasceremo in pace.»

«Una *scocciuatura*», ripeté Enjay sullo sfondo, imitando la parlata superformale di Harry.

«Non è affatto un problema. *Un* orecchino, ha detto?» domandò Don, un po' sorpreso.

Harry scosse il capo. «Lo so, è incredibile, vero? E pensare che è un uomo adulto. Gli ho fatto notare che è una gran sciocchezza, ma che ci possiamo fare? È fatto così.»

«Ehi, amico, gli orecchini sono fichissimi. Gesù, ma cos'è che hai comprato? In che cavolo di negozio sei andato?» Strappò di mano il sacchetto leggero che Harry aveva in mano e scrutò le lettere che vi erano scritte.

«BHS? Cos'è, un grande magazzino?»

«Te l'ho detto che sarei andato lì. È che non presti mai attenzione, ecco qual è il tuo problema. Sei come un bambino di tre anni», protestò Harry.

«*Biii-chhh-esseee*... credevo fosse il tuo modo sofisticato di dire 'Beaches'. Mi sembrava il nome di qualche griffe che ancora non conoscevo.»

«Lo è. Hanno capi di grande valore», obiettò lui.

«Harry, fidati di me, questo sacchetto non viene da nessun negozio alla moda. Oddio, e poi guarda che cavolo ti sei comprato! Amico, ma sei serio?» Enjay aveva tirato fuori del sacchetto degli slip da uomo incellofanati e li fissava sbigottito.

«Le mie mutande erano bucate, me ne servivano di nuove. Queste sono comode e mi stanno bene. E poi costano poco.»

«Non mi dire. No, ragazzi, guardate questa roba!» esclamò Enjay agitandole davanti alla telecamera.

«Sono solo mutande. Non devono certo essere entusiasmanti. Tanto non le vedrà nessuno», spiegò Harry con pazienza. Poi il suo sguardo si posò sulla fascia elastica con scritto CALVIN KLEIN che sbucava dai jeans a vita pericolosamente bassa del rapper. «Diversamente da te, preferisco non mostrare alla nazione la mia biancheria intima.»

«Sono sicuro che la nazione ne sarà molto felice», rimarcò l'altro, facendo il gesto di asciugarsi il sudore dalla fronte.

Formavano un duo comico incredibile, in cui ciascuno rideva senza malizia delle caratteristiche dell'altro.

«Che genere di orecchino cercavi?» chiese Lara.

Enjay le scoccò il suo sorriso da vampiro. «Con un diamante, no? Ne esistono forse altri?»

«Che dimensioni?»

«Il solito, direi. Qualcosa che si veda bene dallo spazio», disse Harry alzando gli occhi al cielo.

«Se devi prendere un diamante, prendilo grosso. Giusto, Maz?» sottolineò Enjay.

Maz annuì: era tra le sue mansioni. «Certo, capo.»

32

«Fammi vedere la mercanzia», chiese Enjay a Lara.

«Allora, prima di tutto devo dirti che vendiamo orecchini solo in paia. Quindi se ne vuoi uno singolo dovremo fartelo fare appositamente.»

«No, no, no. Lo voglio adesso.» Dover aspettare qualcosa era inammissibile: non era un concetto esistente nel mondo di una superstar.

«Allora dovrai andare da un altro gioielliere... anche se i nostri clienti di solito comprano il paio in modo da averne uno di riserva, per ogni evenienza», aggiunse lei subito quando sentì un sospiro ansioso provenire da Don.

«E perché dovrei volerne uno di riserva?»

«Per esempio, potresti regalare l'altro a un amico.»

Consapevole della telecamera che aveva puntata addosso, Enjay esplose in un sorrisone e si voltò verso Harry. «Che idea fichissima. Che ne dici, amico?»

Dalla faccia che fece, Harry sembrava aver inghiottito una vespa. «Ti prego, non pensarci nemmeno. Gli orecchini sono roba da ragazze.»

«Ehi, io li porto e non sono una ragazza. Andiamo... magari ti piace», lo blandì.

«Non intendo farmi bucare un orecchio. Mai», dichiarò l'altro con un fremito di disgusto.

«Nemmeno per sembrare un po' più alla moda?»

«Credo proprio che finiresti per scoprire che sembrerei soltanto più idiota. Però la prossima settimana è il compleanno di AJ. Lui potrebbe gradire un orecchino.»

Maz spostò l'inquadratura su AJ, che si era illuminato. Anche se Enjay l'aveva sempre chiamato «fratello», Lara si era resa conto solo la sera prima che in effetti lo era davvero.

«Fratello, vuoi un orecchino?»

«Cavolo, sì.» Era più alto di una quindicina di centimetri, pesava almeno quaranta chili di più e aveva cinque anni meno di Enjay: un gigante buono, con una voce simpatica, da orsacchiotto, e una pronuncia un po' blesa.

«Perfetto. Allora, vediamo la mercanzia!» Lara aprì la vetrina con gesto plateale.

«E un po' di bollicine?»

«Come, scusa?» *Bollicine? Cosa voleva, dei lustrini?* Lara ebbe un attimo d'incertezza. Enjay non aveva detto di volere dei diamanti?

«Anche qualcos'altro, se non ci sono le bollicine.»

Okay, momento d'imbarazzo, soprattutto considerando che AJ non vedeva l'ora di ricevere il suo regalo di compleanno...

«Capito! Intende che vuole dello champagne», intervenne all'improvviso Harry.

Bollicine...

«Certo che intendevo lo champagne, amico. Che altro può significare? Mi offrono sempre da bere, quando compro orologi o gioielli», ribatté Enjay, sconcertato.

Lara immaginò le commesse dei negozi di Rodeo Drive che ricorrevano a qualsiasi trucchetto, pur di scucire un po' di denaro ai clienti ricconi. «Oh, capisco... solo che qui non lo facciamo.»

«E perché no?»

«Perché non è corretto. Preferiamo che i nostri clienti facciano acquisti nel pieno delle loro facoltà. Ma se volete, possiamo prepararvi una tazza di tè.»

«Ah, idea *magnifica*. Mi andrebbe moltissimo», disse Harry, illuminandosi.

«Anche a me», disse Maz.

«Vado a mettere su la teiera. Volete zucchero, ragazzi, o siete già abbastanza dolci?»

Enjay inarcò un sopracciglio e puntò su Lara uno sguardo da *sospetta-omosessualità*.

Maz, la montagna umana, biascicò: «Per me col dolcificante».

Il tè fu servito, vari orecchini furono esaminati, e Don, ormai al limite dell'esaltazione per la presenza di un cliente tanto famoso, si trasformò in Shirley Bassey, lanciandosi in una versione entusiasta del ritornello di *Diamonds Are Forever*.

Enjay guardò dritto nella telecamera. «Benvenuti in Inghilterra. E pensare che la gente in California ci sembrava strana. Vi dico una cosa, non possono battere questi psicopatici. È veramente il colmo», concluse con un sorriso smagliante e imitando l'intonazione formale di Harry.

I fratelli decisero per un paio di orecchini a bottone con brillanti per un totale di sette carati e quattro. Se avessero scelto pietre più grandi, spiegò Lara, il peso avrebbe fatto inclinare l'orecchino, e avrebbe rischiato di allungare il lobo.

Inoltre non avevano niente di più grosso in magazzino.

Enjay pagò la cifra da capogiro con la sua American Express Platinum, e il suo unico istante d'incertezza fu quando Don gli afferrò una mano e dichiarò che conoscerlo era stato *celestiale*.

«Certo, quando hai capito che non eravamo dei malviventi venuti a spaccarti la cassaforte e ripulire il negozio», fece lui.

I capelli aguzzi di Don tremolarono. «Dovete perdonarmi per l'equivoco. Siete stati davvero incantevoli. Sai una cosa? Credo proprio che correrò a comprare tutti i tuoi dischi, e dirò a tutti che sei una persona magnifica.» A quel punto Lara gli sferrò un colpo col gomito, interrompendo la sua sviolinata. «Okay, scusatemi. Vi preparo il pacchetto.»

«Non ce n'è bisogno, li mettiamo subito.» Sollevato per aver riavuto indietro la sua mano sana e salva, Enjay se la pulì di nascosto sui jeans. Si voltò verso Lara. «Allora, tua figlia si è divertita ieri sera alla spa con me? Ti ha raccontato qualcosa?»

«Sì. Ha detto anche che sei troppo vecchio per lei.»

Enjay, perplesso, si appoggiò al bancone, protendendosi verso di lei. «Non vi è venuto in mente che invece possa essere lei troppo giovane per me? Magari io preferisco le donne più mature.»

Argh, era un'avance? «Allora forse ti conviene fare un salto alle sale da tè accanto all'abbazia. Là è pieno di vecchiette.»

Il sorriso da predatore indomito tornò a illuminargli il volto. Le si avvicinò ancora, per sussurrarle in un orecchio: «Ehi, sai benissimo di cosa sto parlando. Quanti anni hai, trentacinque? Secondo me è l'età perfetta».

Quel tipo aveva davvero troppi ormoni in circolo. Non si fermava davanti a niente. «Non sei il mio tipo», gli disse.

Lui raddrizzò la schiena e parlò in modo che tutti potessero sentirlo. «Adesso dice così. Ma aspettate che si spengano le telecamere. Sappiamo tutti cosa succederà.»

Maz intanto aveva puntato l'obiettivo su di loro. Lara alzò gli occhi al cielo, con aria di sopportazione, e commentò soltanto «Buona fortuna», sperando che in fase di montaggio avrebbero cancellato quello scambio di battute. Del resto era lo show di Enjay, che teneva molto alla sua reputazione di donnaiolo, e lei non credeva che avrebbe reso pubblici i pochi rifiuti che gli capitava di ricevere.

Harry le lesse nel pensiero. «Ignoralo, fa così con tutti.»

«Lo so.»

«Scusate tanto, eh... Non con *tutti*», protestò Enjay facendo un cenno col capo in direzione di Don.

Quest'ultimo, inconsapevole di quanto stava avvenendo, intanto aveva ripreso a cantare: «*Diamonds are foreverrrr...*»

Con l'orecchino appena comprato e gli occhiali da sole di nuovo sul naso, Enjay riprese ad ammirare la propria immagine nello specchio. «Ehi, AJ, chiama il locale e assicurati che ci diano la sala VIP. Cavolo, stasera ho proprio voglia di darmi da fare.»

Aveva già dichiarato che sarebbero andati a Londra a provare una discoteca appena aperta, e che si preannunciava come un posto pazzesco. Lara guardò Harry. «Se lui parte, ti va di venire a cena da noi? Potremmo giocare a Scarabeo.» Non andava pazza per quel gioco, ma Harry lo adorava, e anche Evie.

«Grazie, ma devo andare con loro. Enjay pensa che riprendermi in una discoteca sarà esilarante.»

«Amico, non lo penso. Io lo *so*.»

«Pensa anche che ballerò. Ma non sa quanto si sbaglia», aggiunse Harry, cercando di non rabbrividire.

«Ti pagherò un extra, se balli», fece il rapper.

«Al mondo non esiste abbastanza denaro da convincermi. Mi porterò un libro per distrarmi», ribatté Harry.

Quando uscirono dal negozio, Don strinse di nuovo la mano a tutti, e Lara notò il moto di disagio di Enjay. Li seguì fuori e lo prese da parte. «Ti ho visto. Se Don se ne fosse accorto, ci sarebbe rimasto molto male.»

Lui s'irrigidì. Non era abituato alle critiche. «Lo so, ma non posso farci niente. Mi fa venire la pelle d'oca, amico.»

«Me ne sono accorta. Ma non chiamarmi 'amico', per favore.»

Enjay sollevò le lenti e le scoccò un'occhiata divertita. «Scusami, *Lah-rah*.»

Come al solito, quando cercava di parlare con accento inglese, finiva per esagerare. «Voglio dirti un'altra cosa. So che sei convinto che Don sia gay, ma non è così.»

«Non mi dire.»

«È la verità. Me l'ha detto lui.»

«Mente.» Ma era evidente che l'argomento gli interessava molto poco. Un attimo dopo, senza il minimo preavviso, le fece scivolare un braccio intorno alle spalle e la baciò sulle labbra. Sul marciapiede, santo cielo, dove chiunque poteva vederli.

Lara si staccò da lui e scosse il capo. «Sei impossibile.»

«Ehi, piccola, è solo per divertirsi un po'. Cercavo di rallegrarti la giornata.»

«Hai presente gli orecchini che ti abbiamo appena venduto? Grazie a quelli, la mia giornata è già abbastanza allegra. E Don *non* è gay. Anch'io lo pensavo, ma non lo è, davvero.»

Lui fece una smorfia. «Okay, se lo dici tu. Però mi mette i brividi lo stesso.»

33

Ventiquattro ore dopo, parcheggiarono la Maybach davanti alla vineria Grey ed Erskine. «Non metterti a fare la corte a Gigi, d'accordo? Infastidiresti Flynn», disse Harry.

«Dio, che paura. Sai una cosa? Ero sicuro che me l'avresti detto», rispose Enjay ridacchiando.

«È una questione di convenienze, di gentilezza. Lui è suo padre.» A volte gli sembrava di avere a che fare con un bimbetto indisciplinato in una strada affollata: non aveva paura di nulla, e correva dietro a tutto ciò che vedeva.

«Ehi, rilassati. Come mi trovi?» Il rapper si rimirava nel finestrino dell'auto, pavoneggiandosi e sistemandosi il colletto della camicia bianca delle Papere in Cielo.

«Ti trovo troppo vanitoso. Come sempre. Vorrei solo che capissi che devi comportarti bene. Rispettare le buone maniere, tutto qui.»

Harry entrò con lui nell'edificio principale, seguito da Maz e AJ. Inspirò a fondo il profumo di legno e vino che permeava quel luogo. C'erano bottiglie ovunque, nelle casse e sugli scaffali appesi alle pareti bianche di pietra intonacata.

«Fico.» Enjay si assicurò che Maz avesse cominciato a riprendere e sollevò una mano con gesto languido, da superstar, quando Gigi e il cliente con cui stava parlando alzarono lo sguardo e li notarono. «Ehi, baby, ho bisogno di una bellissima assistente che... mi assista.»

Si aprì una porta, e Flynn s'incamminò verso di loro.

«Ciao. Posso aiutarvi?»

«Grazie, ma aspetterò la bellissima assistente.»

La tensione era palpabile, e Harry si rese conto che Enjay non aveva mai avuto la minima intenzione di contenersi. Aveva di fronte due maschi alfa in lotta per la supremazia. E lui, che non immaginava niente di più terrificante che essere un maschio alfa, fece notare: «Se sei qui per comprare del vino, sappi che Flynn è un vero esperto. Puoi parlare con lui».

«Non voglio il vino. Non bevo vino. Bevo solo champagne.»

Harry si schiarì la voce. «Allora vuoi che ne ordiniamo?»

«Aspetta, tra poco si libera. Possiamo dare un'occhiata in giro, intanto. Non sono mai stato in una vineria inglese. Non è male.»

L'anziano cliente fu servito e mandato via in breve tempo. Gigi si avvicinò e chiese: «Com'è andata ieri sera a Londra?»

«Ah, Harry si è divertito da matti.»

«Non è vero. È stata una tortura bella e buona. Ho dovuto mettere i tappi per le orecchie», protestò lui.

«Già. E tutte le volte che qualcuno provava a dirgli qualcosa, lui rispondeva 'sono terribilmente spiacente, ma temo di non poterla sentire, ho dei tappi nelle orecchie'.»

«Hai ballato?» domandò lei.

Enjay scosse il capo. «No... se n'è rimasto seduto, a bere succo di pomodoro e leggere un libro sulla Britannia.»

«È proprio da Harry. E tu invece? Ti sei divertito?»

«Ehi, io mi diverto sempre. Di sicuro non mi sono messo a studiare gli antichi romani», le rispose facendole l'occhiolino.

Harry scrollò le spalle, impassibile. Non gli interessava affatto come gli altri decidevano di trascorrere il tempo libero. Quando erano usciti dalla discoteca, Enjay era insieme a due ragazze magrissime con indosso reggiseni striminziti, gonne cortissime e tacchi talmente alti che era un miracolo se riuscivano a stare in piedi. Mentre tornavano in albergo, le due non avevano fatto altro che attorcigliarsi su di lui come serpenti. E stando a quanto avevano detto AJ e Maz, era la norma. Il passatempo preferito di Enjay era il sesso, puro e semplice, privo di qualsiasi coinvolgimento emotivo.

La mattina dopo mandava via le ragazze, senza il minimo rimpianto. Harry lo trovava un modo di fare meschino e privo di senso. Dal canto suo, preferiva di gran lunga leggere.

«Allora, c'è un rischio concreto che compri qualcosa da noi o sei venuto solo per divertirti?» chiese Gigi.

«Sono qui per comprare un bel po'. Un bel po' di Cristal. Quanto ne avete?»

«Zero», intervenne Flynn.

Enjay era sbigottito. «Amico, stai scherzando? Ma si può sapere che diavolo avete, da queste parti?»

«Ignoralo. Ha una fissazione per le marche. È una forma d'insicurezza», spiegò Harry.

«Ehi, dacci un taglio!» fece l'altro.

«Okay, venite con me.» Flynn li condusse davanti a celle frigorifere a tutta parete, dagli sportelli di vetro. Prese una bottiglia dal secondo scaffale, tolse con destrezza la stagnola e la gabbietta metallica e ruotò la bottiglia per rimuovere il tappo con un soffio sommesso. Gigi sistemò alcuni calici sul bancone di legno. Lui versò un dito scarso di vino in ciascun bicchiere e porse il primo a Enjay. «Prego.»

«Ehi, amico, me ne devi dare di più.»

Harry scosse il capo con grande disappunto. «Visto? È da *questo* atteggiamento che si capisce quanto sei ignorante.»

«Prima lo devi annusare. No, così», gli mostrò Flynn. «Devi infilare il naso nel bicchiere e inalare a fondo. Il Cristal è un *cuvée* meraviglioso, ma io trovo che questo lo superi. Bene, ora prendi un primo assaggio e dimmi cosa ne pensi. Cerca di gustarne i diversi elementi...»

Nelle due settimane passate gomito a gomito con lui, Harry aveva scoperto che, nonostante l'apparenza sfacciata e frivola, Enjay amava scoprire cose nuove. Anche se lo prendeva in giro perché leggeva, lui stesso si era fatto prestare l'ultimo romanzo di Khaled Hosseini, e gli era anche piaciuto. Il giorno prima Don gli aveva insegnato cosa fosse la chiarezza di un diamante e la differenza tra i vari tagli delle gemme. Adesso invece ascoltava interessato la descrizione dei diversi tipi di uva e delle coltivazioni, dei sistemi di produzione e delle vendemmie. Quel ragazzo era molto più intelligente di quanto desse a vedere, e faceva di tutto per tenere nascosto questo aspetto di sé.

Se continuava così, presto sarebbe entrato di diritto in qualche classifica di cervelloni.

Mezz'ora dopo, l'ordine era fatto. Insieme con lo champagne, Flynn l'aveva convinto ad acquistare una selezione di vini di alta qualità provenienti da Nuova Zelanda, Italia e Francia. Pinot Gris, Sauvignon Blanc e altri della Borgogna, più una cassa di Pinot Meunier, champagne demi-sec di un nuovo produttore molto promettente.

«E quando pensavi di bere tutto questo vino? A Londra, immagino», disse Gigi mentre le casse venivano impilate. Sembrava un po' delusa.

Enjay le scostò una ciocca di capelli dal viso, con un gesto giocoso. «Non direi, piccola. Domani sera do una festa all'Ellison. È il mio modo per ringraziarvi.»

«In realtà è più il suo modo per scusarsi dell'assurdo scompiglio che ha creato allo staff e agli altri ospiti», puntualizzò Harry.

«Ehi, amico, non c'è stato proprio nessuno scompiglio.»

«Sei stato insopportabile. Con quella musica orribile. Ti metti a cantare in ogni momento del giorno. Ogni notte passi ore e ore in piscina. Ci sono delle povere vecchine che si appiattiscono contro le pareti tutte le volte che ti vedono passare», rimarcò lui.

«E domani sera sono invitate alla mia festa, dove il mio fascino le metterà in mutande.» Fece una pausa. «Cioè, non in senso letterale. Sarebbe rivoltante.»

Maz posò la videocamera e chiese: «Capo, vuoi che le porti in macchina?»

«Sì, bravo.» Enjay tracannò quel che restava del Chablis nel suo bicchiere e fece cenno a Gigi di riempirlo di nuovo. «Le donne più grandi mi piacciono... ma non *così tanto* più grandi.»

Sorrise e lanciò un'occhiata a Flynn, e in un lampo Harry capì cosa stava per dire, così approfittò di quell'istante di pausa e intervenne: «Quindi darà la festa per farsi perdonare, ma alla fine farà subire a tutti ancora quella sua musica terrificante...»

«Siamo invitati anche noi?» Gigi non era certo una che si tirava indietro.

«Certo, venite pure, più siamo e più ci divertiamo. E porta anche tua madre», aggiunse Enjay appoggiandole un braccio sulle spalle. Harry trasalì. Lo stava facendo apposta? Che domande. Ovvio. Infatti, con un abbraccio amichevole, Enjay rincarò: «Ehi, te l'ha raccontato cos'è successo ieri?»

«Sì. Sei andato in gioielleria e hai comprato orecchini di diamanti spendendo qualcosa come dieci milioni di sterline.»

«Intendo *dopo*», disse lui facendo l'occhiolino a AJ, e alle sue spalle Flynn s'irrigidì.

«No, non me l'ha detto. Che è successo?» chiese Gigi spalancando gli occhi.

«Ah, niente di che. Qualche bacio, tutto qua. Però è stato carino.»

«No! Non ci posso credere!» strillò lei.

Lui si strinse nelle spalle. «È tutto registrato. Puoi chiedere a Harry, lui c'era.

Oh, certo, trascinami pure in questa storia.

«Benissimo, ora potresti togliere le mani di dosso a mia figlia?» Flynn si era proteso in avanti, e per un attimo parve sul punto di rimuovere di peso il braccio di Enjay dalle spalle di Gigi. Evitò il contatto fisico, ma l'occhiata che gli lanciò era inequivocabile. «Grazie.»

Il rapper fece passare qualche istante, poi la lasciò. «Ehi, bello, sono solo amichevole. Non sto facendo niente di male.»

«Forse no, ma ti sarei grato se evitassi comunque.»

«Ahi, ahi. Qui c'è qualcosa che ti dà fastidio. E dire che ho appena speso una fortuna nel tuo negozio», fece l'altro con un sorrisetto.

«Posso annullare l'ordine. Sentiti libero di fare acquisti dove vuoi», ribatté Flynn, inamovibile.

«Papà!»

«Per parlarmi così davanti ai miei ragazzi devi proprio sentirti speciale», disse Enjay in tono mieloso.

«Per restare da parte e lasciare che siano loro a combattere le tue battaglie devi proprio sentirti inutile», sibilò Flynn tra i denti.

Merda, pensò Harry, anche se lui non imprecava mai, nemmeno col pensiero. Santo cielo, ecco che Maz, la montagna umana, era tornato nel negozio a prendere la cassa successiva, mentre AJ serrava i pugni giganti...

Ma Enjay sollevò le mani e si allontanò da Gigi. «Ehi, non ti scaldare. Tranquillo. È tua figlia, e la rispetto. Puoi fidarti di me, ti do la mia parola.»

Harry restò in silenzio. E anche tutti gli altri. Alla fine, Flynn si rilassò, espirando.

«Okay.»

«Visto? Tuo padre ti tiene d'occhio. È carino. Significa che ti vuole bene», fece il rapper rivolto a Gigi, ammiccando.

«Secondo me significa che è prepotente.» Gigi non sapeva se provare orgoglio o imbarazzo.

«Non voglio rancori tra noi, amico. Vieni anche tu alla festa, domani sera. Ora dobbiamo andare. L'agente ci aspetta, dobbiamo vedere tre case.»

A Gigi brillarono gli occhi. «Agente? Intendi un agente immobiliare? Wow, cerchi casa qui a Bath?»

«E chi lo sa? Se trovo quella giusta... Ci vediamo, ragazzi.» Enjay fece un gioviale cenno di saluto a padre e figlia e uscì dal negozio con gli altri.

«A domani», rispose lei allegra.

Harry aspettò che fossero tutti montati in macchina, poi scosse il capo, rivolto a Enjay. «Ho pensato che stesse per picchiarti.»

Lui si appoggiò al sedile e aprì una lattina ghiacciata di Coca-Cola. «Vuoi sapere una cosa? Per un attimo l'ho pensato anch'io.»

«E poi non è vero che stai cercando casa a Bath.» Avevano preso gli appuntamenti solo per procurarsi un po' più di materiale per lo show: come aveva detto il produttore, niente piaceva di più al pubblico che guardare metri quadri su metri quadri di case spettacolari che nessuno si sarebbe mai potuto permettere.

Enjay alzò il volume della musica. «Mai dire mai. Così è la vita, amico. Tutto può succedere.»

«Fesserie. L'hai detto solo per dare fastidio a Flynn.»

La parola «fesserie» faceva ridere Enjay tutte le volte. «Mi piace far incavolare la gente. Mi diverto.»

«Bontà divina, ma *perché*?»

Per tutta risposta, l'altro sollevò le lenti a specchio e lo guardò con affetto. «Ah, Harry, non dirmi che non te ne sei accorto. Quel tizio ha fatto finta che il mio atteggiamento con Gigi gli desse fastidio, ma il problema non era quello. È stato quando ho parlato del bacio con Lara che è andato fuori di testa.»

34

Quando quel venerdì Lara rientrò dal lavoro, davanti alla porta di casa trovò un cestino da picnic. Sollevò il coperchio – era un cestino di vimini splendido, e il suo stomaco ruggiva – tirò indietro il tovagliolo bianco e trovò del cibo favoloso: una quiche di asparagi, piccoli panini di tutti i tipi, vino fresco, frittata ai funghi, mini uova alla scozzese e vasetti di fragole con la panna.

Era il regalo migliore del mondo. E poi i panini erano così *tanti*... pollo e bacon, roast beef al sangue, salmone affumicato e formaggio cremoso... nessuno si sarebbe accorto che ne mancavano uno o due.

Okay, tre. Lara tirò indietro con cautela la pellicola protettiva, ne afferrò uno per tipo e ricoprì gli altri. Guardò con cupidigia le uova alla scozzese, ma riuscì a trattenersi. Non doveva essere troppo avida. A meno che quel cestino non fosse lì per lei, nel qual caso era autorizzata a darci dentro.

Un attimo dopo sentì una voce maschile provenire dall'interno della casa e si affrettò a richiudere il cestino. Poi la porta si aprì e lei si ritrovò faccia a faccia con Joel, che sembrava più che mai un angelo biondo caduto.

Indossava una giacca di lino chiara e un paio di jeans. Aveva l'aria scossa, furibonda. «Ah, sei tu. Fammi un favore, di' a Evie che deve decidersi. Un giorno potrebbe cambiare idea e scoprire che è troppo tardi.» Mentre lo diceva, si chinò a raccogliere il cestino, per poi allontanarsi a grandi passi per il vialetto.

Lara afferrò la porta per non lasciarla sbattere ed entrò in casa. Evie camminava avanti e indietro per il soggiorno come un ex fumatore con una gran voglia di una sigaretta.

«Fammi indovinare. È venuto a invitarti a fare un picnic romantico, e tu gli hai detto di no.»

Evie sospirò. «Non è affatto facile come pensavo. Credo di aver preso una decisione, poi arriva lui ed è come se passasse il mio cuore al frullatore.»

«Hai fame?»

«No.» Evie si fermò di colpo. «Anzi, a dire il vero sì.»

Lara portò davanti a sé la mano che aveva nascosto dietro la schiena. «Maledizione, dovevo rubarne di più. Ho sentito il loro richiamo dal cestino... tieni, prendili tu.»

«Dividiamoli. Grazie.» Evie prese un morso di un panino al pollo, masticò e deglutì. «Era proprio un bel gesto... Dio, ma perché mi sento così male?» chiese, sconsolata.

«Raccontami cosa ti ha detto.»

«Ha detto che sono sicura di trovare un uomo migliore di lui, ma non è detto che ci riesca davvero. E che rischio di pentirmi di essermi comportata così, di essere stata tanto ostinata, perché potrei ritrovarmi insieme con un povero idiota come quello con cui mi ha vista a cena da Brown's.»

Lara era sdegnata. «Be', questa mi sembra una sciocchezza, perché mi hai detto tu stessa che Ethan è carino. Avete passato una bella serata. Ti piaceva. Okay, non sarà *carino* quanto Joel, ma che importanza ha? Certo che ha una bella faccia tosta.»

Evie si lasciò ricadere sul divano e si coprì il viso con le mani. «Okay, quello che sto per dire peggiorerà le cose. Non te ne ho parlato prima, ma il fatto è che dire che Ethan mi è piaciuto è riduttivo. Non me l'aspettavo, ma alla fine mi ha proprio conquistata. Siamo stati così bene, insieme. E questo mi ha dato sicurezza... non mi sentivo più una fallita. Ma pensavo che si sarebbe fatto vivo. Mi aspettavo sul serio che mi richiamasse. E invece, indovina un po'? È una settimana che aspetto e non è successo niente, quindi adesso mi sento davvero una povera fallita, mille volte più di prima, e forse ha addirittura ragione Joel: finirò per restare da sola.» Si scoprì il viso e scosse il capo, sconfitta.

«No, non dire così. Troverai qualcuno. È solo che gli uomini a volte sono degli stupidi. Devi continuare a ripeterti che la colpa non è tua, ma loro.» Lara divise l'ultimo panino in due.

Evie non era troppo convinta. «Okay... anche se devo dire che al momento ho la netta sensazione di essere io, il problema.»

Mezz'ora dopo, mentre Evie era al piano di sopra, il suo cellulare cominciò a suonare. Quando vide il nome di Joel sul display, Lara rispose d'istinto.

«Prima che tu dica qualsiasi cosa, non sono Evie. È sotto la doccia. E sappi che non è carino che tu le abbia detto che non troverà mai nessuno. Non puoi costringerla a tornare con te. Devi lasciarla in pace», gli disse.

«Ma io la amo.» Sembrava disperato quanto Evie.

«L'hai tradita!»

«In ogni caso non è per questo che ho chiamato. Ho appena cercato di restituire il cestino al negozio di gastronomia, ma non l'hanno accettato. Mancavano tre panini. Immagino sia opera tua.»

«Okay, stammi bene a sentire. Tanto per cominciare, hai lasciato il cestino davanti a casa. Quando sono tornata ho incrociato un ragazzino che correva via dal nostro vialetto. Quando gli ho chiesto cosa stesse combinando non ho capito una parola della sua risposta, perché aveva la bocca piena. In secondo luogo, non si riporta del cibo fresco in un negozio perché non lo si vuole più. È assurdo.»

«Sì, me l'hanno detto anche loro. Non lo sapevo. Quel cavolo di cestino mi è costato un occhio della testa. Scusami se ti ho accusata», le disse, mortificato.

«Non c'è problema. Come sono i panini?»

«Buoni. Ne ho appena assaggiato uno. Però adesso ho perso l'appetito, a dire il vero.»

«Ah, che peccato. E non c'è un'altra ragazza con cui potresti andare a fare un picnic?» gli domandò Lara in tono comprensivo.

«No. E piantala di trattarmi male», protestò Joel.

«Non volevo trattarti male. È solo che Evie ha una gran fame. E mi sembra un delitto, sprecare tanto buon cibo.»

L'idea di poter tornare nelle grazie di Evie fu la molla che lo fece scattare. Nel giro di qualche minuto, Joel tornò a lasciare da loro il cestino.

D'altra parte, il risparmio è il miglior guadagno.

Mezz'ora dopo, tornò a casa Gigi. «Che succede, qui?»

«Picnic», rispose Evie, assaltando le fragole con la panna.

«Picnic casalingo. Così possiamo guardare *Coronation Street*», puntualizzò Lara, dando un colpetto a terra accanto a sé, sul plaid scozzese che avevano disteso sul pavimento del salotto.

«E anche *EastEnders*», aggiunse Evie.

«Senza la persecuzione di vespe e zanzare.»

Lara indicò l'ultima fetta della deliziosa quiche agli asparagi. «Provala, è di una bontà incredibile.»

«E non è l'unica cosa incredibile che mi sia capitata oggi... Enjay ci ha raccontato cos'è successo ieri!» rispose Gigi lasciandosi ricadere accanto a lei.

E che cavolo. Lara aveva sperato tanto che non lo facesse.

«Guarda come sei arrossita! Allora è successo davvero! Ma... *mamma*!» gridò Gigi.

Ecco. Se fosse potuta rinascere scegliendo un miglioramento, sarebbe stata la capacità di restare calma e non arrossire. «Non sono stata io.»

«Oh, *sì* che sei stata tu. L'hai baciato.»

«È lui che ha baciato me. Per mezzo secondo. E non l'ho ricambiato. Stava solo facendo lo scemo.»

«L'avevo immaginato. Però è stato divertente. Papà non era per niente contento.»

«No?» Ecco che un guazzabuglio di emozioni si sollevò dentro di lei.

«Per un attimo ho pensato che volesse picchiarlo.»

«Che cosa?»

Gigi diede un gran morso a un uovo alla scozzese. «Oh, non per te. Perché Enjay mi ha messo un braccio intorno alle spalle. Sai com'è fatto... Wow, queste uova sono fantastiche!»

Enjay sarebbe stato capace di far sembrare timido e schivo perfino Jack Nicholson.

«Oh, be', dobbiamo solo resistere un'altra settimana, poi se ne andrà», disse Lara.

«Ora che mi ci fai pensare, domani sera dà una festa all'Ellison.»

«E perché?»

«Per girare un altro po' di scene. In buona sostanza è il suo modo per scusarsi con gli altri ospiti dell'hotel per averli disturbati. Siamo invitate anche noi. Ci vuole tutte, per abbassare un po' l'età media», aggiunse Gigi indicando tutte e tre.

Occasione splendida. Lara guardò Evie e disse: «Dobbiamo assolutamente andare. Potresti rivedere Ethan».

In quel momento le suonò il telefono e lei sobbalzò, come le accadeva spesso in quel periodo. Non aveva ancora ricevuto notizie da James Agnew e stava aspettando i risultati del test del DNA, il che la stava trasformando in un'esaurita.

Era solo Don, però, che chiamava per chiederle di aprire lei il negozio la mattina dopo: aveva perso un'otturazione e doveva correre dal dentista a farsela sistemare. Quando attaccò, Lara provò a richiamare il numero di James Agnew. Nessuna risposta. Se la donna delle pulizie era ancora lì, non si prendeva nemmeno più la briga di alzare la cornetta.

Chissà dov'era.

Sarebbe mai tornato a casa?

Poteva essere morto?

35

Era sabato sera, e stavano andando all'Ellison. «Sentite, scusate se non parlo d'altro, ma avete presente quando capita di fare un sogno e all'improvviso diventa tutto chiaro? Dico davvero, secondo me questo è stato un *segno*», disse Lara.

«Mamma, adesso basta con questa storia, dalle tregua. Povera Evie, non avrà nemmeno la forza di guardarlo in faccia», la rimbrottò Gigi.

«Okay, scusa.» Lara fece il gesto di cucirsi la bocca. Però era stato fantastico: quella notte aveva sognato che Harry ed Evie erano sposati! Tra loro! Ed erano una coppia assolutamente perfetta, anche se erano costretti a vivere in un tendone a strisce, come quelli del circo, e lavarsi in una piscina gonfiabile. La cosa però non li turbava: Harry rideva felice, si tenevano per mano, senza lasciarsi mai, e mentre era inginocchiata sull'erba fuori della tenda, a lavare i piatti nella piscina di plastica blu, Evie aveva dichiarato: «Grazie al cielo non ho sposato Joel», al che lui aveva aggiunto, con sincero sollievo: «E grazie al cielo io ho divorziato da Lara!»

Ah, e c'era un cucciolo di delfino che balzava nell'acqua dei piatti. In *quello* si poteva leggere qualsiasi significato.

La festa si svolgeva nella sala da ballo. Maz e AJ riprendevano i clienti dell'hotel, i membri dello staff che avevano la serata libera e gli altri invitati, giunti sapeva il cielo da dove. C'era musica, ma non era quella atroce che aveva sollevato tante lamentele. La serata era dedicata a Frank Sinatra. Enjay, che si era ripulito a livelli quasi inverosimili, indossava un abito grigio di sartoria con tanto di gilè, una camicia di un bianco accecante e delle scarpe talmente lustre che ci si poteva specchiare. Sfoggiava anche dei gemelli di diamanti, e un orologio da taschino tempestato di una quantità sbalorditiva di diamanti. Una cosa da tutti i giorni, insomma. Al momento brandiva un microfono e cantava *New York* a una settantenne terrorizzata che stringeva un calice da champagne pieno di succo d'arancia.

«Poveretta», sussurrò Gigi.

«Vedrai che tra un attimo cercherà di baciarla», ribatté Lara.

«Ecco Harry. Mi raccomando, non una parola sul tuo sogno», le disse Evie dandole di gomito.

Okay, non l'avrebbe fatto. Ma aver avuto un'illuminazione e non poter mettere in atto la propria idea geniale era l'esperienza più frustrante del mondo. Possibile che Evie non riuscisse a capire che aveva ragione lei?

«Ciao. Vi divertite?» Diversamente da Enjay, che era tutto in ghingheri, lui indossava un paio di pantaloni color kaki e una camicia beige delle Papere in Cielo.

«Non ancora. Voglio sentire il sapore dello champagne costosissimo.» Lara assaltò una cameriera di passaggio e prese un bicchiere dal vassoio che portava. Ne bevve un sorso e si concentrò. «Hmm... Ha lo stesso sapore dello spumante da supermercato.»

«Perché lo è. Nei bicchieri che vengono portati in giro c'è quello a buon mercato. Lo champagne degno di questo nome è ancora nelle bottiglie, e verrà versato solo per gli ospiti importanti, in modo che possano vedere le etichette e rimanere colpiti. Mettilo giù, e andiamo a prendere un po' di quello buono», le disse Harry.

Lara porse il suo calice a Gigi. «Tieni, questo puoi berlo tu. Le tue papille non noteranno la differenza.»

In quel momento Enjay cominciò a cantare la canzone successiva, e Gigi lo salutò con la mano dall'altra parte della sala. Harry l'ammonì: «Non farlo! Se non stai attenta, verrà a farti la serenata. Hanno tutti il terrore di essere la prossima vittima».

«Se si avvicina a me, canterò con lui. Vedrai come smetterà di corsa», commentò Lara.

Nonostante l'innegabile assurdità della situazione, dopo un'ora circa gli ospiti cominciarono a sentirsi più a loro agio. L'alcol sciolse le inibizioni, alcuni presero a ballare e un anziano dai lineamenti affilati che ricordava un ispettore delle tasse sorprese tutti raggiungendo Enjay sul palco e sfoderando una voce alla Dean Martin.

Quando il duetto vintage terminò, Evie osservò il rapper che tornava a chiacchierare coi suoi ospiti, intrattenendoli e dando prova di ottime capacità di relazione e grande carisma. C'erano ventenni vestite in modo succinto che facevano di tutto per attirare la sua attenzione, ma lui si concentrava sulle persone più ostiche. E le stava conquistando. Qualche minuto in più e le avrebbe convinte a ballare un po' di hip hop con lui.

Harry si avvicinò. «Tutto bene?» le chiese. Grazie al cielo era all'oscuro delle avventure che loro due avevano vissuto la notte prima nella mente di Lara. Per quanto la sua amica avesse deciso che sarebbero stati una coppia meravigliosa, e anche se Harry in effetti era una persona adorabile – per molti aspetti era proprio il genere di uomo che avrebbe desiderato – in quel momento il suo unico pensiero era Ethan.

Già, quello che non l'aveva più cercata dopo il simil-appuntamento che avevano avuto ormai una settimana e mezzo prima. Per lei, che non si aspettava di provare nulla, le affinità che aveva trovato con quell'uomo erano state sorprendenti. Era sicura che per lui fosse stato lo stesso... ma allora perché non l'aveva chiamata?

Ormai non aveva più importanza, però. «Sto bene. A quanto pare si divertono tutti. E tu?» chiese di rimando.

«Be', non penso proprio che canterò, poco ma sicuro. Però potrei sempre avventurarmi sulla pista da ballo, a un certo punto... in modo posato, s'intende. Niente di esagerato», aggiunse.

Lei sorrise. Il suo modo di fare reticente l'affascinava. «No, l'esagerazione non ti si addice.»

«Infatti, finirei solo per farmi venire il mal di schiena.» Le lanciò un'occhiata. «Tuttavia, Lara mi ha detto che dovrei invitarti a ballare. Che ne pensi? Non subito, naturalmente, magari più tardi.»

Glielo stava chiedendo solo perché Lara non aveva potuto fare a meno d'immischiarsi. Evie fece una smorfia. «Non devi preoccuparti, non sei costretto.»

«Non lo faccio perché mi sento costretto.»

Che era, evidentemente, l'unica risposta possibile che una persona dotata di un certo tatto le avrebbe mai dato.

«D'accordo, allora, magari dopo, quando ti sentirai abbastanza coraggioso. Faremo del nostro meglio per non pestarci i piedi», gli rispose.

La sala da ballo si trovava nell'ala ovest; era luminosa, elegante, aveva soffitti alti e portefinestre a tutta parete, che davano su un'ampia terrazza. L'altro lato dell'albergo era più scuro e aveva un aspetto più austero, con corridoi stretti rivestiti di pannelli in legno e stanze più piccole.

Evie uscì dal bagno delle signore, ma invece di tornare subito alla festa decise di fare un piccolo giro di esplorazione. Non aveva avuto occasione di vedere Ethan, però poteva essere ancora lì. Non aveva voluto domandare ai camerieri: di sicuro a lui non avrebbe fatto piacere venire a sapere che una donna disperata per cui non aveva il minimo interesse gli stava dando la caccia. D'altra parte lei era stata invitata a una festa in quell'albergo, il che significava che aveva un ottimo motivo per trovarsi nell'edificio. E se le fosse capitato d'imbattersi nel proprietario mentre faceva un giretto, questo non l'avrebbe certo etichettata come stalker.

Se poi alla fine l'avesse incontrato *sul serio*, si sarebbe comportata in modo educato e disinvolto. Di sicuro non l'avrebbe afferrato per il bavero mettendosi a gridare: «Tu mi piacevi, e pensavo di esserti piaciuta anch'io, quindi PERCHÉ NON MI HAI CHIAMATA, MALEDETTO BASTARDO?»

Comunque... c'era una scala sinuosa che conduceva al primo piano, con in cima un balconcino e un sobrio cartello che indicava la biblioteca. Evie salì e decise di seguire quella direzione. Quando raggiunse la biblioteca, vi trovò scaffali pieni di libri, un paio di computer a disposizione degli ospiti, un tavolinetto da caffè dal ripiano di marmo ricoperto di riviste patinate e una scatola di giochi da tavolo sotto la finestra. C'era anche una coppia di sconosciuti, sui vent'anni, che si baciavano avidamente, avvinghiati su una panchina rivestita di velluto.

Un'asse del parquet scricchiolò sotto i suoi piedi e i due si staccarono di colpo, voltandosi a guardarla.

«Scusate!» gridò lei, lasciandoli soli e tornando nel corridoio per raggiungere le scale.

Non appena arrivò sul balconcino, vide Ethan che camminava nel passaggio sotto di lei. Il suo cuore ebbe un sussulto così violento da coglierla di sorpresa. In effetti non sarebbe mai stato il genere d'uomo che indossa un abito elegante: aveva una camicia a scacchi portata fuori dei pantaloni, che erano di velluto a coste. Eppure le leggi dell'attrazione non si limitavano all'abbigliamento puro e semplice. Ethan si fermò al bancone della reception, e proprio in quel momento il suo cellulare squillò.

«No, no, mi servono dieci minuti. Prima devo fare una

cosa. Ci penserò non appena arrivo, non ti preoccupare.» Chiuse la chiamata, attirò l'attenzione della ragazza al desk e le chiese: «Potresti occuparti tu di Tina? Mandala da me.»

Chissà se avrebbe sollevato lo sguardo, accorgendosi che lei lo stava osservando. Evie si sporse in avanti, poggiando i gomiti sulla ringhiera di legno lucido, sperando che accadesse. Ma era fuori del suo campo visivo; Ethan riprese a camminare nel corridoio, superando la reception e svanì dietro la terza porta a sinistra.

Evie esitò, riflettendo sulle varie possibilità. Un attimo dopo, una ragazza dai capelli scuri con indosso l'uniforme da cameriera attraversò di corsa l'atrio e prese lo stesso corridoio. Arrivata davanti alla porta di Ethan, bussò e aspettò prima di entrare.

Che fare? Stando a quel che aveva detto al telefono, non aveva intenzione di trattenersi a lungo. Più avanti ancora c'era il bagno delle signore da cui Evie era uscita poco prima. Per imbattersi in Ethan, il piano d'azione più semplice era fare in modo di passare davanti a quella stanza proprio mentre lui ne stava uscendo. E dato che la receptionist non poteva vederla da dove si trovava, poteva permettersi di trattenersi per qualche minuto nel corridoio.

Scese le scale, e la ragazza al desk le sorrise per la seconda volta negli ultimi dieci minuti. Doveva pensare che avesse un attacco fulminante di cistite, o che avesse alzato un po' troppo il gomito.

Be', meglio non restarsene proprio davanti alla sua porta. Era più indicato posizionarsi a metà strada tra il bagno e la stanza di Ethan. E poi poteva fingere di cercare qualcosa nella borsetta, o di essere molto presa dal cellulare, per esempio leggendo un messaggio particolarmente spassoso...

«... Non m'interessa quanto sono malati, non voglio sentir parlare dei tuoi maledetti figli!»

Cosa? Sobbalzò Evie. Era la voce di Ethan, carica di collera.

«Oh, la p-prego, io deve andare da loro.» La ragazza era sconvolta: di sicuro gli stava chiedendo di assentarsi.

«Non è un problema mio.»

«Ma loro piccoli... Anya solo quattro anni... Io fa qualsiasi cosa...»

«Senti, non è la prima volta che succede. L'unica cosa che voglio da te è una giornata di lavoro completa. Se non sei in grado di garantirla, troverò qualcuno che lo faccia al posto tuo», fece Ethan, seccato.

36

Evie fu colta dalla nausea: sentiva che stava per dare di stomaco. Ethan era un datore di lavoro, ed era normale che avesse dei problemi col suo staff, ma il modo in cui si era rivolto a quella cameriera dall'accento straniero era mostruoso, punto e basta. Era come se avesse origliato una conversazione di Babbo Natale e avesse scoperto che picchiava sua moglie. Anche con Ethan aveva fatto un errore di valutazione terribile: non era il...

«Salve, va tutto bene?» La receptionist si era allontanata dal bancone e, mentre si dirigeva verso l'ufficio, l'aveva vista attardarsi nel corridoio.

«Ehm, sì... sì, grazie. Stavo solo cercando campo», rispose, sollevando il telefonino per corroborare la sua dichiarazione.

«Oh, lì a volte si perde. Le conviene uscire, vedrà... vicino alla fontana è il punto migliore.» Le fece cenno di avvicinarsi e le indicò le porte d'ingresso, dall'altra parte dell'atrio.

Evie uscì e giocherellò col cellulare, fingendo di fare una telefonata... quando tornò dentro, vide la ragazza impegnata a fare fotocopie sul retro. Approfittando del momento propizio, salì di nuovo le scale e si mise in osservazione da lassù. Non sarebbe riuscita a sentire ciò che si dicevano Ethan e la cameriera, ma aveva bisogno di vedere come andava a finire.

Forse, se lei fosse stata una persona diversa, avrebbe fatto irruzione nella stanza in cui Ethan stava maltrattando la sua impiegata e gli avrebbe imposto di smetterla. Ma non era fatta così, non amava gli scontri diretti – a parte nel giorno delle nozze – e a ben pensarci, anche se si era espresso in modo estremamente scortese e diretto, Ethan non stava facendo niente di male.

Si era involontariamente mostrato per quel che era, tutto qui. E lei era riuscita a dare l'ennesima dimostrazione di una desolante e assoluta mancanza di capacità di giudizio nei confronti degli uomini.

Provò una fitta di dolore: Joel aveva le sue colpe, ma non si sarebbe mai comportato in modo tanto malvagio con una dipendente. In effetti era assai più probabile che facesse l'opposto, e che diventasse tanto gentile da finirci a letto.

E forse, ma solo forse, questo faceva di lui una persona migliore di Ethan. Joel era affascinante e civettuolo, però non aveva lati oscuri. E non era mai stato volutamente crudele.

Un attimo dopo la porta si aprì, e ne uscì la giovane cameriera. Evie, nascosta tra le ombre, la guardò fermarsi fuori della stanza, asciugarsi gli occhi e ricomporsi, sistemandosi la coda di cavallo, per poi tornare al lavoro. Rassegnata all'idea che i suoi bambini sarebbero stati malati senza che lei potesse andare a consolarli e prendersi cura di loro.

Dopo un minuto uscì anche Ethan. Nemmeno stavolta guardò verso l'alto. E anche se la tentazione di chiamarlo e dirgli cosa pensava di lui era forte, Evie restò in silenzio e lo guardò andar via. Se si fosse fatta vedere, si sarebbe solo messa in ridicolo, passando per una specie di arpia: sprezzante, sospettosa e forse anche squilibrata.

A dire la verità, aveva già avuto abbastanza esperienze del genere.

Flynn osservava Lara dall'altra parte della sala. Sarebbe stato tutto molto più semplice, se non avesse provato quei sentimenti per lei, ma non c'era molto che potesse fare per impedirli. E poi quella sera lei era bellissima, con un abito bianco e argento a collo alto e senza maniche che faceva risaltare le braccia e le gambe abbronzate.

Ma non era solo il suo aspetto: Lara era molto più di semplice apparenza. Stava giocando un ruolo fondamentale nella riuscita della festa, cercando di convincere l'immenso Maz a ballare. Per scherzo si era impadronita della sua telecamera e l'aveva data a un ospite, senza fermare la registrazione. Poi, mentre Enjay e la sua band eseguivano una loro versione di *Do You Want To Know A Secret*, gli aveva afferrato le mani e si era messa a danzare, provocandolo finché lui non aveva ceduto di buon grado.

Si erano messi a roteare insieme per la pista, improvvisando un valzer comicissimo a beneficio degli altri invitati. Lara rideva e chiacchierava con Maz, che doveva pesare più o meno centotrenta chili, ma aveva delle movenze di una leggerezza sorprendente.

E quando la vide gettare la testa all'indietro e ridere, Flynn sorrise tra sé e dovette nascondere la propria espressione prendendo da bere. Lara lo faceva diventare matto, eppure aveva la capacità d'illuminare la sua vita. Era simpatica, intelligente e generosa coi suoi cari, una vera forza della natura.

Maledizione, era sempre il suo cigno.

La festa si era molto animata, mentre Evie non c'era. Quando tornò nella sala da ballo, scoprì che Frank Sinatra era stato sostituito dai Beatles: sul palco si era radunata una folla che si accalcava intorno al microfono cantando a squarciagola *With A Little Help From My Friends*, accompagnata da un rap improvvisato di Enjay.

Contro ogni previsione, era arrivato perfino Flynn, che osservava gli eventi con un certo distacco. Evie gli si avvicinò. «Non mi aspettavo che venissi, stasera.»

«Nemmeno io, ma Enjay mi ha invitato. Dio solo sa perché. Almeno posso tenere d'occhio Gigi, però», le rispose in tono secco. Poi la guardò. «Ti senti bene?»

Era un tipo perspicace, doveva riconoscerglielo. Evie si sistemò una ciocca di capelli dietro un orecchio. «Tutto okay. Sto solo cercando di abituarmi all'idea di essere tornata single. Non ricordavo come fosse... Gli uomini sono tutti carini, all'inizio, poi arriva un momento in cui smettono di sforzarsi di comportarsi al meglio e ti rendi conto che in fin dei conti non sono niente di che. E a volte scopri che sono perfino dei gran bastardi», aggiunse mesta.

Lui le sorrise appena. «Non tutti sono così. Però non hai tutti i torti. In effetti è la prima volta che osservo la cosa dal tuo punto di vista. Ecco un esempio», le disse facendo un cenno verso sua figlia. Dall'altra parte della sala c'era Gigi, splendida, con indosso un vestito corto rosso e sandali coi lacci, impegnata in un ballo con un capellone alto che sfoggiava un paio di jeans neri da ragazzaccio, una maglietta dei Sex Pistols strappata e più tatuaggi di Ozzy Osbourne. «Vedi? Quello laggiù è un potenziale incubo. È terrificante. Non mi era mai successo niente del genere.»

Era buffo vedere Flynn nelle vesti di padre. «È bello che si sia già fatta tanti amici. Comunque sta solo ballando. Mi sembra piuttosto innocuo», gli disse Evie.

Ma lui scosse il capo, per nulla rassicurato. «Il problema è quel che potrebbe venire dopo.»

Evie scoppiò a ridere guardando la faccia che faceva. «Gigi ha diciotto anni. È una bella ragazza. Non puoi rinchiuderla in uno scantinato.»

«Certo che potrei... se solo avessi uno scantinato», ribatté lui, e svuotò il bicchiere che aveva in mano.

«Comunque potrebbe essere un bravo ragazzo.»

«Non cercare d'indorare la pillola... guardalo. Non mi sembra il fidanzato perfetto.»

«Le apparenze possono ingannare», fece lei.

«Ho avuto modo di scoprire che non è sempre vero», rispose tetro.

«Anche tu ti vestivi così, a quell'età. E avevi i capelli lunghi.»

«Esatto. E so bene come mi comportavo.»

Evie non poteva dargli torto. Ma ancora più interessante era il fatto che, quando allentava un minimo la stretta sorveglianza su sua figlia, lasciava scorrere lo sguardo dall'altra parte della sala per controllare cosa stesse facendo Lara. Era sotto la luce abbagliante dei lampadari e chiacchierava animatamente con un uomo sulla quarantina, che doveva essere un ospite dell'albergo, piuttosto corpulento e con indosso una giacchetta di tweed che gli stava un po' stretta e un paio di pantaloni color senape. Flynn dovette decidere che quel tipo non poteva costituire una minaccia, rilassò le spalle e tornò a osservare Gigi.

Evie aspettò un paio di secondi, poi esclamò: «Oddio, quel grassone sta baciando Lara!»

«*Cosa?*» Flynn voltò la testa di scatto, per vedere Lara che veniva presentata alla moglie del tizio in carne.

«Scusami, non ho potuto resistere», rise Evie.

«E pensare che sono stato gentile con te.»

Lei si appoggiò alla parete. «La vita non è mai facile, eh? Ti piace proprio tanto, vero?»

«Credo tu conosca già la risposta. È un peccato che Lara non se ne renda conto», disse lui prendendo un altro bicchiere da una cameriera di passaggio.

«Ah, lo sa benissimo. Solo che non si fida di te.»

«Un po' come te e Joel. Siamo usciti insieme, un paio di sere fa. Vorrebbe tanto tornare con te, ma tu non ti fidi di lui.»

«Sembra incredibile, vero?» rispose lei inarcando un sopracciglio.

«Lara mi sta facendo ammattire. Io non sono come Joel, non l'ho tradita con chissà quante donne. E invece lei si rifiuta di darmi anche solo una possibilità.»

«E tu non sei abituato a essere trattato così.» Gli rivolse uno sguardo scherzoso, perché anche se Flynn non era mai stato un traditore seriale come Joel, aveva comunque avuto un bel po' di ragazze, negli anni. Era stato il sogno proibito di molte donne.

Flynn scosse il capo. «No, non ci sono abituato. E non so come comportarmi. Per caso tu le hai parlato?»

«Certo che le ho parlato, ma non si può costringere qualcuno a cambiare idea. Deve essere lei a volerlo. È come la riabilitazione per gli alcolisti», aggiunse con gentilezza.

«Grazie mille.»

«Dai, sai benissimo cosa intendo. Ssst, eccola che arriva.» Fuggita da pantaloni-senape e sua moglie, Lara stava andando verso di loro insieme con Harry. Sul palco, Enjay aveva appena concluso una versione rap di *Yellow Submarine* e si stava lanciando in un'interpretazione sexy e sentimentale di *Yesterday*. Felice di poter ascoltare qualcosa di normale, finalmente, la gente si accalcò sulla pista da ballo.

«Visto? È incredibile: quando smette di fare quelle scenette gangsta, canta davvero bene. Oddio, sentite qua! Sto parlando come una vecchia!» Lara strappò il bicchiere di mano a Evie, e aggiunse: «Hai detto che avresti ballato con Harry».

«Parli come una vecchia *dittatrice.*» Evie sapeva bene che sarebbe stato inutile puntare i piedi: era meglio togliersi il pensiero. Per fortuna Harry sembrava un po' atterrito alla prospettiva, proprio come lei, anche se il galateo lo spinse a dipingersi in volto un sorriso coraggioso e porgerle la mano.

«Forza, facciamogli vedere come si fa.»

Harry era un uomo buono e gentile, e non era solo una delle sue inutili opinioni; Lara lo conosceva da quasi vent'anni. Forse, se avesse ballato con lui, sarebbe scattata la scintilla.

Evie fece un passo avanti, eroica. «Facciamolo.» Poi scoccò un'occhiata a Lara e Flynn. «Ma dovrete ballare insieme anche voi.»

«Certo», annuì Lara.

«Allora?» chiese Flynn.

«Allora cosa?» Lara stava osservando Harry ed Evie in pista.

«Ci buttiamo nella mischia?»

«No.» Non poteva. No, non poteva.

«Perché?»

«L'ho detto solo per convincere Evie.»

«Quindi hai mentito.»

«Non mi va di ballare.» Aveva la gola secca; era già abbastanza difficile stargli accanto. Flynn aveva accostato la testa alla sua, le parlava a voce bassa, e lei sentiva il petto di lui vibrare mentre le parlava. In più quella vicinanza le dava un formicolio su tutta la pelle. No, non poteva proprio ballare con lui, e *meno che mai* in quel momento.

«Non ti va o stai solo facendo resistenza?»

Anche lui sentiva il legame che c'era tra loro, lo riconosceva. Ma se pure si era reso conto che Lara era attratta da lui, non poteva avere la minima idea di che portata avesse, o dello sforzo che Lara era costretta a fare per trattenersi.

«Guarda che differenza.» Cambiando argomento, lei indicò Enjay e una biondina magra, che in quel momento erano avvinghiati sul palco, i corpi snelli che danzavano sinuosi al ritmo della musica. Poi passò a Harry ed Evie, che con grande impegno si sforzavano di arrivare alla fine della canzone. Si sorridevano e facevano del loro meglio per mostrarsi felici di quel momento, ma emanavano un potente senso d'imbarazzo, che li avvolgeva come una fluorescenza. Evie aveva perso il ritmo, mentre Harry, che non era mai stato un gran ballerino, sembrava un pezzo di legno.

«Evie non è così, di solito», commentò Flynn.

«Lo so, poverina. Ma se riuscissero a rilassarsi, non sarebbero una coppia perfetta?»

«Cos'è, ti piace mettere insieme le persone?» le chiese con un'occhiata carica di significato.

«Certo. E loro due sarebbero fantastici. Non mi sbaglio mai, in questo campo.»

«Okay, voglio farti notare solo un paio di cose. Primo, non è vero che non ti sbagli mai. Secondo, sembra che Evie stia cercando di ballare con una scala a libretto. E tre...»

S'interruppe e restò in silenzio.

Un silenzio snervante. «Hai detto un paio di cose.»

«Ho cambiato idea. Non è certo un delitto.» La voce di Flynn era salda quanto il suo sguardo, e aveva provocato un rilascio di ormoni eccessivo nel sangue di Lara. «... Tre, non pensare nemmeno per un secondo che rinuncerò a te. Perché non ho alcuna intenzione di farlo.»

37

Era domenica, ed era l'ora di pranzo quando Gigi arrivò in albergo. La receptionist chiamò nella suite di Enjay, che scese per incontrarla.

Fresco di doccia, con una maglietta bianca che gli fasciava gli addominali scolpiti, aveva un profumo meraviglioso. Consapevole degli sguardi discreti della ragazza al desk, strizzò l'occhio a Gigi, ma non la toccò. «Ehi, piccola. Che succede?»

In hotel era abbastanza al sicuro da non aver bisogno della scorta di Maz o AJ. «Sono venuta per parlarti di una cosa. È personale», disse lei, poi si fermò, perché anche se non li stava guardando, la ragazza della reception li ascoltava di sicuro. «Si tratta di affari. Potremmo salire da te?»

Una volta entrati nella sfarzosa suite color crema e blu, Enjay chiuse la porta. «Sentiamo, allora. Spara.»

«Okay. Bene, prima di tutto volevo ringraziarti per averci invitate alla festa, ieri sera. È stata fantastica. Hai conquistato tutti quei tipi austeri, alla fine ti adoravano. Non credevo che ce l'avresti fatta.»

Lui allargò le braccia. «Che posso dire? Sono modesto e affascinante. È questo il trucco.»

«Ti ho portato un regalo per dirti grazie.»

«Sul serio? Fantastico. Non mi capita spesso di ricevere regali», rispose lui con gli occhi scuri che gli brillavano.

«Dammi la mano.»

«Ancora meglio. Spero che sia un Rolex.» Distese il braccio.

«Piantala, di quelli ne hai già. Ti sto per dare qualcosa che non hai. Chiudi gli occhi», gli intimò, infilandosi una mano in tasca.

«Sì, come no, e quando li riaprirò mi avrai fregato tutti i gioielli.» Ma fece quanto gli era stato richiesto e aspettò con pazienza che lei finisse di legare dei lacci in un nodo.

«Okay, adesso li puoi riaprire.»

Lo fece. Il suo dono era così strano, accanto al Rolex tempestato di diamanti e gli anelli ricercati, ma non importava niente. Se non puoi competere nei preziosi, devi puntare su qualcos'altro. «È un braccialetto dell'amicizia», spiegò Gigi.

«Ehi. So riconoscere un braccialetto dell'amicizia. Questo è proprio fico», le disse Enjay in tono più dolce.

Lei lo osservò mentre esaminava la fascetta larga un centimetro, fatta di nodi precisi di fili rosa, verdi e viola intrecciati stretti. «L'ho fatto stamattina.»

«Scommetto che ci hai messo un po'.»

«Due ore e mezzo.»

«Grazie. Lo terrò sempre.» Si avvicinò, le posò una mano su una spalla e le diede un rapido abbraccio appena abbozzato, poi si ritrasse. Come se lei avesse una malattia contagiosa.

«Ti piace?»

Enjay le scoccò uno dei suoi sorrisoni da lupo. «Mi piace un sacco. Sono felice di aver conosciuto Harry e i suoi amici.»

«Posso dirti una cosa?» riprese lei, facendosi coraggio.

«È un Paese libero.»

«Okay. È che ci ho riflettuto. Ti ricordi l'altra volta, alle terme, quando mi hai dimostrato un certo interesse e io ti ho respinto, dicendo che non volevo avere niente a che fare con te?»

«Me ne ricordo.»
«Be'... ho cambiato idea.»
Silenzio.
«Cioè?»
«Cioè, ci ho pensato e ripensato. Non volevo essere la tua ennesima conquista, una ragazza carina che però non è nessuno se non una che ti sei portato a letto per essere dimenticata subito dopo. Ora però ho considerato la cosa da un altro punto di vista.» Parlava sempre più in fretta, lasciando scivolare fuori una sequela di parole sperando che lui capisse. «Credo che sarebbe un'occasione per *me*, una di quelle cose che capitano solo una volta nella vita... perché non credo che mi succederà spesso di poter andare a letto con un rapper famoso. Anzi, non mi capiterà mai più, non credi? E tu non resterai qui ancora a lungo. Quindi ecco, volevo dirti che ho deciso. Dovremmo farlo. E non preoccuparti: dopo non ti verrò a cercare, perseguitandoti e chiedendoti che tra noi ci sia qualcosa di più. Sappiamo entrambi che sarebbe solo una botta e via.»
Ancora silenzio. «In pratica mi stai dicendo che per te sarei una di quelle esperienze che prima o poi vanno fatte», disse infine Enjay.
«Esatto. Così entrambi avremmo quel che vogliamo!»
«Okay. Hai appena detto che sarebbe una cosa che capita solo una volta nella vita... ma devo darti una brutta notizia. Non succederà affatto.»
«Perché no?»
«Tu hai cambiato idea. Be', l'ho cambiata anch'io.» La guardò, serio. «Tuo padre sa che sei qui?»
«No, non lo sa. Cos'è, hai paura di lui? Guarda che non avevo alcuna intenzione di parlargliene, se è questo il problema.»
«E tua madre?» Aveva paura. Per questo era scoraggiato.
«Non lo sa nemmeno lei. Una ragazza che ho conosciu-

to in palestra ha organizzato un barbecue oggi pomeriggio, e mi ha invitata. È lì che sarei dovuta andare, ed è lì che tutti pensano che mi trovi, a un barbecue in una fattoria di Lansdown.» Fece un passo avanti, abbassò la voce, e in tono seducente aggiunse: «Però preferirei stare qui con te».

Enjay le posò le mani sulle spalle, restando però a distanza, le braccia rigide. «Okay, ascoltami bene. Ti ringrazio, ma ho degli scrupoli. Non molti, però qualcuno sì. E ho intenzione di mantenere la parola data a tuo padre.»

«Oh, ma...»

«Niente proteste. Lo faccio solo per il tuo bene. Tra un paio di giorni, partiremo per Londra. Andrò in giro per discoteche e verrò puntato da un sacco di ragazzacce, capisci? È quello il genere di donne con cui vado a letto. Credimi, è meglio così», le disse con dolcezza.

Sembrava sul serio rammaricarsene, il che rendeva ancor più difficile mandar giù il suo rifiuto. «Non capisco perché», fece lei, ostinata.

«Ehi, tu sei una brava ragazza. Io me la intendo con quelle cattive.»

«Potrei essere anch'io una ragazzaccia.» Non voleva pregarlo, ma essere respinta era davvero troppo frustrante.

Però Enjay stava già scuotendo il capo, con quel sorrisetto e lo sguardo di chi ha di fronte una bimbetta che dichiara di voler fare l'astronauta, da grande.

«Sei troppo carina per esserlo. Non posso portarti sulla cattiva strada, ma apprezzo sul serio l'offerta. E anche il braccialetto dell'amicizia. Ora va' pure al barbecue della tua amica e divertiti.» Le diede un rapido abbraccio e l'accompagnò alla porta. «Ciao.»

«Mi sento un po' stupida, adesso», disse Gigi con un filo di voce.

«Piccola, non devi. Vali molto più di così. Diciamo che ti

è andata bene», aggiunse, con quella luce di nuovo negli occhi e sfoderando il suo classico sorriso malizioso.

Quando Flynn arrivò a casa a prenderla, Lara era pronta e lo stava aspettando. In realtà avrebbe dovuto essere Gigi ad accompagnarlo a una degustazione di vini al porto di Bristol. Ma quando aveva detto di essere stata invitata a un barbecue, lei non aveva avuto il coraggio di dirle di no. Per far sì che si ambientasse a Bath, Gigi aveva bisogno di nuovi amici e di un'ampia vita sociale; così lei si era offerta di andare al suo posto alla degustazione.

Poteva farcela. Sarebbe andato tutto bene. Forse, se avesse passato più tempo con Flynn, piano piano sarebbe diventato tutto più semplice, e le ondate di adrenalina improvvise sarebbero diminuite.

Con un po' di fortuna.

«Tutto a posto?» le chiese Flynn quando salì in macchina.

«Alla grande.»

«Gigi ti ha spiegato il tuo ruolo?»

Lara si sistemò la gonna e si allacciò la cintura di sicurezza. «Certo. Sarai tu a condurre lo spettacolo, l'esperto. Io dovrò solo essere gentile con le persone e andare in giro versando piccole quantità di vino nei bicchieri. In pratica sono i miei due passatempi preferiti.»

«Gigi è ancora a casa?»

«No, è uscita presto per andare al barbecue. Era molto emozionata... non vedeva l'ora.»

«Ed Evie che farà oggi?»

«Ah, sapessi: ho organizzato un piano infallibile. Ho detto a Harry che Evie adora giocare a golf ma non ha nessuno che condivida la sua passione. E poi ho detto a Evie che Harry *moriva* dalla voglia di una partita a golf ma detesta andare da solo», rispose Lara, cercando di non mostrarsi troppo compiaciuta, ma non scarsi risultati. «In pratica ho convinto entrambi che avrebbero fatto all'altro un favore immenso, e che allo stesso tempo avrebbero trascorso una giornata meravigliosa. *Poi* torneranno a casa, ed Evie preparerà l'arrosto per cena... e se c'è qualcosa che colpirà Harry, sarà proprio il suo arrosto», concluse trionfante.

Lui le scoccò un'occhiata. «Davvero pensi che funzionerà?»

«La prima volta che me l'ha cucinato ho rischiato di chiederle io stessa di sposarmi, ti basti sapere questo.»

«Ma Evie vive a Bath, Harry a Keswick.»

«Dio, che pessimista sei. Se sono fatti l'uno per l'altra troveranno un modo. Si chiama trasloco.»

«Tutto qui?»

«Tutto qui.»

«Stamattina mi ha chiamato Joel. Vorrebbe ancora tornare con lei.»

«Così può ricominciare a tradirla? *Andiamo!* Ha avuto la sua occasione e l'ha sprecata. Lei merita di meglio... e farò di tutto perché lo abbia.»

«... Che lo voglia o no», commentò lui mentre lasciavano la città.

38

Harry ed Evie ci avevano messo tre minuti appena per scoprire di essere caduti in un raffinatissimo tranello di Lara. Ma per fortuna non era stato un gran problema.

Una partita di golf, a differenza del ballo, non richiedeva un contatto fisico, e loro due amavano davvero giocare. Il campo a Castle Combe, a una quindicina di chilometri di distanza da Bath, di proprietà del Manor House Hotel, era progettato in modo molto ingegnoso, e si trovava in una zona di campagna che offriva un panorama incantevole. In più c'era il sole: cosa si poteva desiderare ancora?

Be', oltre a concludere sotto il par e fare un birdie alla diciottesima buca vincendo la partita, naturalmente.

«Mi sono divertito molto», disse Harry mentre tornavano a casa.

«Anch'io.» Avevano trascorso davvero un bel pomeriggio, chiacchierando senza alcuna difficoltà. Tra loro non c'era la minima attrazione fisica, ma non se ne curavano. Non ci si poteva certo costringere a provarla: non era qualcosa che si potesse far apparire come per magia.

Però almeno potevano scherzarci su.

«Quando Lara torna a casa, dovremmo dirle che ci siamo fidanzati», propose Harry.

«E ci chiameremo con dei nomignoli. Tipo Cicci e Picci», disse Evie.

«Orsetto e Coniglietta.»

«Mazza e Pazza.»

«Troppo poco romantico. Dolcetto e Piumino?»

«Okay, ma io voglio essere Dolcetto», concesse Evie.

Quando arrivarono a casa, Harry le disse: «Se vuoi possiamo uscire a cena. Non devi cucinare per forza».

La carne era già a marinare dalla sera prima. Evie aprì un sacchetto di patate. «No, mi diverto. Tieni. E questo è un pelapatate. Puoi renderti utile.»

«Lara dice che i tuoi arrosti sono i migliori del mondo.»

Lei cominciò a tritare a cubetti delle cipolle rosse per la salsa. «Ha ragione. Sono la mia specialità... A dire il vero, in tutto il resto sono un'incapace.» Harry se la cavava bene a sbucciare, per fortuna. Poi cominciò a squillare il telefono di casa, ed Evie fece una smorfia. «Potresti rispondere tu, per favore? Ho le mani sporche di cipolla. Sarà Lara che vuole ricordarmi di cucinare una doppia porzione di pastinaca.»

«Pronto?» Harry riusciva a rispondere al telefono con una deferenza incredibile. Evie sorrise e lo osservò mentre ascoltava la persona all'altro capo del telefono. «Oh, sì, è proprio qui. Potrebbe dirmi il suo nome?» Visto? Che dolce. Sembrava un personaggio uscito dagli anni '50. Ecco che copriva il ricevitore con una mano, si voltava verso di lei e le diceva: «È per te. Ethan».

La lama del coltello mancò il pollice di Evie per un soffio.

«Sì, attenda solo un istante, viene subito», disse lui al telefono. Prese il rotolo di carta da cucina e le porse un paio di pezzi, in modo che potesse pulirsi le mani.

«Ciao, Ethan», gli rispose lei in tono rigido, anche se non era sua intenzione parlargli come una preside pronta a fare la ramanzina. Ma era davvero ironico che si fosse deciso a chiamarla solo in quel momento.

Anche lui sembrava in imbarazzo. «Ciao... ehm. Come stai? Scusa se non ti ho chiamata prima. Sono stato molto occupato... sai come vanno le cose...»

Molto occupato a gridare contro una povera impiegata straniera, vorrai dire.

Evie non lo disse a voce alta. Se fosse stata Lara gli avrebbe fatto qualche battuta caustica, ma lei non era proprio il tipo. Così rispose: «Certo. Anch'io ero occupata».

La freddezza con cui gli aveva parlato doveva averlo innervosito. Ethan si schiarì la voce. «Allora, ehm... mi chiedevo se ti va di rivederci...»

Le era piaciuto tanto. L'intesa che mancava in modo irrimediabile tra lei e Harry si era invece manifestata in modo impressionante durante la serata trascorsa con Ethan. Quell'*unica* serata.

Ed era stata così perfetta...

Fino alla sera prima, quando lui si era rivelato per quello che era.

«Non credo. Anzi, direi proprio di no», ribatté lei, tagliando corto.

«Ah. Be', okay.» Per qualche strano motivo, sembrava deluso. Come se volesse cercare di fare conversazione, però, riprese: «Ieri sera ti ho vista in albergo, alla festa nella sala da ballo. Sono passato per vedere come andava, e c'eri anche tu. Volevo venire a salutarti, ma stavi ballando con un tipo...»

«È vero. È qui con me, ora. Ti ha risposto lui al telefono.»

«Ah. Capisco. Va bene. Be', allora magari ci vediamo. Buona fortuna per tutto», fece lui rassegnato.

Evie deglutì a vuoto. Se la sera prima non avesse scoperto com'era davvero, in quel momento sarebbe stata felicissima di sentirlo. Era l'ennesima dimostrazione che si poteva anche pensare di conoscere qualcuno, ma in realtà non era così. Rallegrandosi con se stessa per la buona sorte, rispose: «Grazie. Arrivederci».

Ecco fatto. Attaccò e tornò alle sue cipolle. Da un lato si sentiva triste, dall'altro più forte.

«Era il tuo ex fidanzato?» chiese Harry.

«No. Un altro. Mi era sembrato carino, ma alla fine ho

scoperto che era molto diverso. Che sorpresa, eh? Peccato, ma meglio così», aggiunse tagliando e affettando alla velocità della luce.

«Oh, be', peggio per lui. Ecco, con le patate ho finito. Le sbollentiamo, prima di arrostirle?»

Harry, bontà sua, stava già cercando una pentola. Perché, perché non si sentiva attratta da lui? «Wow, un uomo che sa come muoversi in cucina. Sei praticamente perfetto», gli disse Evie.

«Lo so... ma sarei più perfetto se non ballassi con la grazia di una giraffa», ribatté lui con semplicità, facendo una smorfia.

La cena era quasi pronta, c'era un profumo fantastico e Harry stava friggendo le zucchine nel burro, girandole in padella con mosse da cuoco esperto. Evie tirò fuori l'arrosto sfrigolante dal forno, lasciandolo riposare da parte mentre si dedicava alla salsa.

Suonarono alla porta. «Aspetti qualcuno?» chiese Harry.

«No, sarà Lara... vuole farci sapere che è tornata, nel caso avessimo bisogno di un po' di tempo per renderci presentabili.»

«Allora forse dovremmo andare di sopra, aprire la finestra della camera da letto e chiederle di tornare tra un'ora», fece lui, ridacchiando.

«Ne sarebbe felicissima. Solo che a quel punto ci assillerebbe. Vorrebbe prendersi *tutto* il merito», fece lei andando ad aprire, mentre il campanello suonava di nuovo.

«Fa' in fretta, Dolcetto», le gridò dietro lui.

«Certo, Piumino. Mi manchi già!» squittì lei di rimando.

Poi aprì la porta e si ritrovò davanti Joel. Ed era davvero scuro in volto.

«Chi è Piumino?»

In teoria ci sarebbe stato da ridere, ma data la situazione non era assolutamente il caso.

Evie non poteva farci nulla: ancora le mancava il fiato quando vedeva il suo ex fidanzato. Rispetto a Ethan o Harry, era un dio greco. «Nessuno. Solo uno scherzo... Joel, che ci fai qui?»

Lui scosse il capo e oscillò un poco, e lei si rese conto che doveva aver bevuto. «Volevo vederti, perché ti amo. Evie, Evie, non lo farò mai più, te lo giuro...» Si fermò per annusare l'aria. «Stai cucinando?»

«Sì.»

«Ha un odore fantastico. Posso entrare?»

«No», fece lei convinta.

«Perché no? Perché sei col tuo nuovo fidanzato? Ah, lo sapevo!» Vedendola esitare, le rivolse un sorriso sghembo, pieno di tristezza. «E so anche chi è. Ethan McEnery, il padrone dell'Ellison. Emily mi ha raccontato che è con lui che eri a cena da Brown's. Ho ragione, vero? Quindi adesso lui è qui e tu gli stai preparando una cenetta, per questo non mi lasci entrare.»

«Ancora una volta no. Ethan non c'è.»

«E allora fammi entrare! Ho bisogno di parlarti!»

Evie sentiva addosso l'odore dell'alcol, e sapeva che aveva passato le ultime ore a bere nella sua vineria preferita. «Devo dirti comunque di no.»

«Allora secondo me lui c'è, e stai cercando di nascondermelo.» Mentre lo diceva, entrambi sentirono la porta della cucina cigolare. Joel aprì bocca per aggiungere qualcosa, ma poi la richiuse quando vide Harry apparire accanto a Evie.

«Non c'è davvero. Però ci sono io», disse Harry in tono gentile.

«E tu chi saresti? Un altro fidanzato? *Ah!* Tu sei... *Piumino!*» esclamò, sconvolto.

Harry chinò il capo, assentendo con deferenza. «E tu devi essere Joel. Piacere di conoscerti.»

Joel doveva essere molto più ubriaco di quel che sembrava, perché si voltò verso Evie e in un sussurro perfettamente udibile le fece notare: «Senti, senza offesa, ma posso dire una cosa? Non è che stiamo parlando di bellezze scultoree, qui. Stai cercando di rimetterti in gioco e farti notare da altri uomini, ma finora nessuno di loro è meglio di me!»

Altri se la sarebbero presa, di fronte a una considerazione del genere. Harry invece si limitò a rispondere: «Preferisco spiccare per la mia personalità».

«Evie, Evie, io ti amo, e tu puoi avere di meglio... potresti avere *me*», la implorò.

Lei sospirò. «Tutto questo è assurdo. Come sei arrivato qui?»

«In taxi. Ma ora se n'è andato», aggiunse visto che Evie scrutava alle sue spalle nella vana speranza che la vettura potesse essere rimasta ad aspettarlo lungo la strada.

«Okay, quindi te ne dovremo chiamare un altro.» Lei si voltò e rientrò nel corridoio, prese il cordless e tornò da lui.

«... Ma tu non la ami quanto me. Non *puoi*», stava dichiarando Joel a Harry.

«Ehi, basta, smettila di parlare così. Non ti voglio sentire.» Evie sollevò una mano per ottenere il silenzio e trovò sull'agenda il primo nome di compagnie di taxi. «Pronto, sì, in quanto tempo potete mandare una macchina ad Arlington Road...?»

Chi poteva immaginare che trovare un taxi di domenica pomeriggio potesse essere così difficile? Mezz'ora era davvero un tempo esagerato. Quaranta minuti erano anche peggio. La terza società non si prese nemmeno la briga di rispondere al telefono. E mentre lei continuava a chiamare, Joel non faceva che blaterare su quanto fosse stato male senza di lei, sostenendo di aver imparato la lezione e che non si sarebbe mai più comportato male.

Se solo avesse potuto sbattergli la porta in faccia... Ma Evie conosceva Joel abbastanza bene da sapere che si sarebbe attaccato al campanello. E visto che lei stessa aveva dato fondo a una bottiglia di Merlot aperta un'ora prima, non poteva nemmeno mettersi lei alla guida e riaccompagnarlo a casa.

Attaccò il telefono. «Che *assurdità*. Ma perché non rispondono? Maledetti taxi.»

«Ho un certo appetito. Perché non m'invitate a cena?» domandò Joel.

«Non mangerai con noi! Voglio che tu te ne vada!» ribatté lei alzando la voce.

Si sentì un fruscio tra i cespugli, poi la vicina, Jacqueline, fece capolino dalla siepe che divideva i giardini delle due case.

«Salve... sono solo io! Scusate, non sono una ficcanaso, ma non ho potuto fare a meno di sentirvi.»

Si erano tutti voltati a guardarla. Joel, scuro in volto, le chiese: «Chi sei?»

«Jacqueline Cumiskey. E tu saresti...» chiese, gli occhi accesi d'interesse, in tono amichevole.

«Sono Joel. E lei è Evie, l'amore della mia vita. Lui invece è Harry qualcosa, e a lui non voglio bene per niente», ribatté lui, indicando tutti, l'uno dopo l'altro.

«L'avevo sospettato. Comunque stavo uscendo per andare a trovare mia madre: per caso ti serve un passaggio? Sempre che non sia una deviazione eccessiva. Cioè, non Manchester o posti del genere», aggiunse, perplessa.

Evie fece un sospiro di sollievo. «Sarebbe meraviglioso. Grazie mille, sei un tesoro. Deve arrivare solo a casa, a Bannerdown...»

«Nessun problema! Forza, allora, andiamo», rispose lei, allegra, mostrando a Joel le chiavi della macchina.

«E se volessi andare a Manchester?» protestò lui.

«Non vuoi. Ciao», rispose Evie, irremovibile.

Restarono sulla soglia a guardarlo salire accanto a Jacqueline, sulla Fiesta verde acido. Non appena l'auto partì, tornarono in casa.

«Hai un sacco di ammiratori», commentò Harry.

«No, non direi. E poi non è molto divertente averne, se sono le persone sbagliate», sospirò lei.

«Ehi, tirati su. Te la stai cavando alla grande.»

Era davvero gentile. «Non è vero. Sono un disastro senza speranza. Però almeno abbiamo le patate arrosto.»

«E giocheremo a Scarabeo», le ricordò lui.

«Vediamo se Lara sta tornando.» Le mandò un messaggio: *La cena è pronta: tra quanto arrivi?*

Non appena ebbero finito di apparecchiare, arrivò la risposta: *Non prima delle dieci, siamo ancora a Bristol. Me ne lasci un po'? Divertiti!*

Erano solo le sei e mezzo. Evie mostrò il telefono a Harry. «Non torna prima delle dieci.»

«Per me va bene, tanto a Lara non piace Scarabeo. Significa che potremo giocare di più», rispose lui senza scomporsi.

«Non pensare di battermi. Guarda che sono brava.»

Lui la fissò. Gli brillavano gli occhi. «Io di più.»

39

«*Ah*. Lo sapevo!» esclamò Lara guardando il display del telefono trionfante.

«Cosa sapevi?»

Stavano ripartendo da Bristol, diretti a Bath. Lei aspettò che Flynn si fermasse al semaforo in fondo a Park Street e gli mostrò i messaggi. Il secondo di Evie diceva: *Okay, d'accordo! A dopo.*

«Sono un genio», commentò lei orgogliosa.

«Parli arabo. Mi serve un interprete.»

«E dai, è ovvio! Evie non mi ha scritto per sapere a che ora volevo cenare. È a casa con Harry, e vuole farsi i conti di quanto tempo resterà da sola con lui!»

Lui si accigliò. «Perché si annoia?»

«Ma no! Perché non vogliono essere disturbati!»

Flynn era incerto. «Ne sei sicura?»

«È evidente. E quando le ho detto di divertirsi, mi ha risposto 'd'accordo'!» Era sconvolta dalla sua incapacità di comprendere.

«Ma le hai chiesto di metterti da parte dell'arrosto. Sicura che non stesse rispondendo a quello?»

«Senti, tu sei solo un uomo. L'esperta sono io. Fidati, è così.» Era in estasi per la sua abilità di combinare le coppie.

«Però le hai detto che saremmo rimasti a Bristol. Ora

non puoi tornare a casa prima delle dieci.» Stavano superando Cabot Circus per andare a prendere l'autostrada.

In effetti era vero: non ci aveva pensato. *Okaaayyy*...

Idea, idea. «Andrò al cinema. Puoi lasciarmi all'Odeon.»

Arrivarono a Bath quaranta minuti dopo.

Flynn parcheggiò in divieto di sosta davanti al cinema. «Cosa vai a vedere?»

Lei indicò una locandina. «Quel poliziesco con Rupert Everett.»

«Davvero? Ho letto recensioni orribili.»

«Ah, d'accordo, allora la commedia con Jack Black e il ciccione.»

«Dicono che sia anche peggio.»

Lara lo sapeva già. Aveva controllato su Google col telefono mentre erano in autostrada. «E va bene, allora andrò a vedere l'horror fantascientifico col tizio pelato e Paris Hilton.»

«Ma se non sopporti la fantascienza...»

«E allora magari andrò all'Ellison a trovare Enjay.»

Lui la scrutò a lungo, poi ripartì.

«Dove mi stai portando?» gli chiese.

«A casa.»

«No! Evie e Harry non si aspettano di vedermi, non voglio fare il terzo incomodo», protestò.

«Non a casa tua. Ti porto da me.»

Ooh, che tono perentorio...

L'appartamento di Flynn, all'ultimo piano di una casa a schiera georgiana vicino a Royal Crescent, era ciò che un agente immobiliare avrebbe descritto un immobile di classe, da cui si godeva di un panorama mozzafiato sulla città. Gigi c'era già stata, ma per Lara era la prima volta. La cucina era piuttosto piccola, ma il salotto era ampio e spazioso, con le pareti dipinte di color melanzana chiaro e la moquette di un grigio violaceo. Alle pareti erano appese delle opere interessanti, e c'erano un televisore gigantesco, naturalmente, e un divano di velluto blu che sembrava di una comodità estrema. Lara accese la TV mentre Flynn preparava il caffè in cucina, e fece scivolare un paio di copie della rivista *Ski* giù dal divano, poi si tolse le scarpe e si mise seduta, infilando i piedi sotto di sé. Fuori intanto aveva cominciato a piovere; il suono delle gocce che ticchettavano contro le finestre aveva un che d'ipnotico. In televisione però non davano niente d'interessante; chissà perché la domenica pomeriggio la programmazione faceva così pena. I DVD di Flynn erano lì vicino, però si sentiva talmente comoda che non aveva alcuna voglia di muoversi... mmm... *mmm*...

Mentre si svegliava, con gli occhi ancora chiusi, la prima cosa di cui Lara divenne consapevole era il calore del cuscino su cui aveva posato la testa. Solo che un attimo dopo si rese conto che non era affatto un cuscino.

In più sembrava che respirasse...

Di colpo il cervello si attivò e i pensieri arrivarono in un vortice. Si era addormentata. Flynn le aveva portato il caffè e si era messo seduto con lei sul divano. A un certo punto lei era scivolata via dalla posizione seduta ed era andata a finire con la testa sul suo petto.

Che meraviglia.

Subito dopo scoprì che lui le aveva posato la mano destra sul ginocchio piegato; ne sentiva il calore e il peso. A essere onesti, si era rannicchiata contro di lui, e quella mano non aveva molti altri posti in cui mettersi. *Dio, però, anche quella era una sensazione fantastica.*

Lara socchiuse gli occhi, cercando di respirare lentamente, in modo regolare. Si era avventurata in un territorio pericoloso; sapeva già di essere nei guai. Ma non era colpa sua, non è possibile controllare tutto quando ci si addormenta di colpo.

Anche il fatto di posare un braccio sul petto della persona contro cui ci si è rannicchiati in modo assolutamente accidentale. Ops, eccolo lì, disteso su di lui. Ed ecco che la camicia di Flynn si era tutta sgualcita per colpa del suo abbraccio. E poi quei pantaloni grigio scuro, l'avambraccio abbronzato, il suo corpo magnifico, quel meraviglioso odore che conosceva così bene...

«Sei sveglia?»

Ebbe un lieve sussulto, e lo sentì inclinare il capo per guardarla.

«Mi sono appena svegliata. Non volevo addormentarmi. Scusa.»

«Non c'è problema.»

Era terrorizzata dalla propria debolezza. Si mise a sedere, si passò una mano tra i capelli e disse: «Devo andare».

«Non è necessario.» No, non era *necessario*. Ma era molto, molto *meglio*. Inoltre Flynn non l'aiutava per niente, era lampante. Continuava a tenerle la mano sulla gamba, accarezzandole il ginocchio col pollice, quasi sovrappensiero. Aveva quello sguardo, e come al solito lei stava perdendo il lume della ragione. Lara scoprì di essere paralizzata, mentre fissava la sua bocca. «Resta... non voglio che tu te ne vada», le sussurrò lui.

La vibrazione, quando arrivò, sembrò come una scossa elettrica. In quello stato di confusione mentale, Lara ci mise qualche istante a capire che proveniva dal cellulare, nel taschino della sua camicia, che era schiacciato tra loro due e stava diffondendo un tremito sul petto di entrambi, un po' come se li stessero rianimando al pronto soccorso.

Si tirò indietro e prese il telefono.

«Potresti anche non rispondere», disse Flynn.

«E se fosse Gigi che ha bisogno di me?» Ancora turbata da quel momento di debolezza, Lara si difese suggerendo che lui non poteva capire: un genitore non poteva mai e poi mai ignorare un telefono che suonava.

Nell'istante in cui disse «pronto», capì. Anche prima di sentire la voce all'altro capo della linea. L'istante d'incertezza fu la chiave di tutto. Il suo cuore ebbe un sobbalzo improvviso, e lei dovette voltarsi: non poteva più guardare Flynn, la cui presenza la distraeva troppo.

«Ehm, salve. Ha lasciato il suo numero qualche tempo fa, e l'ho richiamata. Sono James Agnew.»

Lo so, lo so, LO SO. Era la voce che tanto aspettava di sentire. Lara non poté fare a meno di balzare in piedi e cominciare a camminare, diretta verso la finestra. Quell'uomo aveva una voce convincente, in un certo senso. Come se potesse essere suo padre.

«Sì, salve. Okay, ecco... forse è un po' un fulmine a ciel sereno, ma volevo sapere... per caso lei un tempo conosceva una donna di nome Barbara Carson?»

Stavolta sentì un moto di sorpresa: l'uomo inspirò di colpo, e poi rispose: «Oh, santo cielo... sì. Mi scusi, non mi aspettavo una domanda del genere».

«Mi scusi lei. Ma non sapevo proprio in che altro modo chiedere.» Quasi non si rese conto che Flynn si era ritirato in cucina per rispettare la sua privacy.

«Ma ha deciso di contattarmi. Potrei sapere... Voglio dire, sentendo questa voce... Sei... Lara?»

Un gigantesco groppo le afferrò la gola. «Sì.»

Silenzio. Poi, in tono più dolce, James Agnew riprese: «Bene, bene, è incredibile. Non pensavo che ti avrei mai sentita. È... *meraviglioso*».

A quel punto però parlarci al telefono non le bastava più. Lara voleva vederlo, incontrarlo di persona, sapere com'era fatto. Non poteva fargli tutte le domande che voleva, non così. Non le sembrava giusto.

«Ho chiamato diverse volte. Avevo paura che la donna che rispondeva al telefono non mi capisse... sei stato via per secoli.»

«Crociera intorno al mondo. Sono tornato stamattina. Mi

spiace per la governante. È molto brava a passare l'aspirapolvere e annaffiare le piante, ma temo che parlare inglese non sia il suo forte.»

«Potremmo vederci? Ti andrebbe?» chiese lei, senza riuscire a trattenersi.

«Sì. Sì, certo.» Lo sentì sospirare forte. «Accidenti, però è un momento pessimo. Sono appena rientrato, e martedì mattina devo andare a New York per affari, e poi da lì a Toronto. Starò via per tre settimane... vogliamo prendere appuntamento per il fine settimana dopo il mio rientro?»

Santo cielo, un *mese* intero? Il cuore le sprofondò. Era troppo, troppo tempo. Non ce l'avrebbe fatta ad aspettare. Ma di sicuro lui non poteva annullare un viaggio così importante.

«A meno che... si potrebbe fare domani. Cioè, ho un bel po' di appuntamenti, questioni da risolvere... non so se ti è possibile venire qui da me a Londra, magari a casa...» tentò lui.

«Sì! Va benissimo!» Ehm, forse aveva gridato un po' troppo. «Scusami, ti ho rotto un timpano? Comunque verrò a Londra. Ho il tuo indirizzo, so dove sei. A che ora? Quando vuoi tu.» Quasi balbettava per il sollievo. La gioielleria era chiusa il lunedì, quindi era perfetto.

«Domani, allora. Vogliamo fare a mezzogiorno? Non vedo l'ora.» Sembrava sincero. «Ma posso farti una domanda?»

Oh, Dio, quindi lo *sapeva*? Stava per chiederle se lei sapeva che era suo padre? Senza fiato, Lara rispose: «Certo».

«Come mi hai trovato? Come hai saputo il mio nome?»

Lei espirò. «Fortuna e qualche trucchetto.»

Rise. «Ottimo. Brava ragazza. A domani, allora.»

Lara sorrise, adorando il timbro elegante della sua voce. «Non vedo l'ora.»

«Allora?» le chiese Flynn quando la vide entrare di corsa in cucina.

«Lo incontrerò domani, vado a casa sua. Parleremo di

tutto. Dio, sto *tremando*. È successo davvero, alla fine!» Gli mostrò le mani.

«Come andrai a Londra? In macchina?»

Flynn sapeva che Lara aveva preso appuntamento in officina per far riparare la sua auto, una specie di scassone sferragliante, nella speranza che smettesse di sferragliare.

«Non posso rischiare. Prenderò il treno», fece lei con una smorfia.

Ma lui scosse il capo. «Ci saranno lavori sulla linea per tutta la settimana. Sono previsti gravi ritardi. Di lunedì mattina poi... sarà un inferno.»

«Aspetta, devo pensare. Sono troppo agitata. Prenderò un taxi.»

«Non puoi prendere un taxi.»

«E allora chiederò a Enjay, magari ci deve andare.» Santo cielo, se necessario era disposta ad arrivarci a piedi.

«Sta' tranquilla, va tutto bene. Ti ci porto io», propose lui.

Ooh, che gentile...

«Ma devi lavorare.»

«Prenderò un giorno di ferie. Gigi se la caverà.»

Si era offerto perché aveva nominato Enjay? «Non ce n'è bisogno. Basterebbe che mi prestassi la macchina.»

Vide un lampo nei suoi occhi scuri. «Ti accompagno. Così non correrai rischi.»

Aveva ragione. Soprattutto perché sarebbe stata isterica per tutto il viaggio. Lara sentì che la tensione l'abbandonava.

«Okay, grazie.»

«Ehi, sono felice per te. È una notizia fantastica. Come ti è sembrato?»

Chissà se riusciva a capirla. «Mi è sembrato... *giusto*», rispose.

«Bene.» Flynn l'abbracciò in un modo che cinque minuti prima l'avrebbe sconvolta fin nei precordi. In quel momento però non riusciva proprio a pensare a lui: la sua mente era un turbine di pensieri. Per sua fortuna, e per sfortuna di Flynn. «E adesso chi stai chiamando?» le chiese vedendola armeggiare di nuovo col cellulare.

«Come? Aspetta un secondo... Ciao, sono io. Va bene per voi se torno a casa?» chiese a Evie quando rispose.

«Certo. Dacci solo il tempo di rivestirci.»

«Davvero?»

«Ma no. Ci siamo rivestiti secoli fa.»

«Oddio, *davvero*?»

«Stavo scherzando di nuovo. Torna quando vuoi. Ma come mai hai una voce così strana? Stai bene?»

«Mi ha appena chiamata James Agnew. Lo incontro domani.» Le tremava la voce dalla felicità: aveva quasi cominciato a pensare che non sarebbe mai successo.

«Evviva, è meraviglioso! E che voce ha?»

Lei inspirò a fondo e provò un moto di pura gioia. «*Credo* che... che sembri mio padre.»

40

«Eccoci, è quella», disse Flynn.

Per un attimo Lara non riuscì a parlare. Quante volte aveva osservato quella casa, quella strada, in ogni minimo dettaglio con Google Street View? Adesso però era a Belvedere Grove di persona, la vedeva coi suoi occhi. Una grande proprietà un po' discosta dalla strada, con un bel giardino che doveva essere stato curato da qualcuno mentre James Agnew era via, in crociera. Dell'edera screziata risaliva lungo le mura di stucco bianco della villa, mentre le persiane erano dipinte di verde scuro. La casa era molto ben tenuta, e le finestre tirate a lucido mandavano bagliori alla luce del sole.

«Grazie per avermi accompagnata. Come ti sembro?» Flynn aveva fatto bene a insistere per non farla guidare: non era mai stata tanto nervosa in vita sua.

Lui sorrise. «Ce la farai.»

Lara non aveva potuto fare a meno di cogliere l'ironia della situazione. «Gigi doveva sentirsi esattamente così, al vostro primo incontro», disse.

Lui le prese una mano e la strinse, per rassicurarla. «Lo so. E non è andata tanto male, ti pare? Forza. Ci vediamo dopo. Buona fortuna.»

Non appena si fu allontanato, Lara si raddrizzò il colletto e si sistemò i capelli con le dita. La sera prima ci aveva messo ore a decidere cosa indossare per l'occasione. Alla fine aveva optato per un bel paio di jeans e per la sua camicia preferita: in fondo non era un colloquio di lavoro.

Aveva anche messo un trucco leggero, sapendo per esperienza che più importante era l'occasione, più era facile che esagerasse. Inoltre c'era il rischio che si mettesse a piangere, e l'effetto clown era sempre in agguato.

La porta d'ingresso era verde, lucida, con un grosso battente d'ottone a forma di testa di leone.

Okay, facciamoci coraggio.

Nel momento in cui sollevò la mano per prendere il battente, la porta si aprì.

Ed eccolo lì, James Agnew, che sperava fosse suo padre.

Fu come se l'avessero presa a pugni nello stomaco, ma in modo positivo.

Era alto, imponente, bello, coi capelli grigi pettinati all'indietro sul viso abbronzato, e gli occhi di un azzurro chiaro segnati da linee d'espressione. Forse lo aveva incontrato quando era molto piccola, ma non lo ricordava affatto. Chissà se le assomigliava. Non riusciva a capirlo. Non sentì di riconoscerlo, nel profondo, ma non importava.

«Ti ho vista scendere dalla macchina. Guardati un po'... La piccola Lara. Non osavo sperare che arrivasse questo giorno. È davvero... incredibile», le disse lui, scuotendo il capo, cordiale, osservandola con stupore. Distese le braccia, poi esitò. «Posso?»

Le stava chiedendo il permesso di abbracciarla. Lara annuì, incapace di parlare, e si lasciò prendere tra le braccia. James odorava di sigari, caffè, e acqua di colonia costosa.

Quanto doveva aspettare prima di chiederglielo?

Poi la fece entrare in casa, e superarono l'ingresso, attraversarono un soggiorno di un giallo chiaro incantevole per ritrovarsi in un'ampia serra che dava sul giardino vero e proprio. Una donna minuta, dal viso che ricordava un acino d'uva sultanina avvizzito, li seguì e posò un vassoio pieno di cibo su un tavolo dal ripiano di cristallo scintillante, poi si ritirò senza far rumore, lasciandoli soli.

«Allora... voglio sapere tutto. È stata tua madre a raccontarti di me?» le chiese James.

«No. Mai. Non so se lo sai, ma è morta quando avevo tredici anni.»

Lui sospirò. «L'ho saputo, sì. Sono passato a Bath, credo un anno o due dopo che è successo, e ho chiesto a una vicina se i Carson vivevano ancora lì. E lei mi ha raccontato di Barbara, mi ha detto che era morta. Ne sono rimasto sconvolto. Deve essere stato terribile anche per te. Mi spiace tanto.»

Lara annuì. Non se la sentiva ancora di chiedere: le parole erano come intrappolate nel suo petto. Ma se lui era suo padre, non avrebbe dovuto presentarsi alla porta, senza curarsi dello sdegno di Charles Carson, e chiedere di prendere in custodia sua figlia?

O sarebbe successo solo se gli fosse interessato davvero ottenere la sua custodia?

«Raccontami come mi hai trovato, allora», disse James.

Era cauto, si rese conto lei, perché non poteva sapere quante informazioni avesse Lara. In teoria forse non aveva nemmeno idea che potesse essere suo padre.

«Sono andata via di casa quando avevo sedici anni. Charles Carson mi ha cacciata, e non l'ho più rivisto. È morto qualche mese fa... e sono tornata per il funerale. Cioè, perché il notaio voleva vedermi. È stato allora che ho scoperto che la casa apparteneva a mia madre.»

James annuì, ascoltandola. «Sì... giusto. Quindi lui ci ha vissuto per tutti questi anni da solo...»

«Adesso ci abito io. Con mia figlia.» Gli avrebbe raccontato di Janice più avanti.

«Hai una figlia? Che bello!» esclamò lui, illuminandosi.

«Hai comprato tu la casa a nome di mia madre?»

Seguì una pausa, prima che lui annuisse di nuovo. «Sì.

Sì, sono stato io. Be', in realtà l'ho fatto per voi due. Ascolta... non so quanto tu sappia di questa storia, o come abbia scoperto la mia esistenza.»

Okay, dillo e basta. Lara inspirò a fondo. «Charles Carson non mi ha mai voluto bene. In pratica non ha mai creduto che fossi sua figlia. Quindi mi chiedevo se tu potessi essere mio padre...»

Sollevò lo sguardo, ma fu solo per vedere che James stava già scuotendo la testa.

«Mi spiace proprio, ma no. Avrei davvero voluto. Ma non lo sono.»

Ecco fatto. Il sogno si era infranto. «Oh... capisco.»

La delusione era schiacciante.

«Per questo sei venuta qui... oh, accidenti. Mi spiace tanto.»

Lara riuscì a fargli un sorriso incerto. «Non è colpa tua. Forse... cioè, ne sei assolutamente sicuro?»

«Al cento percento. Non è mai successo niente del genere, tra me e tua madre. Non ha mai tradito Charles. Tuo padre è lui.»

«Okay, è chiaro. Quindi eravate solo... amici.»

«Grazie a tua madre, sì. Fosse stato per me, avrei voluto molto di più. Ma è stata solo un'amicizia. Ero molto innamorato di lei, e anche lei mi amava», aggiunse a voce bassa.

Lara deglutì. La tristezza le opprimeva il petto come una morsa. «Perché è rimasta con mio padre? Avrebbe potuto lasciarlo. Potevate stare insieme...»

Saremmo stati una famiglia felice.

«Vuoi la verità? Barbara non mi considerava un uomo affidabile. Purtroppo è così. All'epoca ero sposato, e il matrimonio non funzionava. Prima di allora ero stato già sposato e avevo divorziato. Ho detto a Barbara che tra noi sarebbe stato diverso, ma lei aveva il terrore che potessi cambiare idea, che la abbandonassi», le disse, e nei suoi occhi c'era un rimpianto sincero.

Era ciò che le aveva detto anche Jo.

«E aveva ragione? Correvate davvero questo rischio?»

«Se devo essere onesto... non lo sapremo mai. Certo, io avevo un passato burrascoso. Adoravo tua madre, era l'amore della mia vita, e non riuscivo a immaginare che i miei sentimenti per lei potessero cambiare. Ma non abbiamo mai consumato la nostra relazione. Forse questo ha reso tutto diverso. Se avessimo vissuto insieme, chi può dire se e quanto avremmo resistito? A me piace pensare che saremmo rimasti per sempre insieme, certo, ma non me la sento di mettermi la mano sul cuore e giurarlo. In vita mia mi sono sposato e ho divorziato quattro volte. Forse tua madre aveva ragione. Credo che quasi tutte le mie mogli si siano pentite di essere venute all'altare con me», aggiunse con una smorfia contrita.

Lara aveva tante domande. *Tantissime*. «Non riesco a capire la questione della casa, però. Perché le hai dato i soldi per comprarla?»

«L'ho fatto per te, che tu ci creda o no», le rispose James con un rapido sorriso.

«Ma non ero figlia tua.»

«Lo so, però eri figlia di Barbara. E lei era preoccupatissima per te. L'appartamento in cui vivevate, quello a Bradford on Avon, era molto umido. Tu eri cagionevole, continuavi ad ammalarti e avevi sempre problemi di respirazione. Quando avevi due anni, sei finita all'ospedale con la polmonite. Tua madre pensava che saresti morta. E Charles si rifiutava di lasciare quella casa maledetta, con le pareti piene di muffa, perché diceva che non poteva permettersi un affitto più alto. È stato allora che l'ho fatto. Perché potevo... e volevo aiutare tua madre.»

«Dio. Be', grazie», sospirò lei. Ringraziarlo non sarebbe mai stato abbastanza, ma che altro poteva dire?

«È stato un piacere.»

«Avrebbe potuto lasciarlo nel suo appartamento. Perché non l'ha fatto?»

«Non voleva tenerti lontana da tuo padre. Per lei la cosa più importante era tenere unita la famiglia. Per il tuo bene.»

Per il mio bene.

«Quanto vorrei che non fosse andata così», commentò lei, commossa.

«Anch'io. Ma lei non ha voluto cambiare idea. A quel punto ho capito che dovevo andare via. Così ho venduto la società, ho divorziato e sono andato all'estero. Era l'unico modo», disse lui in tono secco. Restò un momento in silenzio, poi prese il bricco del caffè e lo versò nelle tazze. «Allora, è stato tuo padre a parlarti di me?»

«No. In realtà è stata la sua seconda moglie, un paio di settimane fa.»

«Si è risposato? Quindi hai avuto una matrigna. Com'era? Spero ti trovassi bene con lei.»

«Forse puoi immaginarlo… era la tua segretaria.»

Per un attimo, parve non capire. Poi di colpo la caffettiera ebbe uno scatto tra le sue mani e il caffè si rovesciò sul vassoio d'argento. «Oddio, vuoi dire *Janice*?»

41

Le ore passarono in un lampo. A Lara sembrava di conoscerlo da sempre. James non era suo padre, certo, ma se avesse potuto sceglierne uno, sarebbe stato lui. Era sincero, autoironico e irriverente. Avrebbero potuto continuare a parlare per sempre. Pranzarono in terrazza parlando delle sue ex mogli e dei vari figli di James, e lei raccontò di Gigi e Flynn, degli anni passati a Keswick con Nettie e della nuova vita a Bath.

Mentre le riempiva il bicchiere da vino di Sancerre ghiacciato, James esclamò: «Ancora non mi capacito dell'intervento di Janice. Aveva una cotta per me, sai... o forse sarebbe meglio chiamarla fissazione. Al lavoro tutti se ne erano resi conto, anche se lei non ne parlava con nessuno. Non era il tipo da farsi amici in ufficio. Era una specie di rospo superefficiente».

«L'aria del rospo ce l'ha ancora.» La cotta segreta aveva aperto gli occhi a Lara sulla vicenda: Janice se ne andava in giro dichiarando che le relazioni di James erano perverse e inaccettabili, mentre la verità era che dentro di sé moriva di gelosia, e che avrebbe tanto voluto essere lei al centro delle sue attenzioni.

«Ed era molto invidiosa di tua madre. Aver sposato suo marito deve essere stata una specie di vendetta, per lei. Ma prendersela con te... questo è imperdonabile.» Al pensiero, il suo viso si contrasse in una smorfia.

Rivangare il passato però non sarebbe servito a niente: Lara aveva deciso d'ignorarlo ormai da molto tempo. «È acqua passata. Il problema è che, dopo essere stata trattata così dal mio stesso padre, ho voluto impedire a Flynn di fare altrettanto con Gigi. Ma ora so che non sarebbe andata così. Non potrebbe essere più diverso da lui... Grazie al cielo», aggiunse con un sorriso mesto.

Esther, l'instancabile governante filippina, sparecchiò la tavola. Quella donna parlava un inglese terribile, ma in quanto a doti culinarie era davvero meravigliosa.

«Senti, non sapevo se ti avrebbe fatto piacere vederle, ed è per questo che non le ho tirate fuori... però ho un paio di foto di tua madre. Se ti va...» propose James.

Lara balzò in piedi. Non se l'aspettava. «Ne hai? Sul serio? Oh, ti prego, mostramele! Io ne ho pochissime. Corriamo a prenderle!»

Dovettero scartabellare un po' nelle scatole che si trovavano al piano di sopra, nella stanza degli ospiti; uno dei nipotini più piccoli di James l'anno prima aveva passato un intero pomeriggio a tirarle tutte fuori degli album per rimettercele in ordine sparso. Terrorizzata all'idea che quelle che tanto voleva vedere fossero andate smarrite, Lara sfogliò un album dopo l'altro, ripercorrendo a gran velocità tutta la vita di James Agnew e della sua famiglia allargata. Alla fine, tra uno scatto fatto a un matrimonio e un'immagine di una locanda greca, scorse un viso familiare, e il cuore le balzò in petto.

«Eccola lì», fece James, a voce bassa.

Eccola lì. Lara osservò ogni dettaglio di quella foto fatta tanti anni prima, con gli angoli ormai scoloriti. Sua madre era seduta su una coperta rossa da picnic, con indosso un abito senza maniche, e sorrideva guardando nell'obiettivo. Era giovane, felice e rilassata, come se non avesse un pensiero al mondo. Le brillavano gli occhi, e agli angoli della bocca aveva delle fossette di cui lei aveva quasi dimenticato l'esistenza.

Come aveva fatto a dimenticare le fossette?

«Ecco l'altra, fatta qualche mese dopo.» James prese una foto dall'album che stava sfogliando lui. «Volevamo un'immagine di noi due insieme, e ho chiesto a un passante di scattarla.»

Il passante aveva fatto un ottimo lavoro. C'era James, di una bellezza quasi licenziosa, in camicia e cravatta, in piedi accanto a sua madre; con un braccio le cingeva le spalle. Barbara aveva il capo inclinato verso di lui, e premeva una mano su un lato dell'ampia gonna gialla, come se temesse che un improvviso soffio di vento potesse sollevarla. Aveva un cardigan morbido, color crema, chiuso da bottoni di madreperla; di colpo nella mente di Lara esplose il ricordo d'infanzia di quel golf, non indosso a sua madre ma ripiegato e sistemato in una cassettiera. I bottoni erano a forma di cuore e sembravano deliziosi, e una volta lei aveva cercato di morderne uno di nascosto, sicura che dovessero sapere di zucchero. In effetti era stata una gran delusione.

«Quel cardigan d'angora era il mio preferito. Adoravo vederglielo addosso», disse James.

«L'ha tenuto per anni.»

«La mia bellissima Barbara. Se solo si fosse fidata di me, le nostre vite avrebbero potuto essere così diverse», disse passando un dito sulla foto con tenerezza.

Le vite di tutti noi. Sicuramente diverse, magari migliori.

«Vorrei che l'avesse fatto», disse Lara con le lacrime agli occhi.

«Lo so. Anch'io», rispose lui.

James doveva organizzare la partenza del giorno dopo per gli Stati Uniti. Lara chiese a Flynn di passare a prenderla alle quattro.

«Non ci perderemo di vista, però. Te l'assicuro. Al mio ritorno verrò a trovarti a Bath», le promise lui.

«Mi farebbe tanto piacere», fece lei con sincerità.

«E a Victoria Park c'è un albero su cui abbiamo inciso le nostre iniziali. Se è ancora in piedi, voglio fartelo vedere.»

«Ti ricordi dove si trova?»

Lui socchiuse gli occhi, ridacchiando. «Come ti permetti? Certo che me lo ricordo. BC e JA. In un cuore.»

«Wow, è davvero...»

«Una scemenza. Sdolcinata. E ridicola. Lo so benissimo, ma all'epoca non mi sentivo né sdolcinato né ridicolo. Quando ami tanto qualcuno vuoi solo... celebrare quel momento. Soprattutto se è un segreto che non puoi dire a nessuno. Incidere le iniziali su un albero è un po' come dimostrare che la relazione esiste davvero.»

Arrivò Flynn, e Lara lo presentò a James Agnew. «Prenditi cura di questa ragazza, è speciale», gli disse James.

Lui rispose, ironico: «Mi creda, ci ho provato, ma Lara non ama essere accudita».

Davvero la pensava così? In realtà il problema era che lei aveva bisogno di fidarsi in tutto e per tutto della persona cui permetteva di starle accanto. Ma Lara decise di non affrontare la questione. Diede a James un bell'abbraccio e gli disse: «Anche se oggi non mi sono sentita dire ciò che speravo, è stata comunque una delle più belle giornate della mia vita».

Lui ricambiò l'abbraccio. «Anche per me. E come ti ho detto, verrò a trovarti a Bath appena torno. Hai preso le foto?»

Lara diede un colpetto alla borsa. «Le ho messe al sicuro. Le scannerizzerò e poi te le rimanderò. Grazie di cuore.»

«E non dimenticare l'altra nostra missione», le ricordò lui.

«Quale sarebbe?» chiese Flynn.

Lara era raggiante. «Abbiamo pensato che sarebbe divertente andare fare un'improvvisata a Janice.»

Dopo aver aspettato con ansia per una settimana e mezzo, la mattina dopo il viaggio a Londra per conoscere James

Agnew, la lettera fu depositata nella sua cassetta della posta. Lara, che stava per andare al lavoro, l'aprì e lesse i risultati del laboratorio, che le confermarono ciò che già sapeva: suo padre era proprio suo padre.

Oh, be', non poteva farci nulla.

42

Era l'inizio di ottobre; l'estate era ormai trascorsa ed era arrivato l'autunno, che aveva colorato le foglie di un rosso acceso e aveva portato con sé la nebbia mattutina, un vento freddo e, come ogni anno, un gradito flusso di clienti alla ricerca di un costume per Halloween.

Per non parlare di un piccolo, colpevole segreto...

Meglio non pensarci, però, e concentrarsi sul lavoro. Evie batteva in cassa gli acquisti dei clienti e li sistemava nei sacchetti; quelli che aveva davanti però non erano lì per Halloween, ma per le nozze d'argento.

La coppia entrata nel negozio stava ancora discutendo sulla quantità di palloncini necessaria e su quali foto che li ritraevano dovessero essere stampate sull'enorme striscione che avrebbero appeso davanti a casa.

«Deve essere un'immagine di *adesso*», insisté il marito.

Lei ostentò un brivido di terrore. «Oh, Tommy, non dirlo nemmeno per scherzo. Pensa una mia foto, con tutte le rughe e le borse sotto gli occhi... non verrà nessuno alla festa! La sola vista terrorizzerà gli invitati, scapperanno tutti a gambe levate. Prendiamone una carina del giorno del matrimonio, quando eravamo giovani e belli.»

«Tesoro mio, tu per me sarai sempre giovane e bella.» Mentre lo diceva, Tommy ammiccava, ma parlava con affetto sincero.

Lei scoppiò a ridere. «Che mi tocca sentire! Che vecchio ipocrita.»

«Ho detto solo la verità. Anche se mi hai appena dato del vecchio. Sei la mia Maureen, e sei più bella adesso del giorno in cui ci siamo sposati. Ma se è proprio questo che vuoi, useremo una foto delle nozze», fece lui, fingendosi oltraggiato.

La loro felicità era così evidente, tangibile. Erano una coppia invidiabile. Evie riempì il sacchetto successivo di coriandoli, piatti di plastica argentati, tovaglie bianco e argento, addobbi svolazzanti da soffitto e festoni.

Lei cercò di sollevare la bombola dell'elio, ma Tommy la fermò. «Lascia stare, pesa troppo: ci penso io. Se fossimo più organizzati, avremmo prima svuotato il portabagagli... Vado a sistemarlo adesso.» Sollevò la scatola che conteneva la bombola e si avviò.

Le due donne lo guardarono uscire, aprire il bagagliaio dell'Audi grigia e cominciare a fare spazio per tutto ciò che avevano comprato.

«Oh, lo guardi. Ancora non riesco a credere che siano già passati venticinque anni. Quando ci siamo messi insieme, gli altri pensavano che non avremmo resistito nemmeno venticinque settimane!» esclamò Maureen, con affetto.

«Davvero? E come mai?» chiese Evie, passando la carta di credito nel lettore.

«Oh, be', da giovane lui era un po' un ragazzaccio. Ha presente il tipo belloccio, pieno di fascino... sollevava un mucchio di pettegolezzi. I miei genitori e mia sorella mi dicevano che non dovevo dargli corda, che mi avrebbe spezzato il cuore. E invece sa una cosa? Ha messo la testa a posto, abbiamo avuto cinque figli meravigliosi e sono stati i venticinque anni più belli che potessi desiderare. Siamo la coppia sposata più felice che conosca», aggiunse, con un'altra occhiata fuori.

«Che... che meraviglia.» Evie aveva le lacrime agli occhi. Visto? Il lupo poteva perdere il vizio, e non sempre gli altri davano buoni consigli.

Maureen prese la carta di credito e la ricevuta. «Grazie, mia cara. Oh, e anche se adesso sta perdendo i capelli e ha messo su un po' di peso, è sempre l'uomo della mia vita.» Quando Tommy tornò nel negozio per prendere gli altri sacchetti, lei aggiunse in tono allegro: «E le mie sorelle, che hanno sposato uomini che sembravano tanto perfetti? Hanno tutte divorziato! Alla fine si è scoperto che non erano affatto perfetti».

Già...

Freddy Krueger entrò nel negozio poco prima della chiusura. Prima ghermì la maniglia della porta con le lunghe dita appuntite, poi avanzò minaccioso verso di lei, il cappello di feltro calato su un occhio inquietante.

«Il vero Freddy avrebbe un maglione a righe rosse e nere», disse Evie.

«Anche gli assassini a volte devono vestirsi bene, per lavorare. È un po' come l'abbigliamento casual del venerdì, ma al contrario. Diciamo che sono Freddy in borghese.» Dietro la maschera di gomma gli brillavano gli occhi.

Lei si sforzò di non sorridere. «E che ci fai qui?»

«Ti ho portato qualcosa.» Facendo attenzione a non infilzarla con le lame di plastica che aveva al posto delle dita, aprì una mano e le porse un sacchettino di plastica accartocciato.

«Che cos'è?» Evie aprì il sacchetto e scoprì che era pieno di striscioline al cocco ricoperte di polvere di cacao. «Oh, *wow*...»

«È questo? Mi hai detto che quando eri piccola era il tuo dolce preferito.»

«Sì, sì! È il tabacco dolce, detto anche Spanish Gold... non ne vedevo da *anni*. Oh, e ha lo stesso sapore!» esclamò Evie dopo essersene messa un po' in bocca.

«Avevo una riunione a Bristol. Al mercato di St Nicholas c'era un negozio che vendeva dolci di una volta. Ho visto lo Spanish Gold e ti ho pensata.»

«Grazie, Freddy. Se vuoi ora puoi toglierti la maschera.»

«Buona idea. Rischio di soffocare.»

Evie osservò Joel che prima si toglieva le dita-coltello, poi il cappello, e infine si sfilava la maschera da sopra la testa. I capelli biondi gli restarono dritti, e lui se li appiattì col gesto disinvolto che lei gli aveva visto fare tante volte e che aveva sempre trovato così tenero.

«Ta-daaa... sono io», fece Joel.

Lei sorrise. «A quanto pare.»

Era quello il suo peccato segreto, che non aveva ancora osato rivelare a Lara. Non era successo nulla tra lei e Joel, almeno non in *quel* senso, ma il loro rapporto era migliorato, senza ombra di dubbio. Lui aveva smesso di farle dichiarazioni ostentate e di compiere gesti esagerati, ed era tornato com'era all'epoca in cui, tanti anni prima, la loro amicizia si era pian piano trasformata in qualcosa di più. Ed era così divertente e carino che ormai Evie non vedeva l'ora che lui arrivasse, dopo il lavoro, quando diceva di essere passato per cenare coi suoi genitori mentre in realtà lo faceva solo per stare con lei, e lo sapevano entrambi.

A Evie facevano piacere quelle visite, e anche a Joel. Per non parlare di Bonnie, che ancora sperava di vederli tornare insieme. E non era affatto scontato che sarebbe finita proprio così, ma che male c'era a flirtare un po' con lui? La faceva sentire tanto bene. Se l'avessero saputo, Lara e Gigi di sicuro le avrebbero detto che era pazza, ma loro non erano nei suoi panni e non potevano avere la minima idea di cosa provasse. Scoprire quanto si fosse sbagliata su Ethan aveva dato il colpo di grazia alla fiducia in se stessa, e l'insistenza con cui Lara aveva cercato di farla mettere insieme con Harry era stata l'ennesima dimostrazione di quanto fosse impossibile far nascere l'attrazione fisica, se non esisteva.

Ma se pensava a Joel... be', i sentimenti di un tempo erano ancora lì.

E poi perché si sarebbe sforzato tanto, se non avesse tenuto davvero a lei? A quell'ora se ne sarebbe fatto una ragione, no? Oltretutto le occasioni non gli mancavano: Joel non avrebbe avuto difficoltà a trovare chissà quante ragazze interessate a lui. O a fidanzarsi con un'altra donna, una che non gli avrebbe dato tutti quei problemi.

Invece Joel non aveva fatto niente del genere. Voleva lei, e si stava impegnando al massimo per riconquistarla. Il che la lusingava da morire. E anche se lui ancora non lo sapeva, Evie cominciava a cedere... non era un cedimento dovuto alla debolezza, come fece subito notare a se stessa, ma... forse... a una ritrovata maturità e al potere del perdono.

C'era poco da fare: tra loro c'era un legame innegabile, e inoltre lei lo amava ancora, sebbene detestasse alcune cose che lui aveva fatto in passato.

Poi le capitava di conoscere coppie felici come Tommy e Maureen, che le facevano venire una gran voglia di poter avere una relazione come la loro. E stando a come ne parlava la moglie, Tommy doveva averne combinate di cotte e di crude, prima delle nozze.

Forse alcuni uomini avevano bisogno di dare libero sfogo al loro lato peggiore, prima di sistemarsi.

Probabilmente solo così poi riuscivano ad apprezzare appieno la monogamia.

«Allora... mia madre voleva sapere se ti va di cenare con noi. Ha fatto abbastanza pollo in casseruola da sfamare un esercito», le disse Joel.

«Pollo in casseruola?» Era il suo piatto preferito. E c'era una buona possibilità che Bonnie l'avesse cucinato proprio per questo.

Joel le rivolse il suo sorriso da 'non voglio farti pressioni'. «Dai. Resta con noi. I miei ne sarebbero felicissimi. Ti riaccompagno a casa, dopo.»

Evie era incerta. «Non saprei...»

«Se vuoi ti lascio all'angolo, così Lara non ti vedrà in macchina con me.» Non l'aveva detto in tono sarcastico, ma autoironico, come a voler riconoscere di essersi comportato male e di meritare la diffidenza della sua amica.

Un tempo non avrebbe agito così, si disse Evie. Visto? Stava cambiando sul serio, imparava dai suoi errori.

Quando Joel la riportò a casa, alle dieci, pioveva. Ma lei gli chiese comunque di lasciarla dietro l'angolo.

«È stata una bella serata, come ai vecchi tempi», le disse posando la mano sul cambio.

Loro cinque erano rimasti seduti tutta la sera al tavolo della cucina, chiacchierando e scherzando come se non fosse mai successo niente. Era proprio quella sensazione di appartenenza, di famiglia felice, che aveva tanto amato negli anni passati con lui. Evie annuì. «È vero.»

«Mi spiace per lo Spanish Gold. La prossima volta che passo da Bristol te ne comprerò una vagonata.» Dopo cena, Bonnie aveva servito il caffè, ed Evie aveva tirato fuori il sacchettino col tabacco dolce, che era stato spazzato via nel giro di pochi minuti.

«Ho avuto una doppia porzione di torta di prugne, è stato uno scambio equo», ribatté lei.

«Comunque grazie per esserti fermata a cena.»

«Adesso devo andare.» Strinse le dita intorno alla maniglia dello sportello.

«Vorrei tanto poterti baciare. Ma immagino che tu non vorresti», disse Joel, speranzoso.

Il cuore di Evie ebbe un sobbalzo d'orgoglio: ecco cosa si provava ad avere in pugno una situazione. E mentre la pioggia batteva sul parabrezza, rispose: «No, meglio di no. Lasciamo le cose come stanno, che ne dici?»

Joel sorrise, triste ma rassegnato. «Hai ragione. Cavoli, hai sempre ragione tu.»

Evie aprì lo sportello e scese dalla macchina. «Grazie per il passaggio. Ciao.»

In cucina, Lara e Gigi lavavano i piatti, cantando e ballando il nuovo singolo di Enjay sparato a tutto volume sul portatile di Gigi. Da quando era rientrato negli Stati Uniti, da dove sarebbe ripartito per il tour mondiale, il rapper le aveva tenute aggiornate via e-mail e grazie alla cronaca che teneva sul suo sito web. Lo show televisivo sarebbe andato in onda su MTV subito dopo Natale. Harry, tornato a Keswick, faceva di tutto per riprendere la sua vita di tutti i giorni, ma i fan del video blog di Enjay gli chiedevano l'autografo ogni giorno. Per lui era ancora un'esperienza surreale e spiazzante, ma non si poteva negare che era servita ad allargare i suoi orizzonti. Le vendite delle Papere in Cielo andavano sempre alla grande, ed era stato necessario assumere altro personale; per non parlare del fatto che la settimana dopo le sue camicie sarebbero apparse in un servizio fotografico su *Vogue*.

Evie ripensò alla sua telefonata che le aveva fatto due giorni prima e sorrise. Solo Harry poteva domandarsi se avesse senso che dell'abbigliamento da uomo apparisse su una rivista di moda per donne.

Lara si voltò a salutarla. «Eccoti! Sei stata da Bonnie e Ray finora?»

«C'era anche Marina.» Non c'era bisogno di nominare Joel. «Abbiamo mangiato pollo in casseruola e torta di prugne con la crema.»

«Come sei tornata a casa?»

«Mi ha dato un passaggio Ray.» *Una bugia piccola piccola.*

«Ah. È solo che ti brillano gli occhi e hai le guance arrossate. Ho pensato che fossi venuta di corsa.»

«Se avessi corso fin qui, sarei viola e striscerei. No, mi ha accompagnata Ray.»

«Ah, benissimo, allora. C'è ancora del vino in frigo, se ne hai voglia, prendilo pure… BABY, YO IS MIIINE», si unì poi a Gigi tornando a cantare il ritornello della canzone assurdamente orecchiabile di Enjay. «ALL MINE, ALL MINE, AN' DON'T YOU FORGET IT...» gridarono.

Visto? Evie prese un bicchiere nell'armadio. Non era nemmeno una bugia vera e propria.

Bastava solo evitare di nominare certi dettagli.

43

«Non posso fare a meno di pensare che non sia affatto una buona idea. Non ti sembra controproducente?»

«Piantala di assillarmi, ormai è fatta», ribatté Don.

Lara sospirò e si mise a districare cavi e lacci; a Don tremavano le dita anche mentre si sfilava i gemelli d'argento dal polsino bianco e inamidato, ma era stato colto da un attacco di salutismo, e non c'era modo di fermarlo. Aveva comprato un misuratore di pressione casalingo ed era deciso a usarlo. Ogni giorno, due volte al giorno. Anche se il solo pensiero di verificare la pressione lo metteva in uno stato d'ansia che gli dava la tachicardia.

Aveva preso anche un test per misurare il colesterolo, e tutte le mattine era costretto a punzecchiarsi il pollice con un piccolo ago e verificare i valori usando la goccia di sangue che ne faceva uscire.

Le prime tre volte aveva quasi perso i sensi.

«Bene. Mettimi quel coso intorno al braccio», fece lui dopo essersi tirato su la manica.

Erano nell'ufficio sul retro del negozio. Lara eseguì e cominciò a pompare aria nel manicotto. «Okay, ma non respirare così in fretta. Pensa a qualcosa di piacevole. Chiudi gli occhi e rilassati...»

Non fu di grande aiuto. Don non ci riuscì, e il risultato fu lo stesso del giorno prima. Così come gli era successo col colesterolo, con l'unica differenza che almeno in questo caso non prese un colorito terreo.

«Ieri sera ho ascoltato il nastro di Paul McKenna, due volte... per tutto il tempo. Perché funziona con tutti tranne che con me?» si lamentò.

Era finito in un circolo vizioso. Avendo ceduto all'ansia, ogni tentativo volto a cercare di ridurla aveva come unico risultato un peggioramento della situazione. E il modo in cui si nutriva non era certo d'aiuto. Don adorava burro e panna, e non riusciva ad apprezzare le insalate. Qualsiasi approccio a un'alimentazione sana era destinato al fallimento, e si era convinto che l'unico modo per contrastare le sue diaboliche abitudini alimentari era l'ascolto dei placidi sussurri dell'ipnotista Paul McKenna.

Naturalmente non aveva ottenuto l'effetto sperato.

«Hai mangiato i fiocchi di crusca, a colazione?» gli chiese Lara.

«Cosa sei, la mia tata?» si stizzì lui.

Quindi si era preparato uova e bacon.

«Sto solo cercando di aiutarti.» Aveva la tentazione di fargli notare che, se gli fosse venuto un arresto cardiaco e si fosse accasciato a terra, sarebbe stata costretta a fargli la respirazione bocca a bocca. Ma forse non sarebbe stato un toccasana per la sua serenità.

«Se vuoi aiutarmi, potresti venire da me, fare irruzione a casa dei vicini e portargli via le bacchette della batteria», ribatté lui, mogio.

«Oh, santo cielo. Va ancora così male?»

«Peggio.»

Povero Don. Fino a qualche mese prima la sua vicina di casa era stata una dolce vecchina di ottant'anni. Regnava la pace, e lui era convinto che sarebbe durata per sempre. Ma poi lei era morta, e la casa era stata venduta a una famiglia che si era trasferita un mese e mezzo addietro. Persone deliziose e amichevoli, genitori, tre figli adolescenti e un cane. Purtroppo per Don, erano anche i vicini più chiassosi esistenti al mondo, e del tutto inconsapevoli di esserlo. Dalle sei del mattino era un turbinare di porte sbattute, corse per le scale, musica a tutto volume, televisione urlante, cane abbaiante e risate. Il figlio aveva una batteria, e le sue due sorelle sognavano di vincere *X Factor* e non facevano che cantare a squarciagola. Tra tutto quel frastuono, Don rischiava di perdere il controllo. Aveva cercato di far valere le sue ragioni qualche volta, e loro si erano profusi in scuse, promettendo di non fare più tanto chiasso. Ma la tranquillità durava solo qualche ora, dopodiché il volume veniva riportato al massimo, e solo perché quella gente non si rendeva conto del frastuono che generava nella vita di tutti i giorni.

«Se non ce la fai proprio più, forse dovresti traslocare», disse Lara.

«Lo so. Ma è casa mia, ci sono cresciuto. Sono sempre stato felice, lì», rispose in tono tetro.

Suonò il campanello proprio mentre Don stava finendo di richiudere il gemello nel polsino. Lara passò nel negozio e fece scattare la porta per lasciar entrare la cliente.

Era una donna di mezza età, snella, appena abbronzata, che portava un impermeabile azzurro sopra un abito di lana grigia. «Buongiorno! Brr, fa un freddo, fuori! Vediamo un po' dove ho messo la ricevuta...» Cominciò a frugare nelle tasche laterali della borsetta. «Sono venuta a ritirare il mio anello. Mi chiamo Betsy Barrowman... oh, salve, signor Temple, eccola qui! Non la vedo da un po'!»

Barrowman. Dio, era la moglie dell'uomo sudaticcio col vestito stretto. Il signor Bastardo-Barrowman dello Zircone Cubico.

«Signora Barrowman, la trovo *benissimo*. È stata in vacanza?» chiese Don.

«Eh, sì! Ho portato la mia mammina sulla costa dell'Irlanda occidentale... abbiamo affittato una casetta meravigliosa a Galway e ci siamo divertite un mondo. Perfino il tempo era ottimo. Sono rientrata ieri sera. Per questo non sono venuta prima a riprendere l'anello. Sentivo il dito troppo leggero, senza!» aggiunse agitando la mano.

«Deve essere pronto. Lara, potresti andare a prendere l'anello della signora Barrowman in cassaforte?»

Quando s'infilò il gioiello al dito, la donna emise un vero e proprio sospiro di sollievo. «Ah, ora mi sento meglio. Adesso sì che ha il peso giusto!»

La verità incombeva su tutti loro, implorando di essere portata alla luce. Ma Don aveva già avvisato Lara, e lei si concentrò sull'immagine della sua bocca sigillata con del nastro adesivo, fissato in più giri intorno alla testa. Era come per i medici o i sacerdoti, le aveva detto Don: può capitarti di scoprire fatti inenarrabili su qualcuno, ma il tuo lavoro richiede discrezione assoluta.

Betsy ammirò i riflessi che mandava l'anello, catturando la luce. Ironia della sorte, se la pietra originaria avesse avuto la minima imperfezione o qualche granello di carbonio, si sarebbe accorta che non era la stessa. Il fatto che invece fosse quasi perfetta rendeva impossibile capire la differenza. «Ed è anche stato pulito! Che meraviglia! Grazie mille. Allora, quanto vi devo?» chiese Betsy aprendo la borsa.

Don non volle accettare la carta di credito. «Nulla. Ha già pagato suo marito quando lo ha portato.»

Betsy sorrise, piena di riconoscenza. «Davvero? Ah, è sempre così attento. È un uomo meraviglioso. Pensate che è stato Gerald ad accorgersi che la montatura cominciava a consumarsi e che aveva bisogno di essere riparata... io non l'avrei mai notato.»

«*Fuuuussssshhhh.*» Nell'attimo in cui la porta si chiuse alle spalle di Betsy Barrowman, Lara emise un sibilo simile a quello della valvola di una pentola a pressione. Il leggero profumo di fiori della donna era ancora nell'aria: era proprio il genere di profumo innocente tipico di una donna che non aveva idea di quanto orribile fosse suo marito.

«Lo so, lo so.» Don si lasciò ricadere su una poltroncina di velluto a righe color mora e blu. Era evidente che non concedeva più nemmeno lui il beneficio del dubbio a Gerald.

«Avrei tanto voluto dirglielo!»

«Ma non si può. Non sono affari nostri.»

«Ha il diritto di sapere la verità», piagnucolò lei.

Don scuoteva il capo, facendo tremolare i capelli. «Non puoi sapere se lo vorrebbe. Come ti sentiresti se glielo rivelassi e lei ne restasse talmente sconvolta da suicidarsi? In un caso o nell'altro, non sarebbe felice lo stesso.»

In effetti, aveva ragione.

«Ti senti bene?» gli domandò Lara. Don era impallidito, e si stava asciugando il sudore dalla fronte con un fazzolettino.

Le porse la mano, come un cane che vuole dare la zampa. «È che sono stressato. Sentimi il polso. Ho il cuore che batte all'impazzata... Senti, lo so che vorresti intervenire, ma devi promettermi che non lo farai. Altrimenti sarò costretto a preoccuparmi anche di questo.»

«Ma...»

«E se muoio, resterai senza lavoro.» Non si riusciva più a capire se stesse scherzando.

Ma aveva le pulsazioni impazzite, sembrava un vecchio treno che sferragliava sui binari. E poi non aveva tutti i torti. Lara si arrese e gli diede un buffetto sul dorso della mano. «D'accordo, te lo prometto.»

44

Lara era emozionata come non mai. Dopo un mese passato tra New York e Toronto, James Agnew aveva mantenuto la promessa. Aveva prenotato una stanza all'Ellison e avrebbe passato il finesettimana a Bath. Così il sabato, all'ora di pranzo, erano tutti riuniti nella casa che lui aveva comprato a sua madre perché l'amava tanto.

Gigi e James si erano affiatati subito. Era meraviglioso guardarli mentre si comportavano come se si conoscessero da sempre, proprio come nonno e nipote. Lara era molto fiera di sua figlia, così allegra, spiritosa e brillante, e provava anche uno strano senso di orgoglio all'idea che sua madre fosse stata adorata da un uomo affascinante e sofisticato come lui.

L'orologio nell'ingresso suonò e Gigi, seduta sul divano, distese le gambe che aveva incrociato sotto di sé.

«Mi sento come Cenerentola. Devo andare al lavoro.»

James si alzò in piedi. «Ehi, non preoccuparti. Ci vediamo dopo. Ho prenotato un tavolo al ristorante dell'albergo alle otto. Tu, io, tua madre e tuo padre.»

«Già, non vedo l'ora. Ti ho detto che papà porterà un vino speciale? Del mio anno di nascita... speriamo che non sia andato a male!» aggiunse arricciando il naso.

«E poi abbiamo ancora tutto domani... vedrai che domenica sera non ne potrai più di me», le disse James, e la salutò con un abbraccio.

«Non credo proprio. Mamma, se state per uscire mi accompagneresti alla fermata dell'autobus?»

Dopo aver lasciato Gigi, si diressero a Bradford on Avon a bordo della Mercedes blu di James. Tra le nuvole bianche che si rincorrevano nel cielo autunnale, spuntò il sole.

«Mi tornano in mente tanti ricordi... i negozi sono cambiati, ma tutto il resto è identico», disse lui mentre discendevano per la strada sinuosa che portava al centro della città.

«Oh, guarda!» esclamò Lara, estasiata, indicando una coppia di cigni che scivolavano lungo il fiume.

Attraversato il ponte, James rallentò e indicò una breve fila di negozi. «Vedi laggiù? Dove c'è il parrucchiere, un tempo c'era una panetteria. Tua madre adorava i bignè alla crema con la glassa al caffè, e spesso gliene portavo uno per farle una sorpresa.»

«Ricordo i bignè... erano i suoi preferiti», disse lei con un sorriso.

James svoltò a sinistra, poi a destra, e di nuovo a sinistra. Si fermò in una strada stretta e le indicò con un cenno del capo un palazzetto diviso in vari appartamenti. «Lì è dove vivevi prima di trasferirti ad Arlington Road. All'ultimo piano, quello con la scala sgangherata, l'umidità e la muffa. Adesso l'hanno sistemato. Prima c'erano dei buchi nel tetto e una grossa crepa che scendeva lungo un lato della casa.»

«E tu ci hai salvate.» Lara aveva un nodo in gola; la sua vita era costellata di «e se». Era strano pensare che se lui non fosse intervenuto forse avrebbe continuato ad ammalarsi, e forse avrebbe avuto un'altra polmonite, magari fatale.

James mise la freccia e ripartì; quando arrivarono in fondo alla strada, svoltò a sinistra. «Ehi, su con la vita. Adesso viene il bello.»

Aveva ragione. Lara era stata a Bingham Close sei settimane prima, in una giornata piovosa e tetra. Quel giorno invece il tempo era migliore, c'era il sole, e tutto sembrava più bello. Chissà se avrebbero ricevuto un'accoglienza altrettanto luminosa.

Per fortuna non ci aveva sperato troppo.

«Chi è lei? Cosa vuole?» Come sempre, fu la scontrosa sorella maggiore ad andare ad aprire la porta del numero 32.

James le rispose col suo sorriso più smagliante. «Salve, cerco Janice. Lei è Joan? Sua sorella lavorava per me anni fa. Non faceva che parlare di lei! Come sta? Sono James Agnew.»

Era rimasta scioccata? Nascosta sulla sinistra rispetto a lui, fuori della visuale della donna, Lara osservò James che prendeva la mano di Joan, stringendola con calore, e aggiungeva: «Janice è in casa?»

«Ehm, sì, c'è. Prego, entri...»

«Grazie davvero. È passato tanto tempo.» Poi si voltò e fece avvicinare Lara, in modo che anche lei la vedesse. «Vieni, cara, andiamo a salutare Janice.»

«Di nuovo *tu*.» Joan s'irrigidì, lo sguardo che di colpo si faceva di pietra.

«Ah, dai, non fare così, Joan», la blandì James mentre entrava in casa con Lara al suo fianco.

«Ma...»

«Janice voleva che le restituissi la spazzola», disse Lara dando un colpetto alla sua borsa. «E indovina un po'? Sono anche arrivati i risultati del test del DNA!»

Sprofondata in una poltrona del salotto, Janice strabuzzò gli occhi azzurri quando li vide. Assomigliava a un rospo come non mai.

Con l'unica differenza che i rospi non si mettevano chili di mascara e di solito non prendevano una tinta tendente al bordeaux.

«Ciao, Janice. Siamo passati a fare un saluto, come stai?» le disse James tutto allegro.

«Ma... ma...» Sembrava proprio che stesse gracidando.

«Fantastico. Allora, Lara ha qualcosa per te.»

Lei aprì la borsa e tirò fuori l'antiquata spazzola da uomo, avvolta nella plastica trasparente. «Sì, ecco qui.»

«Lara è venuta a trovarmi prima di ricevere i risultati del test del DNA. Le ho spiegato io stesso che non poteva essere mia figlia, perché tra me e Barbara non c'è mai stato niente del genere. Barbara non ha mai tradito Charles», spiegò James.

Lara tirò fuori una busta e la porse a Janice insieme con la spazzola. «Il risultato mi è arrivato il giorno dopo. Charles è sempre stato mio padre.»

Janice aveva il labbro superiore imperlato di sudore mentre apriva la busta e verificava il contenuto della lettera.

«Abbiamo pensato che volessi saperlo. E conoscere Lara è stata una vera gioia.» James si voltò verso Joan, per includerla nella conversazione, e aggiunse: «Suppongo di doverti ringraziare per questo, anche se non era tua intenzione lasciarti scappare il mio nome».

«Me l'ha estorto con l'inganno», fu la sua risposta glaciale.

Lui cinse le spalle di Lara con un braccio. «Be', te ne siamo molto grati. È un vero peccato che non siamo parenti, ma credo che saremo felicissimi di essere comunque amici.»

«A volte gli amici sono anche meglio dei parenti», rimarcò Lara.

James tornò a rivolgersi alla sua ex segretaria. «Tutto qui. Volevamo solo farti conoscere i risultati del test, quindi adesso andiamo. Non preoccuparti: non abbiamo intenzione di tornare. Allora ciao», concluse in tono gioviale, poi aggiunse, rivolto a quella faccia da prugna secca di Joan: «E grazia ancora, sei stata d'immenso aiuto. Lara non mi avrebbe mai trovato, senza di te».

«Secondo me ti sei dimenticato dov'è», disse Lara. Camminavano tenendosi a braccetto tra cumuli di foglie secche, aggirandosi tra i vicoli del Royal Victoria Park. Si voltò a guardare James. «Non ti ricordi in quale albero hai inciso le vostre iniziali.»

«Sì che me lo ricordo, so perfettamente qual è. Mi sto solo godendo la passeggiata e questo bel sole. Per non parlare della compagnia... Anzi, posso farti una domanda?» Gli brillavano gli occhi.

«Spara.»

«Tu e Flynn. Come finirà?»

A volte, come in quel momento, sentirlo nominare le faceva formicolare tutta la pelle. Un motivo in più per evitare di lasciarsi andare. «Resteremo amici», rispose.

«Davvero? Tutto qui?»

«È il padre di Gigi. Non voglio rischiare di rovinare tutto. È meglio se tra noi non succede niente.»

«Potreste essere felici, insieme.»

«Oppure no. Potrebbe anche andare malissimo.» Forse lui poteva capirla.

«E non ti senti pronta ad affrontare una simile eventualità.» James le scoccò una di quelle fastidiosissime occhiate che significavano 'interessante'.

«No, non lo sono. Ma che c'è di male?» Lei si mise sulla difensiva.

«M'incuriosisce il fatto che tu preferisca la soluzione più sicura. Mi è già capitato di sentir ragionare così, sai... Sei più simile a tua madre di quel che pensi», aggiunse, e la sua espressione si addolcì.

Lara non sapeva che dire: in un altro momento, quel paragone l'avrebbe riempita di gioia. Ma in quel caso, non era troppo sicura che fosse così. Cambiando argomento, esclamò: «Oh, guarda, castagne selvatiche!»

Ce n'erano ovunque, a decine, ancora infilate nei ricci aperti ai piedi degli alberi d'ippocastano. In pochi minuti ne raccolsero di magnifiche.

«Non sono bellissime? Ogni volta che le vedo ne sono

incantato.» James prese quella che lei gli porgeva, lucida, piena, dalla superficie morbida.

Lei aprì un altro riccio. «Quando un uomo non ama le castagne, non ama la vita. Oh, guarda questa, ne ha dentro due gemelle! Guarda che tenere! Sono così vicine, come cuccioli... Ooh, attento...»

Forse James ne aveva trovata un'altra ancora più bella a terra?

Ma perché cercava di trascinarla con sé? Un attimo dopo, Lara udì un suono gutturale e si rese conto che lui non la stava tirando, stava cadendo. Cercò con tutte le forze di sostenerlo, ma non ci riuscì. Era un omone, pesava troppo...

«*Gggrrrhhhggghhh...*» ansimò di nuovo e si prese la testa tra le mani, rannicchiandosi sul terreno e sparpagliando foglie e castagne. Aveva il viso terreo, distorto dal dolore; per questo non riusciva a parlare?»

«Oh, Dio, sta' tranquillo, chiamo subito un'ambulanza, vedrai, andrà tutto bene... AIUTO!» Lara sollevò lo sguardo, terrorizzata, e vide un uomo che faceva jogging e che era diretto verso di loro. «AIUTATECI, PER FAVORE! Qualcuno può chiamare il pronto intervento?»

«*Ggghhhurgggh...*» James intanto la fissava disperato, ma cominciava a socchiudere le palpebre. Santo cielo, non poteva succedere. Gli slacciò la cravatta e lo fece distendere su un fianco, in posizione di sicurezza.

«Che cos'ha?» Chiese una donna bionda sui vent'anni che spingeva un passeggino passando loro accanto.

«Non lo so... forse un ictus... mi può aiutare?»

«Oh, Signore, ma non saprei cosa fare. Chiamo un'ambulanza?» fece la giovane, allarmata.

«Sì!» gridò lei, spinta dal puro terrore. «James, mi senti? Va tutto bene, ora ti portiamo all'ospedale... Ti prego riesci a dirmi cosa ti fa male?»

Lui però non poteva risponderle. Aveva chiuso gli occhi, perdendo conoscenza. Lara cercò di sentire il polso, ma non le riuscì di trovare il battito, il che la gettò ancor più nel panico.

Ti prego, no, no, no.

«Pronto, potete mandare subito un'ambulanza? Ehm, è un uomo anziano, credo sia caduto a terra nel parco… Oh, sì, Victoria Park, a Bath, non so in quale punto preciso, ma siamo vicini alla parte con le statue…»

Intanto l'uomo che faceva jogging li aveva raggiunti, proprio mentre Lara faceva rotolare James sulla schiena e gli allargava la giacca, scoprendo il petto. «Serve una mano? Sono un medico.»

«Oh, grazie al cielo. È svenuto, non r-respira, non sento il battito… può controllare?» balbettò lei.

Pochi secondi dopo, l'uomo annuì: aveva ragione lei.

«Dobbiamo intervenire. Se lei può avviare il massaggio cardiaco, io faccio la respirazione bocca a bocca.»

«Sì… Gli dica che è l'ingresso di Marlborough Lane!» aggiunse Lara rivolta alla bionda al telefono.

«Signorina, è morto?» chiesero due ragazzini in skateboard avvicinandosi.

«No, non è morto. Potete andare all'ingresso di Marlborough Lane e mostrare all'ambulanza dove siamo? Grazie.»

Mentre i due correvano a eseguire l'ordine, Lara s'inginocchiò accanto a James. Distese le braccia, intrecciando le dita, ed esercitò delle pressioni ritmiche sullo sterno per poi fare una pausa mentre il dottore gli inclinava all'indietro la testa per assicurarsi che le vie aeree fossero libere, e poi gli soffiò l'aria nei polmoni.

«Ottimo. Se la cava bene. L'ha già fatto?» le chiese in tono rassicurante.

«Solo sui manichini.» *Premi, premi, premi.*

«È suo padre?»

Ancora quella domanda. Scosse il capo. «No, non è mio padre.»

Continuarono ancora così. Sembravano intrappolati in un film catastrofico senza che il regista chiamasse mai la fine della scena. Perché stava succedendo? Doveva essere il giorno più bello della sua vita. Quand'è che James avrebbe aperto gli occhi, mettendosi a sedere e dichiarando: «Oh, povero me, che vergogna, mi spiace tanto...»?

I ragazzi in skateboard tornarono, senza fiato, esaltati dal coinvolgimento nella tragedia che si stava consumando. «Abbiamo detto a quelli dell'ambulanza dove siete. Stanno arrivando!»

45

Flynn la trovò seduta sui gradini all'esterno del pronto soccorso, pallida e immobile, con le braccia strette intorno alle ginocchia. Quando l'aveva chiamata, Lara gli aveva chiesto di raggiungerla, dicendo soltanto, con voce quasi irriconoscibile: «Si tratta di James... è successo qualcosa di terribile».

Parcheggiò lontano dalle ambulanze e corse fuori della macchina. Lara si alzò e avanzò incerta sull'asfalto verso di lui.

«È morto. Dio, non ci posso credere. James non c'è più. È... è morto.» Non piangeva: era troppo sconvolta per lasciarsi andare alle lacrime.

Flynn la prese tra le braccia. Anche se quell'uomo non era suo padre, conoscerlo era stato importantissimo per lei. Tra loro si era instaurato un rapporto splendido fin dal primo istante. Si sentì distrutto per lei.

«Andiamo, ti porto a casa.» La accompagnò con dolcezza alla macchina. Lara camminava come un automa.

Batteva i denti. «La prenotazione al ristorante... dovevamo trovarci tutti lì alle otto.»

«Non ti preoccupare, ci penso io. Penso io a tutto», le disse aiutandola a sedersi sul sedile del passeggero.

«Scusami, non faccio che darti problemi.»

Solo una persona sotto shock avrebbe detto una cosa del

genere. Flynn si chinò a darle un bacio sulla testa. «Allacciati la cintura.»

«Oddio, la macchina di James. È ancora vicino al parco. Avevamo pagato solo due ore di parcheggio. Gli avranno già fatto la multa, ormai. E se la portano via col carro attrezzi?» aggiunse Lara, voltandosi agitata verso di lui.

«Non devi preoccuparti, ci penso io. I famigliari sono stati avvisati?»

Lei si torse le mani in grembo. «Lo sta facendo la polizia in questo momento... Ci stavamo divertendo tanto. Siamo andati a portare i risultati del test del DNA a Janice e Joan. Poi ci siamo spostati nel parco, passeggiavamo e chiacchieravamo di... be', di tante cose. Gli ho raccontato di quando Gigi era convinta che il pigiamino di Spiderman le desse i superpoteri e si è buttata giù da un albero, e lui ha riso... e un minuto dopo è crollato a terra. Così, di colpo. È finito tra le foglie, non gli sentivo il polso, e poi è arrivato un tizio che faceva jogging, che era un medico, e abbiamo cercato di far ripartire il cuore, di rianimarlo... è arrivata anche l'ambulanza e hanno provato con iniezioni, defibrillatore, in tutti i modi. Sono andati avanti per secoli, ma non ha funzionato nulla. Se n'era andato.» Lara fece un paio di respiri tremanti. «E non è che stesse risalendo qualche collina ripida, quindi non era affaticato. Continuo a pensare di essere stata io a farlo sentire male, perché l'ho fatto ridere.»

Non era stata colpa sua. L'autopsia dimostrò che James aveva avuto un'emorragia cerebrale terribile causata da un aneurisma, un vaso sanguigno che era esploso nel cervello. L'aneurisma, delle dimensioni di una piccola bacca, doveva essere stato lì per almeno tre anni, pronto a innescarsi in qualsiasi momento, come una bomba. Il dottore rassicurò Lara che non erano certo state le risate a causare l'emorragia.

«Far ridere le persone è una bella cosa. Non mi viene in mente un modo migliore di morire», aggiunse.

46

Lara vide Don, di ritorno dall'ufficio postale, che apriva la porta del negozio senza accorgersi dei due tizi che lo seguivano. Un attimo dopo, i due lo spinsero oltre la soglia, tirarono fuori delle maschere di Halloween dalle tasche e se le misero in volto.

«Okay, fermi tutti, è una rapina, capito?» biascicò Dracula.

«Dateci tutto!» gridò Testa di Zombi.

«Oh, Gesù, oh, Dio, *no*...» Don si portò una mano al petto e caracollò verso una poltroncina.

«Be', decidetevi.» Lara premette il pulsante di allarme sotto il bancone e diede un'occhiataccia ai ragazzi: li aveva già visti mentre bighellonavano davanti alla gioielleria bevendo birra in lattina. Non potevano avere più di sedici anni, e da come parlavano non erano nemmeno troppo abituati all'alcol.

«In che senso?» chiese Dracula, il più alto dei due, oscillando.

«Mi avete detto di non muovermi. Ma volete anche che vi dia la merce. Non posso fare tutte e due le cose, non credi?»

Testa di Zombi annuì, anche se annebbiato. «Okay. Dacci la roba. Ma muoviti lentamente, capito? Niente scherzi.»

«Bene. Avete un sacchetto?»

«Che?»

«Per metterci la roba», spiegò lei con pazienza.
«E tu non ce l'hai?»
«No, perché dovrei? Sentite, lasciatemi controllare se lui sta bene.» Si avvicinò a Don, che respirava affannosamente e tremava, e gli sentì il polso. «Non preoccuparti, non ti faranno del male.» Tornando a rivolgersi a Testa di Zombi, riprese: «Soffre di cuore, sapete. Non posso credere che facciate questo a un uomo malato. Scusate, potrei sapere che genere di arma avete? Un coltello? Una pistola?»
Come se si fosse ricordato solo in quel momento che doveva essere una rapina a mano armata, Testa di Zombi s'infilò una mano nella tasca della giacca e simulò una pistola con le dita attraverso la stoffa leggera. «Entrambi. Io ho... la pistola. E lui ha il coltello.»
«Già, proprio così», fece Dracula dondolando.
«D'accordo. Sentite, perché non mi date i cappelli? Potrei mettere la merce lì dentro. Che ne dite se comincio con qualche braccialetto d'oro? A proposito, belle maschere. Dove le avete prese?»
«Phil le ha comprate in quel negozio di attrezzature da festa. Sai, quello che vende tutti quei vestiti strani e roba così.» Dracula si tolse il berretto colorato e glielo porse, scoprendo capelli biondi corti e tenuti dritti dal gel.
«Ah, sì, lo conosco. È bellissimo. Allora, apriamo questa vetrinetta... oh, accidenti, facciamo in modo che non ci vengano a disturbare altri clienti...» Lara si avvicinò alla porta, l'aprì e aggiunse: «Tutto a posto, sono solo ragazzi, sono disarmati».
«Eh?» fece Dracula, confuso.
«Che succede?» farfugliò Testa di Zombi.
Lara si fece da parte, la polizia entrò e li arrestò. Certa gente era proprio sprovveduta.
«Ti senti meglio, Don? Vado a preparare una bella tazza di tè per tutti e due», disse Lara.
Di colpo sobrio, Dracula cominciò a singhiozzare men-

tre i poliziotti lo ammanettavano, gli sfilavano la maschera e lo perquisivano. «Oh, no, mia madre andrà fuori di testa quando lo saprà.»

Gli agenti interrogarono Lara e Don, poi portarono via i ragazzi: li attendeva un fantastico pomeriggio al commissariato.

«Ti sei comportata come se fosse una barzelletta», la rimproverò Don, che non voleva saperne di tranquillizzarsi.

«Perché era una barzelletta. Erano ragazzini in vacanza da scuola, così ubriachi che non sapevano nemmeno loro cosa facevano.»

«Potevano essere armati!»

«Don, smettila di preoccuparti. Non lo erano», fece lei, senza scomporsi.

«E se domani invece viene qualcuno che lo *è*? Adesso sarà il mio chiodo fisso.» Si asciugò il viso, scuotendo il capo.

«Ma no. Non ti succederà niente. Va' a casa a riposare, domani mattina ti sentirai meglio.»

«Riposare? Con quei vicini di casa? *Ah.*»

Sembrava sconvolto. Il chiasso della casa accanto proseguiva imperterrito, in più la famiglia aveva preso anche un gatto che adorava andarsi a sedere sul muretto esterno e miagolare alla luna ogni notte. Quando Don aveva protestato, la brava vicina aveva risposto: «Oh, ma come facciamo a impedirglielo? È un gatto, per lui è naturale!»

Lara provava pena per lui. Per aggiungere danno alla beffa, erano perfino andati tutti allegri da Don per informarlo che quella domenica ci sarebbe stata una festa da loro, dal pomeriggio fino a sera.

«Senti, ti va di venire da noi, domenica? Farò un bel pranzo. Che ne dici?»

Don, la cui idea di pranzo domenicale consisteva nel comprare un arrosto precotto e sbatterlo nel microonde, sembrava tentato, ma incerto. «Sul serio? Non avevi detto che viene tua zia per il fine settimana?»

«Nettie? Esatto. Per questo faremo da mangiare come si deve.»

«Non saprei. Mi spaventa un po'.» Lara gli aveva raccontato diversi aneddoti su quella donna pratica e generosa.

«In senso buono, però.»

«Hmm.» Era ancora dubbioso: il racconto di come Nettie una volta aveva affrontato un toro scatenato fuggito da una fattoria di fronte all'asilo di Keswick gli dava una certa agitazione.

«Piantala, è una persona meravigliosa. Ti piacerà, te l'assicuro», disse Lara.

Mentre sfornava la torta di more, Lara ascoltava le chiacchiere e le risate che provenivano dal soggiorno. Era al tempo stesso strano e magnifico avere di nuovo Nettie con loro. Finalmente era riuscita a convincerla ad affidare i suoi amati animali a Fred Milton: la donna era arrivata in macchina la mattina precedente e sarebbe ripartita per Keswick quella sera. Negli ultimi due mesi si erano tenute in contatto attraverso il telefono, ma averla lì di persona era mille volte meglio. Vedeva quella casa per la prima volta. Ma, ancor più importante, conobbe Flynn, e tra loro s'instaurò subito un ottimo rapporto.

«Allora, raccontaci, qual è la cosa che ti è mancata di più di noi due?» le stava chiedendo Gigi.

«Povera me, come faccio a decidere? Sentirti cantare, forse? Oppure le macchie di dentifricio nel lavandino del bagno? Le lattine di Coca-Cola ancora piene lasciate negli angoli più assurdi?» ribatté Nettie, ridacchiando.

«Oh, no, non ti siamo mancate per niente! Scommetto che sei felice di riavere la casa tutta per te! *Hmm*... E invece dimmi, come vanno le cose con Fred?» aggiunse la ragazza, meditabonda.

Sorridendo tra sé, Lara tornò in sala da pranzo con la

torta appena in tempo per assistere alla faccia da poker che Nettie stava sfoderando. Era la tipica espressione da politico sottoposto a un fuoco incrociato di domande.

«Fred sta benissimo. Ha terminato il raccolto delle patate. La scorsa settimana gli ho dato una mano con le pecore. Le abbiamo sistemate e tosate, sono pronte per la monta.»

«La monta? Cos'è?» chiese Don, perplesso.

«L'accoppiamento. Per questo vanno tosate intorno alla coda.» Nettie, che adorava sconvolgere la gente di città, glielo spiegò restando serissima.

«Ah.»

«Mio caro, non c'è bisogno di arrossire. È solo sesso... tutta natura.»

Lui prese un colore purpureo, deglutì a forza e rispose: «Certo».

Al termine del lungo pranzo, durante il quale venne fuori anche la questione dei vicini di Don, Nettie propose: «Forza allora, vogliamo risolvere la questione?»

«Come, scusa?» fece Don, rendendosi conto solo in quel momento che parlava con lui.

«Quella gentaglia fastidiosa che ti abita accanto, e che ti rende la vita impossibile. Secondo me hanno bisogno che qualcuno gli faccia un bel discorsetto.»

«Ci ho già parlato», tentò lui, allarmato.

«E che risultato hai ottenuto?»

Lara assisteva alla scena, ammaliata.

«Il fatto è che sono persone molto carine», cercò di opporsi Don.

«Perfetto. Anch'io sarò molto carina. Sarò una rappresentante del comune, incaricata di effettuare indagini sull'inquinamento acustico. Spiegherò loro che devono ridurre il volume, o mi vedrò costretta a multarli per eccesso di emissioni sonore.»

«Ma così sapranno che sono stato io a lamentarmi!»

«E devono saperlo!»

«Oh, Dio, mi odieranno.»

Nettie sgranò gli occhi, incredula. «Preferisci soffrire in silenzio? Farti salire la pressione finché non ti esploderà il cuore? Mio caro, questa si chiama gentilezza *mortale*. Coraggio, andiamo.»

«Gli ufficiali comunali girano in jeans e camicia a scacchi?» le chiese Lara mentre Nettie si alzava.

«Questa sì», ribatté lei.

Don la scrutava come se fosse un fuoco d'artificio vagante sul punto di esplodere. «Fai sempre così?»

«Solo se è una questione importante. Forza, scattare. Prima andiamo, prima torneremo», lo incalzò sventolandogli davanti le chiavi della macchina.

In realtà non tornarono affatto presto. Arrivò il crepuscolo, le luci si accesero sulla città, le ore passarono e Lara stava per precipitarsi a casa di Don quando, alle nove e mezzo, finalmente i due fecero ritorno.

«Si può sapere dove diavolo siete stati? E perché non rispondevate al cellulare?» gli chiese, preoccupatissima.

«Il mio è a Keswick», spiegò imperturbabile Nettie.

Don si diede un colpetto sulla tasca interna della giacca di cashmere. «E il mio è qui. Ma non ha suonato. Oh, mi spiace, è scarico.»

«Ci siamo preoccupati a morte! Ho pensato che i tuoi vicini vi avessero drogati e seppelliti in giardino.»

«Fa sempre così... sempre melodrammatica», commentò Nettie, scuotendo il capo, come a volersi scusare con Don.

«Siete stati via per ore!»

«I vicini ci hanno invitati a unirci alla festa», spiegò Don.

«E avete *accettato*?»

«Ha ragione lui, sono proprio persone carine. Ho parlato con loro del fracasso, e mi hanno giurato che cercheranno di limitarsi, in futuro», disse Nettie.

«Ma l'avevano già fatto», intervenne Gigi.

«Be', forse stavolta è quella buona. E comunque ci siamo divertiti. C'era il karaoke», aggiunse Don.

«Cioè, hai *cantato*?» gridò Lara.

«*Sognando un sogno*, da *I miserabili*», rispose lui orgoglioso.

«E tu?» chiese Lara a Nettie, i cui capelli biondo-grigi erano sfuggiti al controllo dei fermagli.

«Lei si è esibita in *Born To Be Wild*», dichiarò Don.

Oh, buon Dio. «Davvero?»

«Wow», esclamò Gigi.

«Potreste smetterla di guardarmi così, voi due? Ho ricevuto un'ovazione», protestò Nettie.

«È vero», confermò Don.

«E avete anche bevuto?»

«Certo che no. Stasera devo guidare fino a casa. Anzi, è ora di andare, ormai. Domattina devo alzarmi alle sei per mungere le capre», ribatté Nettie in tono vivace.

47

Harry ammirava le luci scintillanti del porto: era ancora stupito di trovarsi lì. Il tour di EnjaySeven aveva attraversato tutti i continenti, passando dal Giappone all'Australia, dalla Nuova Zelanda a Singapore. Tornato in Europa per promuovere la serie TV che stava per andare in onda, aveva chiamato Harry e l'aveva convinto a raggiungerlo a Monaco per il fine settimana, in modo da poter ricostituire il loro duo comico a beneficio dei giornalisti che li avrebbero intervistati la mattina dopo. Di sicuro i fotografi si sarebbero divertiti un mondo a giocare sulla giustapposizione di un matusa come Harry su quel panorama appariscente, da miliardari. L'avrebbero ritratto a bordo di yacht sinuosi. Ci sarebbero state ragazze in abiti succinti con curve ancor più sinuose, di quelle che solo il denaro può ottenere.

Ah, be'. Harry, che si trovava sul terrazzo dalle rifiniture in ferro battuto della sua stanza d'albergo, si sedette e sorseggiò il suo caffè. A casa il cielo era plumbeo e la temperatura si aggirava su numeri a una sola cifra, mentre lì, nel mite microclima di Monte Carlo, si vedevano brillare le stelle, grandi e luminose su uno sfondo blu scuro, e lui poteva starsene all'aperto alle dieci di sera in maniche di camicia.

La cena era stata deliziosa. L'albergo di superlusso, naturalmente, era meraviglioso. In più in aereo aveva cominciato a leggere un libro da cui non riusciva proprio a staccarsi. Controllò quante pagine gli restavano e con grande soddisfazione si accorse che erano trecento.

Ottimo.

Tutto intorno a lui regnava la pace: si sentiva solo un leggero brusio lontano, il rumore del traffico e della vita notturna. Caffè ottimo, frutta fresca nella ciotola sul tavolino accanto a lui, e forse più tardi si sarebbe concesso un cognac. Harry aprì il romanzo e riprese a leggere. Oh, sì, di sicuro esistevano modi ben peggiori di trascorrere un fine settimana.

«Sì, così... fantastico... ora girati verso di me, piccola, e lasciati accarezzare la schiena da Enjay.»

Harry era seduto in disparte mentre il fotografo si agitava intorno a Enjay e alle due modelle in bikini. Il rapper tirò per scherzo un laccetto del costume della ragazza bionda.

«Ehi, ma sei un birbante!» ridacchiò lei, girandosi a guardarlo imbronciata.

«Scusa, tesoro, non posso farci niente. È più forte di me.» Posandole una mano sulla curva della schiena, strizzò l'occhio all'altra modella mentre diceva così. E lei gli mandò un bacio.

«Perfetto!» gridò il fotografo, continuando a scattare. «Harry, ti voglio sullo sfondo: devi guardarli da sopra gli occhiali, biasimandoli.»

Enjay snudò i denti affilati e scintillanti. «Ce la può fare, si è esercitato un sacco.»

Era mezzogiorno, ed erano su uno yacht ormeggiato al porto, il sole che si riverberava sull'acciaio lucido, la vernice bianca e il legno laccato del ponte superiore. Quando il fotografo ebbe finito, il giornalista mise via il telefono e cominciò l'intervista. Era sulla quarantina e aveva i capelli lunghi legati in una coda di cavallo. «Fa sempre così?» chiese in tono allegro.

«Oh, sì», annuì Harry.

«Ehi, amico, sono come mi vedi. Sono fatto così, prendere o lasciare.» Enjay si era alzato in piedi, e per un attimo accarezzò il posteriore della modella bionda quando lei gli passò accanto ancheggiando.

Il giornalista accese il registratore e lo mise sul tavolo mentre Enjay prendeva una sedia. «Immagino che nessuno lasci tanto spesso, vero?»

«E perché dovrebbero, amico? Mi tengo in forma. So come trattare una signora. Puoi chiedere a quella che ho conosciuto al casinò e mi sono portato in albergo ieri sera.»

«E Marina cosa pensa delle tue conquiste?»

Lui si strinse nelle spalle. Marina era una corista con cui aveva fatto coppia durante la tournée. «Non gliel'ho chiesto. Se le secca troppo, nessuno la costringe ad accettarlo. D'altra parte lei è lontana migliaia di chilometri, e io sono qui.»

«Già, certo. Sta a lei la scelta.» Il giornalista annuì.

«Esatto. Se decidono che non vado bene per loro, possono sempre dire di no.» Enjay si sistemò le maniche dell'abito verde pistacchio, fermandosi ad ammirare il proprio riflesso nel cestello per il ghiaccio d'argento.

«E qualcuna l'ha mai fatto?»

Gli occhi castano chiaro di Enjay brillarono quando, dopo una pausa a effetto, esplose nel suo sorriso soddisfatto da predatore. «Be'... *no.*»

La giornata era trascorsa tra fitte interviste. Quando l'abito perfetto verde chiaro di Enjay si era sgualcito a forza di stare sotto il sole, era stato sostituito da uno identico ma bianco, per lasciare il posto un'ora dopo a uno smoking argentato.

Finalmente l'ultima troupe televisiva se ne andò, le bottiglie di champagne vuote furono portate via dallo yacht e una limousine li riaccompagnò in albergo per le stradine tortuose della città.

Mentre salivano al quarto piano nell'ascensore pieno di specchi, Harry disse: «Posso farti una domanda?»

«Spara, vecchio mio», ribatté Enjay, senza mai smettere d'imitare la sua parlata distinta.

L'altro aspettò che smettesse di rimirare il proprio profilo. «Perché hai mentito al giornalista?»

«Eh?»

«Parlo di quello con la coda di cavallo. Gli hai raccontato di aver passato la notte con una ragazza. Però non è vero, giusto?»

Enjay serrò i denti. Non stava più osservando il suo riflesso. «No.»

«Non dire sciocchezze.» Erano giunti al loro piano. Le porte si aprirono silenziose e loro uscirono.

«Non ho capito dove vuoi arrivare.»

Harry si fermò davanti alla propria porta, poi si voltò a guardare Enjay, che sbloccava la propria con la chiave elettronica. Non si poteva dire che gli tremassero le mani, ma non erano nemmeno immobili.

«Non voglio assillarti, sono solo curioso. È che proprio non riesco a capire perché tiri fuori tutte quelle storie. È come se fossi convinto che andare a letto con ragazze che nemmeno conosci sia ammirevole, ma posso assicurarti che non è così», aggiunse seguendolo all'interno della sua suite.

«Okay, che cosa ti fa pensare che fosse una balla?» gli chiese Enjay, guardandolo in modo strano.

Forse era meglio lasciar perdere? No, non ci pensava nemmeno. «Lo so e basta.»

«Stronzate. Hai detto che sei andato a letto presto. Secondo me quando siamo partiti dal casinò dormivi già.»

Harry non si perse d'animo. «Di solito a quell'ora dormo, è vero. Ma stavo leggendo un bel libro. Ti ho sentito tornare a mezzanotte. Ero seduto sul terrazzo e la tua finestra era aperta. Non ho origliato...» si affrettò ad aggiungere, perché Enjay aveva cominciato a camminare avanti e indietro come un puma. «Ma ti ho sentito fare zapping. E poi hai chiamato tua madre e ci hai parlato per un po'. Quindi ti sei fatto la doccia e hai guardato un vecchio episodio di *Star Trek*. E alla fine sono sicuro che ti sei addormentato. Sono rimasto fuori fin dopo le tre, e non c'era proprio *nessuno* in camera con te.»

Enjay abbassò le spalle, sconfitto. «E va bene. Hai ragione. Ho passato la notte da solo.»

«Ma allora perché...»

«Ehi, era tanto per dire. La gente si aspetta che mi comporti così. Fa parte del personaggio.»

«Ecco, su questo credo che ti sbagli. Secondo me un bel po' di gente sarebbe molto colpita, se dicessi la verità.»

A quelle parole, il rapper emise una risata strozzata. Diede le spalle a Harry e puntò lo sguardo oltre i vetri giganteschi della portafinestra che dava sul suo terrazzo. Poi le sue spalle cominciarono a tremare.

Harry lo fissava, confuso. Non poteva aver detto niente di così divertente. «Non capisco», disse dopo qualche istante.

«Sul serio? Non capisci?» Enjay si voltò lentamente a guardarlo, e Harry, sgomento, si rese conto che aveva gli occhi lucidi. Non stava affatto ridendo. «Pensi davvero che i miei fan vorrebbero che fossi sincero? Fidati, non è così. Proprio per niente. Anzi, gli farei schifo. La mia carriera... non so, colerebbe a picco. Non avrei più una carriera, poco ma sicuro.»

«Ma... perché dovrebbe succedere? Le pop star non sono costrette a comportarsi come te», disse Harry, confuso. Cercò disperatamente un buon esempio, poi esclamò: «Prendi Cliff Richard, per esempio. Lui non va a letto con chiunque, eppure tutti lo amano!»

Enjay si fermò e si schiarì la voce, poi lo guardò dritto negli occhi. «Davvero? È buffo, ma non mi consola. Possibile che tu non abbia la minima idea di cosa sto parlando?»

E fino a quel momento, Harry non aveva mai avuto nemmeno il minimo sospetto. Ma Enjay sembrava essersi arreso, e aveva ancora gli occhi pieni di lacrime; sbatté le palpebre e una gli scivolò giù per la guancia sinistra.

«Ehm… non ne sono sicuro…»

«Okay, ma credo tu ci stia arrivando. Quindi adesso te lo dirò chiaro e tondo, perché se non ne parlo con qualcuno ho paura che diventerò matto. E di te mi fido, amico. Ho deciso di confidarmi con te e spero che terrai per te questo segreto, perché lo giuro su Dio, non c'è nessun altro al mondo cui potrei dirlo.» Via via che parlava la sua voce si faceva sempre più incerta. Si passò una mano sul viso. «Oh, cazzo, non posso credere che lo sto facendo davvero.»

Harry lo osservò mentre attraversava la stanza, prendeva una bottiglietta di vodka in miniatura dal frigo e la mandava giù in un sorso. Gli venne in mente che, sebbene facesse di tutto per riempire di champagne chiunque lo circondasse, lui in realtà beveva pochissimo.

Forse perché non poteva permettersi di perdere il controllo, di abbassare la guardia, nemmeno per un attimo.

«Sei gay», disse Harry, e vide Enjay trasalire.

Lui annuì. «Sì. Sì, lo sono. Dio… è la prima volta che lo ammetto a voce alta. Sono gay. Sono un bugiardo, un imbroglione, sono omosessuale e non potrò mai vivere in modo normale. Non sarò mai felice. La mia famiglia mi disconoscerebbe, se lo sapesse. E non riuscirei a vendere più nemmeno un disco, perché chi sarebbe fan di un mostro?»

«Non sei un mostro.»

«Credimi, il mio mondo è molto diverso da quello che pensi. Se i miei lo scoprissero, morirebbero di vergogna. Se solo mi azzardassi a uscire di casa verrei preso a parolacce per la strada.»

«Non può essere davvero così terribile. Forse la gente all'inizio ne sarebbe stupita, ma poi tutti si abituerebbero. E saresti sempre tu.» Sentì che stava arrossendo, perché parlare in quel modo non gli veniva poi tanto spontaneo.

Enjay si passò una mano sul mento, con un gesto stanco. «Sarei sempre io… Ai loro occhi sarei comunque un diverso. Nel mio ambiente non me lo perdonerebbe nessuno, te l'assicuro. Ed è per questo che nessuno dovrà mai saperlo.»

Diceva sul serio. Ne era davvero convinto. E pensandoci bene, Harry si rese conto che aveva ragione. Nel mondo di Enjay, nessuno avrebbe ammesso di essere omosessuale; per quelli come lui, era una condizione inaccettabile. L'avrebbero preso in giro, e i suoi fan l'avrebbero abbandonato in massa.»

«Non dirò una parola. Mai. Puoi fidarti di me», disse Harry.

«Grazie, amico. È per questo che l'ho detto proprio a te.»

Adesso che aveva confessato, si sentiva emotivamente sfinito. Harry non riusciva nemmeno a immaginare il peso che si era portato dentro per anni.

«Quindi tutte quelle ragazze… tutti quei palpeggiamenti, le occhiate, le avances…»

Enjay fece una smorfia. «Non l'ho mai sopportato. Sono costretto. So che mi comporto come un maiale, ma è questo che ci si aspetta da me.»

«Hai baciato Lara.»

«Mi spiace. Non avrei dovuto. Ti prego, non glielo dire.»

«Non lo farò. Quindi era tutta una messinscena… Ma con qualcuna sei andato a letto?» domandò Harry, stupito.

Storse di nuovo il naso. «Solo qualcuna, scelta con cura. Quelle che ero sicuro sarebbero andate a vantarsene coi giornalisti. Alle altre raccontavo di essere troppo stanco. E nessuna di loro avrebbe mai ammesso di non essere riuscita a tenere sveglio EnjaySeven.»

«E Marina?»

«È solo un'amica. Giocavamo ai videogame insieme.»

«Okay, ma c'è un'altra questione che non mi è chiara. Sei così deciso a non far sapere la verità a nessuno...»

«Esatto. Non deve uscir fuori. Se mai si dovesse venire a sapere... non sarà per colpa mia. E saprò che sei stato tu a parlare.»

Sul serio non aveva mai preso in considerazione i rischi? «E se invece... sono *loro* a dirlo?»

«Loro chi?»

Harry si schiarì la voce. Scegliere le parole giuste era già abbastanza difficile. «Lo sai... gli uomini con cui... fraternizzi.»

«Intendi quelli con cui faccio sesso? È questo che stai cercando di dire?» chiese Enjay, fissandolo.

«Ehm, sì. Non ti preoccupano? Ognuno di loro potrebbe parlare con la stampa, minacciarti...»

«Che tu ci creda o no, lo so. E sì, mi preoccupano. Ma non succederà mai.»

In ansia per il suo amico, Harry non poté trattenersi: «E come fai a esserne sicuro?»

Enjay si voltò, intrecciando le dita dietro la testa e chinandosi a destra e a sinistra, come a voler sciogliere la tensione muscolare che gli si era accumulata nel collo. Alla fine, con gli occhi su una parete, rispose con voce atona: «Perché non faccio sesso con nessun uomo, proprio per questo motivo. È un rischio che non posso correre... così non lo corro. Punto». Si girò di nuovo a guardarlo.

«Come? Mai? Mai e poi mai?» chiese Harry. Era davvero stupito.

«No, da quando avevo diciotto anni. Tra telecamere nascoste, registrazioni sui cellulari... come faccio a rischiare? Meglio prevenire che curare», aggiunse con gli occhi di nuovo lucidi.

«Ma non è vita.»

«È l'unica vita possibile. Non ho altra scelta.»

«E cos'è successo quando avevi diciotto anni?» Harry aveva capito che era stato quel ricordo a fargli tornare le lacrime agli occhi.

«Oh, niente di che. Mi sono avvicinato a un ragazzo della mia città. Andavamo a pescare tutti i fine settimana. Lui era... come me. Alla fine abbiamo passato insieme l'estate. Era il nostro segreto, nessuno doveva scoprirlo. Shaun però non sopportava il senso di colpa... odiava essere così, voleva essere normale. Non ce la faceva più, non vedeva una via d'uscita.» Enjay fece una pausa e deglutì a forza, cercando di non perdere il controllo. «Così col tempo era sempre più depresso e disperato. Ho fatto di tutto per aiutarlo, ma non ci riuscivo in nessun modo. Shaun era una persona che non voleva essere, e non lo tollerava. Il peso della vergogna era insostenibile per lui...»

Restò in silenzio.

«Che cosa è successo?» chiese Harry, anche se sapeva già la risposta.

«Si è buttato giù da un ponte, nel fiume. L'hanno ritrovato il giorno dopo, qualche chilometro più in là. Ha lasciato un biglietto per la sua famiglia... Diceva che si era innamorato di una ragazza che non lo ricambiava, e non poteva vivere senza di lei.» La sua voce adesso era priva di qualsiasi emozione. «Quella poveretta di sua madre ha cercato di capire chi fosse la ragazza per anni. Non riuscendo a trovarla è quasi impazzita. Non ha mai scoperto la verità, e cioè che la persona senza la quale suo figlio n-non p-poteva vivere ero... io.»

A quel punto crollò del tutto: anni di dolore represso e sensi di colpa esplosero dentro di lui, come se si fosse aperta una diga. Per Harry, che pure era esperto di momenti imbarazzanti, quello fu il più imbarazzante in assoluto. Non sapeva cosa fare, era bloccato dall'incertezza. Se fosse stato come Lara, sarebbe corso da lui, l'avrebbe preso tra le braccia e gli avrebbe sussurrato parole di conforto.

Lui invece non era mai stato capace di compiere gesti del genere. E poi si trattava di Enjay, che mai e poi mai avrebbe voluto essere compatito e consolato da un altro uomo. Era la persona più orgogliosa del pianeta.

Così se ne restò lì a combattere col proprio senso d'inadeguatezza, ascoltando i suoi singhiozzi sempre più disperati. Alla fine andò in bagno e tornò con una scatola argentata di fazzolettini. Ne prese una manciata e li porse a Enjay, dandogli una pacca incerta su un braccio.

«Tieni. Mi spiace. È tutto okay.»

Lui scosse il capo. «Ora proverai disgusto per me.»

«Non dirlo nemmeno.» *Se solo avesse saputo.*

«Mi hai appena toccato come se avessi una malattia contagiosa, amico.»

«Solo perché credevo che non volessi essere toccato.»

«Dio, la mia vita è un incubo. Non hai la minima idea di come ci si senta», disse Enjay asciugandosi gli occhi.

Harry espirò, facendosi coraggio. E alla fine si sentì pronunciare le parole che non avrebbe mai pensato di dire. «E invece penso proprio di sì.»

48

Lara aveva mille cose da fare, visto che doveva gestire il negozio da sola. Ma non poteva certo lamentarsi, dal momento che era stata lei a suggerire a Don di andare in vacanza... era stressato e infelice, aveva un gran bisogno di prendersi una pausa, e quando gli aveva proposto di partire per qualche giorno lui aveva colto l'occasione al volo, con sua grande sorpresa. Il lunedì precedente era partito per l'Algarve per andare a trovare Wilhelmina, sua fervida ammiratrice, nella sua villa di Albufeira, davanti al mare.

«Non ti darà tregua... ha delle mire su di te», lo aveva avvisato Lara.

Ma Don aveva scosso il capo. «Le ho già detto che sono troppo malato per quelle sciocchezze. Vado solo per riposare e rimettermi in forze, ecco tutto.»

E per quanto gli volesse bene, Lara aveva provato uno strano senso di pace nei primi giorni di quella settimana. L'assenza di Don le consentì di rilassarsi e abbandonare i sensi di colpa. Sapevano entrambi che era un'assurdità, e Don stesso non si sarebbe mai sognato di dire ad alta voce una cosa del genere, ma Lara aveva capito benissimo che non si fidava più di lei come prima. La fiducia che riponeva in lei era stata scossa in modo irrimediabile. Prima la considerava un'àncora di salvezza, il suo portafortuna. Se fosse accaduto l'imponderabile, lei sarebbe intervenuta e l'avrebbe salvato.

Ma dopo la morte di James, tutto era cambiato. Era sicura che Don non la riteneva più capace di strapparlo al pericolo. Aveva già fallito in una situazione analoga, e lui non la stimava più. E questo faceva sorgere in lei un subdolo senso di colpa: e come se non fosse stato abbastanza terribile non riuscire ad aiutare James, adesso si sentiva anche inadeguata di fronte allo sguardo critico del suo capo.

Per questo, anche se era solo lui a essere partito per il Portogallo, era come se fossero entrambi in vacanza.

Oh, cielo, povero Don. Non è giusto nei suoi confronti.

Alle tre Lara ebbe il solito sobbalzo quando sentì il campanello e vide Flynn dietro la porta a vetri. Faceva di tutto per tenerlo a bada, ma il suo cuore era come un cucciolo impazzito, incapace di calmarsi e ragionare.

Fece scattare la serratura, e lui aprì la porta. Era appena tornato da un viaggio in Linguadoca-Rossiglione, presso una famiglia che possedeva un vigneto.

«Ehi, fatto buon viaggio?»

Lui la guardò negli occhi. Doveva avere in mente qualcosa, e non vedeva l'ora di parlargliene. «Sì. Senti, ho avuto un'idea e volevo discuterne con te prima di dirlo a Gigi... Lei non ha mai sciato.»

«Lo so... E nemmeno io.» *Argh.*

«Stavo pensando alla prima settimana di gennaio, quando si sarà esaurito il caos natalizio e di Capodanno. Una settimana, magari dieci giorni se riusciamo a strapparli, in Val d'Isère. Che ne dici? Le piacerebbe?»

Era un'idea meravigliosa. «Credo che ne sarebbe entusiasta, e credo anche che farai fatica a tenerla a freno. Dovrai stare attento, o si lancerà subito nelle piste nere», fece lei, raggiante.

Lui sorrise. «Lo immagino. Quindi per te va bene se la portassi in settimana bianca?»

Per un attimo, quando aveva parlato della prima settimana di gennaio, Lara aveva pensato di essere invitata, che sarebbero andati tutti e tre insieme. Invece non gli era nemmeno passato per la testa. Ma forse era meglio così.

«Certo che va bene. Perché dovrei dire di no? Vi divertirete come matti a lanciarvi giù per le montagne. Sono sicura che ne sarà felicissima.»

«Bene. Allora prenoto uno chalet e i biglietti aerei.» Flynn tacque per un istante, poi aggiunse: «Sai cosa sarebbe ancora meglio? Se tu venissi con noi».

Sci, dopo-sci, panorami meravigliosi! Uno chalet di marzapane, ristoranti fantastici e vin brulé!

Più altre, innumerevoli tentazioni che di sicuro sarebbe stata costretta ad affrontare, sotto forma di Flynn Erskine.

Nella mente di Lara si susseguì una serie d'immagini, una più emozionante dell'altra. Era già abbastanza difficile resistergli lì a Bath. Una vacanza con lui in Val d'Isère sarebbe stata mille volte peggio.

E lei conosceva i suoi limiti.

Vedendola esitare, Flynn inarcò un sopracciglio. «Ecco, questo è incoraggiante. Significa che stai riflettendo se è il caso di dire di sì?»

Fa' la cosa giusta.

Ooh, no, dai, fa' la cosa sbagliata!

E poi come finirà? Non fingere di non saperlo.

«Andate voi due. Lo sci non fa per me. Finirei per rompermi una gamba.» Scosse il capo. Era l'unica soluzione.

«Ma non devi per forza...»

«E poi Don ha bisogno di me qui. Grazie davvero per la proposta, ma tu e Gigi vi divertirete un mondo senza di me», riprese lei in tono che non ammetteva repliche.

Lui la fissava con espressione indecifrabile. «Lara... Sai bene perché desidero che tu venga. Noi due... mi darai *mai* una possibilità?» Mentre le parlava, le prese la mano. D'istinto, col cuore in gola.

Lei trasalì e lo scostò. «No. No, non succederà mai», disse con un filo di voce. *Ecco fatto.*

«Okay. E non potrai mai cambiare idea?»

Dio, oh, Dio. «No.»

Flynn si tirò indietro di qualche centimetro. «D'accordo. In questo caso puoi stare tranquilla: non te lo chiederò mai più. Non hai nulla di cui preoccuparti. D'ora in avanti ti lascerò in pace.»

Wow, cos'era quella novità? Lara annuì. Dentro di sé era sorpresa, fuori era una maschera di ghiaccio. «Okay. Bene. Be', grazie.»

Flynn le scoccò l'ennesima occhiata enigmatica. «Figurati. Sono sicuro che tu sia felice di saperlo. Spero che così sarà più semplice per tutti e due. Comunque sono contento che approvi la vacanza. Lo dirò a Gigi.» Si voltò e uscì.

Era sabato 5 novembre, la sera della Congiura delle Polveri, e una folla si era radunata al Rec, lo stadio della squadra di rugby di Bath, per assistere allo spettacolo pirotecnico. Era una vista davvero incredibile: tutti stavano col naso all'insù, ad ammirare incantati quelle esplosioni di colori che riempivano il cielo notturno come fiori immensi che sbocciavano di colpo.

Gigi era in estasi, ma Lara non riusciva proprio a concentrarsi sui fuochi d'artificio. Mentre raggiungevano il Rec, aveva visto qualcosa che non riusciva a spiegarsi. Due ragazzini imbacuccati con cappelli col pompon e giacconi imbottiti giocavano tra loro sfidandosi a duello con delle bacchette luminose. Naturalmente uno dei due era stato colpito dall'altro alla testa, e con un grido di sdegno si era gettato addosso al fratello. La rissa era stata sedata da una signora elegante con colbacco di pelliccia, che doveva essere la loro nonna.

Un attimo dopo, osservandone meglio il viso, Lara si era resa conto che si trattava di Wilhelmina.

Proprio Wilhelmina, la raffinata vedova con cui Don doveva essere in vacanza in Algarve...

Poi la folla si era spostata e la donna e i suoi piccoli monelli erano spariti alla vista, lasciando Lara a domandarsi cosa ci facesse a Bath.

Quando i fuochi d'artificio raggiunsero il culmine, tra bagliori ed esplosioni, e si conclusero in un boato assordante, tutti applaudirono e poi cominciarono ad avviarsi verso le uscite.

Lara prese sottobraccio Gigi. «Ho fame. Non senti odore di salsicce? Vogliamo andare in cerca del banchetto degli hot dog oppure proviamo il nuovo messicano?»

Gigi, il naso arrossato dal freddo e il respiro che le formava nuvolette davanti alla bocca, si sfregò le mani. «Brr, non sento più le dita. Mi spiace, mamma, ma ho appuntamento con papà all'Aqua tra venti minuti, mangeremo lì.»

«Ah, okay, non lo sapevo. Tesoro, sta' tranquilla, non c'è problema. Prenderò un hot dog tornando a casa.»

«Sicura che non ti dispiace?»

«E perché dovrebbe dispiacermi se ceni con tuo padre?»

Gigi ebbe un attimo di esitazione, e si soffiò di nuovo sulle mani. Evitando lo sguardo di sua madre, rispose: «È che non saremo *solo* io e papà...»

E di colpo fu tutto chiaro.

Mentre lasciavano il campo da rugby, Lara individuò Wilhelmina davanti a loro e si fece largo tra la folla fino a raggiungerla.

«Salve!»

La donna, che teneva in ciascuna mano guantata quella di un nipotino, la riconobbe e la salutò allegra: «Oh, salve, cara. Come sta Don? C'è anche lui?»

Hmm.

«No, non c'è, è andato in vacanza per qualche giorno.

Chissà perché, ma ero convinta che anche lei fosse via, nella sua villa in Portogallo», le disse in tono disinvolto.

«Io? Oh, no. Mia figlia è incinta del terzo figlio, quindi non mi muovo. Me ne resto qui a fare la brava nonna, vero, ragazzi? Mentre mamma si riposa a casa», dichiarò facendo oscillare le loro braccia giocosamente.

«Mamma avrà un bambino. È tanto grassa», fece il più piccolo dei due, affranto.

«Volevamo un suricato... invece avremo una sorellina», brontolò l'altro.

«I bambini piccoli sono *noiosi*.»

«E *puzzolenti*.»

Wilhelmina alzò gli occhi al cielo. «Piantatela, voi due, non sarà noiosa a lungo, e voi due le vorrete un bene dell'anima. Forza, vi porto a casa. Mi saluti tanto Don, se lo vede. Sa con chi è andato in vacanza, per caso?» aggiunse rivolta a Lara, con un sorriso mesto.

Povera Wilhelmina, vedova e sola. Povero Don, *presumibilmente* solo.

«Non ne ho idea, non me l'ha detto.»

La donna scrollò le spalle, facendosi coraggio. «Ah, be'. Spero si stia divertendo. Arrivederci, allora.»

Lara e Gigi superarono insieme il Pulteney Bridge, presero Northgate Street e poi Walcot Loop Road.

«Mamma, non c'è bisogno che mi accompagni. Non è di strada, per te.»

«Non ti preoccupare. Ho voglia di fare una passeggiata, e preferisco sapere che sei arrivata sana e salva. Allora... raccontami di questa nuova ragazza di tuo padre.» Dall'attimo in cui Gigi gliene aveva parlato, quella domanda le aveva ronzato nella testa come una vespa impazzita. E adesso che le aveva dato voce per la prima volta, fece di tutto per mantenere un tono anche più che disinvolto. «Da quanto stanno insieme?»

«Credo un paio di settimane. C'era una degustazione privata in un appartamento su Royal Crescent, e lei era tra gli ospiti.»

«Come si chiama?»

«Annabel.»

Non sapeva che genere di nome si aspettasse, ma non era certo quello. Che aspetto poteva avere? Era una bella bionda? O magari aveva misteriosi occhi scuri e riccioli selvaggi? E come si vestiva? «*Annabel.* E... lui le ha chiesto di uscire così? Durante la degustazione?»

«Non lo so proprio. È mio padre, non vado certo a chiedergli i dettagli più scabrosi, non pensi?» Raggiunsero l'Aqua su Walcon Street, e Gigi le diede un bacio. «Allora ciao. Mi staranno aspettando al bar. Ci vediamo dopo, mamma.»

«Sai una cosa? Sarebbe davvero scortese da parte mia lasciarti qui senza nemmeno fare un saluto. Non vorrei mai che Flynn pensasse che sono stata maleducata.» Lara si sentì pronunciare quelle parole. Forse non era il caso, ma non poté fare a meno di dirlo.

«Ah, ma...»

Lei però annuì, convinta. «No. È necessario. Entro a salutare e me ne vado subito. Per educazione.»

Il ristorante era pieno di gente, rumoroso e animato, ma Lara li vide all'istante. Erano al bar ad aspettare. Flynn stava dicendo qualcosa ad Annabel, che scoppiò a ridere: doveva essere stata una battuta.

A meno che non stessero ridendo di *lei*...

No, non era possibile. E comunque non era il momento giusto per farsi venire una crisi d'insicurezza, perché Gigi le stava già facendo strada.

Flynn salutò la figlia con un bacio sulla guancia. «Ehi, tesoro. Lei è Annabel. Annabel, ti presento la mia splendida figlia.» Aspettò che si stringessero la mano e poi aggiunse: «E lei è Lara, la madre di Gigi».

«Ciao! Non vi preoccupate, non voglio imbucarmi! Volevo solo essere sicura che Gigi non fosse stata piantata in asso!» Per dimostrare quanto fosse amichevole, Lara si rese conto di aver esagerato con le esclamazioni.

«Sapeva che l'aspettavamo. Non la pianterei mai in asso», rispose Flynn.

«Ciao, comunque. Io sono Annabel. Felice di conoscerti», la salutò la ragazza, che doveva avere all'incirca venticinque anni, e le strinse la mano. «Ti fermi a cena con noi?»

«Ooh, ecco...»

«No», esclamarono Gigi e Flynn all'unisono.

Ah.

«Okay, ma almeno beviamo qualcosa insieme.» Annabel chiese con un cenno due bicchieri in più al barista e prese la bottiglia che avevano nel secchiello del ghiaccio, già aperta. «È ottimo, devi provarlo.»

Santo cielo, era proprio carina. Aveva i capelli neri e dritti, tagliati in un caschetto preciso, lucidissimi. Gli occhi erano castani, la bocca un bocciolo di rosa, e aveva il nasino più perfetto che Lara avesse mai visto. In più indossava un tubino grigio tortora che gridava *eleganza*. E gridava anche «Guardami, sono una taglia trentotto, non sono chic, fantastica... *magra*?»

Aveva ragione sul vino, aveva un sapore incredibile. Lara espresse il suo apprezzamento con un cenno del capo. «Sei anche tu un'intenditrice di vini?»

Lei fece una smorfia. «Non direi. Sto solo cercando di far colpo sull'esperto, qui... sono più per una bella pinta di birra, a dire il vero.»

Santo cielo, carina *e* spiritosa.

«*Davvero?*» le fece eco Gigi, colpita.

«Quando studi medicina è un po' un rito di passaggio», le confidò lei.

Lara ebbe un segreto moto di sorpresa. «Sei una studentessa di medicina?»

«Lo ero. Ora sono specializzanda in neurochirurgia. Al Frenchay Hospital di Bristol.»

«Fico. Quindi in pratica operi i cervelli della gente», fece Gigi.

«Sì.» Le brillavano gli occhi.

«Ma non sembri abbastanza vecchia.»

«Ti assicuro che lo sono. Sono un pezzo da museo.» Prese Gigi per un braccio, si chinò verso di lei e sussurrò in modo perfettamente udibile: «*Ho trentatré anni*».

«Wow! Mamma ne ha solo trentacinque, e tu sembri un *sacco* più giovane di lei», esclamò la ragazza strabuzzando gli occhi.

Un calcio negli stinchi forse sarebbe sembrato un gesto troppo estremo. Peccato. Magari si sarebbe rifatta più tardi, una volta a casa.

In quel momento un maître affascinante li raggiunse. «Salve. Volevo informarvi che il vostro tavolo è pronto, se volete seguirmi... avevamo preparato per tre, ma se lo desiderate possiamo aggiungere un posto in più», fece con aria interrogativa.

La pausa di silenzio che seguì fu interrotta dal gorgoglio dello stomaco di Lara. Sembrava un cagnolino implorante.

Flynn scosse il capo. «Non penso.»

«No. Devi andare, ora, vero, mamma?» intervenne anche Gigi.

A quanto pareva. «Sì, certo, ma grazie comunque», rispose Lara sorridendo all'uomo, che sembrava desiderare la sua presenza.

«È stato un piacere conoscerti. A presto, allora!» la salutò Annabel, e le sue parole furono accompagnate dal dondolio dei suoi capelli.

Flynn e Annabel si diressero al tavolo, mentre Gigi l'accompagnava alla porta.

«Potevo restare», protestò Lara.

«Lo so, ma sarebbe stata una partita di tennis. Noi due contro loro due. O almeno è così che sarebbe sembrata. E poi Annabel sembra davvero carina, la voglio conoscere.»

«Perché? Perché è un chirurgo e sembra tanto più giovane di me?» Quel colpo basso le sfuggì, ma non fu un problema, perché Gigi non se ne accorse nemmeno.

«Più o meno. Comunque è un lavoro interessante, no? E poi non ho mai visto papà con una ragazza… se si sposeranno lei diventerà la mia matrigna! Pensa!» esclamò Gigi con aria esaltata, senza rendersi conto della stretta alla bocca dello stomaco che provò sua madre.

49

Quel martedì mattina, Lara aveva già aperto il negozio quando si presentò Don, vestito elegante e coi capelli impomatati alla perfezione, come al solito, ma con una sorprendente mancanza di abbronzatura per essere uno che tornava da una vacanza nell'Algarve.

Teorica vacanza.

«Ciao! Ti sei divertito?» lo salutò.

«Da matti», esclamò lui, raggiante.

«Potevi chiamarmi, ieri sera. Sarei venuta a prendere te e Wilhelmina all'aeroporto.»

«Non ti preoccupare, abbiamo preso un taxi.»

«Com'era il tempo?»

Don si guardò le mani pallide, con aria impacciata. «Non granché, a dire il vero. Era piuttosto nuvoloso.»

«Che strano... sai, ogni volta che ho controllato su Internet dicevano che c'era il sole e faceva caldo», ribatté lei, perplessa.

Don avvampò e si sistemò la cravatta, prendendo tempo. E Lara lasciò che quel silenzio imbarazzato si prolungasse.

«Oh, cielo. Lo sai, non è vero?» fece lui alla fine.

Lentamente, Lara annuì. Si sentiva tanto miss Marple. «Sì, Don. Lo so.»

«Non ci posso credere. Me l'aveva detto anche lei.»

«E aveva ragione.»

«A dire il vero ti ha dato della strega», fece lui con un sorrisetto.

«Che gentile. Ma tanto perché tu lo sappia, non la stavo certo seguendo. Mi sono solo imbattuta in lei al Rec.»

«Ehi, aspetta un attimo: di chi parli?» Don era visibilmente sorpreso.

Lara sbatté le palpebre. «Perché? *Tu* di chi parli?»

«Hai incontrato Wilhelmina?» le chiese sgranando gli occhi.

Lei gli guardò le mani e il viso, su cui mancava ogni traccia di abbronzatura. «Sì! Allo spettacolo pirotecnico! È così che ho scoperto che non sei andato da lei in Portogallo. Ma pensavo comunque che fossi stato lì... almeno finora. Quello che non capisco è perché hai voluto mentirmi. Insomma, ieri sera parlavo al telefono con Nettie e mi ha raccontato che a *lei* hai detto che non vedevi l'ora di... partire...» Mentre parlava, vide l'espressione di lui cambiare, e le mancò la voce. «... Per l'Algarve. Oddio, ho capito! È come uno di quei sogni in cui è tutto assurdo, e la situazione diventa sempre più strana! Non sei andato all'estero, vero? In realtà eri a Keswick, da Nettie! Ma perché tenerlo nascosto? Oh, per tutte le zie svampite, non ci posso credere!» aggiunse, portandosi le mani al viso, mimando l'espressione di Kevin in *Mamma ho perso l'aereo* e lanciando un grido.

Perché a quel punto sul viso di Don si leggeva una confessione completa: era come se le stesse mostrando uno striscione. Anche se, a dirla tutta, sua zia era tra le persone meno svampite del pianeta.

«Sono innamorato di Nettie, e lei di me», rispose lui con semplicità.

«È un sogno?»

«Aspetta.» Don attraversò il negozio, chiuse a chiave la porta e affisse il cartello CHIUSO. Si torse le mani fresche di manicure e inspirò a fondo. «È stato un colpo di fulmine.

Non mi era mai capitato in vita mia. Sono così felice che potrei esplodere. Ogni volta che penso a lei mi sento una pasqua!»

Chissà se poteva dirglielo. «Okay… ehm, senza offesa… ma voi due siete così… *diversi*», tentò lei.

«Lo so! Non è pazzesco? Però so che è la persona giusta. È una donna incredibile. È tutto ciò che ho sempre desiderato. E non me ne ero mai reso conto. Ho passato tanti anni a pensare che dovevo trovare una persona che mi assomigliasse… esigente, curata, elegante e ben educata», riprese lui scuotendo il capo, pieno di meraviglia.

«Come Wilhelmina.»

«Esatto! Mentre in realtà avevo bisogno dell'esatto opposto. Ecco perché non stavo bene con nessuna.»

Sentendo quella spiegazione, per Lara fu tutto chiaro. Nettie, per nulla vanitosa, pratica e diretta come pochi altri, era la perfetta antitesi di tutte le Wilhelmine che Don avesse mai conosciuto. Ed essendo lui un uomo eterosessuale ma al tempo stesso un minimo effeminato, il fatto che fosse attratto da una donna eterosessuale ma per certi aspetti mascolina aveva assolutamente senso.

E viceversa, certo.

«Abbiamo sempre pensato che ci fosse qualcosa tra lei e Fred Milton.»

«Lo so, me l'ha detto. Per lei è esilarante. Infatti lui non è affatto il suo tipo… perché sai una cosa? Il suo tipo sono io!» aggiunse Don sorridendo felice, illuminandosi d'orgoglio, come se ancora faticasse a crederci.

Lara preparò un tè per entrambi. A quell'ora del martedì mattina era molto difficile che si presentassero stuoli di clienti desiderosi di entrare.

«Allora, ti è piaciuta Keswick?»

Don soffiò sul tè e ne prese un sorso. «Da morire. Un posto magnifico. Anche se qualsiasi città in cui si trovi Nettie sarebbe meravigliosa», aggiunse timidamente.

Sembrava un ragazzino alle prese con la prima cotta. Era davvero dolce. Solo che c'era un problema...

«Come farete, quindi, vi farete visita a turno?» dentro di sé, Lara si domandava come avrebbero fatto: Don trovava troppo stressante guidare, tanto che aveva venduto la macchina diversi mesi prima. E se qualche giro per Bath l'aveva ridotto in quello stato, Dio solo sapeva come avrebbe affrontato un viaggio in autostrada di cinque ore.

«Okay, siediti e ascolta. Non avevo ancora deciso di parlartene, ma non sapevo nemmeno che sarebbe venuto tutto fuori così presto. Non farmi la predica, però. So come può sembrare, ma è quel che vogliamo entrambi.» I suoi capelli appuntiti tremolavano come le spine di un porcospino mentre agitava la testa.

«Dimmi.»

Don fece un gran sospiro. «La scorsa settimana è stata la più bella di tutta la mia vita. E non ho provato il minimo stress... anzi, mi sento ringiovanito di vent'anni, e venti volte più felice. Non so come la prenderai, ma Nettie me l'ha chiesto e le ho risposto di sì. Mi trasferisco, vivremo insieme. Per il bene della mia salute. E per quello del mio cuore. Perché ci siamo trovati, Nettie e io, e non sopportiamo di restare separati, e poi chi può sapere quanto tempo ci resta?»

Lara restò senza parole. Come poteva scoraggiarlo? Da una parte era quanto di più romantico avesse mai sentito. Dall'altra, a quanto pareva lei stava per restare disoccupata.

Lo abbracciò. «Che notizia splendida. Sono tanto felice per voi. E poi tu hai tre anni meno di lei, il che fa di te il suo toyboy! Ancora meglio!»

«Lo so», rispose lui, in estasi.

«Quindi è cominciato tutto quella domenica, quando siete venuti a pranzo. Se non ti avessi invitato, non vi sareste mai conosciuti.» Che magnifica sensazione di potenza.

Poi però le venne in mente anche qualcos'altro, e gli chiese: «Così alla festa dei tuoi vicini, quando avete cantato al karaoke insieme, si è consolidata la vostra intesa!»

Don ebbe un attimo di esitazione, bevve un altro sorso di tè e posò con attenzione la tazza. «Sarebbe troppo sconvolgente per te sapere che non siamo affatto andati alla festa?»

«Ma avevate detto che... *ah.*» Lara chiuse la bocca. Wow, non si poteva dire che avessero perso tempo. Le venne una gran voglia di cambiare argomento, così indicò tutto intorno a sé. «Quindi venderai casa tua, questo negozio...»

Col cuore in gola ascoltò la sua risposta. «In realtà per il momento ho intenzione di affittare solo la casa. Abbiamo pensato che a degli studenti non darà fastidio un po' di chiasso dalla casa accanto. Ma non voglio vendere il negozio... speravo che tu potessi gestirlo, prenderemmo qualcuno che ti aiuti e... *Argh!* Giù le mani, donna, è come essere assaliti da un labrador!»

Con un sorrisone, lei lo lasciò andare. «Scusa! Mi sono lasciata prendere dall'emozione. E dal sollievo. Pensavo che stessi per dirmi che non avevo più un lavoro.»

«Tesoro, scherzi? Devi tenere in piedi l'azienda, fare soldi! *Money money money!*» aggiunse, allargando le braccia e lanciandosi nell'imitazione degli Abba.

Esistevano due persone dai gusti musicali più diversi? Eppure era così *felice.*

«E quando parti?» gli chiese.

«Prestissimo!»

«Oddio, mi mancherai tanto. Però ti vedremo comunque. È meraviglioso.» Si asciugò una lacrima di commozione.

«Vero? E poi Nettie non mi permetterà di mangiare schifezze. È una cuoca incredibile. Non hai idea del cibo salutare che ho mangiato questa settimana.»

«In realtà sì», disse Lara.

«Mi sento già meglio. Mi si è abbassata la pressione. E ho perfino perso due chili!» aggiunse dandosi dei colpetti fieri all'addome.

Avevano trascorso un'altra serata meravigliosa a casa di Ray e Bonnie, con tanto di pasticcio di pesce e pudding al caramello. I due erano rimasti a litigare sul programma televisivo da vedere, mentre Evie stava caricando la lavastoviglie, quando sentì Joel entrare in cucina.

Il suo cuore accelerò: era proprio lui. Avrebbe riconosciuto tra mille il suono dei suoi passi sul pavimento in pietra. E quando lui le posò le mani sulla vita, sussultò.

«Attenta, per poco non ti cadeva la tazza», le sussurrò.

«E sarebbe stata solo colpa mia, immagino... mi passeresti quelle ciotole, per favore?»

«Sì, signora. Tutto quello che vuoi.» Ma nel porgergliele fece in modo di sfiorarle un fianco, un gesto che non aveva nulla di accidentale. Col passare delle settimane, il loro civettare si era spostato su livelli sempre più alti. Anche se era lei a dettare legge.

Evie aveva scoperto quanto le piacesse avere in pugno la situazione, lo trovava inebriante.

«Ascolta», gli disse, e fece una smorfia accorgendosi che il ticchettio della pioggia era aumentato; si era trasformata in grandine, che sbatteva forte contro le finestre.

«Non ti preoccupare, ti accompagno a casa io.»

Venti minuti dopo, si fermarono su Arlington Road. Nell'oscurità, il motore ancora acceso, Joel si voltò e con un gesto pigro le scostò una ciocca di capelli dal viso. «Potrei dirti una cosa soltanto? È una tortura.»

«Che cosa è una tortura?» *Come se non lo sapesse.*

«Stare qui con te. Noi due insieme. Senza poter fare quello che vorrei...»

Ecco, *quello* era il momento di aprire lo sportello e balzare giù dalla macchina. Ma la natura decise d'intervenire, lanciando un nuovo scroscio di grandine, talmente forte che i granelli rimbalzavano sulla carrozzeria come proiettili, in un rumore assordante.

«Evie... quante volte ancora ti devo dire che mi dispiace? Cento? Mille? Perché per me va bene. Basta che tu mi dica quante, e lo farò. Tutte le volte che vuoi.» Le parlava con voce bassa, piena di sincero pentimento. Un tono che le mandava in subbuglio gli ormoni, strappandole un involontario sospiro tremante.

Evie scosse il capo. L'unico sollievo era che non poteva leggerle nel pensiero. Le stava accarezzando il collo, ed erano secoli che nessuno lo faceva. Anzi, negli ultimi mesi non aveva avuto grandi contatti fisici. E lei era un essere umano...

«A proposito, i tuoi capelli hanno un profumo fantastico.»

«È lo shampoo antiforfora», rispose lei.

Joel rise. «Ed è per questo che ti adoro.»

Lei non rispose. Intorno a loro, la grandine continuava a martellare incessante.

«Senti... sono solo le dieci, non è tardi. Ti va di passare da me? Prendiamo un caffè e facciamo due chiacchiere. Tra un'ora il tempo sarà migliorato e ti riaccompagnerò», propose lui infine.

Dal suo garage si entrava direttamente in casa. In effetti era un bel vantaggio.

Dopo un attimo d'incertezza, Evie si sentì rispondere: «Okay, mi sembra ragionevole».

E poi i suoi capelli si arricciavano in modo orrendo, quando si bagnavano.

50

Era quasi mezzanotte, e in effetti la previsione di Joel si era rivelata corretta: la pioggia torrenziale e la grandine si erano placate, lasciando dietro di sé uno strano senso di quiete e le strade bagnate. Non che si vedesse, da lì, ma quando in strada passava un'automobile si sentiva il tonfo degli pneumatici sull'asfalto inondato.

«Ti stai addormentando?» le chiese una voce all'orecchio.

Evie aprì gli occhi. «Quasi.»

«Mollacciona.» Joel le accarezzò dolcemente il torace con le dita, le gambe nude intrecciate alle sue sotto la trapunta sgualcita.

«Ehi, sono fuori allenamento. È passato un po' di tempo.»

Joel le lasciò una scia di baci seguendo la linea della clavicola.

«Non me ne parlare.»

«Ah, non mi verrai a dire che non sei andato a letto con nessuna, da quando ci siamo lasciati?»

Lui sollevò la testa, e i capelli biondi gli ricaddero negli occhi mentre la fissava intensamente. «Ne sei proprio sicura, eh? Posso capirlo. Ma non è così.»

«Non ti credo.»

«Immagino sia impossibile per te crederlo. Però è la verità. Ho imparato la lezione. Volevo te, e nessun'altra.»

Evie scosse il capo. «Non ti credo lo stesso.»

«Lo so. Ma perché te lo direi, se non fosse vero?»

Aveva senso? Forse. Evie guardò l'orologio. «È tardi. Devo tornare a casa.»

«Non devi per forza andar via.»

«Sì, invece.»

«Ti prego, resta.» Le accarezzò il viso.

Evie sentì la decisione venir meno. Fuori faceva freddo. In quel letto c'era un calore delizioso. Il contatto fisico le era mancato tanto quanto il sesso. E quando Joel la blandiva così, era troppo irresistibile per dirgli di no.

«Mi porteresti la borsa? È in salotto.»

Lui balzò fuori del letto e tornò un attimo dopo con la sua borsetta. Evie controllò se aveva con sé lo spazzolino da denti di riserva, poi prese il telefono e chiamò Lara.

«Ciao, sono io. Volevo solo dirti che stasera dormo da Ray e Bonnie. Domattina devo essere al lavoro prestissimo...»

Trenta secondi dopo, attaccò. Ecco fatto. Lara le aveva creduto, e mentire, anche se in modo innocente, aveva reso tutto ancor più emozionante. Per una volta era lei a comportarsi un po' male, a preferire il divertimento alla rettitudine morale.

«Hai appena detto una bugia», l'ammonì lui, scherzoso.

«Mi avrebbe fatto la predica. E poi in realtà le bugie erano due: non devo essere presto al lavoro, domani.»

Lui le rivolse un sorriso ammaliante, complice, e l'attirò a sé. «Sono molto felice di saperlo... perché sappi che stasera farai molto, *molto* tardi.»

La mattina dopo, Joel la lasciò all'angolo della casa dei suoi genitori prima di andare al lavoro. Era l'ennesimo sotterfugio, ma sarebbe stato difficile tenere a freno Bonnie, se avesse saputo cos'era successo.

«Vieni qui.» Le diede un bacio, poi un altro, e un terzo per buona fortuna. «Ti amo. Ci vediamo stasera?»

«C'è la festa dei Massingham, ricordi? Quella di cui parlava tua madre, quella con la compagnia di ballo e i prestigiatori. Non finiremo prima delle undici», rispose lei scuotendo il capo.

«Maledizione. E dopo?»

Era così abbattuto che lei si sentì sciogliere. «Abbiamo dormito due ore, stanotte... forse tre. Saremo tutti e due distrutti, stasera. Per questa volta passiamo.»

Lui fece una smorfia cupa. «Okay. E domani?»

Evie annuì, distratta da un autobus che passava loro accanto; un gruppetto di ragazzini mostrava il posteriore dai finestrini. Ecco cosa succedeva quando si beveva troppa Red Bull prima di andare a scuola.

«Ehilà? Domani, allora?» le chiese Joel, agitandole una mano di fronte al viso.

Evie cercò di riscuotersi. «Eh? Ah, scusa. Sì, domani. Ti chiamo io.» Aveva ancora la mente annebbiata, si sentiva confusa. Aveva fatto sesso con lui, ed era stato bellissimo; dopo tanti mesi, non poteva essere diversamente. Ma aveva bisogno di capire cosa provava davvero per la persona con cui aveva appena fatto sesso bellissimo.

La festa si svolgeva nella tentacolare tenuta di campagna dei Massingham, una quindicina di chilometri fuori Bath, per festeggiare il compleanno della figlia.

Se nel raggio di chilometri fosse esistita una ragazzina di diciassette anni più viziata di lei, Evie non voleva conoscerla. Foxie Massingham, irascibile, indisponente e abituata a ottenere qualsiasi cosa a suon di lamentele, si era già fatta venire una serie di crisi isteriche per i capelli, le ciglia finte, il cibo, i prestigiatori e l'abbigliamento del suo ragazzo.

E la festa non era nemmeno iniziata.

«Marvin ha un vestito verde! Sembra un *cretino*. Mamma, mandalo a casa e digli che si metta qualcosa di meno imbarazzante», ruggì contro sua madre.

Era una dichiarazione piuttosto strana, considerando che

lei indossava dei minishorts fluorescenti, stivali argentati alti fino alla coscia e un reggiseno dalle frange d'argento con tanto di lucine intermittenti cucite addosso.

«Ma tesoro, è troppo tardi, non farà mai in tempo. Non ti preoccupare, Marvin, le passerà. Sai quanto è in tensione», aggiunse la donna devota rivolgendosi al ragazzo, cercando di scusarsi.

«Fosse per me, le darei una bella scarica di alta tensione», borbottò lui incrociando Evie sulla soglia, dove lei stava appendendo altre lucine.

Cavoli, sembrava fuori di sé.

Un'ora dopo, Foxie dichiarò che era giunto il momento di aprire i regali.

«Ma credevo che l'avremmo fatto durante la festa, tesoro. Avevamo detto così», tentò la madre, torcendosi le mani.

«Non mi va di aspettare. Voglio sapere cosa ho ricevuto. Papà, valli a prendere.»

Dall'altra parte della stanza, Evie la vide scartare un ciondolo di diamanti, quasi un negozio intero di abiti griffati, tre paia di Louboutin e – be', *certo* – le chiavi di una Golf fiammante.

Poi Marvin le porse un pacchettino incartato con cura, e lei l'aprì, ma quando estrasse il braccialetto che conteneva fece una smorfia di delusione. «È oro vero?» chiese, arricciando le labbra.

«Be', no...»

«Ma c'è qualcosa di vero? Cioè, queste pietre... che cosa dovrebbero essere?» Le toccò con un'unghia finta azzurra.

«Quindi non ti piace», fece lui in tono piatto.

«Pensavo che mi avresti preso qualcosa di carino.»

«Ho speso tutti i miei risparmi. Sono un falegname, non un miliardario. Ti avevo *detto* che non potevo permettermi molto, e mi hai risposto che non importava.»

«Ma non dicevo sul serio! Dio! Credevo che mi avresti comprato qualcosa di meglio, non *questo*!» gridò lei.

L'espressione di Marvin fece stringere il cuore a Evie. Perfino gli adoranti genitori di Foxie erano in imbarazzo.

Marvin indietreggiò, scosse il capo e fece per andarsene. «Molto bene. Passa una bella serata», disse in tono piatto.

«Aspetta! Dove vai?»

«A casa.»

«Non se ne parla nemmeno! Torna subito qui!» strillò lei.

«Trovati un calciatore di Premier League. Sarai più felice. Anche se *lui* forse no», aggiunse a voce non troppo bassa.

Evie si appiattì contro una parete quando la ragazza lo inseguì.

Si sentì un breve rumore di lotta sulla soglia, mentre Foxie ruggiva: «Non te ne puoi andare! È la mia festa!»

Marvin le rispose con rassegnazione: «Invece me ne vado. Non ne posso più. Sei cambiata, prima non eri così. Non mi vedrai mai più», aggiunse, liberando le braccia dalla stretta delle sue dita.

E se ne andò, causando forse il peggior tracollo della sua ex ragazza. Erano le sei del pomeriggio, e gli invitati avrebbero cominciato ad arrivare entro un'ora. Foxie, che non doveva aver mai provato l'esperienza di essere lasciata in vita sua, singhiozzava e gridava contro i genitori davanti agli occhi attoniti di Evie e degli altri organizzatori. Marvin era andato via, e aveva spento il cellulare. «Basta, basta, la festa è annullata», strepitò Foxie.

«Oh, Flora, no, non dire così», protestò suo padre.

«E invece l'ho detto. E poi smettila di chiamarmi Flora, cazzo! Non ci sarà nessuna festa, e sarà SOLO COLPA DI MARVIN.» Mentre gridava, la ragazza si strofinò apposta le mani sul viso per spalmare il trucco in tutte le direzioni, fino a prendere le sembianze di un clown impazzito. Poi cominciò a strattonare la sua elaborata acconciatura, strappandosi via le extension bionde.

Afferrò il braccialetto che le aveva regalato Marvin e lo

piegò in due fino a farlo spezzare, poi con un gesto selvaggio lo lanciò via.

«Piccola, adesso cerca di calmarti, dai», tentò di blandirla sua madre, ma quando la figlia si voltò a guardarla, indietreggiò.

«Dio, mamma, quale parte della frase 'LA FESTA È ANNULLATA' non hai capito? Non ci sarà nessuna festa, punto e BASTA!» ruggì Foxie, con uno sguardo furioso che spiccava tra gli sbaffi neri del trucco e le ciglia mezze staccate.

Evie andò via dalla residenza dei Massingham alle nove. Visto che Foxie si rifiutava di cambiare idea, quei poveretti dei suoi genitori erano stati costretti ad accogliere ogni ospite in arrivo e spiegare che non ci sarebbe stata più alcuna festa. La ragazza intanto si era chiusa nella sua stanza, furiosa.

Gli addetti al catering, i prestigiatori e il deejay misero via l'attrezzatura, ed Evie staccò le decorazioni. Quando ebbe finito, mentre chiamava un taxi, fu interrotta dal deejay, che portava un paio di amplificatori nel furgone viola. «Hai detto che vai ad Arlington Road? È di strada, per me, non c'è bisogno che chiami il taxi: ti porto io.»

«Davvero? Ottimo, grazie mille.» Anche se la compagnia dei taxi non ne fu altrettanto entusiasta.

«Però non farti strane idee. Non sto cercando di rimorchiarti. Sono sposato», l'avvisò l'uomo, un tizio mingherlino, ben lontano dall'essere un belloccio.

Mentre tornavano a Bath, Evie si sorbì la storia di come Dave – il deejay – aveva conosciuto e sposato sua moglie, dieci anni prima, e di quanto fossero ancora felici insieme. Quando raggiunsero la periferia della città, lei aveva preso una decisione.

Mentre avanzavano sulla superstrada, vide il cartello che indicava la svolta per Bannerdown, emergendo nell'oscurità. «Senti, non c'è bisogno che mi porti fino ad Arlington Road. Potresti lasciarmi qui?»

Nella vita c'era un momento in cui si capiva una volta per tutte che qualcosa era scritto nel destino, e non aveva più senso cercare di negarlo.

51

Le luci in casa di Joel erano accese. Lui era lì. Ed era una fortuna, visto che Evie aveva cercato di chiamarlo ma aveva trovato il cellulare spento.

Ormai era lì, comunque. Stava per citofonare, quando il portone si aprì e lei fece un passo indietro per lasciar passare l'uomo barbuto dell'ultimo piano. Lui la riconobbe e le tenne la porta, facendola entrare.

«Chi è?» chiese Joel sentendo bussare alla sua porta, al secondo piano. Evie lo conosceva benissimo: pensando che potesse essere solo un altro condomino, avrebbe aperto comunque. Aspettò, e le parve proprio di sentir togliere il chiavistello. «Oh... che succede? Credevo stessi lavorando.» Joel aveva l'aria di essere finito su una graticola.

E in quel momento, lei capì tutto.

«La festa è stata annullata. Ho pensato di farti una sorpresa.»

«Fantastico! Sai, stavo proprio uscendo. Dammi un paio di minuti, ti raggiungo di sotto... andiamo a bere qualcosa e mi racconterai tutto.»

Evie dovette fare uno sforzo per non esplodere. Joel aveva addosso un accappatoio blu scuro. «Non posso entrare?»

«Oh, mi vergognerei troppo... la casa è nel caos più completo, sai, la donna delle pulizie non si è fatta vedere...»

«Ah, no? Non preoccuparti, ti do una mano io a sistemare!»

«No, no, non potrei mai», rispose lui. Scosse il capo, fece una smorfia di dolore e si portò una mano allo stomaco. «Ah... a dire il vero non mi sento tanto bene...»

«Oh, povero caro... Senti, che ne dici se vado a casa e ti lascio tranquillo? Magari domani ti sentirai meglio.»

Joel si rasserenò. «Mi sembra una buona idea. Forse è una di quelle influenze-lampo. Dai, facciamo così.»

Evie annuì. «D'accordo. In tal modo non dovremo affrontare una di quelle situazioni imbarazzanti in cui sei con un'altra donna ma stai facendo di tutto per nasconderlo.»

«Ma... ehm...»

«Non sai cosa dire, eh? Non hai idea di come cavarti d'impaccio? Lo immagino, deve essere dura. Ma non ti preoccupare. Se può esserti d'aiuto, il motivo per cui sono passata è che volevo dirti che non voglio tornare con te. Quindi non devi sentirti in colpa. In fin dei conti, è anche meglio che sia successo. Almeno così so di aver fatto la scelta giusta.»

Joel chiuse gli occhi per un istante. «Ah, maledizione. Mi dispiace tanto. Non doveva succedere.»

«Lo so, dici sempre così. A proposito, chi è? La conosco?»

Lui abbassò lo sguardo. Significava sì. «Non importa, non ho intenzione di scoppiare in lacrime», disse Evie.

«Preferirei comunque non dirtelo.»

«Vi frequentate da tanto? È una della vineria? Lo sa che hai fatto sesso con me, ieri sera?» gli chiese, osservando le sue reazioni.

Joel trasalì, appena un po', e disse «No» solo con le labbra, scuotendo la testa. Ma Emily Morris doveva aver origliato dall'altra stanza, perché proprio in quel momento apparve nel corridoio dietro di lui: bionda, alta e a gambe scoperte, aveva avuto la decenza d'infilarsi almeno qualcosa per coprirsi.

«Dici sul serio? Tu e Joel? Siete andati a letto insieme *ieri sera*?» Era sconvolta, respirava a fatica.

«Lo so. Pazzesco, vero?» rispose Evie.

«Ma... ma... sei un bastardo! Mi avevi detto che non c'era nessun'altra!» gridò offesa a Joel.

Evie quasi provava pietà per lei. «Reggiti forte, perché sto per farti una rivelazione. Ha mentito.»

A quel punto dovette per forza chiamare un taxi per tornare a casa. Per fortuna l'autista non aveva una gran voglia di chiacchierare. Evie se ne stava seduta dietro, consapevole di aver preso la decisione giusta. Era successo all'ora di pranzo, al centro di Bath, subito dopo aver ordinato un caffè e un panino da Caffè Nero. Mentre aspettava che si aprisse un varco nel traffico per poter attraversare di corsa Milsom Street, aveva riconosciuto il furgone blu che rallentava davanti a lei, e il suo cuore aveva perso un colpo.

Un attimo dopo aveva visto Ethan al volante, che le faceva segno di passare. Poi l'aveva riconosciuta, aveva sorriso e aveva cambiato gesto, rivolgendole un saluto incerto. Terrorizzata all'idea di diventare rossa come un peperone, Evie aveva fatto finta di non vederlo ed era corsa dall'altra parte della strada. Quando aveva raggiunto il marciapiede, lo aveva sentito abbassare il finestrino e gridare: «Evie!»

Non ti voltare, non reagire, continua a camminare come se non ti fossi accorta di nulla... non l'hai sentito, non l'hai sentito...

Ma quando aveva raggiunto Queen Square, si era dovuta mettere a sedere su una panchina di legno, perché tremava. Sapeva bene che Ethan McEnery non era l'uomo che aveva creduto che fosse. Eppure non riusciva a dimenticare come l'aveva fatta sentire prima di scoprirlo. Certo, non aveva la bellezza e l'eleganza di Joel, ma stare con lui era stato così... bello. Come se all'improvviso avesse trovato il pezzo del puzzle che le mancava, e che cercava da anni.

Non era più riuscita a liberarsi di quella sensazione. Ed era stata anche ciò che l'aveva indotta a decidere riguardo a Joel. Okay, forse nessuno dei due era l'uomo giusto per lei, ma doveva esistere qualcun altro al mondo che la facesse sentire completa.

E che *non* fosse affascinante all'apparenza, ma mostruoso nella realtà.

Il taxi arrivò ad Arlington Road. Evie entrò e trovò Lara in cucina con la vicina, Jacqueline Cumiskey. Sul tavolo davanti a loro c'era una bottiglia di vino rosso quasi vuota.

Lara la salutò e scostò un'altra sedia per lei. «Ehi, sei in anticipo. Siediti con noi. C'è un sacco di vino, ancora. Jacqueline è passata per chiederci se vogliamo sponsorizzarla: farà un lancio col paracadute per beneficenza.»

«Wow, che idea grandiosa», ribatté Evie, prendendo un bicchiere.

«Oh, grazie», disse la donna, felice.

«È arrivata due ore fa... non abbiamo smesso un attimo di chiacchierare. Soprattutto di uomini», riprese Lara.

«E pedicure», aggiunse Jacqueline.

«E mascara.»

«E vacanze.»

«E di salti dagli aeroplani affidando la propria vita a un telone leggerissimo, e di cosa può succedere se vai a sbattere contro un uccello mentre scendi. Ma soprattutto abbiamo sparlato di uomini», concluse Lara.

Jacqueline scosse il capo. «Sono un vero mistero.»

«Non me ne parlare.» Lara aprì un'altra bottiglia di Rioja.

«Ieri sera ho fatto sesso con Joel», disse Evie.

Lara sgranò gli occhi. «Che cosa?»

«Solo per ricordare com'era. Per divertimento, in realtà. Continuava a dire che voleva tornare con me.»

«Santo cielo! E...?»

«È stato bello! Ma lui pensava che stessimo di nuovo insieme, e io non lo volevo. Così sono passata da lui poco fa, per dirglielo... e indovina? Era a letto con un'altra», concluse.

«Maledetto bastardo! Sarai sconvolta», esclamò Lara, furiosa per lei.

«No, sono contenta. Ho fatto la cosa giusta.» Dirlo fu una liberazione. Evie sentì che si stava rilassando.

Jacqueline aggrottò la fronte. «Joel... è quello cui ho dato un passaggio qualche tempo fa? Quando era ubriaco e non riuscivate a trovare un taxi?»

«Esatto. Non cambierà mai. È più forte di lui, deve avere tutte le donne che vede.»

Jacqueline aveva gli occhi accesi, le guance arrossate. «L'ha fatto anche con me, quel giorno. Ci ha provato. Mi ha detto che ero la ragazza più bella che avesse mai visto e mi ha implorata di salire a casa con lui. *Non* l'ho fatto... ma era così bello e convincente. Ho avuto la sensazione che si comportasse in quel modo molto spesso.»

Era così che si sentiva un uccello appena riuscito a sfuggire a una gabbia? Evie si appoggiò allo schienale e disse: «Credo proprio che tu abbia ragione».

52

«Salute. Va molto meglio, non trovi?» disse Flynn.

«Salute. In che senso va meglio?» Lara sollevò il calice di champagne per brindare con lui.

Le sorrise, allegro. «Noi due che usciamo insieme. Senza tutti i problemi, con me che cerco di conquistarti e tu che mi respingi. Ci siamo lasciati tutto alle spalle. Ora possiamo rilassarci, essere amici e divertirci. È fantastico. Lo adoro. A noi, e a questo splendido Natale», aggiunse, facendo tintinnare di nuovo i bicchieri.

Diceva proprio sul serio.

«A noi... e al Natale», ripeté Lara.

Attenta a ciò che desideri...

Era la prima settimana di dicembre, era giovedì sera, e fuori faceva un freddo cane. Il famoso mercatino di Natale cittadino era nel pieno delle attività, e c'erano delle casette di legno in fila per le strade lastricate intorno all'abbazia illuminata. Le luminarie e le decorazioni dondolavano sugli alberi e l'aria profumava di tortini di mele, dolci speziati e vin brulée.

Qua e là si levavano i canti di Natale, e i bambini li intonavano insieme, felici dell'atmosfera natalizia. I turisti, affascinati, li riprendevano con le videocamere per portare con sé quel ricordo.

Starsene seduti nel bar a guardare il fervere delle attività della folla era molto più comodo. Dopo due ore di shopping intenso, Lara aveva proprio bisogno di una pausa. Era stato Flynn a proporle di andare a comprare insieme i regali per Gigi.

«È il primo, per me. Non voglio sbagliare. Devi avvisarmi, se sto per scegliere qualcosa che le fa orrore», le aveva spiegato.

Era stato un discorso ragionevole, e poi così non avrebbero rischiato di farle lo stesso regalo. Quello che però non si era aspettata era di doverlo consigliare anche per i regali degli altri.

In particolare, su quello della sua nuova ragazza, Annabel.

Se si fosse rifiutata, però, ci avrebbe fatto una figuraccia, così si era sforzata di fare buon viso a cattivo gioco. Dopo aver scelto un paio di stivali di pelle per Gigi da Russell and Bromley, Flynn si era concentrato su delle scarpe con tacco a spillo, decorate con cristalli. «Okay, qui mi puoi aiutare. Secondo te quali piacerebbero di più ad Annabel?» le aveva chiesto, mostrandogliene due tipi diversi.

Naturalmente erano entrambe pazzesche. Lara, che non aveva mai posseduto scarpe di Russell and Bromley, aveva soffocato l'istinto di rispondere che di sicuro la sua ragazza avrebbe preferito un paio di ciabatte di montone, e aveva detto, con sincerità: «Quelle coi fiocchetti dietro».

E così Flynn aveva comprato quelle scarpe meravigliose per Annabel. E dato che era stato diligente, sapeva che portava il 35 di piede. *35. Inconcepibile.*

Avevano infilato i sacchetti coi regali sotto il tavolo. Non si poteva dire che Flynn si fosse trattenuto. Gigi sarebbe stata entusiasta di quel regalo, e anche Annabel. Lara non aveva nemmeno cercato d'indurlo a spendere un po' meno: i soldi erano suoi, e poteva usarli come meglio credeva. Certo, farle provare quel morbido cappotto di pelle scamosciata color miele di Armani era stato un colpo basso. Dopo essersi assicurato che sì, ad Annabel sarebbe stato *benissimo*, Flynn l'aveva aiutata a sfilarsi la taglia 46 e aveva chiesto alla commessa di dargliene una 38.

Ma non doveva pensarci. Adesso loro, i genitori di Gigi, erano lì a bere champagne come due adulti, godendo di quella pausa tra un regalo e l'altro. Chiunque li avesse visti insieme li avrebbe presi per una vera coppia, e in effetti lo sembravano. Ma le apparenze ingannano.

«Non vedo l'ora... non posso credere che lo sto dicendo davvero, ma questo sarà proprio il miglior Natale del mondo!»

Era una voce familiare, ma Lara non la riconobbe subito. Lanciò un'occhiata furtiva alle due donne sedute al tavolo accanto, e quando capì chi aveva parlato trasalì. Accidenti, era Betsy Barrowman, la dolce e illusa signora che pensava di avere il miglior marito possibile e un diamante di quattro carati quasi perfetto al dito.

«Hai un'aria più rilassata, più felice. Come va col cottage?» Era stata l'amica a parlare.

«È finito! È una meraviglia. Ricordi che Melvyn non voleva lasciarmi prendere un cane? Be', la prossima settimana lo avrò. E anche un camper! Ho sempre sognato di viaggiare per la costa della Bretagna, e sai com'è fatto Melvyn: non gli è mai interessato niente del genere. Ma non appena arriverà il bel tempo, a primavera, mi toglierò anche questo sfizio. Partiremo io e mia madre per la grande avventura. Come Thelma e Louise in scarpe da ginnastica e mangiando panini!»

«Tutto a posto?»

Lara scosse la testa. «Shhh. *Sto ascoltando*», gli disse solo con le labbra.

Imitandola, lui le rispose: «*Lo so*».

Ma a dire il vero mancava poco che cadesse dalla sedia. Cercare di dare un senso alle parole di Betsy Barrowman la stava mettendo a dura prova. Poi la donna sollevò la mano sinistra e Lara si accorse che non aveva anelli. Né la fede nuziale, né grosse gemme che dovevano sostituire un diamante. Possibile che suo marito fosse morto? E se era così, perché era tanto contenta? Era davvero un mistero, e di certo...

«Mi scusi... ma cosa fa, origlia?»

Ops... era l'amica di Betsy, ma sembrava più curiosa che offesa. «Scusate, no... ehm, forse un pochino. Ho riconosciuto la signora, tutto qui, e non ho potuto fare a meno di sentire...»

«Ah, sì! Mi ricordo di lei! È della gioielleria Temple, su York Street. Lavora con Don Temple. È davvero una gran persona, vero?» esclamò Betsy.

«Sì. Ho notato che non porta l'anello», tentò Lara. Chissà, forse c'era un modo più sottile per dirlo.

Lei agitò la mano. «Eh già, che occhio! Via l'anello, via il marito, fine del matrimonio. Grazie al cielo!»

«Davvero? Wow.»

L'allegra atmosfera natalizia, unita al vino, doveva aver fatto perdere ogni inibizione alla signora Barrowman. Protendendosi verso Lara e Flynn, disse: «Melvyn aveva un'amante! Una specie di mostro che si è fatta gonfiare le labbra come un canotto! E sapete una cosa? Quando l'ho scoperto è stato un tale *sollievo*, vero, Mary? Perché così finalmente avevo un motivo per lasciarlo!»

Lara sospirò. Betsy non era l'unica a essere sollevata. «Oh, be', allora sono contenta per lei. Quand'è passata al negozio, da come parlava di lui, sembravate molto... felici.»

«Eh già, è quel che si dice farsi coraggio, mettersi in faccia una maschera e fingere che vada tutto bene. Dopo tanti anni viene naturale.»

«Melvyn era un prepotente. Le ha tolto ogni stima di sé. Non è mai piaciuto a nessuno», intervenne l'amica.

«E che fine ha fatto l'anello?» domandò Lara facendo un cenno verso la mano di Betsy.

«Be', in realtà apparteneva alla sua famiglia. Era uno di quei cimeli che passano di generazione in generazione. E naturalmente io non volevo più portarlo. Per fortuna, però, mio fratello è un avvocato, così quando abbiamo stipulato gli accordi per il divorzio ha detto che se Melvyn doveva riavere il gioiello, a me spettava la Bentley Continental.»

«Argh.» Poteva dirglielo? Era giusto dirglielo in quel momento? Di sicuro era...

Betsy era raggiante. «Lo so! Ma chissà perché la cosa lo ha mandato su tutte le furie. Voglio dire, la Bentley era la sua unica gioia, passava più tempo con lei che con me. Ma mio fratello sosteneva che era giusto così. Quindi può immaginare lo stato di collera che ha raggiunto Melvyn quando un paio di settimane dopo ha scoperto che ho venduto la sua preziosa automobile.» Si appoggiò allo schienale, soddisfatta e felice.

Mary, orgogliosa, aggiunse: «È una donna nuova, non riuscireste a credere quanto è cambiata. È come se dal bozzolo in cui era entrato un bruco fosse uscita una farfalla!»

Adesso poteva dirglielo? Sì, doveva. «È una storia meravigliosa. Sono molto felice per lei. In effetti...» disse Lara.

«Aspetti, non è finita qui. Insomma Melvyn doveva aver perso la testa per questa sua sgualdrinella, perché all'improvviso si è scoperto che le aveva dato l'anello. La presentava a tutti i nostri amici, e lei lo ostentava. L'anello di fidanzamento che ho portato per ventisei anni! Dio, praticamente era ancora *caldo*.»

«Terribile», sussurrò Lara, aspettando il momento giusto per intervenire.

«Ora viene il bello, però. La sgualdrina ha portato il suo bellissimo anello nuovo da un gioielliere a Chippenham per farlo valutare, e indovini un po'?» Tacque per un momento, scorse lo sguardo di Lara e aggiunse: «Bene, lo sapeva anche lei. Lo sospettavo, visto che continua a parlarne».

«Mi spiace. Avrei voluto dirglielo subito. Don mi ha detto che non era il caso. Sono stata malissimo per lei.»

«Ah, ma non sa com'è stato Melvyn quando la sua adorabile nuova fidanzata è tornata a casa e l'ha affrontato. Ha distrutto la casa, gli ha dato del maledetto bugiardo, ha rovesciato una latta di vernice da cinque litri sulla sua macchina nuova e gli ha detto che a letto è una frana. E pare l'abbia dichiarato a gran voce... stando a quel che mi dicono», aggiunse sgranando gli occhi.

«Ho sentito tutto. Abito lì accanto», intervenne Mary soddisfatta.

Betsy aggiunse, con aria cospiratoria: «È una vera comodità. Mi arrivano tutti i pettegolezzi. Insomma, fatto sta che lei ha fatto le valigie e se n'è andata. A quanto pare non era proprio la storia d'amore del secolo. Gli amici di Melvyn mi hanno detto che ora è distrutto e se ne va in giro dicendo che vorrebbe tanto riavere la sua cara moglie trasandata».

«Cosa che non succederà mai. Non tornerai a quella vita. Ormai devi guardare avanti.» Mary le strinse un braccio con affetto.

E dato che l'amica di Betsy si stava dimostrando un ottimo sostegno, ma assai poco diplomatica, Lara si sentì in dovere di aggiungere: «E comunque lei non è affatto trasandata».

Flynn aveva assistito alla conversazione senza intervenire, ma Lara si era sempre sentita addosso il suo sguardo. Quando ebbero finito di bere e fu ora di andare, lui raccolse i sacchetti. «Pronta per altre compere?» le chiese.

Salutarono Betsy e Mary e uscirono. La temperatura era scesa ancora di qualche grado.

«Dove vogliamo andare?» Lara sentiva che le si stava arrossando la punta del naso per il freddo, e si disse che ad Annabel non sarebbe mai successo.

«Pensavo di regalare a Gigi un iPod Touch. Che ne dici?»

«Quello nuovo? Ne sarebbe estasiata.»

Mentre si dirigevano verso l'Apple Store, un uomo che vendeva rami di vischio li chiamò allegro: «Ehi, ma guarda che bella coppia! Volete un po' di vischio, vero?»

«Non siamo una coppia», rispose Lara.

Il venditore le sorrise. «Ah, ma questo è speciale. È il potere del vischio, fa magie.»

Mentre parlava, distese le mani e agitò le dita per sottolineare i poteri magici. Il cuore di Lara fece una capriola, ma lei non si lasciò convincere. «Sarà appassito, ora di Natale», disse.

Flynn però aveva già tirato fuori il portafoglio. «Non fare la brontolona. La ignori. Ne prendo un mazzetto.»

Il vischio fu infilato in un sacchetto di plastica, mentre il denaro cambiava di mano. «Buona fortuna. Lei è un bravo ragazzo», disse l'uomo a Flynn.

«Non si preoccupi. Lo tengo da parte per un'altra persona», fece lui con uno sguardo d'intesa.

Ahi. Grazie per averlo sottolineato.

«Cadranno tutte le bacche. Lo sai, no?» gli disse Lara mentre si allontanavano.

Flynn si fermò. «Senti, ho finalmente conosciuto una donna che mi piace davvero... e piace anche a Gigi. Credevo che volessi vedermi felice», ribatté.

In un turbine di emozioni, Lara si rese conto di aver esagerato. «È così. Dio, scusami, sembro il Grinch. Non fare caso a me. È solo che dopo tutte le storie che ho sentito... Betsy trattata così da quel mostro di suo marito, e il modo in cui Joel si è comportato alle spalle di Evie... be', forse è normale diffidare degli uomini. E dei matrimoni.»

«Ma non siamo tutti uguali. Ed esistono anche matrimoni felici. A volte capita d'incontrare la persona giusta, e non la lasci più. È un fatto provato.» Mentre parlava, guardava la vetrina di un gioielliere dietro di lei.

Lara seguì il suo sguardo e rabbrividì: stava osservando gli anelli di fidanzamento o un braccialetto?

«Annabel è la persona giusta?» Era stato come tirare un dente che dondola: non voleva sapere la risposta, ma non aveva potuto fare a meno di domandare.

«È presto per dirlo. Ma ha tutte le carte in regola.» Nuvolette di condensa accompagnarono le sue parole.

Okay, basta, sapevi che prima o poi sarebbe successo. E poi doveva riconoscerlo: Annabel era affascinante. «Be', è... fantastico.» Lara si concentrò sugli accattivanti gioielli esposti in vetrina, illuminati dai faretti, aspettò di essere di nuovo in sé e poi premette un dito contro il vetro. «E secondo me quell'orologio le piacerebbe.»

53

I lieto fine erano sempre più rari, certo, eppure a volte erano le coppie più inverosimili quelle che finivano per sorprendere tutti.

«Meno male, sei arrivato! Mi stavo sentendo come il più grande reggimoccolo dell'universo con questi due... Credimi, Don e Nettie si comportano come due adolescenti», esclamò Lara, aprendo la porta di casa di sua zia e gettando le braccia al collo di Harry.

Nettie emerse dalla cucina, seccata. «Piantala, non è vero. Ciao, caro, come stai? Ti va una bella tazza di tè e una fetta di torta alla frutta?»

Ma Lara intervenne senza dargli il tempo di rispondere. «Dopo. Vi lasceremo soli per un po'. Ho bisogno di rivedere le colline con calma, controllare se tutti i miei posti preferiti ci sono ancora. Torniamo più tardi.»

Harry la portò via, parcheggiò, e insieme raggiunsero il punto panoramico preferito di Lara, dove era stata centinaia di volte. Si sedettero insieme su un masso e ascoltarono il silenzio, interrotto solo dal canto degli uccelli che lanciavano il loro richiamo in alto nel cielo. L'aria era fresca e tersa, e sotto di loro il Derwentwater splendeva come un vetro oscurato. Il cielo era bianchissimo, la cima delle colline che lei ben conosceva era spruzzata di neve. Era tutto come doveva essere, e Lara sentì che la tensione le abbandonava le spalle, scivolando via dal suo corpo mentre assaporava quella sensazione di pace.

Quella mattina aveva accompagnato Don, con la macchina piena di oggetti che gli appartenevano. Lui aveva affittato la casa, e messo quasi tutto in un magazzino. A sera Lara sarebbe ripartita da sola. Chi l'avrebbe mai detto?

Harry l'aveva osservata mentre ammirava il panorama. Alla fine, dopo averle dato abbastanza tempo, le chiese: «Davvero si comportano come adolescenti?»

«All'esterno, no. Non si sbaciucchiano, non si tastano e non cercano di strapparsi le mutande a vicenda. Ma dentro... sì, si sentono proprio così. È molto tenero. Dovrai tenermi aggiornata sugli sviluppi», gli disse, appoggiandosi a lui e sfregando le mani perché, come al solito, non aveva pensato di portare con sé un paio di guanti.

E come al solito, lui ne aveva un paio di riserva. Lo tirò fuori delle tasche e glielo porse. «Lo farò. E a te come vanno le cose?»

La sentì scrollare le spalle. «Benissimo. Gigi è felice. Io dirigerò il negozio, e ne sono molto contenta. Flynn esce ancora con Annabel...»

«E questo come ti fa sentire?» Ma Harry immaginava già la risposta.

«Sarei una pasqua se lei fosse orrenda... ma non lo è. È molto carina, e Gigi la adora. Che posso dire? Prima o poi sarebbe successo», disse con un sospiro. Si rannicchiò di più contro di lui, e Harry le mise un braccio intorno alle spalle per scaldarla. «Ma ora basta parlare di me. Immagino che gli affari ti vadano ancora alla grande.»

«Proprio così», annuì lui. L'effetto Enjay si faceva ancora sentire, anche se presto era destinato a scemare; c'era una discreta possibilità che il suo momento di gloria si esaurisse entro la primavera.

E in un certo senso sarebbe stato un sollievo.

«Allora, di cosa volevi parlarmi?» chiese Lara.

Era più facile così, seduti l'uno accanto all'altra, circondati dalle colline con davanti quella distesa d'acqua. Harry si schiarì la voce. «Be', insomma, so di essere sempre stato un po' lento di comprendonio, ma il fatto è che credo di aver capito che... che preferisco gli uomini.»

Ecco. L'aveva detto. Osservò il profilo di Lara mentre assorbiva le sue parole. Alla fine lei si voltò a guardarlo.

«Sei gay?»

Harry annuì.

«Wow. Che significa che credi di averlo capito? Da quanto lo sai?»

«Non molto. Qualche mese. Prima pensavo che *forse* potevo esserlo. Ma come ti ho detto, ci ho messo un po' a convincermene. Era tutto molto confuso. Forse per alcuni è più facile, lo sanno da sempre. Ma ti giuro che per me non è stato così... non lo sapevo e basta.» Scrollò le spalle.

«Oh Harry. Ma ora hai deciso? Ne sei proprio sicuro?» gli chiese stringendogli un braccio.

«Sì.»

«Be', questo spiega molte cose», disse lei con un sorriso leggero.

Lui assentì con un cenno del capo: era il loro segreto. «Mi spiace. Ma non me ne rendevo proprio conto. Quando ci siamo sposati, sapevo di volere bene a te e a Gigi. Volevo aiutarvi, e pensavo che forse avrebbe funzionato.»

«Lo so, anch'io. Non hai nulla di cui scusarti. È bello sapere che c'era un buon motivo per cui non è andata come speravamo.» Si voltò e gli diede un bacio su una guancia.

Harry era commosso; sapeva che all'epoca del loro matrimonio la triste e inadeguata vita sessuale che avevano avuto aveva ferito i sentimenti di Lara, che si era sentita responsabile per lo scarso interesse che lui le dimostrava. Una meravigliosa, giovane moglie con un marito che non provava attrazione fisica per lei: non c'era da stupirsi se aveva perso ogni fiducia in se stessa.

«È stata colpa mia. Tutta mia. Tu non c'entravi niente», la rassicurò.

Lei gli sorrise. «Non è colpa di nessuno. Sei gay, non un serial killer. Ma dimmi, come sei arrivato a questa conclusione? Hai trovato qualcuno? Ah, deve essere così. Ooh, questa sì che è una notizia! E chi è? Lo conosco?» chiese, con gli occhi sgranati.

Mentire proprio a lei non lo rendeva affatto felice, ma Harry sapeva di non avere scelta, in questo caso. Aveva dato la sua parola, aveva giurato di portarsi quel segreto nella tomba. E così avrebbe fatto.

«Non lo conosci. E comunque è già finita. Ma non preoccuparti, non ho il cuore spezzato», aggiunse quando la vide corrugare la fronte, preoccupata. «Finché è durata, però, è stato tutto perfetto. Sono riuscito a capire cosa voglio dalla vita. Quindi è... fantastico, direi.»

«Oh, Harry, sono così felice per te. Ma hai deciso di tenerlo segreto o di dichiararti?»

«Mi dichiarerò. Senza remore. Ho deciso.»

«Bene. Sarai di esempio per molti. Anche se alcuni potrebbero trovarlo un po' strano.»

Harry sapeva bene a cosa si riferiva Lara. I vecchi contadini delle colline, tra i suoi clienti, non avevano certo opinioni da ventunesimo secolo. «Non importa.»

«E Moira?»

«Non sarà un problema. Esce già con un altro, si chiama Bernard... e ha una guest house vegana a Buttermere. Dovresti vederli, sono fatti l'uno per l'altra», disse Harry.

«Ottimo. Come dice sempre Nettie, c'è un coperchio per ogni pentola. Be', sono contenta.» Poi all'improvviso le venne in mente qualcos'altro, e cambiò espressione. «Oh, mio Dio, sai *chi* sarà sconvolto quando glielo dirai? Enjay!» aggiunse con una smorfia.

Lui annuì lentamente. «Lo so, ci ho parlato ieri. Lo era.»

«Oh, no. Che ti ha detto? È stato scortese?» gli domandò Lara, già sul piede di guerra: era pronta a lanciarsi in difesa di Harry.

«No, no.» Harry sapeva che se c'era una persona al mondo cui avrebbe potuto confidare quel segreto era proprio Lara, che non l'avrebbe mai detto a nessuno. Ma non poteva.

«Ne sei sicuro? Perché non mi sorprenderebbe se avesse detto qualcosa di orribile. E poi è un tale *sporcaccione*... Sempre pronto a saltare addosso alla prima ragazza che passa... e i donnaioli come lui quasi sempre sono anche omofobici.»

«Be', lui no. Non è stato un problema. Ma come c'era da aspettarsi, non vuole che questo possa influire sulla sua carriera. I suoi fan potrebbero inventarsi chissà che. Così abbiamo deciso che metterà un messaggio sul suo sito, dicendo che ha saputo la novità e che mi augura il meglio per il futuro, ma che la nostra collaborazione nello show finisce qui, eccetera eccetera», rispose Harry, facendo di tutto per usare un tono di voce piatto.

Lara fece una smorfia. «Quindi in pratica non vuole più avere niente a che fare con te. Che bella persona.»

«Non c'è problema. È il suo mondo, la sua carriera. Lo capisco.» Si strinse nelle spalle.

«Be', sei più buono di me. Ma questo lo sapevamo già», aggiunse lei stringendogli ancora una volta il braccio.

«Enjay è un bravo ragazzo. Gli devo molto. Guarda l'effetto che ha avuto sui miei affari.» Di tutto il resto non poteva parlarle.

«Hmm. Ma scommetto che l'avventura finisce qui. Non credo che gli vedremo addosso ancora le camicie delle Papere in Cielo», fece lei con una risatina derisoria.

«Forse no, ma non è importante.» Harry indicò un chiurlo che volteggiava in alto nel cielo sopra di loro; era meglio cambiare argomento. Nessun altro al mondo a parte lui ed Enjay avrebbe mai saputo della loro breve ma perfetta storia d'amore. Non sarebbero mai stati capaci di restare insieme a lungo termine, e lo sapevano entrambi, e di certo nessuno avrebbe mai creduto che potesse esistere una coppia bislacca come la loro, ma il poco tempo che li aveva visti insieme gli aveva cambiato la vita.

Erano stati cinque giorni di assoluta magia, che non avrebbe mai dimenticato.

54

Uno spettacolo teatrale di non professionisti non era il modo migliore di passare una serata che venisse in mente a Evie, ma Bonnie aveva due biglietti e l'aveva implorata di accompagnarla.

«Oh, ti prego, Ray ha detto di no e non voglio andare da sola. Sarà divertente... potrebbe piacerti!» l'aveva pregata col suo tipico ottimismo.

Era alquanto improbabile, ma i biglietti le erano stati regalati da una cliente abituale, e il regista della rappresentazione era suo figlio. Bonnie non poteva sottrarsi, ed Evie non aveva avuto il coraggio di dirle di no.

E poi chissà, magari non sarebbe stato orribile come pensavano.

In ogni caso il teatro si stava riempiendo in fretta, il che era un buon segno. Sarebbe stato molto peggio ritrovarsi sedute praticamente da sole mentre quei poveretti dovevano esibirsi davanti a una manciata di spettatori.

Bonnie si chinò verso di lei e le sussurrò in un orecchio: «I sedili sono piuttosto comodi. Se è troppo noioso, almeno potremo fare un pisolino. Con le luci spente, non se ne accorgerà nessuno».

Dov'è che aveva già sentito quella voce? Per quanto si sforzasse, Evie non riusciva a riconoscerla. L'attrice che interpretava Maria indossava un'enorme tuta da lavoro e aveva i capelli biondi infilati nel cappello. Ma la conosceva, ne era sicura... il fatto di non riuscire a ricordare chi fosse la stava facendo diventare matta. Poteva essere la cassiera del supermercato?

Poi un altro attore entrò a grandi passi sul palco e ruggì: «Cos'è questa storia che devi andare a casa?»

Per poco Evie non balzò giù dal sedile, come se avesse preso la scossa.

Dio, oh, Dio, oh, mio Dio!

«Ma signore, miei bambini... loro malati...»

«Non m'interessa quanto sono malati! Non voglio sentir parlare dei tuoi maledetti figli!» fece il capo di Maria scuotendo il capo.

La ragazza si torceva le mani, ansiosa.

«Oh, la p-prego, io deve andare da loro.»

«Non è un problema mio.»

«Ma loro piccoli... Anya solo quattro anni... Io fa qualsiasi cosa...»

Evie, pietrificata, fissava gli attori sul palco. Era assurdo. Intanto, tutti gli altri spettatori osservavano tranquilli la scena, *come se non fosse appena successo qualcosa di sconvolgente.*

«Senti, non è la prima volta che succede. L'unica cosa che voglio da te è una giornata di lavoro completa. Se non sei in grado di garantirla, troverò qualcuno che lo faccia al posto tuo», fu la risposta con cui il proprietario della fabbrica liquidò Maria.

In quel momento Bonnie le diede di gomito, e indicando il palco le sussurrò, emozionata: «Santo cielo, guarda là, ho appena capito chi è. Lo riconosci anche tu? È Ethan, dell'Ellison Hotel, quello con cui ti ho organizzato un appuntamento!»

La commedia era un adattamento molto libero di *Canto di Natale*. Il personaggio di Ethan, alla fine, non si dimostrava tanto malvagio. Quando il sipario grigio-blu calò per poi riaprirsi e permettere al cast di ricevere gli applausi, il pubblico si alzò in piedi, acclamandoli, quasi di sicuro perché la maggior parte dei presenti erano amici o parenti degli attori e dei tecnici.

Anche Evie si unì agli applausi, il cuore carico di emozione e pregando di non mettersi in ridicolo svenendo proprio in quel momento: sarebbe stato davvero imbarazzante dover essere presa in braccio e portata fuori del teatro. Dio, eppure era una sensazione così strana, e le tremavano le ginocchia...

Alla fine lo scroscio di applausi finì e il giovane regista sollevò una mano, chiedendo il silenzio.

«Vorrei ringraziare tutti per il vostro meraviglioso sostegno, per noi è importantissimo. Speriamo che non abbiate fretta di andar via. Al bar verrà servito da bere, e mia madre ha preparato abbastanza rustici alla salsiccia da sfamarci tutti fino a Natale.»

«Oh, che bella idea. A dire il vero ho un certo languorino. Che ne dici, cara? Vogliamo trattenerci un po'?» chiese Bonnie.

Evie deglutì; aveva la gola secca, e le ginocchia ancora vibravano come maracas. «Perché no?»

Gli attori si erano cambiati, lasciando gli abiti di scena, e si stavano facendo immortalare dall'altra parte del bar dai fotografi del giornale locale. Evie, che si teneva a distanza con un drink in mano, osservò Ethan che posava con gli altri.

Un attimo dopo lui sollevò lo sguardo e la vide, e lei restò di sasso.

Provò il solito impulso, più forte che mai, di voltarsi fingendo di non essersi accorta di lui – le abitudini erano dure a morire –, ma stavolta si costrinse a ricambiare lo sguardo e sorridergli. Il problema però era che a quanto pareva aveva *dimenticato* come si sorrideva, perché le sue labbra si erano distese in un'espressione bizzarra e innaturale, che somigliava più a una specie di smorfia. Dio, che vergogna, e per di più non riusciva proprio a cambiare faccia...

«Questi rustici sono fenomenali, cara, ne devi provare uno», esclamò Bonnie, rovesciandole briciole di pasta sfoglia sul davanti del golf rosa.

Fu in quel momento che Evie si rese conto che l'unica cosa al mondo che poteva battere in orrore una smorfia congelata era l'aggiunta di briciole di sfoglia.

Anche se ormai il coraggio minacciava comunque di abbandonarla. Non era affatto sicura di sentirsela di avvicinare Ethan. E poi in quel momento lui stava ridendo e scherzando col fotografo, e nemmeno la guardava più.

Un attimo dopo, non appena Bonnie fu andata a parlare con la madre del regista nonché autrice dei rustici, Ethan apparve di fronte a lei. «Ciao.»

«Ciao.» Evie si concentrò sulla respirazione. Poteva farcela in fondo, no? Dio, lui aveva un profumo meraviglioso. Ed era incredibile il modo in cui lei ricordava ogni minima linea e curva del suo viso.

«Ti è piaciuto lo spettacolo?»

«Sì, molto.»

«Era un sorriso, quello che mi hai fatto un attimo fa, mentre ero laggiù?»

Lei annuì. «Un tentativo. Scusa, non mi è venuto molto bene.»

«L'altra settimana mi hai visto mentre attraversavi Milsom Street?»

«Ehm...»

«Dai, te ne ricordi. Quando hai fatto finta di non vedermi», la incalzò.

Evie fece una smorfia. «Ah. Scusami ancora.»

Ethan era proprio davanti a lei, e sembrava davvero sconcertato. «Senti, posso farti una domanda personale? Che cosa è andato storto? Non riesco proprio a capirlo, e a furia di arrovellarmi sto diventando pazzo. Credevo avessimo passato una serata splendida. Almeno da parte mia è stato un appuntamento perfetto. Forse non dovrei dirlo, ma mi piacevi davvero. *Sul serio*, intendo...»

«Per questo hai deciso di non chiamarmi? Non ti sei fatto vivo, dopo, e mi sembrava assurdo. Mi sono sentita una stupida, perché ero sicura che l'avresti fatto!» ammise lei. Tanto valeva essere sincera: anche lei era ammattita cercando di darsi una spiegazione.

Lui scosse il capo, sconsolato. «Dio, dici davvero? Non ci credo! Aspetta un momento, però, quando ti ho rivista alla festa all'albergo, tu mi hai ignorato. Stavi ballando con quel tipo... e il giorno dopo, quando ti ho telefonato, lui era lì con te e mi hai detto di non disturbarti più. Che altro potevo fare? Stavi con un altro, avevo perso l'occasione. E tanto perché tu lo sappia, dopo quell'episodio ho dato il tormento a mia sorella... Quel tizio, stai ancora con lui?»

«Harry? No, non siamo mai stati insieme. Ma scusa, cosa c'entra tua sorella?»

«Sai, lei è la più grande esperta di relazioni... Mi piacevi molto, quindi non volevo rovinare tutto. Così l'ho chiamata e le ho chiesto un consiglio, spiegandole che volevo fare le cose per bene. La mattina dopo volevo chiamarti subito per chiederti un altro appuntamento, e lei mi ha detto che non dovevo», le spiegò in tono sarcastico.

«Ah. E perché?»

Ethan si passò le dita tra i capelli. «Ha detto che avrei fatto la figura del perdente, che una ragazza scappa a gambe levate se uno che ha appena conosciuto si mostra troppo impaziente. Se conoscessi mia sorella, capiresti... ha punti di vista molto definiti. Sosteneva che non mi avresti più rispettato. Ha detto anche che chiamare una persona la mattina dopo è *vomitevole*.» Aveva l'aria rassegnata.

«Okay. Per tua informazione, sarei stata felicissima di risentirti la mattina dopo. Mi sarei risparmiata tutta quell'orribile *attesa*», disse lei.

«Già, ora lo so. Mia sorella ha appena perso il diritto a ricevere un regalo di Natale, quest'anno. I suoi consigli si sono rivelati una vera tragedia.»

«Facciamo tutti degli errori», fece lei bonaria.

Ma Ethan sembrava meno disposto a perdonare. «E alcuni sono più grandi di altri.»

Si avvicinò la cameriera che interpretava Maria. «Scusate se v'interrompo. Ethan, volevo ringraziarti per il passaggio all'albergo che mi hai offerto, ma non ne ho bisogno. Alcuni di noi pensavano di andare in discoteca.»

Manco a dirlo, ogni traccia di accento straniero era svanita. *Perché recitava.*

«D'accordo. Divertitevi», le rispose lui.

«Certo. Se ti va di venire, sei il benvenuto.»

«In discoteca? Io? Sono troppo anziano... ma grazie del pensiero», fece lui scuotendo il capo.

«E non ti preoccupare, domattina cercherò di non fare tardi», aggiunse lei con un sorriso.

Quando si fu allontanata, Ethan spiegò: «È Lizzie, è colpa sua se sono qui. Mi ha convinto a entrare nella compagnia e recitare». Quando notò l'espressione di Evie, non capendo da cosa fosse dettata, non poté fare a meno di aggiungere: «Non preoccuparti, tra noi non c'è nulla: lavora per me. È una cameriera dell'albergo».

Adesso toccava a lei spiegarsi. Evie sorrise: le sembrava che le avessero tolto un macigno dal cuore. «Lo so», rispose.

55

Era mercoledì pomeriggio, e Lara stava lavorando al negozio quando Flynn la chiamò.

«Che fine ha fatto Gigi? Le ho dato la mattinata libera per fare i regali di Natale, e doveva essere al lavoro all'una, però non si è vista, non mi ha chiamato e non risponde al telefono», le disse senza preamboli.

«Non lo so. Era andata a Bristol? Forse è rimasta bloccata nel traffico.»

«Be', non è una buona scusa! Qui siamo carichi come muli, e lei non si è nemmeno presa la briga di avvisare. Ho un appuntamento con un acquirente a Cheltenham, e non posso lasciare il negozio incustodito.» Sembrava esasperato.

«Non lo farebbe mai di proposito. Se è in ritardo deve essere successo qualcosa. Magari c'è un incidente sulla M4, è in coda in autostrada e il cellulare prende solo a tratti. In ogni caso in questo momento non posso aiutarti, anch'io sono occupata. Arriverà appena potrà.»

«Grandioso.» Con un sospiro infastidito, Flynn riattaccò.

«Buon Natale anche a te», disse Lara.

Alle cinque e mezzo, però, aveva provato a chiamare Gigi diverse volte e non era riuscita a parlarle. L'ansia cominciò a serrarle lo stomaco; non era più poi tanto normale. Chiuse il negozio e abbandonò l'idea di fare un salto al supermercato, decidendo di tornare subito a casa.

Nell'attimo in cui aprì la porta, capì che era successo qualcosa. La borsa di Gigi era ancora appesa alla sedia dove l'aveva lasciata la sera prima.

«Gigi? Dove sei?» Il cuore le batteva forte nel petto mentre correva in cucina e in soggiorno, spalancando le porte ma trovando entrambe le stanze vuote. Corse al piano di sopra, la gola secca per il terrore, quasi troppo spaventata per entrare in camera da letto...

Mentre spingeva la porta le arrivò un suono che sembrava il sibilo di un bollitore. Gigi era distesa sul letto, i capelli zuppi di sudore, il viso pallidissimo contratto in una smorfia di dolore.

«Mamma, aiutami... credo di stare per morire», ansimò, gli occhi pieni di paura.

Lara era in piedi in un angolo della sala d'attesa quando Flynn entrò di corsa al pronto soccorso.

«Dov'è? Che le è successo?»

Lara batteva i denti, terrorizzata. «La stanno visitando, poi la porteranno in chirurgia. Volevo restare con lei, ma mi hanno fatta uscire. Ha avuto una perforazione dell'appendice. Ha la peritonite. Altre due ore e poteva essere troppo tardi.»

«Dio, era lì a casa da sola... non ci posso pensare. Come può essere successo così in fretta?»

Lara non riusciva a guardarlo. Da quando aveva trovato Gigi in quello stato, il senso di colpa non le aveva dato tregua. «Ieri sera è andata a letto presto con un po' di mal di pancia, ma pensavamo tutte e due che fossero i dolori del ciclo. Stamattina non sono andata a chiamarla perché odia essere svegliata presto quando non deve andare al lavoro... Dopo che sono uscita di casa il dolore è aumentato molto, e ha cercato di dormire per farlo passare. Poi è diventato insopportabile... il dottore ha detto che deve essere stato allora che c'è stata la perforazione... e a quel punto ha capito che non sarebbe più riuscita ad alzarsi dal letto.»

«E dov'era il suo cellulare?»

«In carica, al piano di sotto.» Lara si sentiva responsabile anche di quello: stanca di sentirlo suonare in piena notte all'arrivo di ogni messaggio, aveva detto a Gigi di non tenerlo in camera da letto.

«Quindi è rimasta lì per ore, senza potersi muovere. Sentiva che la chiamavo, ma non poteva arrivare al telefono.» Lara avvertiva gli occhi di Flynn che le scavavano la pelle.

«Sì, esatto, ora lo sappiamo.» Cosa c'era di peggio al mondo che scoprire che tua figlia stava malissimo, e solo per colpa tua? L'immagine di Gigi, febbricitante e distrutta dal dolore, l'avrebbe perseguitata per tutta la vita.

«Ma stavo soltanto...»

«Piantala, d'accordo?» Lara si voltò; Flynn non poteva avere idea di come si sentisse. Lei era la madre di Gigi, e la causa per cui si trovavano lì. Quando lui le posò una mano su una spalla, trasalì e si sottrasse a quel tocco. Se fosse stato gentile con lei, sentiva che il senso di colpa sarebbe diventato insostenibile, e sarebbe crollata.

Si avvicinò un altro medico, dall'aria tranquilla e autoritaria dietro un paio di occhiali dalla montatura di metallo. «Salve, siete i genitori di Gigi? Vorrei spiegarvi cosa sta succedendo. Le condizioni di vostra figlia stanno peggiorando, quindi la portiamo subito in sala operatoria. Potrete vederla per un momento, prima che cominciamo. Le pulsazioni sono molto incerte, quindi l'abbiamo messa sotto ossigeno e abbiamo avviato una flebo. Temo che la situazione sia molto grave, ma faremo del nostro meglio...»

La discoteca era immersa nell'oscurità, rumorosa e affollata. Non era un ambiente naturale per Harry, ma ormai era lì e l'avrebbe sopportato. Almeno per un'oretta.

Era uno degli aspetti della sua Nuova Vita. Doveva mettersi in situazioni che in passato l'avrebbero fatto sentire a disagio. Un gay aveva bisogno di conoscere altri uomini gay, e dal momento che a quanto pareva non esistevano associazioni per omosessuali in cui si praticasse birdwatching o si leggessero poesie – o almeno lui non ne aveva trovati – l'unica soluzione possibile era avventurarsi in un posto del genere.

Anche se i drink avevano un costo davvero eccessivo e la musica gli stava già facendo venire il mal di testa.

Dio, che situazione strana. E imbarazzante. Se ne stava seduto da solo su uno sgabello del bar in un locale di Carlisle, consapevole delle occhiate esperte di altri uomini ma costretto a fingere di non accorgersene. Poi la musica cambiò e lui raddrizzò la schiena. Finalmente qualcosa che conosceva. Puntò lo sguardo sul maxischermo alle spalle del bar, dove scorrevano le immagini dei video che accompagnavano le canzoni. Ed eccolo lì, Enjay, con indosso un abito bianco e un cappello a tesa larga dello stesso colore, al centro del palco con cinque o sei ragazze seminude che ballavano e gli si avvinghiavano.

Il suo cuore accelerò mentre lo guardava. *What The Girls Want* era il nuovo singolo di Enjay, uscito quella settimana. Sullo schermo ballava, lasciando scivolare dita languide sui corpi delle ragazze e ammiccando alla telecamera.

«*What the girls want is me me me... want me to choose ya, gotta shake ya booty...*»

«Non è male, questa canzone... lui però è un cretino», disse il barista, facendo sussultare Harry.

«Non è esattamente il mio genere. Sono più per i classici», fece lui.

L'uomo gli rivolse un sorriso rilassato, come se non ne fosse affatto sorpreso. «A ognuno il suo. Prima volta qui?»

Era un tentativo di rimorchiarlo? Chissà se il barista era gay o etero. Santo cielo, non ci capiva nulla: come lui ed Enjay avevano ampiamente dimostrato l'uno all'altro, nessuno dei due era troppo bravo nel riconoscere gli omosessuali.

«Prima volta», annuì Harry. Sentiva già troppo caldo. Si guardò intorno, e si rese conto di essere l'unico a indossare un maglione.

«Fantastico. Siamo dei tipi amichevoli, quindi rilassati, ti troverai bene.»

E *quello* era un tentativo di rimorchiarlo? Oppure era solo gentile?

Un po' agitato, Harry si voltò e finse di dare un'occhiata alla pista da ballo, in cerca di qualcuno che conosceva. Un attimo dopo rischiò di cadere dallo sgabello, perché dall'altra parte del locale c'era *davvero* qualcuno che conosceva.

Gli servirono alcuni istanti per ricordare a se stesso che non aveva bisogno di nascondersi.

Andava tutto bene, non importava se davanti a lui c'era Duncan, il ragazzo alto e biondo che lavorava nel vivaio della sua città e che, guarda caso, aveva deciso anche lui di fare trenta chilometri per arrivare da Keswick a Carlisle e andare proprio in quel locale...

Ah.

«Ciao.» Duncan aveva attraversato la pista da ballo per andare a salutarlo.

«Ciao», rispose Harry. Entrambi ebbero un attimo d'incertezza sul da farsi, e alla fine si strinsero la mano. Chissà se le sue mani erano sudate come quelle del ragazzo.

«Non sapevo che tu... sai...» Duncan inclinò il capo, indicando il locale.

«Lo so, in effetti non è il mio genere. Se devo essere sincero preferisco una tazza di tè e qualche biscotto davanti alla TV.»

«Intendevo... questo genere di posto. È per persone...» Per un attimo i suoi occhi avvamparono di terrore, come se pensasse che Harry fosse entrato lì in modo inconsapevole.

«Oh, Dio, scusa, intendi gay. Non ci ho ancora fatto l'abitudine, sono un po' confuso. Sì, lo sono, senza dubbio. Ma non credevo lo fossi anche tu», rispose lui annuendo convinto.

Duncan sembrava incerto. «Non lo sa nessun altro. Be', a parte mia madre. Quindi non dire niente, per favore. Quando ti ho visto, per un attimo ho pensato di nascondermi sotto il tavolo.»

«E io di nascondermi dietro lo sgabello... ma non credo che avrebbe funzionato.»

«Be', ormai ci siamo visti, siamo qui. Tu sei... uscito allo scoperto, quindi?»

«Certo che... *oh*», s'interruppe Harry, rendendosi conto che non gli aveva chiesto se fosse semplicemente uscito di casa. Prima o poi avrebbe fatto l'abitudine anche a tutta quella nuova terminologia. «Sì, sono dichiarato. L'ho detto al mio staff la scorsa settimana», disse.

«Sul serio? E come hanno reagito?» chiese Duncan, un po' invidioso.

Il ricordo delle parole di Morag e Betty gli scaldò il cuore. «Sono stati magnifici. Mi hanno detto che se lo sarebbero dovuto aspettare, che ero troppo gentile per essere etero.»

Duncan annuì, poi fece un respiro profondo. «Bene. Sono contento. Senti, senza offesa, ma nel caso te lo stessi chiedendo... non sei il mio tipo. A me piacciono quelli muscolosi. Niente di personale.»

Harry si rilassò. Nemmeno lui era attratto da Duncan. «Figurati. Non ho ancora deciso quale sia il mio tipo. Tanto per cominciare sono venuto a guardarmi intorno.»

«Non avere fretta.»

«Non ne ho. Me la prenderò comoda. Però questo posto comincia a piacermi. Mi sembra un po'... come essere in vacanza», aggiunse, sentendo che si stava rasserenando ancora.

«So cosa intendi. Per me è lo stesso. Mi sento nel posto migliore del mondo», concordò l'altro, con serenità.

56

Lara e Flynn erano seduti ai due lati del letto d'ospedale. Gigi dormiva in mezzo a loro. La sera prima le avevano rimosso l'appendice, ma la situazione non si era ancora normalizzata. Nel suo addome si era riversato il siero carico di batteri, e adesso potevano solo pregare che le flebo di antibiotici riuscissero a debellarli tutti.

Per il momento, le cose non andavano ancora per il meglio. Gigi aveva la febbre altissima e di tanto in tanto si lamentava nel sonno. Era bianca come il lenzuolo che la copriva. Vederla in quello stato spezzava il cuore di Lara; era terrificante vedere una ragazza sempre piena di vita ridotta in quel modo.

Ed è tutta colpa mia.

Flynn spinse indietro la sedia di plastica. «Esco un momento. Torno presto.»

Lara annuì. Erano le otto di mattina. «Se vuoi andare, va' pure.»

«Perché dovrei andare via?»

«Magari devi tornare al lavoro.»

Lui le scoccò un'occhiata interrogativa. «Tu ci vai, al lavoro?»

Santo cielo. «Ma certo che no!»

«Perché no?»

«E me lo chiedi? Non lascio Gigi!»

«Perché è tua figlia? Pensa un po', è anche la mia», aggiunse piantandole addosso quegli occhi penetranti.

Uscì dal reparto, e Lara lo guardò andar via. Se era possibile sentirsi peggio di prima, be', adesso era così.

Flynn aveva ragione: aveva dato per scontato che lui non fosse distrutto quanto lei per ciò che era successo.

«Scusa», sussurrò quando tornò da lei, un quarto d'ora dopo.

Lui annuì senza rispondere, si rimise seduto e prese di nuovo la mano sinistra di Gigi.

«È solo che sono sempre stata abituata a essere sola.»

Con suo sollievo, non le rispose 'E per colpa di *chi*?' «Lo so. Ma non sei più sola. Ci sono io, adesso.»

Il senso di colpa aumentò, divenne quasi impossibile da tollerare. Lara osservò di nascosto Flynn che si chinava in avanti e scostava una ciocca di capelli dal viso terreo di sua figlia e si accorse del dolore che aveva negli occhi, le ombre scure che li cerchiavano, la tensione del mento, su cui gli era cresciuta la barba. Avevano passato entrambi la notte in bianco.

La ama quanto me. Dio, ti prego, fa' funzionare gli antibiotici e fa' che lei se la cavi.

Poi Gigi mosse la testa e si schiarì la voce, facendola sussultare. Senza aprire gli occhi, la ragazza chiese: «Siete ancora qui tutti e due?»

«Sì. Eccomi», rispose Flynn, stringendole le dita.

Lara aveva un groppo in gola. Col cuore che le scoppiava, le disse: «Anch'io, tesoro».

«Bene, sono contenta. Ma potreste smettere di litigare?» sussurrò lei.

A metà pomeriggio Gigi aveva riaperto gli occhi e il suo viso cominciava lentamente a riprendere colore. Era ancora stanca e indolenzita, ma le sue condizioni erano migliorate abbastanza da farla preoccupare a morte per lo stato dei suoi capelli. Che erano *sporchissimi*.

«No, non te li puoi ancora lavare», disse Lara. *Cavoli, questi adolescenti…*

«Ma sembrano delle corde… bleah.»

«Che ne dici se mi faccio prestare un rasoio? Potremmo eliminare il problema alla radice», propose Flynn.

«Ah ah.» Gigi aveva la gola secca, e prese un sorso d'acqua dal bicchiere di plastica che lui le portò alle labbra. Una gocciolina le scivolò lungo il mento e Lara balzò in avanti per asciugarla con un fazzoletto. Gigi le sorrise, si voltò verso il padre e sorrise di nuovo. «Grazie. Grazie. Sapete una cosa? Se volete c'è qualcosa che potreste fare per me.»

«Certo, figurati», disse lui.

«Dicci. Che ti serve?» chiese Lara.

«Potreste spostare una sedia e mettervi entrambi sullo stesso lato del letto. Almeno potrei smettere di voltarmi da una parte all'altra… mi sembra di stare a una partita di tennis!»

Tre giorni dopo, Evie andò a trovare Gigi in ospedale, portandole regali, trucchi e l'edizione di Natale della sua rivista di gossip preferita.

Gigi la ringraziò con un bacio, poi sgranò gli occhi quando si accorse che gli angoli del giornale erano consumati. «L'hai già letto?»

«Dovevo. Harry ci ha chiamato per dirci che si parlava anche di lui, e sono corsa a comprarlo. Ah, e questi sono da parte di Bonnie e Ray», aggiunse, aprendo un sacchetto e tirando fuori un paio di occhiali alla Elton John, che s'illuminavano.

«Fichissimi!» Gigi se li infilò e poi si mise in posa come una star, mentre gli occhiali si accendevano e spegnevano. «E cosa si dice di Harry?»

Lara sfogliò le pagine, poi si mise a leggere a voce alta. «Eccolo. 'A quanto pare, la Strana Coppia è a un bivio. Solo qualche settimana fa, Harry Wells ed EnjaySeven erano inseparabili, ma ora che tutti sanno che il nostro nerd preferito è gay, il donnaiolo Enjay ha deciso di tagliare tutti i ponti. *Sono molto sorpreso di sentirlo*, ha annunciato il rapper proprio ieri. *Non ne avevo la minima idea. In ogni caso, le riprese in Inghilterra sono finite. Non ho nulla contro Harry, è un gran bravo ragazzo, ma direi che a questo punto abbiamo meno in comune di quel che pensavo. Non credo che avremo occasione di rivederci.* Wow, Enjay, Harry è solo gay, non ha la rabbia! Non è contagioso, sai?'»

«Che idiota... povero Harry.» Gigi si tirò gli occhiali lampeggianti sopra la testa, seccata.

Lara sollevò il giornale in modo che potessero vederlo tutti. «C'è anche una foto di Enjay con la sua nuova ragazza. A quanto pare, passeranno il Natale insieme nella sua villa di Antigua. In effetti è bellissima. Ma d'altra parte non credo che se ne sarebbe cercata una brutta, no?»

«È comunque un playboy. Non farà mai coppia fissa con nessuna. Aspettate qualche settimana e vedrete che ne avrà trovata una ancora meglio. A proposito di belle ragazze, volete vedere cosa mi ha regalato Annabel oggi pomeriggio? Mamma, lo prenderesti tu dall'armadietto? Io non ci arrivo.»

«È venuta Annabel?» A Lara non piaceva affatto la sensazione che le dava quel pensiero.

Non le bastava essersi presa Flynn? Adesso aveva anche in mente di entrare nella vita di Gigi? Un conto era essere gentili, ma cercare di accattivarsela era un altro paio di maniche.

«Non è fantastico? Non ho mai avuto niente di così bello in vita mia!»

«Mmh.» Lara mostrò a tutti la vestaglia di seta grigioviola, che scintillava come se fosse iridescente sotto l'impietosa luce al neon.

Gigi, in estasi, aveva gli occhi spalancati. «E indovina

dove l'ha comprata? Da Harvey Nichols! Ci pensate? Dopo un turno di ventiquattro ore, stamattina Annabel è uscita dal lavoro ed è andata a Cabot Circus a comprarla per me. Ha detto che a volte nei reparti fa talmente caldo che l'ultima cosa che vuoi è un camicione di flanella.

«È meravigliosa», disse Lara, vergognandosi. Santo cielo, Harvey Nichols. *Quanto poteva essere costata?*

«Mamma, abbiamo parlato del pranzo di Natale. Le ho detto che se vuole può venire da noi.»

«Davvero?» La risposta le uscì come un grido strozzato. Lei non lo voleva affatto. Cercando di riprendersi dallo shock, tentò: «Sai, pensavo che saremmo stati solo *noi*».

«Lo so, ma Annabel lavora la Vigilia e anche a Santo Stefano... e sarebbe carino per papà se lei ci fosse.»

Dio, sua figlia era una persona adorabile e generosa, mentre lei era un mostro. Lara provava vergogna per se stessa.

Ripiegò con cura la vestaglia di seta e la ripose nell'armadietto. «Be', se non ha altri impegni...» disse.

«Si sta riprendendo benissimo. Non ci sono segni di setticemia, grazie al cielo. Sembra che non ci sia più traccia dei batteri. E la ferita sta guarendo al meglio. Credo proprio che possiamo togliere la flebo», disse il dottore il quinto giorno dopo l'intervento.

«Fantastico. Quando posso tornare a casa?» chiese Gigi allegra.

«Vediamo come te la cavi per i prossimi due giorni. Ma sono sicuro che per Natale sarai fuori», rispose il dottore finendo di prendere appunti sulla cartella.

«Mi creda, uscirò di qui, a costo di farlo strisciando. Senza offesa, ma non perderei il Natale a casa per niente al mondo. Lei è single o sposato?»

Il medico sorrise di fronte a tanta schiettezza. «Sono single, a dire il vero. Perché?»

«Niente. Volevo solo saperlo.»

«Perché gliel'hai chiesto?» fece Lara dandole una gomitata quando il dottore fu andato via.

«Ha più o meno la tua età, è carino... potremmo invitarlo a pranzo per Natale.»

«*Eh?*»

«Per pareggiare... era solo un'idea», spiegò Gigi.

«Be', cerca di farti venire meno idee. E non osare invitarlo!»

«Ma potrebbe essere solo, e per te sarebbe un grande aiuto...»

«Piantala. Non ho bisogno di quel genere di aiuto. No, no, *no*», ripeté, bloccando qualsiasi ulteriore tentativo della figlia.

57

«Pende a sinistra. Ancora un po'... ancora un po'... un altro pochino... *oh*. Adesso pende a destra», fece Gigi.

«Ringrazia il cielo di essere malata», disse Flynn.

Dietro i rami dell'abete che cercavano di mettere in piedi, Lara riuscì a vedere che gli brillavano gli occhi per il divertimento. «Altrimenti penderesti anche tu con lui», spiegò a Gigi.

«Sto solo dispensando critiche costruttive. Voglio che sia tutto perfetto», ribatté lei dal divano, la postazione da cui dirigeva le operazioni.

Era il ventitré dicembre, e l'avevano dimessa dall'ospedale proprio quel pomeriggio. Prima di portarla a casa, Lara e Flynn erano andati a comprare l'albero che Lara non aveva avuto il coraggio di comprare fino a quel momento, per scaramanzia. Alle vecchie decorazioni ne erano state aggiunte di nuove, e Gigi, che non poteva unirsi ai preparativi, aveva passato le ultime tre ore mettendo canzoni di Natale e dando ordini da dove era seduta. Loro due intanto avevano intrecciato le decorazioni luminose a rami d'edera presi in giardino, che avevano poi appeso sulle porte; avevano attaccato dei biglietti a un nastro rosso e decorato le stelle di natale con nastri d'argento. Mancava solo l'albero.

«Che meraviglia. Il nostro primo Natale tutti insieme a

Bath. E poi l'albero ha un profumo meraviglioso», sospirò Gigi felice quando ebbero finito.

Dal lettore CD arrivarono i primi accordi di *Fairytale Of New York* dei Pogues e Kirsty MacColl, una canzone che inondò la mente di Lara di ricordi di lei e Flynn che la cantavano a squarciagola da ragazzini. Chissà se anche lui se ne ricordava.

«Tieni.» Flynn, che si sarebbe dovuto mettere alla guida per tornare a casa, versò altro prosecco nel bicchiere di Lara.

«Grazie.» Era stato un pomeriggio così felice, e loro due avevano lavorato fianco a fianco per preparare tutto per tempo. La casa non era solo perfetta, ma anche... piena di gioia. Ripensando alle tante feste natalizie infelici trascorse dopo la morte di sua madre, Lara sentì che le si riempivano gli occhi di lacrime, ma le ricacciò indietro mandando giù un sorso di vino frizzante e ghiacciato.

«È tutto a posto?» le chiese lui, scrutandola con attenzione.

Annuì. «Sono solo felice che siamo tutti... qui.»

«Ah, lo sapevo, manca qualcosa! Non abbiamo nemmeno un po' di vischio!» dichiarò Gigi.

«Non ne era rimasto più, era finito», rispose Flynn.

«Ma ne avevi comprato un fascio enorme al mercato», gli ricordò Lara con aria innocente.

Lui ricambiò con uno sguardo ugualmente candido. «Ah, *quel* vischio? Sai, ha perso tutte le bacche.»

«Canaglia.» *Se ne sarebbe ricordato?*

Le labbra di lui ebbero un guizzo divertito. «Carogna», le sussurrò di rimando.

Era il modo in cui scherzavano vent'anni prima. *Se ne ricordava ancora.* Saperlo le scaldò il cuore.

«Che state borbottando?» chiese Gigi.

«Niente. Accidenti, che ora abbiamo fatto? Devo proprio scappare», aggiunse Flynn guardando l'orologio.

«Non può essere tanto tardi. Ma grazie per aver aiutato la mamma. Salutami Annabel», disse Gigi, allungando le mani per abbracciarlo.

«Certo, lo farò.»

Lara si voltò verso l'albero e sistemò un angelo di cristallo. L'emozione segreta che aveva provato nel rivivere il loro modo di scherzare era stata spazzata via di colpo dall'affetto che gli altri provavano per Annabel.

Non era poi così difficile annientare un po' di calore, in quei giorni.

A mezzanotte avevano finito di vedere l'edizione natalizia del gioco a quiz *Never Mind the Buzzcocks*. Ed erano anche riuscite a svuotare un'intera scatola di tortini alle mele: un lavoro davvero strabiliante.

Visto che Gigi non riusciva a toccarsi i piedi – per via dell'intervento, e non dell'eroico consumo di tortini –, Lara le aveva fatto la pedicure e le aveva messo lo smalto rosso per festeggiare in modo degno il Natale. Con le gambe nude sulle sue, Gigi le domandò: «Hai già comprato tutti i miei regali?»

In qualche modo, tra le visite all'ospedale e il lavoro al negozio, Lara era riuscita comunque a dedicarsi ai frenetici acquisti natalizi. «Quasi. Perché? Hai pensato a qualcos'altro che vorresti?»

Silenzio. «No, niente di nuovo. Ero solo curiosa.»

Lara le diede un colpetto sul ginocchio. «Forza, dimmelo. Che significa 'niente di nuovo'?»

La ragazza si strinse nelle spalle, fissandosi i piedi. «È che... il regalo che vorrei più di tutti... non posso averlo. Non è un problema. Solo un peccato, tutto qui.»

Per un attimo Lara pensò che parlasse di una vacanza speciale o di una macchina tutta sua. Poi si accorse di come Gigi la stava guardando e capì

«Sì, quello sarebbe stato il regalo migliore... tu e papà

che tornate insieme. Ma tu non hai voluto, e ora è troppo tardi», riprese Gigi.

Troppo tardi. Le parole che tormentavano Lara da settimane. Con una mano spazzò via un paio di briciole di dolce dalla maglia del pigiama di sua figlia. «Ne abbiamo già parlato, era giusto così. Lo sai anche tu.»

«Secondo te era giusto così. Ma se ti fossi sbagliata?»

L'unica fonte di luce nella stanza erano le luminarie guizzanti dell'albero di Natale e le candele ammassate davanti al caminetto. Gli occhi di Gigi riflettevano le loro fiammelle, grandi e pieni di domande.

«L'ho fatto per *te*.» Pronunciando quelle parole Lara sentì una stretta alla gola.

«Ma io non volevo che lo facessi per me.»

«È per questo che tu sei la figlia e io la madre. A volte bisogna agire in un certo modo perché è meglio così.»

«Penso comunque che ti sbagli. So quanto ti piace. E anche tu piacevi a lui, su questo non c'è dubbio. Almeno finché non è arrivata Annabel.»

Piacevi. Nel passato.

«Be', ormai è fatta.»

«E credo sia tutta colpa mia. Se non fosse stato per me, tu e papà ora stareste insieme, perché non avreste nessun motivo per restare divisi. E voi due potreste essere… insomma, felici al mille per mille, per sempre. Ma siccome non hai permesso che succedesse, adesso lui ha trovato un'altra e tu sei rimasta sola e disperata.»

Ahia.

«Non sono disperata! Non parlare in questo modo! Ho te, ricordi? E sono felice così», aggiunse stringendole un braccio.

Gigi le posò la testa su una spalla e con un filo di voce disse: «Sì, ma non puoi dire di essere felice al mille per mille… Posso farti una domanda?»

«Certo che puoi.»

«Non sei mai un po' gelosa di Annabel?»

Lara esitò. «No.»

«Mamma, sii sincera. A volte devi esserlo, un po'. Ammettilo.»

Aveva sempre cercato di non mentire a sua figlia. «Okay, a volte. Non che cambi molto, ma forse sì. Solo un pochino. Ma che la cosa resti tra noi. Non farti venire in mente di andarlo a dire in giro», soggiunse inarcando un sopracciglio.

Gigi sollevò la testa e la guardò. «Non ci penso nemmeno.»

Il giorno della Vigilia successero due cose bellissime e una divertente.

Prima di tutto, Gigi chiamò Lara al negozio e le disse: «Ha appena telefonato papà. Annabel ha un doppio turno anche il giorno di Natale, quindi non potrà venire da noi».

Evvivaaaaaa!

A voce alta, però, le rispose: «Oh, accidenti, poverina, che peccato. Deve essere uno strazio, lavorare a Natale».

«A quanto pare per lei non è un problema. Ah, e qui c'è qualcuno che vorrebbe salutarti.»

«Chi?»

«Aspetta un attimo, te lo passo.»

Si sentì un tonfo e un fruscio, poi la voce di Don, tutta allegra. «Spero che tu stia facendo un buon lavoro, col mio negozio!»

«Yuhu, sei già arrivato! Che bello!»

«Da noi aveva cominciato a nevicare, quindi siamo partiti subito, per non rischiare di rimanere bloccati. Nettie ha guidato come una… be', come fa sempre.»

«Ho tanta voglia di vedervi… magari potrei chiudere prima», esclamò Lara.

«Non ci pensare nemmeno. Sei pazza? È la vigilia di Natale! Gli uomini che si sono ridotti all'ultimo momento saranno *disperati*, oggi pomeriggio. Potrai chiudere alle sei, ma non un minuto prima!» fece lui con voce stravolta.

«Mamma mia... rompi le scatole così anche a Nettie?»

Lui scoppiò a ridere. «Santo cielo, no! Non oserei mai!»

«Grazie a *Dio*, siete ancora aperti!» Erano le sei meno venti, e Joel, dopo essere entrato di corsa nel negozio, ebbe un attimo di sconcerto quando riconobbe Lara. «Oh, ciao, non ricordavo che lavorassi qui. Come stai? Tutto bene?» Le rivolse un sorriso perplesso, ma comunque sempre abbagliante.

«Benone. Cosa posso fare per te?»

Joel stava già esaminando il contenuto delle vetrine, superando gli oggetti più costosi per andarsi a fermare davanti ai braccialetti d'argento. «Devo fare qualche regalo di Natale. Sono rimasto un po' indietro... Che carini. Alle ragazze piacciono?»

Lara annuì. «Certo. Sempre che non siano roba troppo scarna e a buon mercato... parlo dei braccialetti, non delle ragazze», aggiunse dopo una pausa.

Joel ridacchiò, e lei aprì la vetrina. Nel giro di trenta secondi aveva già deciso. «Quello. Fate anche pacchetti regalo?»

«Certo.» Soprattutto per gli uomini che non si sprecano nemmeno a impacchettare i regali per le loro compagne.

Sollevato, Joel tirò fuori la carta di credito dal portafoglio. «Fantastico. Me ne dai tre?»

58

Alla fine arrivò la mattina di Natale. E Lara era in lacrime.

«Sapevo che sarebbe successo», commentò Nettie con grande pazienza.

Lei si asciugò gli occhi. Quando ascoltava la canzone *The Snowman* le succedeva sempre. Però di solito non aveva messo il mascara.

«E pensare che sono io quella che sta affettando le cipolle», aggiunse la donna, meravigliata.

«Hai detto che volevi che preparassi io il ripieno. Certo, potevo anche comprarlo già fatto.» Lara, cui era stato assegnato il compito di avvolgere delle salsiccette nel bacon, si tirò su le maniche.

«Il mio è più buono, e lo sai benissimo.» Nettie sorrise a Don, che stava entrando in quel momento in cucina con una bottiglia di spumante.

«Ha ragione. Questa donna è la miglior cuoca del mondo», fece lui. Stappò la bottiglia e riempì i loro bicchieri.

E lui sembrava saperlo benissimo. Nel giro di qualche settimana, il buon cibo casalingo e la messa al bando delle porcherie che mangiava prima gli avevano fatto perdere cinque chili buoni. Aveva gli occhi più luminosi, un bel colorito e sembrava più felice e in salute che mai.

«Brrr, là fuori si gela.» Evie entrò di corsa in cucina, di ritorno da casa dei genitori di Joel. Non sarebbe mai diventata loro nuora, ma Ray e Bonnie si erano ormai rassegnati e le volevano comunque un gran bene. Sembrava raggiante, in quel periodo. Lei ed Ethan erano una coppia meravigliosa: a volte vedendo due persone così perfette insieme si poteva davvero capire che erano destinate a non lasciarsi mai. Lara era emozionata per lei, e felice che il loro rapporto si stesse consolidando così. Evie sarebbe rimasta fino circa alle due, mentre Ethan si dedicava agli ospiti dell'Ellison, e più tardi l'avrebbe raggiunto lì.

«Ooh, grazie», esclamò Evie quando Don le porse un bicchiere di spumante.

«... *Walking in a winter wonderland*», canterellò lui sulle note di Dean Martin, ammirando il panorama dalla finestra della cucina. La notte prima Bath era stata ricoperta da un sottile velo di neve, poi il cielo si era schiarito, ma le temperature erano rimaste sotto lo zero, aggiungendo su ogni cosa un leggero strato di brina scintillante. Adesso splendeva il sole, ma l'aria era ancora talmente fredda che non era possibile che si sciogliesse.

Gigi, che si era abituata a riconoscere il suono dell'auto di Flynn, zoppicò nell'ingresso e andò ad aspettarlo sulla porta mentre risaliva il vialetto. «Evviva, è arrivato papà! Ciao, buon Natale!» Quando lui la raggiunse, lanciò un gridolino estatico. «Mi sono appena resa conto che non avevo mai detto buon Natale a mio padre!»

Lara, che guardava dalla finestra della cucina, mandò giù il groppo che aveva in gola. Era anche colpa sua. Flynn era carico di sacchetti pieni di regali, ma si fermò e li posò sulla ghiaia ricoperta di neve per abbracciare sua figlia. Da lì Lara non riusciva a sentire cosa si dicevano, ma il legame che li univa era impossibile da ignorare.

Si amavano.

E a quanto pareva lui era decisissimo a recuperare il tempo perduto e ricoprire sua figlia di diciotto anni di regali mancati.

Un attimo dopo entrarono insieme in cucina. Flynn salutò tutti sfregando tra loro le mani congelate: era così bello che lo stomaco di Lara non si limitò al solito tuffo spericolato da delfino, ma aggiunse un affondo natalizio extra. Flynn indossava un maglione rosso scuro su una camicia bianca, e pantaloni di lana antracite. Aveva anche un profumo fantastico. Quando toccò a lei, le disse: «Ehi, buon Natale», e le diede un bacio su una guancia, a meno di un centimetro dalla bocca.

Meno di un centimetro. E se lei si fosse spostata un pochino al momento giusto...

No. Buonsenso, prima di tutto. «Anche a te. Si può sapere quanti regali hai comprato per Gigi?» gli domandò.

Lui scrollò le spalle, per nulla turbato. «Forse troppi. Non mi sgridare.»

«Mi spiace che Annabel sia dovuta rimanere al lavoro.»

«Già. Posso chiederti una cosa?»

Il suo cuore accelerò. L'ultima volta che qualcuno le aveva fatto quella domanda, era Gigi che voleva sapere se fosse gelosa di Annabel. «Che cosa?» chiese con circospezione.

Lui le sfiorò le guance con un dito. «Perché hai mascara sparso qui, qui e qui?»

E che cavolo. Perché nessuno l'aveva avvisata?

«Scusa, è *The Snowman*... mi ha fatta piangere.»

«*Snowman?* Mi stai dicendo che c'è un pupazzo di neve in giardino? Vuoi che vada a strappargli il naso di carota?» fece lui ridacchiando.

In quel momento Gigi li raggiunse, gli occhi che le brillavano. «Forza, metti giù tutto, andiamo in salotto. È ora di aprire i regali!»

Gigi era stata viziata come non mai, il tappeto del salotto era invaso dalla carta da regalo e Flynn era l'orgoglioso proprietario di un tappetino per il mouse con stampata una foto di sua figlia.

«Nel caso dovessi dimenticare come sei fatta», le disse ridendo, perché Gigi gli aveva regalato anche delle tovagliette con l'immagine di lei e una cornice con una foto di loro due insieme.

Lara era in grande imbarazzo. Temendo di fare una figuraccia, se non avesse comprato un regalo di Natale per Flynn, gli aveva preso una camicia Ozwald Boateng blu scuro. Per fortuna gli era piaciuta molto, ma lui non le aveva dato nulla in cambio, il che la faceva sentire ancora più in imbarazzo che se non gli avesse regalato nulla.

Poi Gigi tolse gli ultimi due regali da sotto l'albero, avvolti in una carta lucida, a righe nere e argento.

«Questi sono per tua madre», le disse Flynn.

Lara emise un sospiro di sollievo; non c'era niente di più terrificante di un regalo a senso unico. Solo che adesso lei ne stava ricevendo due, il che significava che era in debito di uno. Okay, meglio non pensarci per il momento.

E poi, che *emozione*…

«Ora glielo devi dire», dichiarò convinta Gigi.

Lui scosse il capo. «Prima i regali.»

«No, papà, fidati, è meglio.»

«Ma…» fece lui, confuso.

«Non funzionerebbe. Devi farlo subito», lo interruppe Gigi, senza dargli modo di protestare.

Che stava succedendo? Lara sentiva Don, Nettie ed Evie che cantavano *White Christmas* ascoltandola alla radio. Vide che Gigi e Flynn si scambiavano una lunga occhiata, carica di significato. Alla fine la figlia disse: «Se non lo fai tu, glielo dico io».

«Dirmi *cosa*?» Ma in un istante capì perché Flynn era così restio a darle quella che aveva tutta l'aria di una notizia terrificante. Dio, e Gigi doveva saperlo, perché di certo ne aveva già parlato con lei. Con un tremito che cercò di nascondere, riprese: «Fammi indovinare, si tratta di Annabel. Vi siete fidanzati…» Sperava che il suono della sua voce non fosse strano e roco come le era sembrato; se non fosse stata già seduta, era certa che le avrebbero ceduto le gambe.

Era a questo che Gigi stava cercando di prepararla l'altra sera, facendole capire che aveva perso l'occasione.

«Sì», rispose Flynn. Poi tacque e scosse il capo. «Cioè, no. Insomma, si tratta di Annabel, sì...»

Si interruppe per l'ennesima volta, e a quel punto fu Gigi a intervenire. «Mamma mia, sei penoso. Lascia perdere, ci penso io. Stammi bene a sentire, mamma. A ottobre, papà ha conosciuto Annabel alla degustazione di cui ti abbiamo parlato. Dopo hanno chiacchierato un po', e lei gli ha raccontato che doveva andare a una cena di lavoro ed era terrorizzata perché ci si aspettava che arrivasse accompagnata, ma lei non aveva un ragazzo da portare.»

Flynn intervenne. «Per scherzo, ha aggiunto: 'A meno che tu non voglia sacrificarti'. Quella sera ero libero, così le ho detto di sì. Solo per aiutarla.»

Lara si chiese per quanto tempo ancora dovesse mantenere quell'espressione così interessata dipinta in viso.

«Quindi l'ha fatto», dichiarò Gigi con gusto.

«Ah, che bella storia! Non è romantica?» Il sorriso coraggioso cominciava a indolenzirle le guance.

«E poi lui ha chiesto ad Annabel di ricambiare il favore.»

Confusa, Lara si rivolse a Flynn. «Bene. Ma perché, dovevi portare qualcuno a un evento lavorativo?» Non potevano arrivare alla conclusione di quella storia? L'ultima cosa che desiderava era che le raccontassero ogni minimo, nauseante dettaglio.

«Esatto. All'Aqua», rispose lui.

Schifoso, maledetto Aqua. «Ah. Per questo è il tuo ristorante preferito.»

Gigi alzò gli occhi al cielo. «Mamma... a volte sei molto sveglia. Ma sai anche essere di un'ottusità esasperante. Basta così, qui io non ho altro da fare. È tutta tua, adesso. Buona fortuna», aggiunse rivolta al padre, alzandosi in piedi.

La porta si chiuse alle sue spalle, e rimasero loro due da soli in salotto. Flynn si tirò indietro i capelli dalla fronte, poi le disse: «Annabel e io non stiamo insieme. Non siamo mai stati insieme. È stata un'idea di Gigi: diceva che forse così sarebbe scattato qualcosa, forse avresti cambiato idea... sai... su di *noi*».

Quelle parole erano talmente lontane da ciò che si era aspettata di sentire, che Lara faticò ad afferrarne il senso. Fu come quando aveva sei anni, la sera della Vigilia, e, mentre preparava felice carote e tortini di mele per Babbo Natale e le sue renne, suo padre le aveva sussurrato in un orecchio: «Babbo Natale non esiste. È un'invenzione. Sono io quello che paga i tuoi regali».

Non l'aveva mai raccontato a nessuno. Anche quando sua madre continuava a parlare allegra di Babbo Natale e la renna Rudolph, il suo istinto le aveva detto che ci sarebbe rimasta male se le avesse rivelato ciò che sapeva.

Quel ricordo era affiorato alla sua mente dal nulla, una rivelazione che all'epoca aveva minato ogni sua certezza di bimba.

Lara sbatté le palpebre; certo, le parole di Flynn erano sconcertanti, ma c'era una differenza enorme. Stavolta le stava dicendo qualcosa che lei voleva sentire.

«Ho chiesto a Gigi cosa voleva per Natale», riprese lui.

«Anch'io.» Le formicolava la pelle, l'aria vibrava di elettricità. Oppure era solo un'impressione?

«Immagino abbia dato a entrambi la stessa risposta. Comunque... ecco, ora sai la verità», le disse.

«Ma... mi hai portata a scegliere i regali per Annabel.»

«E il giorno dopo sono tornato in tutti i negozi a restituirli. Anche quella è stata un'idea di Gigi, per farti ingelosire... Ha funzionato?»

Forza. Devi dire la verità.

«Sì. Direi proprio che ha funzionato», rispose semplicemente.

«Be', è un buon inizio. Lei era molto convinta. Io non ero altrettanto sicuro.»

Lara era comunque sulle spine. Un attimo prima si aspettava che Flynn le annunciasse un fidanzamento, e adesso veniva fuori che Annabel non esisteva… cioè, esisteva, ma non nel senso di fidanzata. «Potrei sapere un'altra cosa? E la vestaglia di seta di Harvey Nichols?»

«Non veniva da Annabel… né da Harvey Nichols. L'abbiamo comprata su Amazon, consegna espressa. L'ho pagata solo cinquanta sterline. Perché, ne vuoi una anche tu?» disse con un sorriso.

In effetti, forse sì. Cinquanta sterline era un affarone per un capo che sembrava proprio di Harvey Nichols.

«Quindi, in pratica, mi stai dicendo che era un piano molto complicato.»

«A volte un piano complicato è quel che ci vuole. Insomma, non ha funzionato nient'altro.»

«Cioè? Di che parli?»

Lui cominciò a contare sulle dita. «Di quando ti ho detto che mi piacevi. Quando ho cercato di sedurti. Quando ti ho detto che non *volevo* più sedurti…»

Lara si morse il labbro ripensando a quell'episodio, che l'aveva gettata nel panico.

«Questa era l'ultima spiaggia. Ora sta solo a te decidere. Conosci i miei sentimenti. Sai cosa desidera Gigi. E anche se non ci saranno mai certezze assolute, sono sicuro che potremmo essere felici per tutta la vita, e che sarebbe un peccato terribile non provarci nemmeno. Che ne dici, sì o no?»

Sì o no? Sì o no? Era il padre di sua figlia e lei non aveva mai smesso di amarlo, nemmeno per un secondo. Negli ultimi mesi non aveva fatto altro che dire di no e cercare di convincersi che era giusto così.

E se si fosse sbagliata?

Lara si alzò in piedi – Dio, le tremavano le ginocchia – e fece un paio di passi incerti in avanti. Poi rispose: «Sì».

59

Per quanto tempo l'aveva baciata? Lara sapeva solo che in cucina prima gli altri gorgheggiavano sulle note di *A Winter's Tale,* mentre adesso erano passati a una versione ululante di *I Believe in Father Christmas,* di Greg Lake. Ma non aveva la minima idea se nel frattempo ci fossero state altre canzoni.

Flynn si staccò da lei e la guardò dritto negli occhi, prendendole il viso tra le mani. «Adesso stammi bene a sentire. Ti amo, più di quanto tu possa immaginare. E funzionerà. Mi credi?»

Lei annuì, cercando di ricacciare indietro le lacrime. Era un tale sollievo potersi lasciar andare e smettere di combattere contro il suo istinto.

«Sì, ti credo.»

«Bene.»

«E anch'io ti amo.» Aveva bisogno di dirglielo, che lui la sentisse mentre glielo diceva. Era la verità.

«Sai una cosa? Per Natale non desideravo altro...» le rispose lui, accarezzandole le guance coi pollici.

«Ottimo. Per fortuna ho tenuto lo scontrino della camicia.»

Ridacchiando, le indicò i pacchetti che erano ancora sotto l'albero. «I tuoi regali sono lì. Ti va di aprirli?»

«Sono belli?»

«Credo proprio che ti piaceranno.»

Certo che le piacevano: si poteva dire che li avesse scelti lei. Il cappotto di pelle scamosciata di Armani, leggero e svolazzante come una piuma, e quelle scarpe perfette, coi tacchi a spillo, i cristalli e i fiocchetti dietro il tallone.

Erano meravigliosi, e le stavano d'incanto.

«Hai corso un bel rischio... pensavo li stessi prendendo per un'altra persona. Avrei potuto consigliarti oggetti orribili di proposito», commentò Lara.

«Sapevo che non l'avresti fatto. Tu non sei così. Per questo ti amo.»

«È l'unico motivo?»

«Se mi ci metto d'impegno, sono sicuro che posso farmene venire in mente qualcun altro.»

Lara lo baciò di nuovo. «I nostri amici in cucina si staranno chiedendo che combiniamo.»

«Hai ragione. Forse dovremmo dirglielo.»

La porta si spalancò. «Non ce n'è bisogno, stavamo origliando! Sono *felicissima*!» gridò Gigi.

«Ed era anche ora!» esclamò Evie dietro di lei.

All'una il cibo era stato preparato tutto, ed era sui fornelli o nel forno.

«Se volete andare, ora è il momento migliore», disse Nettie.

«Andare? E dove?» Lara non aveva alcuna intenzione di perdersi il pranzo.

Nettie si asciugò le mani su uno strofinaccio e s'indicò l'orologio al polso. «Mettiamo in tavola alle due. Avete un'ora di tempo.»

«Ottimo. È un mucchio di tempo.» Flynn aveva già preso le chiavi della macchina.

«Aspettate, non capisco di che state parlando.» Lara finse di non comprendere, ma aveva il viso in fiamme; se Flynn aveva chiesto a Nettie di dargli del tempo per poterla portare a casa sua e regalarle un'ora di sesso sfrenato, sarebbe *morta* di vergogna.

Insomma, sì, in effetti era un bel po' che desiderava fare del sesso sfrenato con lui, però... non era certo il momento migliore.

«Ah! Guardate che faccia ha mia madre! Credo di sapere cos'ha in mente», gridò Gigi ridendo a crepapelle.

Flynn prese il cappotto di pelle scamosciata color caramello e l'aiutò a infilare le maniche. «Non si tratta di quello. Voglio farti vedere una cosa.»

Hmm, *questa* l'aveva già sentita.

Gigi, che doveva sapere tutto, spiegò: «È un altro regalo. Cioè, una specie. Ma stavolta non si tratta di capi di marca... e non credo che vorrai andarci con quei tacchi», aggiunse indicandole i piedi.

Raggiungere il centro di Bath non era mai stato così facile. Le strade, che di solito erano bloccate dal traffico, erano deserte, i negozi chiusi. Sulla città aleggiava un silenzio irreale.

«Prima o poi mi dirai dove stiamo andando?»

«No, dovrai essere paziente e aspettare. Tanto per cambiare, vediamo se ti piace», le disse lui in tono bonario, guardandola di sottecchi.

Lara non riusciva a smettere di sorridere, sommersa da una serie infinita di ondate di felicità. «Se vale la pena aspettare, vale la pena... aspettare. Okay, non ha senso, ma so cosa intendo.»

«Diciotto anni. Anzi, ormai diciannove. Una bella attesa», commentò lui.

«Io la valgo.»

«Anch'io», ribatté Flynn con un sorrisetto.

La città aveva un aspetto meraviglioso. Il cielo era di un azzurro chiarissimo, e la neve scintillava come cristalli di zucchero sotto il sole accecante.

Quando vide dove Flynn si stava fermando, Lara capì perché Gigi le aveva raccomandato di cambiarsi le scarpe e mettere un paio di stivali senza tacco.

Il Royal Victoria Park, aperto tutto l'anno, era ancor più deserto del solito, anche se incrociarono alcune famigliole e qualcuno che portava a spasso il cane. E anche se aveva una gran voglia di ammirare la bellezza degli alberi avvolti dalla brina, Lara non faceva che perdersi nella vista della sua mano stretta in quella di Flynn. Era una sensazione così bella, così giusta. Era lì, stretta a lui, a godersi quel delizioso contatto fisico, fatto di gioia pura. Aveva imparato la lezione: la vita doveva essere vissuta, ed era necessario correre qualche rischio.

Era l'unico modo.

«Non manca molto», le disse lui quando, dopo aver risalito una collinetta, svoltarono a sinistra.

Non era il punto in cui James era crollato a terra, morendo. Lara strinse la sua mano, come a volerlo ringraziare. Alla fine seguirono un'altra svolta nel sentiero, e Flynn dichiarò: «Siamo arrivati».

Erano in una piccola radura, circondata da cespugli e alberi. Al centro c'era una panchina di legno, dalle assi ricoperte da una spruzzata di neve. Lara si lasciò guidare verso di essa e lo guardò mentre con la mano libera ripuliva la targa di ottone sullo schienale.

C'erano incise le parole: A ETERNO RICORDO DI BARBARA E JAMES.

Flynn le cinse le spalle con un braccio. Lara si appoggiò a lui, posandogli la testa sul petto, e osservò la targa finché non le si offuscò la vista.

«È perfetta. Grazie di cuore. Adesso saranno per sempre qui.»

«Lo so.» Lui la strinse e le posò un bacio sulla testa.

Era una sensazione fantastica: non se ne sarebbe mai stancata.

Sollevò lo sguardo verso di lui. «Cosa avresti fatto, se non fossimo tornati insieme?»

«Mi sarei intrufolato qui col favore delle tenebre armato

di cacciavite e avrei rimosso la targa. Oppure avrei noleggiato un furgone per portare via tutta la panchina, poi l'avrei bruciata. No, comunque non l'avrei usata per cercare di convincerti... Volevo farlo, tutto qui», aggiunse, sorridendo.

«L'adoro. Chissà se mia madre e James sono mai venuti qui, proprio in questo punto?» disse lei guardandosi intorno.

«Ah, io ne sono sicuro.»

E adesso dove la stava portando? Restò al suo fianco mentre si allontanava dalla panchina, per raggiungere l'albero che vi era di fronte. Flynn si fermò ai margini della radura e indicò il tronco di un vecchio albero di betulla dai rami carichi di neve.

«Oh...» sospirò Lara, pietrificata di fronte a ciò che vide inciso sulla corteccia grigio argento. Eccolo lì, il cuore un po' asimmetrico creato con tanta cura da James quasi quarant'anni prima, con dentro le iniziali BC e JA. Scuotendo la testa, disse: «Non posso credere che tu l'abbia trovato. Non sai quanto l'ho cercato». Era stata lì qualche volta, dopo la morte di James, ma il parco comprendeva più di venti ettari di terreno, e alla fine aveva desistito.

Flynn la guardò mentre sollevava una mano e seguiva le iniziali con un dito, lentamente. «Mi piacerebbe tantissimo mentirti e prendermi tutto il merito... ma non posso. Ho chiesto a un giardiniere, che non ne sapeva nulla, ma mi ha messo in contatto con un collega che mi ha raccontato di un certo Billy, che ha lavorato qui per quarant'anni e adesso è in pensione, e forse se ne ricordava. Così sono andato a parlare con Billy, e lui ha capito subito di quale albero parlavo. Solo che non riusciva a descrivermi il punto esatto, allora lo sono andato a prendere e l'ho portato qui in sedia a rotelle per farmelo mostrare.»

«E dove sei andato a prenderlo?»

«Adesso vive a Manchester.»

Lara era commossa fino alle lacrime da tutto ciò che Flynn aveva fatto per lei. «Ed eccolo qui.»

«Ed eccolo qui. Il tuo ultimo regalo. Scusa se non l'ho incartato», disse lui, annuendo. Guardò in alto, verso i rami che si distendevano sopra le loro teste. La betulla era alta una quindicina di metri, e i rami dovevano coprire un'ampiezza quasi pari.

«Non preoccuparti. È il più bel regalo che abbia mai ricevuto... e non credo proprio di volerlo riportare al negozio.» Lara lo attirò a sé e lo baciò.

La bocca di Flynn era calda quanto le sue mani. «E non restituirai nemmeno me. Adesso staremo sempre insieme», le sussurrò lui.

«Era ora! Non so proprio perché ci hai messo tanto.»

Finito di stampare
nel mese di aprile 2014
per conto della TEA S.p.A., Milano
dal Nuovo Istituto d'Arti Grafiche - Bergamo
Printed in Italy